David Seinsche wurde 1982 geboren und begann bereits in seiner Kindheit, Welten mithilfe seiner Phantasie zu gestalten und auszuschmücken. Später brachte er diese dann zu Papier, erst als Redakteur, dann als Schriftsteller. Heutzutage reist er oft in die finnische Wildnis, um literarische Ideen zu entwickeln. Sein Debut-Roman Sternenfinsternis erschien im Jahr 2018, gefolgt von den Thrillern Der Kreuziger im Jahr 2020, Die Bestie im Jahr 2022 und So tödlich der Wald im Jahr 2023. David Seinsche wird vertreten durch die Agentur Ashera.

DAVID SEINSCHE

IHR SEID SCHULDIG

Erstausgabe Dezember 2023

Copyright © 2023 dp Verlag, ein Imprint der
dp DIGITAL PUBLISHERS GmbH
Made in Stuttgart with ♥
Alle Rechte vorbehalten

IHR SEID SCHULDIG

ISBN 978-3-98778-134-6
E-Book-ISBN 978-3-98637-513-3
Hörbuch-ISBN 978-3-98778-617-4

Covergestaltung: Nadine Most
Umschlaggestaltung: ARTC.ore Design
Unter Verwendung von Abbildungen von
stock.adobe.com: © breakingthewalls, © daboost
Lektorat: Astrid Pfister
Satz: dp DIGITAL PUBLISHERS GmbH
Druck und Bindung: Books on Demand GmbH, Norderstedt

PROLOG

»In der Verhandlung des Falles *Der Staat gegen Jacob Mason* wird heute das Schlussplädoyer erwartet«, sprach die Reporterin in ihr Mikrofon. »Danach wird sich die Jury zur Beratung zurückziehen. Zum momentanen Stand ist davon auszugehen, dass Mason in allen Punkten schuldig gesprochen und zur Höchststrafe verurteilt werden wird.«

Die Frau, die an diesem sonnigen Tag vor dem New Yorker Gerichtsgebäude stand und in eine tragbare Kamera sprach, hieß Sharon Powers und war seit bald fünf Jahren als Berichterstatterin tätig. Gemeinsam mit ihr hatten sich noch einige weitere Nachrichtenteams eingefunden, um live für ihre jeweiligen Sender zu berichten. Im Hintergrund befanden sich viele Schaulustige, die den Prozess über die vergangenen Wochen mal mehr, mal weniger intensiv verfolgt hatten. Jacob J. Mason, dreiundvierzig Jahre alt, war seit seiner Verhaftung vor einigen Monaten das Hauptthema in allen regionalen und überregionalen Medien gewesen, denn – zumindest laut der New Yorker Staatsanwaltschaft – war er für nachweislich mindestens drei Vergewaltigungen verantwortlich. Während sich zwei seiner Opfer derzeit in psychiatrischer Behandlung befanden, hatte das dritte Opfer einen drastischeren Weg gewählt und sich in aller Öffentlichkeit mit einem Küchenmesser die Pulsadern aufgeschnitten. Ihr Tod hatte eine Welle der Entrüstung in der größten Stadt der Vereinigten Staaten losgetreten, und nicht wenige hatten für Mason die Todesstrafe gefordert. Der amtierende Bürgermeister der Metropole, ein parteiloser Mann namens Steven Whatney, hatte sich ebenfalls öffentlich geäußert und gefordert, dass die Justiz volle Härte zeigen müsse, um etwaige Nachahmer fernzuhalten. Daraufhin hatten sich einige Kritiker zu Wort gemeldet und erklärt, dass Whatney ihrer Meinung nach viel mehr für die Prävention tun müsse, anstatt jetzt einen Sündenbock für seine verfehlte Politik zu suchen. Alles in allem war die Stimmung in New York sehr angespannt.

»Da kommt er«, erklärte die Reporterin, schob sich eine Strähne ihres blondierten Haares aus der Stirn und wies mit der freien Hand auf einen gepanzerten Wagen, der soeben langsam die Straße herunterfuhr und nur wenige Meter vor dem Haupteingang des Gerichtsgebäudes zum Stehen kam.

Der Kameramann schwenkte herum und fokussierte das Fahrzeug, aus dem nun zwei schwer bewaffnete Polizisten stiegen, bevor der Angeklagte folgte, die Hände und Füße gefesselt. Nachdem die beiden Bewaffneten den Mann in Empfang genommen hatten, stiegen noch zwei weitere Beamte aus. Als sie Mason in ihre Mitte genommen hatten, gingen sie die extra abgesperrte und mit weiteren Polizisten gesicherte Gasse entlang und dann die marmorierten Stufen zum Hauptportal der Justizhalle hinauf. Schaulustige aus allen Richtungen drängten sich so weit wie möglich heran, um einen

Blick auf Mason erhaschen und Fotos für die sozialen Medien machen zu können. Einige der Versammelten brüllten lautstark Parolen, in denen die sofortige Exekution des Gefesselten gefordert wurde. Mason selbst blickte stoisch vor sich auf den Boden und schien die ihn umgebende Menschenmasse nicht einmal wahrzunehmen. Am oberen Treppenabsatz angekommen, blickte er kurz zur Statue der Justitia hinauf. Schon seit vielen Jahrzehnten stand diese reglos auf ihrem Sockel, die Augen verbunden, in der einen Hand eine Waage und in der anderen ein Schwert haltend. Er betrachtete die Statue für einige Sekunden, als würde er einen stummen Dialog mit ihr führen, bevor er von den Beamten weitergeschoben und in das Innere des Gebäudes gebracht wurde. Dort wandten sie sich einer breiten, gewundenen Treppe zu, die sie in den im Obergeschoss befindlichen Saal Nummer Vier leitete. Dort, wo die Hauptverhandlung stattfand, war es heute in Erwartung der Schlussplädoyers gerammelt voll. Obwohl die Verhandlung öffentlich war, waren so gut wie alle Sitze mit Pressevertretern besetzt, und an den Seiten und im Mittelgang hatte sich eine Riege Polizisten postiert, um für ein Höchstmaß an Sicherheit zu sorgen. Schließlich war es in der Vergangenheit bereits mehrfach vorgekommen, dass jemand geistig Fehlgeleitetes das Gesetz in die eigene Hand genommen und versucht hatte, die Angeklagten zu ermorden. In den beiden vordersten Sitzreihen hatten sich Angehörige der Opfer eingefunden und beobachteten das Geschehen. Sie hofften, heute Gerechtigkeit zu erfahren. Wie Sharon Powers bereits ausgeführt hatte, wurde aufgrund der Beweislast allgemein damit gerechnet, dass der Fall klar war und die Jury noch am selben Tag das Urteil verkünden würde.

Mason wurde von seinen Bewachern nach vorne gebracht und auf seinen Platz geschoben, wo sich bereits sein Anwalt Peter Wright, niedergelassen hatte und konzentriert seine Papiere sortierte. Als er mit seiner Ordnung zufrieden zu sein schien, neigte er sich zu Mason hinüber. Die beiden tuschelten kurz miteinander, bevor sich der Verteidiger erneut seinen Unterlagen widmete. Mason starrte derweil auf einen Punkt etwa zwei Meter vor sich.

»Erheben Sie sich!«, rief der Gerichtsdiener, ein fast sechzigjähriger untersetzter Mann mit lauter Stimme.

Die versammelten Männer und Frauen stellten umgehend ihre gedämpften Unterhaltungen ein und folgten der Aufforderung, als der Richter der Verhandlung, Walter Higgins, den Raum betrat. In seinem Gefolge traten die sieben Hauptgeschworenen ein und begaben sich an ihre Plätze, einem eigens dafür eingerichteten Bereich zur Rechten des Verhandlungsführers. Higgins war ein dreiundfünfzigjähriger Mann und hatte in den über zwanzig Jahren, die er bereits als Richter diente, Straftäter aller Couleur verurteilt. In Fachkreisen galt er als harter, aber fairer Verhandlungsführer, der sich weder von seinen persönlichen Überzeugungen noch von seiner Stimmung, sondern ausschließlich von den geltenden Gesetzen leiten ließ.

»Nehmen Sie Platz«, sagte er mit seiner sanften, durch ein Mikrofon verstärkten Stimme. »In wenigen Minuten werden wir die Schlussplädoyers hören. Zuvor möchte ich aber sowohl der Anklage als auch der Verteidigung eine letzte Möglichkeit geben, Beweise vorzulegen.«

Er fixierte über seine Brille hinweg zuerst die Vertreterin der Staatsanwaltschaft, die ihren Kopf allerdings verneinend schüttelte, und wandte sich dann Mason und dessen Anwalt zu.

»Euer Ehren«, sagte Wright. »Ich denke, dass ich für uns alle spreche, wenn ich darum bitte, dass wir uns auf das Wesentliche konzentrieren.«

»Und das wäre?«

»Wir können es alle kaum erwarten, diese Verhandlung abzuschließen. Wir alle haben viel Zeit investiert und möchten nach Hause.«

»Sie können jederzeit gehen, wenn Sie müde sind«, erwiderte Higgins süffisant, was ihm ein leises Kichern aus dem Zuhörerbereich einbrachte.

»Ich korrigiere meine Wortwahl«, erklärte der Anwalt geduldig. »Ich für meinen Teil könnte noch Monate hier verbringen, aber ich denke insbesondere an die ehrenwerten Mitglieder der Jury, die sicher erschöpft sind und gerne nach Hause zu ihren Familien und ihrem geregelten Leben möchten.«

»Ihre Fürsorge ist wahrlich rührend«, sagte der Richter ironisch.

»Herr Vorsitzender, wir wissen beide, dass die Staatsanwältin – wie drücke ich es am besten aus? –, sehr ausführliche Plädoyers abgibt. Um zu vermeiden, dass wir uns noch einmal vertagen müssen, bitte ich daher darum, keine neuen Beweise mehr zuzulassen. Des Weiteren ersuche ich um die Erlaubnis, als Erster zu den Geschworenen sprechen zu dürfen.«

»Frau Staatsanwältin, haben Sie Einwände?«

»Keine Einwände, Euer Ehren«, erklärte die Frau, deren auf ihrem Pult platziertes Namensschild sie als *Alexandra Gunner* auswies.

»Dann legen Sie mal los, Mister Wright«, wies Higgins den jungen Anwalt an.

Wright stand auf, strich über seinen ebenso teuren wie perfekt sitzenden Anzug und betrat dann die freie Fläche zwischen seinem und dem Tisch des Richters. »Euer Ehren«, setzte er mit erhabener Stimme an. »Verehrte Geschworene. Ich werde mich kurzfassen, denn während der Verhandlung wurden bereits alle relevanten und einige nicht relevante Dinge gesagt. Ich werde also nicht darauf eingehen, dass die Staatsanwaltschaft des Öfteren Verhältnisse dargelegt hat, die den Begriff *Beweis* sehr weit dehnen.«

»Genauso oft haben Sie Einspruch eingelegt«, erinnerte der Richter ihn.

»Und das aus gutem Grund. Schließlich steht hier nicht nur die Integrität meines Mandanten, sondern auch seine Freiheit und sogar sein Leben auf dem Spiel. So wurde zum Beispiel erklärt, dass der tragische Tod von Miss Gordon direkt auf die Ereignisse zurückzuführen ist, wegen denen mein Mandant angeklagt ist. Heute Morgen erfuhr ich allerdings, dass Miss Gordon schon vor der vermeintlichen Vergewaltigung suizidale Tendenzen aufwies. Sie war stark Medikamentenabhängig.«

»Ist das so?«, fragte Higgins.

»Ich habe einige Dokumente, die dies belegen und die ich im Laufe der Verhandlung vorgelegt habe«, erwiderte der Anwalt sachlich. »Außerdem möchte ich noch einmal in aller Deutlichkeit betonen, dass es keine eindeutigen Beweise dafür gibt, dass sich mein Mandant zum Zeitpunkt dieser ohne Frage verurteilenswerten Taten auch nur in der Nähe der Tatorte befunden hat. Dass sich die Opfer, als sie hier vor diesem ehrenwerten Gericht ausgesagt haben, nicht mehr an die genauen Begebenheiten erinnern konnten, geschweige denn daran, wie ihr Peiniger überhaupt aussah, und sie sich obendrein nicht sicher waren, ob es sich wirklich um meinen Mandanten gehandelt hat, der ihnen dieses abscheuliche Verbrechen angetan hat, spricht doch wohl für sich.«

»Ich darf Sie daran erinnern, dass bei den medizinischen Untersuchungen Spermaproben entnommen worden sind, die eindeutig auf Ihren Mandanten zurückzuführen sind.«

»Und ich darf Ihnen im Gegenzug ins Gedächtnis rufen, dass Mister Mason eidesstattlich zugegeben hat, dass er mit den Damen Sex hatte, nachdem er von ihnen unter Drogen gesetzt worden war«, erwiderte der Anwalt. »Es gibt keine eindeutigen Beweise dafür, dass Jacob Mason, Vater eines kleinen Jungen und Ehemann einer bezaubernden Frau, für die ihm zur Last gelegten Taten schuldig gesprochen werden kann. Vielmehr ist er das Opfer einer Verschwörung von drei Frauen. Er wurde hereingelegt. Er wurde missbraucht. Diese Frauen haben ihn hinters Licht geführt und ihn schamlos ausgenutzt. Meine Damen und Herren der Jury, ich bitte Sie eindringlich darum, sich genau zu überlegen, ob Sie tatsächlich einen Unschuldigen, der unsittlich verführt wurde, für die Taten eines anderen verantwortlich machen wollen. Wollen Sie wirklich einen ehrenwerten Mitbürger, der bei allen, die ihn kennen, beliebt ist, um seine Freiheit bringen? Wollen Sie, dass er für viele Jahre eingesperrt wird, während der wahre Täter weiter frei herumläuft und weitere Frauen entwürdigt? Ich bitte Sie eindringlich, auf Ihren Verstand zu hören. Lassen Sie sich nicht von hetzerischen Anschuldigungen leiten. Geben Sie den Vorurteilen der Staatsanwaltschaft keinen Raum. Hören Sie auf Ihr Gewissen. Vielen Dank.«

Wright blickte nacheinander jedem der Jury-Mitglieder in die Augen und setzte sich dann wieder auf seinen Platz. Während Miss Gunner ihr Plädoyer vortrug, beobachtete er weiter die Gesichter der Jury. Einige von ihnen trugen unbewegte Mienen zur Schau, aber bei mindestens der Hälfte der Anwesenden meinte er, zu lesen, dass sie sich mehr damit beschäftigten, was er gesagt hatte, anstatt der Staatsanwältin Gehör zu schenken. Als die Staatsangestellte nach über einer Stunde Monolog schließlich geendet hatte, räusperte sich Richter Higgins vernehmlich und wandte sich dann an die Jury-Mitglieder. »Verehrte Geschworene, da wir nun die Ausführungen beider Parteien gehört haben, ist es an der Zeit, dass Sie sich zurückziehen und darüber beraten, welches Urteil über Mister Mason gesprochen werden soll. Ich bitte Sie, nach bestem Wissen und Gewissen zu entscheiden und mich über den Gerichtsdiener informieren zu lassen, sobald Sie zu einem einstimmigen Entschluss gelangt sind. Die Verhandlung ist vertagt.«

Der Richter saß gerade in seinem Büro und biss herzhaft in sein von zu Hause mitgebrachtes Schinken-Käse-Ei-Sandwich, als es leise an der Tür klopfte.

»Herein«, sagte er vernehmlich.

Die Tür öffnete sich und der Gerichtsdiener trat ein.

»Walt, tut mir leid, dich zu stören, aber die Jury hat mich vor fünf Minuten informiert, dass sie sich geeinigt hat.«

»So früh?«, fragte Higgins kauend.

Der andere Mann zuckte mit den Schultern, um zu zeigen, dass es ihm egal war, wie lang oder kurz die Beratungen waren. Er machte diese Arbeit nun schon seit bald vierzig Jahren, und in dieser Zeit hatte er gelernt, keine Fragen zu stellen, sondern ausschließlich seine Aufgaben durchzuführen.

»Nun gut«, sagte der Richter seufzend. »Sag ihnen, dass wir in einer halben Stunde weitermachen.«

»Ist gut«, antwortete der Diener und zog die Tür von außen zu.

Auf die Sekunde pünktlich hatten sich alle Prozessbeteiligten wieder im Sitzungssaal eingefunden. Higgins ließ sich von dem allgemeinen Gemurmel nicht aus der Fassung bringen und entfaltete den Zettel, der ihm soeben ausgehändigt worden war. In Ruhe las er das Geschriebene durch, faltete das Papier wieder säuberlich und legte es neben sich auf das Pult. Mit dem Zeigefinger der rechten Hand klopfte er mehrfach vernehmlich gegen das vor ihm angebrachte Mikrofon, bis es im Sitzungssaal still war. Die Luft war zum Zerreißen gespannt.

»Die Geschworenen sind zu einem Urteil gelangt«, verkündete er und blickte in die Runde.

»Die Jury ist darin übereingekommen, dass sie es als nicht zweifelsfrei erwiesen ansieht, dass der Angeklagte für die ihm zur Last gelegten Taten zur Rechenschaft gezogen werden kann. Aus diesem Grunde ist Jacob Joseph Mason freizusprechen und mit sofortiger Wirkung aus der Haft zu entlassen. Die Kosten der Verhandlung sowie sämtliche Auslagen der am Prozess beteiligten Personen sind von der Staatskasse zu tragen.«

Er wandte sich direkt an den Angeklagten und blickte ihm tief in die Augen. »Mister Mason, Sie sind ein freier Mann. Sie dürfen nach Hause zu Ihrer Familie.«

Nur eine halbe Sekunde später entwickelte sich ein Tumult im Saal. Die anwesenden Angehörigen der Opfer schrien durcheinander und zwischen den Worten *Skandal!* und *Was für ein Witz!* mischten sich noch andere Begriffe, die Higgins dazu nötigten, mehrfach mit seinem Hammer auf das hölzerne Pult zu schlagen.

»Ruhe!«, rief er donnernd in sein Mikrofon. »Wenn nicht umgehend Ruhe einkehrt, lasse ich den Saal auf der Stelle räumen!«

Die Stimmen wurden zwar gleich darauf leiser, waren aber immer noch vernehmlich zu hören, als Mason die Fesseln abgenommen wurden und er von den ihn begleitenden Beamten nach draußen eskortiert wurde. Auf seinem Gesicht hatte sich ein Lächeln gebildet, welches so breit war, dass es fast wie eine Fratze anmutete. Als er an den Angehörigen der Opfer vorbeikam, warf er ihnen einen triumphierenden Blick zu, bevor er durch eine Nebentür nach draußen geführt wurde, um den wartenden Reportermassen zu entkommen.

Noch am selben Abend saß Mason in seiner Stammkneipe und trank bereits den fünften Whisky, während seine Freunde mit ihm am Tisch saßen und ein ums andere Mal auf den Freispruch anstießen.

»Ihr hättet das Gesicht der Staatsanwältin sehen sollen.« Mason kicherte. »Sie war so felsenfest davon überzeugt, mich dranzukriegen, dass ihr vor lauter Schnappatmung fast die Bluse geplatzt ist, als die Jury mich freigesprochen hat.«

»Sieht sie wenigstens gut aus?«, fragte Tom, der zu seiner Linken saß, einen Bierkrug in der Hand haltend.

»Sie ist nicht der leckerste Bissen auf diesem Planeten, aber ich glaube, sie wäre einem ordentlichen Fick nicht abgeneigt«, erwiderte Mason, hob sein Glas und schüttete sich den Inhalt in einem Zug in den Mund, bevor er lautstark rülpste.

»Steve, Nachschub!«, verlangte er beim Wirt, der auch gleichzeitig der Besitzer des Lokals war.

Während seine Freunde über diese anzügliche Bemerkung bezüglich der Staatsanwältin lachten, bemerkten sie den Fremden nicht, der sie von seinem eigenen Platz am Tresen aus beobachtete. Der Mann trug eine Baseballmütze, die so tief in sein Gesicht gezogen war, dass man seine Augen nicht sehen konnte. Die schummerige Beleuchtung der Kneipe tat ihr Übriges, um seine Gesichtszüge vor den Anwesenden zu verbergen. Vor sich hatte er ein Glas Bier stehen, dessen Inhalt schon seit einigen Minuten unangetastet vor sich hin sprudelte. Seit er die Bar betreten hatte, hatte er noch keinen Schluck getrunken.

»Was sagt eigentlich deine Frau dazu, dass du ein freier Mann bist?«, wollte Jason, ein weiterer Trinkkumpan von Mason, wissen.

»Keine Ahnung«, gab der andere zu. »Ich war nur kurz zu Hause, um mich umzuziehen und bin dann gleich losgezogen. Heute Nacht wird sie sich ganz schön wundern, wenn ich komme ... und ich beabsichtige, das gleich mehrfach zu tun«, fügte er anzüglich grinsend hinzu.

Seine Freunde lachten erneut und hoben ihre Gläser. »Auf die Freiheit!«, riefen sie im Chor und schütteten sich den Alkohol in die Kehlen.

Es war schon nach Mitternacht, und die anderen Gäste waren längst aufgebrochen. Nur Mason und seine Freunde saßen weiterhin unbeirrt an ihrem Tisch und tranken, was das Zeug hielt. Der Wirt war bereits dabei, den Tresen abzuwischen und die Stühle auf die Tische zu bugsieren.

»Ich schließe jetzt«, rief er zu den noch immer Trinkenden hinüber.

»Noch eine Runde!«, forderte Mason lallend.

»Freunde, es tut mir wirklich leid, aber auch ich muss mich ans Gesetz halten. Ihr bekommt jeder noch einen Shot, und dann war es das für heute.«

»Spielverderber!«

»Es ist, wie es ist.«

Mason murmelte etwas Unverständliches, ließ es aber dabei bewenden, denn trotz seines alkoholisierten Zustands wusste er, dass er ein Hausverbot riskierte, wenn er es zu weit trieb. Nachdem sie ihre Gläser geleert hatten, legten sie einige Dollarscheine auf den Tisch und standen auf.

»Bis morgen, Steve«, verabschiedete sich Mason.

Die Männer schwankten auf die Straße und stimmten zwar falsch, aber dafür voller Inbrunst, ein schmutziges Lied über Frauen und ihre Vorzüge an. Der Mann, der sie seit Stunden in der Kneipe beobachtet hatte, war schon einige Zeit vor ihnen aufgebrochen und hatte sich auf der gegenüberliegenden Straßenseite nahe eines bereits geschlossenen Gebrauchtwarenladens postiert. Obwohl es zu dieser Stunde noch immer warm war, trug er zusätzlich zu seiner Baseball-Mütze einen Trenchcoat, in dessen Taschen er seine Hände tief vergraben hatte. Er sah ungerührt dabei zu, wie sich die Betrunkenen fröhlich voneinander verabschiedeten und sich in unterschiedliche Richtungen aufmachten. Die einen, weil sie nach Hause wollten, die anderen, um noch weiter um die Häuser zu ziehen. Als Mason allein in Richtung der nächstgelegenen U-Bahn-Station ging, kam Bewegung in den Fremden. Er folgte dem Betrunkenen in einigen Metern Entfernung. Mason stieg in die eingefahrene U-Bahn ein, und der andere Mann tat es ihm gleich, immer darauf achtend, ausreichend Abstand zu halten und unerkannt zu bleiben. Dies war allerdings nicht weiter schwer, denn mit ihnen fuhren noch einige andere Nachtschwärmer mit. An der Station *West Vierte Straße*, Ecke Washington Square stieg Mason aus. Sein *Schatten* folgte ihm und ließ ihn nicht aus den Augen. An der Oberfläche angekommen, wandte sich der Freigesprochene nach Osten und ging die Vierte Straße hinab. Der Weg führte die beiden Männer am Washington Square Park vorbei, einer kleinen Grünzone inmitten der Millionenstadt. An einer ausladenden Eiche blieb Mason kurz stehen und schien zu überlegen, bevor er ein wenig in den Park hineinging, und dabei an seiner Hose nestelte. Schließlich schaffte er es, den Knopf und den Reißverschluss zu öffnen. Geräuschvoll erleichterte er sich an einem der zahlreichen Laubbäume, die zu Dutzenden in dem Park wuchsen.

Mason war zu betrunken, um zu bemerken, dass sich hinter ihm die Gestalt näherte. Er nahm auch nicht die im fahlen Laternenlicht glänzende Klinge wahr, die sie in der Hand hielt. Als er einen stechenden Schmerz am Hals spürte, dachte er für einen Moment, von einer Wespe gestochen worden zu sein. Schließlich war es Sommer, und die lästigen Biester tummelten sich überall, wo es etwas Grün gab, selbst im Zentrum von New York City. Als Mason mit einer Hand über seinen Hals fuhr, um sich an der schmerzenden Stelle zu kratzen, spürte er etwas Feuchtes zwischen seinen Fingern. Er sah nach unten und stellte überrascht fest, dass seine Hand Blut überströmt war. Erst jetzt bemerkte er, dass auch sein Hemd feucht wurde. Er versuchte, zu schlucken, aber es gelang ihm nicht, ebenso wenig, wie er atmen konnte. Mason wollte um Hilfe schreien, aber seiner Kehle entrang sich nur ein leises Röcheln. Schließlich versagten ihm seine Beine den Dienst, und er sackte zusammen wie ein nasser Sack. Er zuckte noch einige Male, bevor er still dalag, die Hose geöffnet und sein Geschlechtsteil nach draußen hängend. Der Mann, der ihm von der Kneipe aus gefolgt war, ging in die Hocke und verharrte für einige Minuten so, bevor er die Klinge von beiden Seiten gründlich an dessen Shirt abwischte, sich umdrehte und in der Nacht verschwand.

KAPITEL 1

»Guten Morgen Carl«, begrüßte ihn seine Partnerin Nicole Fulton, als er mit einem Pappbecher dampfenden Kaffees in der Hand das gemeinsame Büro des FBI im Jacob K. Javits Federal Building am Federal Plaza im südlichen Manhattan betrat.

»Morgen Nici«, antwortete er.

»Du siehst aus, als hättest du die ganze Nacht durchgesoffen«, merkte sie an, während sie ihn von oben bis unten musterte.

Carl Maddox war ein fünfunddreißigjähriger, hochgewachsener Mann, rund einen Meter fünfundachtzig groß und von sportlicher Figur. Seine dunklen Haare waren halblang und normalerweise sorgfältig nach hinten gekämmt, doch heute standen sie in alle Himmelsrichtungen ab. Sein Gesicht war markant und verlieh ihm das Aussehen eines Models. Nicole Fulton, knapp siebenunddreißig Jahre alt, war hingegen eher von zierlicher Statur und Größe, was sie jedoch durch ihr selbstbewusstes Auftreten mehr als wettmachte. Einmal, als sie und ihr Partner einen ruhigen Moment gehabt hatten, hatte sie ihm erzählt, dass sie in der Grundschule immer zu den Kleinsten gehört hatte und sich entsprechend oft gegen andere Kinder zur Wehr hatte setzen müssen, was sie für ihr weiteres Leben geprägt hatte.

»Hattest du etwa Damenbesuch?«, fügte sie ihrer Anmerkung augenzwinkernd hinzu.

»Wenn du mit *Damenbesuch* meine alte Nachbarin meinst, die mich auf ein Glas Rotwein eingeladen und dann mit mir zwei komplette Flaschen gekippt hat, bestätige ich das«, erklärte er und ließ sich ächzend auf seinem Bürostuhl ihr gegenüber nieder.

»Die gute alte Wilma«, sagte Fulton seufzend. »Immer für einen Schluck gut.«

Lächelnd erinnerte sie sich daran, wie sie vor einigen Wochen bei Carl zum Abendessen eingeladen gewesen war. Sie waren gerade dabei gewesen, das von ihrem Kollegen zubereitete asiatische Mahl zu verspeisen, als die alte Dame geklingelt und die beiden auf einen, wie sie es nannte, *kleinen Umtrunk* eingeladen hatte. Wilma hatte bereits die siebenundachtzig Jahre überschritten, war aber noch immer so robust, dass deutlich jüngere Menschen im Vergleich zu ihr wie ein Grashalm gegen eine Eiche wirkten. Nach eigener Aussage war sie noch immer so gut in Schuss, weil sie sich mit Alkohol und Zigaretten konservierte. Nicole bezweifelte zwar, dass es auf Dauer gesund war, jeden Tag zwei Flaschen Wein und eine Stange Zigaretten zu rauchen, hatte es aber vermieden, Widerspruch einzulegen. Schließlich hatte sie die Stimmung nicht trüben wollen.

»Steht heute irgendetwas an?«, fragte Maddox in ihre Gedanken hinein.

»Nein, bisher alles ruhig«, erwiderte sie und lehnte sich zurück. »Hast du eigentlich mitbekommen, dass Jacob Mason gestern freigesprochen wurde?«

»Habe ich«, antwortete ihr Partner und schnaubte verächtlich. »Ziemlich seltsam, dass dieser Typ als unschuldig eingestuft wurde.«

»So ist das eben mit der Justiz. Manchmal werden Entscheidungen getroffen, die für Außenstehende nicht nachvollziehbar sind.«

»Guten Morgen«, grüßte ihr Vorgesetzter, ein gestandener Mittfünfziger namens Frank Lauders, der unbemerkt an den Tisch der beiden Beamten getreten war.

»Guten Morgen, Frank«, antworteten Maddox und Fulton wie aus einem Munde.

»Schon das Neueste gehört?«, wollte Lauders wissen.

»Sie meinen, dass Mason auf freiem Fuß ist?«, fragte Maddox zurück.

»Das ist schon kalter Kaffee«, sagte ihr Vorgesetzter und winkte ab. »Die neueste Meldung ist, dass der Kerl heute früh tot aufgefunden wurde.«

»Wirklich? Was ist passiert?«

»Anscheinend wurde er ermordet. Die Halsschlagader wurde sauber durchtrennt.«

»Autsch.« Maddox fasste sich unwillkürlich an seinen eigenen Hals.

»Das ist aber noch nicht alles«, fuhr Lauders fort. »Derjenige, der ihn auf dem Gewissen hat, hat ihm auch gleich noch das Geschlechtsteil abgeschnitten und es ihm in den Mund gestopft.«

»Dürfte ein interessanter Anblick gewesen sein«, kommentierte Fulton. »Also wurde Mason nicht zufällig ausgewählt.«

»Wie kommen Sie darauf?«, fragte ihr Vorgesetzter in unschuldigem Ton.

»Warum sonst sollte er seinen eigenen Pimmel im Mund haben?«, erwiderte sie.

»Genau da kommen wir ins Spiel«, erklärte Lauders. »Oder genauer gesagt, Sie beide. Ich möchte, dass Sie sich der Geschichte annehmen. Sie haben doch gerade nichts Wichtiges am Laufen, oder?«

»Nope«, antwortete Maddox.

»Gut. Dann legen Sie mal los. Ich überlasse es Ihnen, wie Sie vorgehen wollen. Sie beide sind erfahren genug, dass Sie keinen Babysitter brauchen.«

»Haben wir eine Deadline, bis wann wir Ergebnisse vorlegen müssen?«

»Momentan sieht es für die Öffentlichkeit einfach nur nach einem weiteren Toten aus. Wir konnten die Details aus der Presse raushalten. Die wissen bisher nicht einmal, dass es sich um Mason handelt. Sie haben also etwas Zeit.«

»Hoffen wir, dass es so bleibt«, erklärte Fulton.

Sie und ihr Partner hatten in ihrer gemeinsamen Karriere schon des Öfteren mit der Presse zu tun gehabt, und in den allermeisten Fällen war es darauf hinausgelaufen, dass ihre Ermittlungen durch übereifrige Reporter gefährdet worden waren. In einem Fall hatten sie sogar einen Zugriff verschieben müssen, weil ein Journalist den Verdächtigen gezielt gewarnt hatte.

»Viel Spaß«, wünschte Lauders und schickte sich an, zurück in sein Büro zu gehen.

»Wissen wir denn mit Sicherheit, dass es sich um Mason handelt?«, rief ihm die Agentin hinterher.

»Sofern es nicht zwei Menschen in New York gibt, die eine Lilie mit den Buchstaben *JM* auf der linken Backe tätowiert haben und sich das gleiche Gesicht teilen, sind wir sicher.«

Mit diesen Worten ging Lauders zurück in den hinteren Teil des Raums, wo sich hinter einer Milchglastür sein eigenes Büro versteckte.

»Wo befindet sich der Tatort?«

»Washington Square Park«, rief der Vorgesetzte und ließ die Tür hinter sich zufallen.

Maddox stand auf und richtete seine Kleidung. »Wollen wir?«, fragte er seine Partnerin.

»Auf geht´s«, erwiderte diese.

Zu Fuß war es zu weit, und wer New York kannte, fuhr nicht mit dem Auto über die dicht befahrenen Straßen Manhattans, vor allem nicht am Vormittag. Daher entschieden sie sich, zur wenige Hundert Meter entfernten Church Street zu gehen und von dort aus mit dem Bus auf direktem Wege zu ihrem Zielort zu fahren. Obwohl zur morgendlichen Rushhour viele Menschen unterwegs waren, schafften sie es, noch zwei Sitzplätze im vorderen Bereich zu ergattern, als der Bus auch schon anfuhr und sich auf der eigens für ihn eingerichteten Spur an den sich stauenden Autos einfädelte.

»Wie geht es deinen Eltern?«, fragte Fulton.

»Wie immer«, antwortete Maddox. »Dad bastelt mal wieder an irgendetwas herum, Mom liest Krimis und regt sich darüber auf, wie sehr die Bücher von der Realität abweichen. Sie meckert immer, dass Ermittlungen in Wirklichkeit nur aus wenig Action und dafür mehr aus Papierkram bestehen. Außerdem nervt es sie, dass die Ermittler in den Büchern immer abgehalftert sind, ihre Ehe den Bach runtergeht, sie sich dem Alkohol hingeben und dennoch mit Brillanz jeden Fall lösen.«

»Ist deiner Mutter denn nicht klar, dass kein Mensch von Ermittlern lesen will, die ihr Leben voll im Griff haben?«, gab seine Partnerin zurück. »Das ist doch stinklangweilig.«

»Du weißt doch, wie sie ist. Sie steht mit beiden Beinen in der Realität.«

»Hast du sie schon mal gefragt, ob sie nicht selbst einen Roman schreiben will? Ich meine, als ehemalige Ermittlerin müsste sie die Wirklichkeit doch perfekt beschreiben können.«

»Ja, habe ich. Sie meinte nur, dass sie nicht die Geduld habe, ein Buch zu Ende zu schreiben, nur um dann von sämtlichen Verlagen abgewiesen zu werden.«

»Das sieht ihr doch wieder ähnlich«, kommentierte Fulton schmunzelnd. »Aber anscheinend gefallen ihr diese Krimis trotzdem, sonst würde sie sich etwas anderes zum Lesen besorgen.«

Maddox zuckte mit den Schultern. »Solange sie sich nicht zu sehr aufregt ... du weißt ja, dass ihr Herz nicht mehr das Beste ist.«

»Das hat sie mir erzählt. Ich hoffe, dass sie noch lange durchhält.«

»Das hoffe ich auch. Komm, wir müssen aussteigen.«

Der Washington Square Park war zwar um einiges kleiner als der weltbekannte Central Park, aber gehörte dennoch zu den bekanntesten Grünflächen von New York City. Inmitten des Stadtteils Greenwich Village gelegen, trafen sich hier Menschen aller Couleur, um gemeinsam Zeit zu verbringen. Die nahe gelegene Universität sorgte dafür, dass im Park vor allem Studenten anzutreffen waren, aber auch Arbeitnehmer aus dem gesamten Stadtteil zog es oft hierher, um ihre Mittagspause dort zu verbringen. Am nördlichen Eingang des etwas weniger als vier Hektar großen Parks befand sich ein imposanter Triumphbogen, der zur Einhundertjahrfeier des Amtsantritts von George Washington gebaut und im Jahr 1895 endgültig eingeweiht worden war.

Die beiden Beamten näherten sich von der Südseite und sahen schon von Weitem die Absperrbänder sowie die geschäftig herumlaufenden Polizisten und Spurensicherer, während sich eine kleine Gruppe Schaulustiger jenseits der Absperrung befand und das Geschehen mit ihren Handys filmte. Natürlich durfte auch die lokale Presse nicht fehlen, die emsig, aber erfolglos versuchte, ein offizielles Statement zu erhalten.

»Fulton und Maddox«, stellte die Beamtin sich und ihren Partner vor, als sie bei einem der Uniformierten an der Absperrung angekommen waren.

Beide zeigten unauffällig ihre Marken vor, damit keiner der in der Nähe befindlichen Reporter etwas bemerkte. Schließlich wollten sie weder dafür verantwortlich sein, dass etwas durchsickerte, noch wollten sie ihre Zeit mit der Beantwortung sinnloser Fragen verschwenden. Der Beamte ließ sie nach einer kurzen Ausweisprüfung passieren und hob das Absperrband hoch, sodass die beiden darunter hindurchschlüpfen konnten.

»Hallo Sam«, begrüßte Fulton den Detective, der gerade dabei war, mit einem abgenutzten Bleistift etwas auf einem Stück Papier zu notieren.

Selbstverständlich war die Polizei heutzutage mit Tablets und anderen technischen Geräten ausgestattet, aber Sam gehörte zur alten Garde, die am liebsten noch immer mit Stift und Papier hantierten. Auf Fultons Nachfrage hin hatte ihr der Detective einmal gesagt, dass bei einem Stift niemals die Batterie leer werden würde.

»Nici«, gab Sam zurück und hob die Arme, um die Agentin herzlich zu begrüßen.

»Kennst du meinen Partner schon?«, fragte Fulton, als beide wieder voneinander abgelassen hatten. »Carl Maddox. Carl, das ist Sam Hiller, einer der besten Detectives, die das New York Police Department zu bieten hat.«

»Freut mich«, sagte der Beamte und schüttelte dem Agenten kräftig die Hand. »Nennen Sie mich Sam.«

»Gern«, antwortete Maddox lächelnd.

»Wie sieht es aus?«, wollte die Agentin wissen.

»Wie ein Mord halt so aussieht«, erklärte Hiller trocken. »Wir haben den Toten eingehend durchgecheckt und in die Pathologie abtransportieren lassen. Die Spurensicherer sind noch damit beschäftigt, das Gelände abzusuchen, aber eines kann ich euch jetzt schon sagen: Der Typ, der Mason auf dem Gewissen hat, hat genau gewusst, wie man tötet.«

»Woraus schließt du das?«, fragte Fulton neugierig.

»Der Hals war sauber aufgeschnitten, eine schöne Linie von links nach rechts. Auch das Geschlechtsteil wurde fein säuberlich abgetrennt.«

»Weisen die Schnitte irgendwelche Unregelmäßigkeiten auf?«

»Das endgültige Urteil würde ich den Pathologen überlassen, aber für mich sah es aus, als ob der Täter in einem Stück geschnitten hätte.«

»Denken Sie, dass sich der Täter mit Chirurgie auskennen könnte?«, fragte Maddox.

»Das ist nicht auszuschließen«, bestätigte der Detective nickend. »Er könnte allerdings auch Erfahrung als Metzger haben. Die sind oft richtig gut und wissen, wie man schneidet. Was die Geisteshaltung des Täters angeht, gehe ich auf jeden Fall davon aus, dass er so etwas schon einmal gemacht hat.«

»Warum?«

»Normale Menschen ziehen nicht einfach so los und bringen jemanden um.«

»Zumindest äußerst selten«, fügte Maddox hinzu und wandte sich an seine Partnerin. »Nici, wir sollten die Akten durchforsten, ob es einen ähnlichen Fall schon einmal irgendwo gab. Das könnte uns helfen, besser zu verstehen, mit was für einer Art Mensch wir es hier zu tun haben.«

»Vermutlich mit jemandem, der etwas gegen Vergewaltiger hat«, antwortete Fulton. »Sam, zeige uns bitte den Fundort der Leiche.«

»Hier entlang«, antwortete Hiller und winkte die beiden Beamten mit sich.

Hinter einer schmalen Baumreihe befand sich der Ort, wo das Opfer am frühen Morgen von einer jungen Studentin gefunden worden war. Soweit der Detective wusste, war die junge Frau joggen gewesen, als sie die Leiche entdeckt hatte. Auf dem waldigen Boden waren noch immer die Umrisse des Toten im feuchten, platt-gedrückten Gras zu sehen. Maddox ging in die Hocke und betrachtete die Stelle nachdenklich. Dann strich er mit der flachen Hand mehrfach darüber.

»Was macht er da?«, flüsterte Sam an Fulton gewandt.

»Ist eine seiner Marotten«, gab sie in ebensolchem Flüsterton zurück.

»Ihr braucht nicht zu flüstern«, erklärte Maddox, ohne den Blick vom Boden abzuwenden. »Ich gebe zu, es sieht so aus, als hätte ich mir das aus irgendeinem schlechten Film abgeschaut, aber auf diese Weise bekomme ich ein besseres Gefühl dafür, wie die Tat abgelaufen sein könnte. Sam, lag das Opfer auf dem Bauch oder auf dem Rücken?«

»Auf dem Rücken.«

»Lag er irgendwie unnatürlich?«

»Wie meinen Sie das?«

»Zur Seite gedreht, den Kopf schräg, die Arme oder Beine von sich gespreizt?«

»Nein«, erklärte Sam. »Als wir ihn fanden, lag er da, als würde er ein Sonnenbad nehmen. Die Arme befanden sich parallel zum Oberkörper, und die Beine waren ebenfalls gerade ausgestreckt.«

»Handflächen nach oben oder unten?«

»Nach unten.«

»Hmm ... Okay, das weist darauf hin, dass er nicht einfach so umgefallen ist, sondern hingelegt wurde. Gab es Spuren eines Kampfes? Hatte Mason Kratzer im Gesicht oder auf den Armen?«

»Nein, jedenfalls habe ich nichts entdecken können.«

»Das führt uns zu der Frage, ob er seinen Angreifer überhaupt bemerkt hat.«

»Du meinst, wenn er von vorne angegriffen worden wäre, dann hätte er den Täter gesehen und sich gewehrt?«, fragte Fulton.

»Vielleicht kannte er ihn sogar und hat sich genau deswegen nicht gewehrt«, bestätigte Maddox. »Oder er wurde von einem ihm Unbekannten auf der Straße angesprochen und unter einem Vorwand hierher gelockt.«

»Könnte aber doch genauso gut sein, dass er von hinten attackiert und vom Täter aufgefangen wurde, bevor er hinfiel«, wandte die Agentin ein.

»Ja, das stimmt«, bestätigte ihr Partner. »Sam, gibt es irgendwelche Schleifspuren, die zu diesem Ort führen?«

»Nein«, antwortete der Detective.

»Also wurde er an Ort und Stelle getötet«, stellte Maddox fest.

»Meinst du, er hatte bereits ein neues Opfer im Auge, mit dem er sich hier getroffen hat, und dann wurde der Spieß umgedreht?«

»In New York ist alles möglich. Aber irgendwie glaube ich nicht daran.«

»Also jemand, der ihn gezielt getötet hat.«

Zur Antwort nickte Maddox nur.

»Schöner Mist ...«, sagte Fulton. »Okay, ich denke, wir haben hier erst mal alles gesehen. Lass uns ins Büro zurück gehen und die Recherche starten.«

»Einverstanden.«

»Wollt ihr mit der Presse reden?«, fragte der Detective und warf einen Blick auf die Reportergruppe jenseits der Absperrung.

»Eigentlich nicht«, erklärte sie. »Ich bin nicht so die geübte Rednerin, und ich denke, je weniger die wissen, desto besser ist es für den Moment.«

»Okay«, erklärte Sam. »Ich halte mich ebenfalls raus. Das ist jetzt euer Fall.«

Fulton wusste, dass er es nicht böse meinte, sondern der Grund dafür war, dass es für niemanden nützlich war, wenn sich zwei unterschiedliche Behörden in dieselben Ermittlungen einmischten. Sie alle hatten bereits zu spüren bekommen, was passieren konnte, wenn sich zwei unterschiedliche Teams in die Quere kamen.

»Wie geht es eigentlich Corinne?«, fragte sie den Detective.

»Mal so, mal so«, gab er zurück. »Momentan ist sie okay, aber das kann sich jederzeit wieder drehen.«

»Halte durch. Wenn du etwas brauchst ...«

»... dann weiß ich, wo ich dich finden kann«, vervollständigte Sam ihren Satz.

Die Agenten verabschiedeten sich von dem Detective und gingen den Weg zurück, den sie gekommen waren. An der polizeilichen Begrenzung wurden sie von einer Horde Reporter empfangen.

»Haben Sie eine Stellungnahme für uns?«, rief einer.

»Wer ist das Opfer?«, wollte ein anderer wissen.

Fulton und Maddox wechselten einen kurzen Blick, bevor sich der Agent vor der Presse aufbaute und tief Luft holte, während sie sich im Hintergrund hielt.

»Zu diesem Zeitpunkt können wir noch keine Informationen herausgeben«, erklärte er sachlich.

»Warum nicht?«, fragte ein junger Mann, der sein Diktiergerät vor sich herumtrug wie das olympische Feuer.

»Sie sind noch nicht lange im Geschäft, oder?«, gab Maddox zurück und sprach gleich darauf weiter, ohne eine Antwort abzuwarten. »Denn wenn Sie es wären, wüssten Sie, dass dies die Standardprozedur ist. Die Ermittlungen befinden sich noch ganz am Anfang, und alles, was wir jetzt über den Fall sagen, könnte sich im Nachhinein als falsch erweisen. Wenn Sie davon noch nichts gehört haben, fragen Sie einmal Ihre erfahreneren Kollegen danach. Jetzt entschuldigen Sie mich bitte, ich habe zu arbeiten.«

In solchen Momenten empfand Fulton echte Ehrfurcht vor ihrem Partner, denn er ließ sich niemals in die Enge treiben, blieb aber dennoch stets höflich. Er wandte sich ihr zu, und als sie auf gleicher Höhe waren, marschierten sie Seite an Seite im Gleichschritt weiter. Innerlich amüsierte sie sich über das Bild, das sie beide abgeben mussten, aber nach außen hin verzog sie keine Miene. Aus dem Augenwinkel sah sie, dass Maddox´ Mundwinkel ganz leicht nach oben geneigt waren.

Ja, sie waren ein eingespieltes Team, dachte sie, während sie gemeinsam zur Bus-Station an der Ecke gingen und die Reporter hinter sich zurückließen.

»Okay, wo fangen wir an?«, fragte Maddox, als sie sich wieder in ihrem Büro am Federal Plaza befanden und an ihren einander gegenüberstehenden Schreibtischen saßen.

»Die Pathologie wird sicher einige Zeit brauchen, bis Ergebnisse vorliegen«, vermutete Fulton. »Lass uns damit beginnen, dass wir uns genau ansehen, wer Masons

Opfer waren, und wo sie sich zum Tatzeitpunkt befunden haben.«

»Sollte nicht weiter schwierig sein. Eine der Frauen hat sich selbst umgebracht. Die scheidet also offensichtlich aus. Die beiden anderen sind, soweit ich weiß, in der Psychiatrie.«

»Offen oder geschlossen?«

»Keine Ahnung«, gab er zu. »Aber das klären wir.«

»Was ist mit den Angehörigen der Opfer?«

»Die nehmen wir uns gesondert vor«, antwortete Maddox, während er auf dem vor ihm liegenden Schreibblock Notizen vornahm. »Auch Masons Freunde werden wir durchleuchten. Ich wette, dass er seine Freilassung ausgiebig gefeiert hat.«

»Wir sollten auch seine Frau nicht vergessen«, wandte Fulton ein. »Viele Morde geschehen schließlich durch enttäuschte Ehefrauen.«

»Fangen wir doch direkt bei ihr an. Lass uns mal eben schauen, wo sie wohnt.«

Der Agent drückte auf einen Knopf an seinem Computer und weckte diesen aus dem Stand-by. In die FBI-Suchmaschine tippte er den Namen des Toten ein und ließ das System für einige Sekunden suchen.

»Hier«, sagte er und tippte mit seinem Stift gegen den Flachbildschirm. »Elmhurst. Main Street, Ecke Einundsiebzigste Straße.«

»Nicht übel«, erklärte die Agentin. »Nicht die beste Gegend, aber immer noch gut zu wohnen. Wollen wir gleich hin?«

»Lass uns vorher noch schauen, wo sich die beiden Vergewaltigungsopfer befinden. Sollten sie in der Nähe wohnen, können wir vielleicht gleich zwei Fliegen mit einer Klappe schlagen.«

Er tippte erneut einen Befehl ein und betrachtete dann die Suchergebnisse.

»Und?«, fragte Fulton, als ihr Partner schwieg.

»Eine, ihr Name ist Sarah Peterson, ist in der geschlossenen Anstalt. Die andere, Ellen Jannings, befindet sich in der offenen Psychiatrie. Ihr letzter gemeldeter Wohnort ist in Forest Hills, Jewel Avenue, Ecke Yellowstone Boulevard.«

»Weit weg von Masons Wohnung?«

»Nicht so weit«, erklärte Maddox. »Nur ein paar Kilometer. Ich denke, dass wir einen Wagen nehmen sollten. Mit den Öffentlichen ist es zu umständlich.«

»Einverstanden. Im Fuhrpark kriegen wir sicher etwas Brauchbares.«

»Warte, ich starte noch Anfragen zu den Angehörigen der beiden Frauen. Dann können wir los.«

Nach wenigen Minuten war alles erledigt, und Maddox und Fulton gingen zum Aufzug, um in die Tiefgarage des Gebäudes zu gelangen. Dort befand sich der kleine, aber gut ausgestattete Fahrzeugpool des New Yorker FBI.

»Hallo Johnny«, begrüßte Fulton den jungen Mann, der sich in einer kleinen Bude im Zentrum des Tiefgeschosses befand.

Der dreiundzwanzigjährige Junge war gerade damit beschäftigt, irgendwelche Daten von einem Papierbogen in seinen Computer zu übertragen. Als er den Kopf hob und die beiden Agenten vor sich sah, lächelte er breit.

»Hey Nici, hey Carl«, sagte er. »Schöner Tag heute?«

»Ich kann mich nicht beklagen«, gab Fulton zurück. »Wie geht es dem Baby?«

»Alles paletti«, antwortete Johnny. »Er schläft zwar unregelmäßig und wacht normalerweise immer genau dann auf, wenn es am Unpassendsten ist, aber dafür geht mir stets das Herz auf, wenn mich der Kleine erkennt und anlächelt.«

»Schön zu hören. Sag mal, wir brauchen einen Wagen. Nichts Ausgefallenes, muss uns nur von A nach B bringen.«

»Kein Problem. Ich habe erst gestern einen nagelneuen Mustang reinbekommen.«

»Vielleicht etwas weniger Auffälliges«, meinte Carl lächelnd.

»Okay, dann habe ich noch einen BMW hier. Etwas älter, aber ziemlich robust. Du weißt ja, was man über deutsche Autos sagt.«

»Klingt gut.«

Der junge Mann warf einen Blick zur Seite auf ein Brett und suchte mit dem Finger die einzelnen Haken ab. Dann griff er nach einem Schlüsselbund und hielt ihn der Agentin hin. »Funkgesteuert, du musst nur ...«

»Johnny, ich weiß, wie man mit Autos umgeht«, erklärte Fulton.

»Sorry, die Macht der Gewohnheit. Du ahnst ja nicht, wie viele unserer hochgeschätzten und altgedienten Kollegen vor der modernen Technik kapitulieren.«

»Ist er vollgetankt?«

»Ja, und frisch gewaschen.«

»Danke dir.«

»Wo geht es denn hin?«

»Das könnte ich dir verraten, aber dann müsste ich dich töten«, erklärte die Agentin augenzwinkernd.

»Schon kapiert. Laufende Ermittlungen und so.«

»Du hattest doch mal überlegt, dich beim FBI zu bewerben«, wandte Maddox ein. »Wie sieht es damit aus?«

»Jetzt, wo das Baby da ist, haben Audrey und ich alle Hände voll zu tun. Da bleibt leider keine Zeit für so etwas.«

»Das tut mir leid«, sagte der Agent. »Aber das wird bestimmt wieder werden.«

»Natürlich«, antwortete Johnny in einem Tonfall, der verriet, dass er nicht wirklich daran glaubte.

»Lass uns später mal auf ein Bier gehen und darüber sprechen, okay?«, bot Fulton an.

»Klar«, bestätigte der junge Mann. »Viel Spaß mit dem Wagen.«

»Danke.«

Der BMW befand sich auf der anderen Seite der Garage, und als die beiden Agenten davorstanden, sahen sie sich kurz fragend an.

»Wer fährt?«, fragte Maddox.

»Stein-Schere-Papier?«, schlug seine Partnerin vor.

Beide hoben die Hände und spielten das altbekannte Spiel. Fulton gewann mit Zwei zu Eins.

»Dann wäre das auch geklärt«, sagte der Agent und stieg auf der Beifahrerseite ein.

An der Bude, wo sich Johnny befand, winkten sie dem Jungen kurz zu und fuhren dann die Auffahrt hoch. Für Laien sah die Tiefgarage so aus wie Millionen andere auf der Welt, aber die beiden FBI-Agenten wussten es besser. Erst kürzlich waren hier umfangreiche Modernisierungen vorgenommen worden. Unter anderem waren in den Seitenwänden und Decken Kameras installiert worden, die sich in einer Entfernung von jeweils zwei Metern zueinander befanden und jede Bewegung registrierten. Vor einiger Zeit hatte die Alarmanlage angeschlagen, als sich eine Maus in die Auffahrt verirrt hatte. Ebenfalls in regelmäßigen Abständen waren massive, zwei Meter hohe und vierzig Zentimeter breite Stahlpoller in den Boden eingelassen worden, die automatisch innerhalb von drei Sekunden ausgefahren werden konnten, um etwaige Angreifer zu stoppen. Die Planungen hierzu hatte es bereits kurz nach dem Attentat auf das Murrah Federal Building in Oklahoma City im Jahr 1995 gegeben, doch wie so oft hatte es viele Jahre gedauert, bis überhaupt auch nur das Budget geklärt worden war. Bis der Umbau tatsächlich durchgeführt worden war, waren noch viele weitere Jahre ins Land gegangen.

Fulton steuerte den Wagen an die Oberfläche und passierte eine sich selbstständig öffnende Schranke und fädelte sich in den fließenden Verkehr ein, fuhr aber nicht den direkten Weg zum Stadtteil Queens.

»Willst du nicht die Brooklyn nehmen?«, fragte Maddox seine Partnerin.

Damit meinte er die im Südosten gebaute Brücke, die Manhattan mit dem Festland verband.

»Da ist momentan eine Baustelle und auf der Manhattan ebenso. Wir fahren stattdessen durch den Hugh L. Carey Tunnel, der bringt uns nach Brooklyn, und dann rüber nach Elmhurst über die Interstate Zwei-Sieben-Acht.«

»Wie du meinst«, entgegnete er und lehnte sich zurück.

Obwohl er bereits seit einigen Jahren in New York wohnte, kannte er sich mit den diversen Straßenverbindungen immer noch eher schlecht als recht aus. Dies war der Tatsache geschuldet, dass er kein eigenes Auto besaß und für größere Entfernungen normalerweise entweder die öffentlichen Verkehrsmittel oder ein Uber benutzte.

»Was denkst du, was Mrs. Mason uns sagen wird?«, fragte Fulton ihn.

»Zu der Nachricht, dass ihr Mann tot ist, oder zu dem Umstand, dass sich das FBI dafür interessiert?«

»Beides.«

Maddox rieb sich das leicht stoppelige Kinn und strich mehrfach über sein Haupthaar, welches er mithilfe des Innenspiegels bändigte. Schließlich wollte er, wenn er Hausbesuche machte, seriös wirken. »Ich schätze mal, sie wird weder über das eine noch über das andere sonderlich erfreut sein. Obwohl sie natürlich weiß, dass ihr Mann ein Straftäter war ...«

»Er wurde freigesprochen«, korrigierte ihn Fulton.

»Obwohl es ziemlich klar ist, dass er für die Vergewaltigungen verantwortlich ist«, fügte Maddox hinzu. »Wie auch immer, sie hat vermutlich mehr in ihm gesehen als der Rest der Welt. Sonst hätte sie ihn ja wohl kaum geheiratet und zu ihm gestanden.«

»Da kennst du die Frauenwelt aber schlecht«, erklärte seine Partnerin. »Es gibt so viele Frauen, die bei ihren Männern bleiben, auch wenn diese noch so gewalttätige Drecksäcke sind. Jetzt weiter im Text.«

»Ich schätze, dass es nicht ganz einfach werden wird, sie zum Reden zu bringen. Vielleicht solltest du besser den Hauptteil des Gesprächs übernehmen.«

»Weil ich einfühlsamer bin als du?«

»Auch«, bestätigte er nickend. »Aber vor allem, weil du ganz einfach eine Frau bist. Es ist immer leichter, mit einem Geschlechtsgenossen zu sprechen.«

»Meinetwegen.«

Die Fahrt dauerte beinahe eine Stunde, obwohl es zu Fultons Erstaunen keinen Stau gab. An der vom Büro-Computer mitgeteilten Adresse angekommen, zeigte Maddox auf die Fassade eines mit roten Backsteinen errichteten Hauses, welches sich in nichts von den Häusern der Nachbarschaft unterschied. »Dort«, sagte er.

Die Agentin fuhr noch zwei Mal um den Block und fand dann einen Parkplatz ganz in der Nähe des Gebäudes.

»Sicher, dass Mason hier wohnt?«, wollte Fulton wissen.

»Sofern man unserer Datenbank glauben kann. Wollen wir?«

»Gentlemen first«, antwortete sie und unterstrich ihre Aussage mit einer Handbewegung.

Maddox ging, gefolgt von seiner Partnerin, über die Straße und betrachtete dabei das Gebäude von oben bis unten. Es war zweistöckig und etwa zwei Meter von der Straße zurückgesetzt. Zwischen dem Haus und dem Gehsteig erstreckte sich ein schmales Stück Rasen, wie es für diese Gegend und allgemein in amerikanischen Städten üblich war, wenn man nicht gerade im Zentrum wohnte.

Fehlt nur noch die US-Flagge, dachte er.

Die Haustür befand sich einen Meter über dem Erdboden und konnte über eine dreistufige, steinerne Treppe erreicht werden. Alles in allem sah das Haus ziemlich gepflegt aus, fand er, als er die oberste Stufe erreicht hatte und die Türklingel tief in die Fassung drückte. Aus dem Inneren des Gebäudes ertönte ein melodisches Läuten. Als die Tür nach innen aufgezogen wurde, sahen sich die beiden Agenten einer Frau im Alter von rund vierzig Jahren gegenüber. Sie trug ein geblümtes Kleid, welches den Hals nur ein wenig frei ließ und bis zu den Knöcheln reichte. Ihre braunen Haare waren zu einem lockeren Zopf geflochten, aus dem sich einzelne Strähnen gelöst hatten und locker auf ihren Schultern lagen. Es sah so aus, als ob sie Mrs. Mason gerade beim Hausputz gestört hatten.

»Ja?«, fragte sie mit heller, angenehm modulierter Stimme.

»Mrs. Mason?«, erhob Fulton das Wort.

»Die bin ich, und wer sind Sie?«

»Mein Name ist Nicole Fulton, das ist mein Partner Carl Maddox. Wir sind vom FBI.«

Masons Gesichtsausdruck veränderte sich abrupt, als sie die drei Buchstaben hörte. »Sie sind wegen Jacob hier, oder?«

»Ja«, bestätigte die Agentin.

Die Frau seufzte vernehmlich. »Was hat er jetzt wieder ausgefressen?«

»Mit Verlaub, das würden wir gerne drinnen besprechen, wenn es Ihnen nicht zu viele Umstände macht.«

»Bitte weisen Sie sich erst einmal aus.«

Fulton und Maddox zogen ihre Dienstausweise hervor und zeigten sie der Frau.

»Danke. Man muss heutzutage so vorsichtig sein. Kommen Sie bitte herein. Es ist leider gerade etwas unordentlich.«

»Schon gut, kein Problem.«

Mrs. Mason öffnete die Tür vollends und ließ die beiden Agenten eintreten. »Links ist die Küche, da können wir in Ruhe reden.«

»Ist Ihr Sohn zu Hause?«

»Nein«, entgegnete Masons Ehefrau. »Er ist für einige Tage auf einem Schulausflug. Möchten Sie einen Kaffee?«

»Gern«, antworteten die Agenten nacheinander.

Mrs. Mason ging zur Anrichte, nahm drei saubere Tassen zur Hand und betätigte dann die Kaffeemaschine, die blubbernd zum Leben erwachte.

»Cappuccino? Espresso?«, bot sie an.

»Bitte einfach nur schlichten, schwarzen Kaffee«, erwiderte Fulton.

Nachdem die drei Behälter gefüllt waren, trug Mrs. Mason sie zum Küchentisch hinüber und bedeutete den Beamten, Platz zu nehmen.

»Also, worum geht es?«, fragte sie. »Was hat Jake angestellt, dass das FBI ihn Hause besuchen will?«

»Mrs. Mason, wir kommen am besten direkt zum Punkt. Es tut uns sehr leid, Ihnen das mitteilen zu müssen, aber Ihr Mann wurde heute Morgen tot aufgefunden.«

Die Frau hielt für einige Sekunden inne, als müsste ihr Gehör die soeben mitgeteilte Nachricht erst verarbeiten, bevor es sie an ihr Gehirn weiterleitete. Als dies geschehen war, zog sie die Lippen leicht nach oben. »Das ist ein Scherz, oder? Sie sind von irgendeiner Comedy-Show und wollen mich auf den Arm nehmen, oder?«

Fulton schüttelte leicht den Kopf. »Ich wünschte, es wäre so, aber wir sind nicht vom Fernsehen, und erst recht wollen wir Sie nicht veralbern. Ihr Ehemann, Jacob Joseph Mason, ist tot.«

»Wie …«, flüsterte Mrs. Mason.

»Er wurde ermordet.«

»Du meine Güte …«

Daraufhin tat die Frau etwas, was die Agenten nicht erwartet hatten. Sie stand auf, ging zu einem Schrank über der Spüle, öffnete die Türen und zog eine Flasche Scotch heraus. Sie schraubte den Deckel ab und setzte sie direkt an ihre Lippen. Danach zu urteilen, wie viele Schlucke sie nahm, war sie offenbar geübt darin, sich zu betrinken, entschied Maddox, während er sie beobachtete.

Als sie die Flasche schließlich absetzte, sog sie die Luft tief ein und warf ihren Kopf in den Nacken, um dann lauthals loszulachen.

»Sie sind wirklich gut!«, sagte sie zwischen zwei Lachern. »Wie oft haben Sie das geübt? Sie sind doch sicher gelernte Schauspieler, oder?«

»Mrs. Mason …«, sagte Fulton ernst. »Ich versichere Ihnen nochmals, dass wir tatsächlich und leibhaftig vom FBI sind, und das, was ich Ihnen gerade über Ihren Mann gesagt habe, die absolute Wahrheit ist.«

Die Frau sah sowohl Fulton als auch Maddox lange in die Augen, und schließlich schien ihr zu dämmern, dass es die am Tisch sitzenden Leute tatsächlich ernst meinten.

»Sie wollen mir also sagen, dass Jake, kaum dass er freigesprochen wurde, ermordet worden ist?«

»Ja, und wir möchten mit Ihnen darüber sprechen.«

»Na gut. Gesetzt den Fall, dass Sie tatsächlich die Wahrheit sagen, was wollen Sie wissen?«

»Sie glauben uns immer noch nicht«, stellte Maddox fest.

»Wie könnte ich das? Das Ganze ist so absurd, dass es nur erfunden sein kann.«

»Und doch ist es wahr. Wenn Sie uns nicht glauben, rufen Sie bitte beim FBI-Hauptquartier am Federal Plaza an und fragen Sie nach Frank Lauders. Er ist unser Vorgesetzter.«

»Wissen Sie was? Genau das werde ich tun«, erklärte Mrs. Mason, stellte die Flasche auf die Ablage, griff nach ihrem Handy und ging ins Internet, um die Telefonnummer des FBI herauszufinden. Als sie den Eintrag gefunden hatte, tippte sie die Nummer ein und hielt sich das Telefon ans Ohr.

»Frank Lauders bitte«, sagte sie. »Mein Name ist Elisa Mason. Ja, ich warte ... Mr. Lauders? Hier sitzen zwei Leute in meiner Küche und behaupten, vom FBI zu sein. Sie heißen Nicole Fulton und Carl Maddox. Sie sagen, mein Mann sei gestern Nacht ermordet worden ... Wirklich? Oh ... Okay ... vielen Dank. Auf Wiederhören.«

Elisa Mason hielt ihr Handy noch für einige Sekunden in der Hand, bevor sie es langsam auf die Ablage neben der Flasche legte. Es schien so, als habe sie alle Kraft verlassen, als sie zu ihrem Stuhl tappte und sich schwer auf die Sitzfläche fallen ließ.

»Mrs. Mason ... Es tut mir sehr leid«, sagte Fulton sanft.

»Er hatte sich so gefreut, als er mir am Telefon gesagt hat, dass er freigesprochen wurde«, erwiderte Mason leise.

»Was hat er Ihnen noch gesagt?«

»Er wollte mit seinen Kumpels feiern gehen. Als er heute Morgen nicht zu Hause war, bin ich davon ausgegangen, dass er bei einem seiner Freunde übernachtet hat. Das macht er manchmal.«

»Haben Sie heute schon versucht, ihn zu erreichen?«

»Nein. Ich dachte mir, dass er heimkommen wird, wenn er ausgeschlafen hat. Vorhin, als es an der Tür geklingelt hat, dachte ich, er sei es. Er vergisst manchmal seinen Hausschlüssel, wissen Sie ...«

Die Frau stützte ihr Gesicht in die Hände und unterdrückte ein Schluchzen.

»Erinnern Sie sich, ob Jacob Ihnen gesagt hat, wo er feiern will?«

»Nein, aber ich weiß, dass er gerne in seine Stammkneipe geht. *Sam´s Irish Pub* heißt das Ding. Ziemliche Spelunke, wenn Sie mich fragen, aber ihm gefällt es dort.«

»Danke«, sagte Fulton. »Sagen Sie, Sie haben nicht zufällig die Adressen von Jacobs Freunden, oder?«

»Doch«, erwiderte die Frau. »Jake hat im Arbeitszimmer ein Notizbuch mit den Adressen. Warten Sie, ich hole es für Sie.«

Als Elisa Mason die Küche verlassen hatte, beugte sich Maddox zu seiner Partnerin hinüber. »Glaubst du, dass die Trauer echt ist?«

»Ich bin mir nicht sicher. Irgendwie habe ich das Gefühl, dass sie durchaus erleichtert ist, dass ihr Mann tot ist. Auch wenn sie jetzt ihren Sohn allein großziehen muss, und auch finanziell wird es bestimmt schwierig für sie werden.«

»Denkst du, dass sie verdächtig ist?«

»Wir sollten es auf jeden Fall nicht ausschließen.«

»Hier ist das Buch«, sagte Mason und überreichte der Agentin ein dünnes Heft.

»Sagen Sie, Mrs. Mason, wo waren Sie eigentlich vergangene Nacht?«, fragte Maddox.

»Ich war hier«, antwortete die Frau. »Ich habe mein Buch weitergelesen und bin dann schlafen gegangen.«

»Wann war das?«

»So gegen elf, schätze ich.«

»Gibt es jemanden, der das bezeugen kann?«

»Moment«, sagte Mason gedehnt und schaute zuerst zum Agenten und dann zu seiner Partnerin. »Denken Sie etwa, dass ich ihn umgebracht habe?«

»Dies ist nur eine Routinefrage«, erklärte Maddox ausweichend.

»Kommt es öfter vor, dass eine Frau ihren Mann heimtückisch ermordet?«

»Öfter, als Sie denken«, gab er zu. »Mrs. Mason, beantworten Sie bitte meine Frage.«

Elisa Mason atmete mehrfach durch. »Nein«, erwiderte sie schließlich. »Ich war allein.«

»Vielen Dank. Meine Partnerin und ich müssen jetzt leider los, aber wir möchten Sie bitten, die Stadt bis auf Weiteres nicht zu verlassen.«

»Um mich verhaften zu können?«

»Um Sie aufsuchen zu können, sollten wir weitere Fragen haben.«

Die beiden Agenten verabschiedeten sich und verließen dann das Haus. Im Auto sitzend, warf Fulton noch einen Blick auf das Gebäude und sah, dass sich hinter einem der Fenster die Silhouette von Elisa Mason abzeichnete.

»Ich glaube nicht, dass sie es getan hat«, sagte sie in die Stille hinein.

»Warum nicht?«

»Nenne es weibliche Intuition. Sie macht auf mich nicht den Eindruck, dass sie zu einem Mord fähig ist.«

»Das Leben kann einem manchmal übel mitspielen. Sie wäre nicht die Erste, bei der sich plötzlich ein Schalter umlegt.«

Fulton nickte. »Schon klar, aber wir sollten uns jetzt noch nicht festlegen. Komm, lass uns zu Jannings fahren.«

Die Gegend, in der eines der früheren Opfer von Jacob Mason wohnte, unterschied sich drastisch von dessen eigenem Haus. Das Gebäude, das sich direkt an der Kreuzung Queens Boulevard, Jewel Avenue und Yellowstone Boulevard befand, war sechs Stockwerke hoch und zu einer Seite hin spitz zulaufend gebaut.

»Bisschen wie das Flatiron«, kommentierte Fulton den Anblick, womit sie das berühmte Gebäude an der Fifth Avenue meinte, welches bekanntermaßen die Form eines aufrechtstehenden Bügeleisens besaß.

»Aber wirklich nur ganz dezent. Hier ist sie«, sagte Maddox und zeigte auf eines der zahlreichen Klingelschilder an der Eingangstür.

»Soll ich wieder das Reden übernehmen?«, fragte die Agentin.

»Nachdem das FBI für Gleichberechtigung eintritt, bin ich jetzt an der Reihe«, gab ihr Partner zurück und drückte den Klingelknopf.

Außer einem leisen Summen, welches dem nächtlichen Quaken eines Frosches nicht unähnlich war, hörten sie nichts, bis die neben den Klingeln angebrachte Gegensprechanlage knisternd zum Leben erwachte.

»Hallo?«, fragte eine metallisch verzerrte Stimme.

»Ms. Jannings? Mein Name ist Carl Maddox. Ich habe meine Partnerin Nicole Fulton bei mir. Wir sind vom FBI und möchten gerne mit Ihnen sprechen.«

»Tut mir leid, ich habe gerade nicht viel Zeit.«

»Es wird nicht lange dauern. Wir wollen wirklich nur mit Ihnen reden. Bitte, lassen Sie uns rein.«

Nach einem kurzen Schweigen am anderen Ende summte der Türöffner. Fulton zog die schmucklose Pforte auf und hielt sie dann für ihren Kollegen offen. Sie folgten der Treppe bis in das vierte Stockwerk, wo sie unschlüssig stehenblieben. An den Wohnungstüren auf dieser Etage befanden sich keine Namensschilder. Sie wollten bereits an einer der Türen klopfen, als sie zu ihrer Linken eine Bewegung wahrnahmen. Die dort befindliche Tür öffnete sich einen Spalt weit.

»Ms. Jannings?«, fragte Maddox.

»Zeigen Sie mir bitte Ihre Marken«, forderte sie die Frau auf der anderen Seite auf, ohne sich selbst zu zeigen.

Die beiden Agenten taten wie verlangt, zückten ihre FBI-Ausweise und hielten sie gut sichtbar in dir Höhe.

»In Ordnung«, beschied ihnen Jannings nach einigen Sekunden und schloss die Tür wieder.

Den klappernden Geräuschen, die von drinnen zu hören waren, nach zu urteilen, entriegelte sie eine Kette. Dann zog sie die Eingangstür gerade so weit auf, dass eine Person hindurchgehen konnte.

»Kommen Sie herein.«

»Vielen Dank«, entgegnete der Agent und trat, gefolgt von Fulton, in die kleine Wohnung.

»Ziehen Sie bitte die Schuhe aus, ich habe gerade gewischt.«

Maddox und Fulton wechselten einen amüsierten Blick. Anscheinend waren heute alle, die sie besuchten, mit Putzen beschäftigt. Sie zogen ihre Schuhe von den Füßen und stellten sie auf den dafür vorgesehenen Platz; eine schmale Matte unter der Garderobe. Jannings beobachtete jede ihrer Bewegungen ganz genau.

Wie ein Tiger, der seine Beute betrachtet, schoss es Maddox durch den Kopf. *Oder vielleicht eher wie ein verschrecktes Reh*, fügte er im Geiste hinzu.

Sie folgten ihr durch den kurzen Flur in ein Zimmer, welches sowohl den Wohn-, als auch den Kochbereich darstellte.

»Möchten Sie sich setzen?«, fragte die Frau.

»Gern«, erwiderte der Agent und machte es sich auf einem breiten Holzstuhl bequem. Fulton ließ sich neben ihm auf einem Stuhl gleicher Bauart nieder und musterte Jannings unauffällig. Die Frau war jung und trug ihr blondes Haar etwa schulterlang. Ihre Figur war sportlich, ähnlich derjenigen von Mrs. Mason. Alles in allem eine hübsche Person, wenn sie gelächelt hätte. Aber ihre Augen ... diese waren zu alt für eine so junge Person, so, als hätte die Frau in ihren Leben zu viel gesehen.

Hat sie auch, sagte Fultons innere Stimme. *Sie hat zu viel gesehen und zu viel erlebt.*

»Warum möchte das FBI mit mir sprechen?«, fragte Jannings in die Stille hinein.

»Wir ermitteln gerade in einem Fall, der mit jemandem zu tun hat, den Sie kennen«, antwortete Maddox.

»Bitte, sprechen Sie einfach Klartext. Ich habe nicht viel Zeit.«

»Okay«, antwortete der Agent, beugte sich vor und blickte Jannings direkt in die Augen. »Heute Morgen wurde Jacob Mason tot aufgefunden. Er wurde ermordet, und wir wollen herausfinden, wer ihn auf dem Gewissen hat.«

Jannings´ Augen weiteten sich. »Er ist tot?«

»Definitiv.«

»Sind Sie sich auch wirklich sicher?«

»So sicher, wie ich hier sitze«, bestätigte Maddox.

Die Frau antwortete nicht, sondern senkte den Blick und sah zu Boden.

Eine seltsame Reaktion, notierte Fulton im Geiste. *Warum freut sie sich nicht?*

Als Jannings nach einigen Sekunden immer noch nicht den Kopf gehoben hatte, ergriff der Agent wieder das Wort. »Ms. Jannings? Sind Sie in Ordnung?«

»Ja ...«, sagte sie leise. »Es ist nur ... ich habe mir nach dem, was er mir angetan hat, immer gewünscht, dass er tot wäre. Jetzt zu erfahren, dass mein Wunsch tatsächlich in Erfüllung gegangen ist, ist so ...«

»... befriedigend?«, soufflierte der Agent.

»Nein«, widersprach ihm Jannings. »Ich kann nicht in Worte fassen, was ich gerade fühle. Auf eine seltsame Weise ist da einfach ... nichts. Keine Freude, kein Entsetzen, gar nichts.«

»Glauben Sie mir, das ist vollkommen normal. Oftmals braucht das Gehirn eine gewisse Zeit, um die

Nachricht vom Tod einer anderen Person verarbeiten zu können.«

»Mag sein«, gab die Frau zurück. »Aber es ist nicht das erste Mal, dass ich nichts fühle. Seit dem ... Vorfall vor sechs Monaten fühle ich kaum noch etwas. Wenn ich früher im Park spazieren gegangen bin, habe ich es immer genossen, die Sonne auf der Haut zu spüren und dem Gesang der Vögel zu lauschen. Wenn ich früh morgens aufstand und die ersten Sonnenstrahlen durchs Fenster drangen und mich kitzelten, war ich glücklich, doch er hat mir all das genommen.«

»Sie fühlen sich leer«, sagte Maddox wissend.

»Nicht nur das. Ausgelaugt ist vielleicht das richtige Wort. Wie ein Schwamm, der so lange ausgepresst wurde, dass er jetzt so trocken ist, dass er bröckelt, wenn man ihn anfasst.«

»Ich verstehe Sie.«

»Das glaube ich zwar nicht, aber ich danke Ihnen trotzdem für den Versuch«, antwortete Jannings.

»Hören Sie, es ist bestimmt nicht leicht, über diesen Menschen nachzudenken, aber für uns ist es sehr wichtig, dass wir herausfinden, wer Mason getötet hat. Sind Sie bereit dazu, uns einige Fragen zu beantworten?«

Die Frau schien sich innerlich zu fassen und blickte den Agenten an. »Ja.«

»In Ordnung, dann sagen Sie uns bitte, wo Sie in der vergangenen Nacht waren.«

»Ich war den Großteil der Zeit zu Hause. Ich gehe nicht mehr viel vor die Tür. Nicht seit meinem Zusammentreffen mit Mason.«

»Gibt es eine Person, die bestätigen kann, dass Sie hier waren?«

»Meine Nachbarin, Philippa Baker. Sie wohnt direkt nebenan und kommt oft vorbei, um Zeit mit mir zu verbringen. Gestern war sie lange bei mir.«

»Wie lange?«

»Sie ist erst heute Morgen rübergegangen.«

»Wenn wir Ms. Baker fragen, wird sie dies bestätigen?«

»Davon gehe ich aus«, antwortete Jannings. »Sie ist eine liebe Person, die mich so gut es geht, unterstützt. Sie kauft für mich ein und hilft mir bei diversen Angelegenheiten ... und sie hört mir zu, wenn ich jemanden zum Reden brauche.«

»Sie sagten vorhin, dass Sie sich seit dem Vorfall damals gewünscht haben, dass Jacob Mason tot ist. Wie sehr haben Sie sich das gewünscht?«

»In der ersten Zeit kaum, da war ich mit ganz anderen Dingen beschäftigt, wie Sie sich sicher vorstellen können. Aber als ich anfing, in die Therapie zu gehen, entstand der Wunsch, es ihm heimzuzahlen. Wissen Sie, ich wache noch immer jede Nacht auf, weil ich ihn im Traum vor mir sehe. Manchmal sehe ich ihn sogar tagsüber, im Spiegel oder im Fenster. Hin und wieder höre ich auch seine Stimme.«

»Sie haben vor Gericht ausgesagt, dass Sie sich nicht mehr wirklich an sein Gesicht erinnern können«, gab Fulton zu bedenken.

»Viele Dinge, die in der Nacht des Vorfalls geschehen sind, sind verschwommen. Im Traum sehe ich ihn vor mir, auch wenn ich sein Gesicht nicht genau erkennen kann«, räumte sie ein. »Aber ich weiß dennoch, dass er es ist, und als ich vor Gericht ausgesagt habe, da wusste ich ganz sicher, dass ER es war, der da auf der Anklagebank saß.«

Maddox schaltete sich wieder ein. »Wenn Sie die Möglichkeit gehabt hätten, ihn umzubringen, hätten Sie es getan?«, wollte er jetzt wissen.

»Ich denke schon«, antwortete sie und zog einen Mundwinkel nach oben. »Ich schätze, das macht mich schwer verdächtig, oder?«

»Nach allem, was Sie erlebt haben, ist es nur menschlich, so zu denken.«

»Das beantwortet aber nicht meine Frage.«

»Ja«, bestätigte Maddox. »Sie gehören definitiv zu den Verdächtigen.«

Jannings nickte. »Das verstehe ich natürlich. Ich kann Ihnen nur sagen, dass ich es nicht war, und dass ich auch niemanden damit beauftragt habe, es zu tun. Ob Ihnen das reicht, müssen Sie selbst entscheiden.«

»Wie nahe stehen Sie Ms. Baker?«

»Wir sind gute Freundinnen. Schon, seit ich hier wohne, verstehen wir uns gut. In den vergangenen Monaten sind wir uns wirklich nahegekommen.«

»Wie nah?«, hakte Maddox nach.

Zum ersten Mal, seit die Unterhaltung begonnen hatte, lächelte Jannings, wenn auch nur leicht. »Wir sind kein Liebespaar, wenn Sie das meinen«, erklärte sie. »Wir sind sehr gute Freundinnen. Ein wenig wie Mutter und Tochter, nur auf eine angenehme Art und Weise, ohne die Ärgernisse, die ein Familienleben mit sich bringt.«

Der Agent warf Fulton einen kurzen Blick zu. Als diese ganz leicht den Kopf schüttelte, wandte er sich wieder der Frau zu. »Danke für Ihre Zeit, Ms. Jannings.

Momentan haben wir keine weiteren Fragen. Es wäre aber schön, wenn wir Sie erreichen könnten, sollten wir doch noch etwas wissen wollen. Und reden Sie bitte mit niemandem über diesen Fall. Wir wollen die Ermittlungen so ungestört wie möglich durchführen.«

»Ich bin hier und werde mit niemandem sprechen«, sagte Jannings und breitete die Arme leicht aus.

Die Agenten verabschiedeten sich und traten in den Flur hinaus. Direkt hinter ihnen fiel die Tür ins Schloss und wurde verriegelt.

»Wollen wir jetzt Ms. Baker aufsuchen?«, fragte Maddox.

»Klar.«

Sie klopften an die Tür, welche direkt vor ihnen lag, und staunten nicht schlecht, als diese nur zwei Sekunden später geöffnet wurde.

»Guten Tag«, grüßte sie eine dunkelhäutige alte Dame mit schlohweißem Haar, die so klein war, dass sie den beiden Agenten gerade bis zum Bauchnabel reichte.

»Guten Tag«, erwiderte der Agent den Gruß und sah zu ihr hinunter. »Sind Sie Ms. Baker?«

»In voller Lebensgröße«, erwiderte die Frau und lächelte spitzbübisch.

Die Agenten wollten sich vorstellen, aber die alte Frau winkte nur ab.

»Ich habe schon mitbekommen, wer Sie sind«, erklärte Baker. »Die Wände sind hier nicht besonders dick.«

»Erst recht nicht, wenn man lauscht«, fügte Fulton hinzu.

Die alte Frau zuckte mit den Schultern. »Ich bin nur vorsichtig, gerade, wenn es um Ellen geht.«

»Sie hat uns einiges von Ihnen erzählt. Dürfen wir hereinkommen?«

»Natürlich. Bitte.«

Baker trat zur Seite und ließ die beiden FBI-Beamten in ihre Wohnung. »Behalten Sie ruhig Ihre Schuhe an«, gab sie kund. »Was wollten Sie denn von Ellen?«

»Wir ermitteln in einem Mordfall und haben einige Informationen von Miss Jannings benötigt.«

»Ist der Drecksack also endlich weg vom Fenster?«

»Wen meinen Sie damit?«, fragte Maddox.

»Na Mason. Dieser Scheißkerl, der Ellen auf dem Gewissen hat.«

»Aktuell dürfen wir nichts über die Ermittlungen preisgeben.«

»Danke, das genügt mir schon als Antwort. Sie wollen sicher wissen, wo sich Ellen zum Tatzeitpunkt befand. Ich war bei ihr.«

»Sie wissen ja noch gar nicht, wann der Mord geschehen ist«, antwortete Fulton misstrauisch.

»Die Wände ...«, sagte Baker und zeigte zur Unterstreichung ihrer Aussage zu ihrer Linken. »Ich bin gestern Nachmittag zum Einkaufen gegangen, habe Ellen alles mitgebracht und bin dann bis heute früh bei ihr geblieben. Wir haben uns unterhalten, uns lange angeschwiegen und uns dann wieder unterhalten. So ist es oft. Das arme Ding hat einiges mitgemacht.«

»Ja, das ist uns bekannt«, sagte Maddox.

»Sie wissen aber wahrscheinlich nicht, dass es nicht das erste Mal war, dass sie vergewaltigt wurde. Ihr Vater hat sie als kleines Mädchen regelmäßig missbraucht.«

»Hat sie Ihnen das erzählt?«

»Ja. Die psychiatrische Behandlung in allen Ehren, aber es gibt Dinge, die erzählt man nicht mal einem Therapeuten. Mir hingegen vertraut sie.«

»Dann weiß sie hoffentlich auch, dass Sie uns gerade ihre Lebensgeschichte erzählen, als wäre es eine Story aus einem Roman.«

»Sie vertraut mir«, wiederholte Baker. »Jedenfalls versichere ich Ihnen, dass Mason nicht von Ellen getötet worden ist. Dazu ist sie nicht fähig.«

»Menschen können zu allem fähig sein«, wandte Fulton ein. »Es muss nur der richtige Schalter gedrückt werden.«

»Ich meinte das metaphorisch«, gab die alte Frau zurück. »Ellen verlässt die Wohnung nur, wenn es unbedingt nötig ist. Sie telefoniert nicht, sie hat auch kaum Kontakt zu den anderen Hausbewohnern. Wenn sie etwas benötigt, schreibt sie mir eine Nachricht, und dann gehe ich rüber.«

»Würden Sie alles für Miss Jannings tun?«

»Wenn Sie damit meinen, dass ich jemanden für sie töten lassen würde, dann nicht«, erklärte Baker. »Ich bin überzeugte Pazifistin, seit mein Mann damals bei den Unruhen in Los Angeles getötet wurde.«

»Das tut mir leid«, sagte der Agent.

»Dass ich Pazifistin bin oder dass mein Mann erschossen wurde, weil er zur falschen Zeit am falschen Ort war?«

»Sie wissen, was ich meine.«

Baker lächelte wieder ihr spitzbübisches Lächeln. »Jedenfalls sind weder Ellen noch ich dafür verantwortlich, dass Mason tot ist.«

»Miss Baker, haben Sie in nächster Zeit vor, zu verreisen?«

»Nö«, gab sie zurück.

»Gut. Es wäre nämlich wirklich schade, wenn wir Sie suchen müssten, sollten wir im Laufe der Ermittlungen auf Ihre Mithilfe angewiesen sein.«

»Ich bin gerne für Sie da. Hoffentlich finden Sie den Kerl, der Mason gekillt hat.«

»Warum?«

»Damit er einen Orden bekommt.«

Fulton zog eine Augenbraue hoch, um ihre Missbilligung für diese Aussage kundzutun, aber die alte Frau ignorierte diese Geste geflissentlich.

»Vielen Dank für Ihre Zeit«, sagte Maddox.

»Immer gern.«

»Ich möchte Sie im Übrigen bitten, sich nicht mit der Presse zu unterhalten. Sonst könnten Sie belangt werden wegen Behinderung der Justiz.«

»Schon klar, Jungchen«, antwortete Baker und schloss die Tür.

»Die Frau hat es faustdick hinter den Ohren«, sagte Fulton, als die beiden Agenten wieder im Auto saßen und in Richtung Federal Plaza unterwegs waren.

»Das kannst du laut sagen«, bestätigte Maddox. »Ich denke übrigens, dass Jannings tatsächlich nichts mit dem Mord zu tun hat. Baker hingegen ...«

»Glaubst du, dass sie jemanden beauftragt haben könnte?«

»Ausschließen lässt es sich nicht.«

»Shit. Also ist der Kreis der Verdächtigen nicht kleiner geworden.«

»Yap«, bestätigte er.

»Und, wie gefällt euch der Wagen?«, fragte Johnny, als Fulton ihm den Schlüssel auf den Tresen legte.

Maddox war bereits voraus ins Büro gegangen, um sich mit Masons Notizbuch zu beschäftigen.

»Gutes Ding«, erwiderte sie. »Fährt ziemlich ruhig, und die Handschaltung macht wirklich Spaß.«

»Ist halt doch ein Unterschied zu den amerikanischen Autos.«

»Definitiv. Denkst du, du kannst uns den Wagen freihalten? Kann sein, dass wir ihn in nächster Zeit noch öfter brauchen werden.«

»Klar«, bestätigte er.

»Danke. Wir sehen uns«, sagte die Agentin und wandte sich ebenfalls zum Aufzug.

In ihrem Stockwerk angekommen, empfing sie das gedämpfte Geräusch des konzentrierten Arbeitens. Das Großraumbüro war für zwanzig Mitarbeiter ausgelegt, aber selten waren alle Plätze belegt. Normalerweise befand sich der Großteil der Kollegen bei Ermittlungen *im Feld.* Das war der Fachausdruck dafür, wenn man außerhalb des Büros arbeitete, zum Beispiel, um einen Tatort zu untersuchen oder Zeugen zu vernehmen. Heute waren zusammen mit Maddox und Fulton nur drei weitere FBI-Mitarbeiter zugegen, und diese waren momentan damit beschäftigt, entweder Berichte zu tippen oder in den digitalen Akten für ihre Fälle zu recherchieren. Inzwischen war der größte Teil der Aufzeichnungen des FBI von zahllosen Mitarbeitern digitalisiert worden. Selbst Unterlagen, die noch aus der Zeit vor dem Zweiten Weltkrieg stammten, befanden sich inzwischen auf den FBI-Servern und konnten von allen Dienststellen mit wenigen Klicks mühelos eingesehen werden. Sie erinnerte sich noch lebhaft daran, wie es war, bevor das FBI das Internet für sich entdeckt hatte. Wenn man etwas hatte wissen wollen, dann hatte man einen Antrag stellen müssen, der für sich bereits einem Marathonlauf geähnelt hatte. Wenn dann endlich die angefragten Unterlagen per Kurier eingetroffen waren, hatte man meist feststellen müssen, dass diese nicht vollständig waren. Dann hatte man erneut einen Antrag stellen müssen, und bis man wirklich alles hatte, was man brauchte, war der Fall schon kalt geworden und der Täter über alle Berge gewesen.

Kein Wunder, dass das Federal Bureau of Investigation lange Zeit als bürokratische und ineffektive Deppenbude gegolten hatte, dachte sie, während sie zu ihrem Platz ging und sich gegenüber ihrem Partner niederließ. Dort fand sie eine Tasse heißen Kaffees vor.

»Danke«, sagte sie zu Maddox.

»Kein Ding«, antwortete er, ohne seinen Blick von dem Notizbuch zu heben.

»Was Interessantes?«, fragte sie und wies auf das Büchlein.

»Wie man es nimmt«, sagte er und strich sich über das Kinn. »Das Ding ähnelt eher einem Tagebuch als einem Adressverzeichnis. Ziemlich viel belangloser Kram da drin.«

»Irgendetwas, was uns weiterhilft?«

»Nur, dass er hin und wieder über schöne Frauen schreibt, die ihm aufgefallen sind, und was er gerne mit ihnen tun würde.«

»Das wäre doch ein guter Beweis für seine Schuld gewesen«, meinte Fulton. »Mir ist absolut schleierhaft, warum es nicht vor Gericht verwendet wurde.«

»Vielleicht, weil es bei der Hausdurchsuchung nicht gefunden wurde. Ich glaube nicht, dass Mrs. Mason das Buch einfach so aus der Schublade geholt hat. Ich glaube, sie hatte es gezielt versteckt.«

»Aber warum hat sie es uns dann einfach so überreicht?«

»Keine Ahnung«, gab Maddox zu. »Vielleicht, weil ihr Mann bereits tot ist und sie denkt, dass es jetzt auch egal ist. Möglicherweise möchte sie uns helfen, die Wahrheit herauszufinden. Es könnte aber natürlich sein, dass sie gar nicht weiß, dass außer diversen Adressen noch andere Dinge darin stehen.«

»Konzentrieren wir uns zunächst auf die Anschriften seiner Freunde«, beschloss sie. »Gibt es da etwas?«

Anstatt zu antworten, blätterte ihr Partner einige Seiten weiter, bis er abrupt innehielt. »Hier«, sagte er.

»Lass mal sehen«, verlangte Fulton.

Ihr Partner schob ihr das Notizbuch über den Tisch und ließ sie einige Minuten in Ruhe den Eintrag lesen. Er wusste, dass Fulton die Begabung hatte, Texte schnell zu erfassen, zu analysieren und zu filtern. Das war eine der Fähigkeiten, die er so sehr an ihr schätzte.

»Okay«, meinte sie schließlich und blickte auf. »Soweit ich sehen kann, gibt es sechs Adressen, die für uns primär interessant sind. Die anderen wohnen alle über die Staaten verteilt. Natürlich kann es sein, dass sie sich momentan hier in New York aufhalten. Ich denke, während wir uns seine hiesigen Freunde vornehmen, sollten wir die lokalen Kollegen um Unterstützung bitten.«

»Einverstanden«, meinte Maddox.

»Wollen wir seinen New Yorker Freundeskreis besuchen, oder lassen wir die Burschen zu uns kommen?«

»Ich habe ehrlich gesagt keine Lust, ständig durch die Gegend zu fahren.«

»Magst du etwa meinen Fahrstil nicht?«, fragte Fulton und schob gespielt beleidigt ihre Unterlippe vor.

»Du fährst so gut wie ich ... wenn ich betrunken bin«, antwortete er augenzwinkernd.

»Ich erinnere mich, wie einer von uns beiden beim letzten Mal einen Mülllaster demoliert hat, weil dieser *ganz plötzlich* aus einer Seitenstraße kam, und diese Person war nicht ich.«

Maddox grinste. »Touché. Wie auch immer, ich denke, dass es uns mehr nützt, wenn wir Masons Freunde in einer ungewohnten Umgebung befragen.«

»Keine schlechte Idee. Vielleicht kriegen wir dann mehr aus ihnen heraus«, pflichtete ihm Fulton bei. »Schau doch mal bitte, ob die Kerle irgendwelche Einträge haben.«

Maddox tippte die Namen nacheinander in die Suchmaske der FBI-Datenbank ein und ließ das System dann alle verfügbaren Daten finden. Als das Programm nur wenige Sekunden später die Fertigstellung vermeldete, pfiff der Agent leise durch die Zähne.

»Wow«, sagte er. »Da sind ja ein paar Kaliber dabei.«

Er drehte seinen Bildschirm so, dass seine Partnerin ihn von ihrem Platz aus gut sehen konnte.

Fulton kniff die Augen zusammen, während sie den Bildschirm studierte. »Tätlicher Angriff, Raub ... einer hat wegen Totschlags einige Jahre gesessen. Nette Freunde hat er da. So viel zur ungewohnten Umgebung.

Die kennen sich wahrscheinlich auf Polizeistationen besser aus als in ihrem eigenen Zuhause.«

»Lass uns diese Vorzeigebürger trotzdem vorladen. Am besten gleich für morgen früh.«

»Ich mache das. Informiere du die Kollegen in den anderen Städten, dass wir ihre Unterstützung brauchen.«

»Jawohl, Sir«, gab Maddox zurück und salutierte stramm.

Die nächste Stunde verbrachten sie beide schweigend damit, ihren jeweiligen Tätigkeiten nachzugehen. Gerade, als sie fertig waren, trat ihr Vorgesetzter Frank Lauders zu ihnen.

»Und, wie kommen Sie voran?«, wollte er wissen.

»So weit so gut«, erklärte Maddox vage. »Wir stehen noch am Anfang der Ermittlungen.«

»Das heißt im Klartext, Sie haben noch keine heiße Spur.«

»Nein«, gab der Agent zu. »Aber das hatten wir auch nicht erwartet, und Sie auch nicht, wenn Sie ehrlich sind.«

Lauders lächelte leicht. »Als ich mitbekommen habe, dass Mason tot ist, habe ich mir bereits gedacht, dass es nicht so einfach sein wird, seinen Mörder zu finden. Was haben Sie denn bisher?«

»Wir haben seine Frau besucht und von ihr bereits einiges erfahren. Zum Beispiel wissen wir, mit wem Mason befreundet war, und morgen werden wir diese Freunde durch die Mangel nehmen.«

»Gut«, befand der Abteilungsleiter. »Noch etwas?«

»Frank, warum fragen Sie?«, schaltete sich Fulton ein. »Ich dachte, Sie wollen uns freie Hand lassen.«

»Das tue ich auch«, erklärte er. »Ich möchte nur auf dem aktuellsten Stand sein, sollte die Presse herausbekommen, wer der Tote tatsächlich ist. Also?«

»Wir waren bei Ellen Jannings, einem von Masons Opfern. Auch von ihr haben wir einiges erfahren, aber noch nichts, was uns einen Hinweis auf seinen Mörder geben könnte.«

»Okay, das ist alles, was ich wissen muss. Was haben Sie heute noch vor?«

»Wir wollten nachher zur Pathologie fahren, um zu schauen, ob es dort schon etwas Verwertbares gibt. Und wir warten auf den Bericht der Spurensicherung.«

»Wenn Sie wollen, werde ich dort etwas Dampf machen«, bot Lauders an. »Manchmal brauchen die Jungs und Mädels ein wenig Ansporn.«

»Das wäre wunderbar«, sagte die Agentin.

»Ich fürchte allerdings, dass Sie Ihren Besuch bei der Pathologie etwas verschieben werden müssen, denn vor wenigen Minuten habe ich erfahren, dass es noch ein Mordopfer gibt.«

»Wen?«

»Sein Name ist Peter Wright, ein junger Kerl Ende Zwanzig. Wurde tot in seinem Appartement aufgefunden.«

»Bei dem Namen klingelt etwas bei mir«, erklärte Maddox.

»Sollte es auch«, erwiderte Lauders. »Denn er war Masons Anwalt.«

»Ach du Kacke.«

»Das können Sie laut sagen. Ich möchte, dass Sie beide dorthin fahren und die Sache untersuchen. Irgendetwas sagt mir, dass es kein Zufall ist, dass der Typ zur gleichen Zeit wie sein Mandant verstirbt.«

»Wir fahren sofort los.«

Das Appartement des Anwalts befand sich in einem vielstöckigen Haus inmitten der Innenstadt und bestand vor allem aus großen Glasfassaden, die verspiegelt waren und die Nachmittagssonne in schillernden Farben wiedergaben.

»Blendend«, kommentierte Maddox und setzte seine Sonnenbrille auf.

Fulton hingegen hielt eine Hand an ihre Stirn und schirmte damit die Sonnenstrahlen so gut wie möglich ab.

»Weißt du, was es kostet, hier zu wohnen?«, fragte sie ihren Kollegen.

»Nein, aber ich schätze mal, eine Monatsmiete ist höher als mein Jahreseinkommen.«

»Mehrfach höher. Wie alt war Wright noch mal?«

»Laut seiner Geburtsurkunde hat er vor zwei Wochen seinen achtundzwanzigsten Geburtstag gefeiert.«

»Scheint in seinem Beruf ziemlich erfolgreich gewesen zu sein.«

»Er hat für eine große Kanzlei gearbeitet, und seine Erfolgsquote vor Gericht ist sehr hoch. Soweit mir bekannt ist, hat er bisher nur zwei Fälle verloren.«

»Hilft ihm jetzt auch nichts mehr«, sagte sie abschätzig. »Lass uns schauen, was Sache ist.«

Die weite Flügeltür wurde von einem Mann in Livrée bewacht. Als er die beiden Beamten auf sich zukommen sah, zog er eine Seite der Tür auf und ließ sie eintreten, während er sich dezent verneigte. Die Eingangshalle war gediegen eingerichtet und verfügte über einen Boden aus marmorierten Fliesen. Die Luft war angenehm kühl und leicht zugig, was eine Wohltat im Vergleich zu den draußen herrschenden Temperaturen war. Am zehn Meter entfernten anderen Ende der Halle befand sich ein breiter Empfangsschalter, hinter dem ein weiterer Mann saß, der ebenfalls in Livrée gekleidet war und mit irgendetwas beschäftigt war, was die FBI-Agenten von ihrem Blickwinkel aus nicht sehen konnten.

»Guten Tag«, grüßte sie der Angestellte und setzte eine höfliche und gleichzeitig nichtssagende Miene auf.

»Guten Tag«, erwiderte Maddox den Gruß und stellte sich und seine Partnerin vor. »Wir untersuchen den kürzlich erfolgten Todesfall in Ihrem Haus.«

»Ihre Dienststelle hat uns bereits über Ihr Kommen unterrichtet«, erwiderte der Mann, dessen Namensschild ihn als *Francis* auswies.

Er zog ein Blatt Papier hervor und legte es auf den Tresen. »Ihre Besuchsausweise sind bereits ausgefüllt. Bitte quittieren Sie den Empfang hier und hier«, erklärte er und zeigte auf zwei gestrichelte Linien unterhalb eines langen, kleingedruckten Texts.

»Besuchsausweise?«, fragte Fulton.

»Jeder, der hier nicht wohnt, ist angehalten, sich jederzeit identifizieren zu können. So ist es für den Sicherheitsdienst leichter, festzustellen, ob sich jemand unbefugt in diesem Gebäude aufhält.«

»Schon klar«, antwortete Maddox und unterschrieb seinen Teil des Formulars, bevor er sich den laminierten Ausweis gut sichtbar ans Revers hängte. »In welcher Etage dürfen wir uns einfinden?«

»Etage Fünfzehn. Das Appartement hat die Nummer Drei.«

»Vielen Dank.«

Gemeinsam gingen Maddox und Fulton zum Aufzug, dessen metallene Tür blankpoliert war und sich lautlos vor ihnen öffnete.

»Bewegungsmelder«, flüsterte die Agentin. »So spart man sich die Grabbelfinger.«

In der Kabine befanden sich keinerlei Knöpfe, und an den Seiten waren nur schaumstoffumhüllte Haltegriffe sichtbar.

»Und jetzt?«

»Bitte nennen Sie Ihr Ziel«, bat sie eine wohlmodulierte Computerstimme scheinbar aus dem Nirgendwo.

»Das ist ja cool«, kommentierte der Agent und nannte die gewünschte Etage.

Kaum merklich setzte sich die Kabine in Bewegung und kam bereits nach wenigen Sekunden wieder zum Stehen.

»Etage Fünfzehn«, verkündete die Geisterstimme feierlich.

Die Tür öffnete sich und gab den Weg in einen mit ebenso dicken wie teuren Teppichen ausgestatteten Flur frei. Die beiden Agenten orientierten sich kurz und wandten sich dann nach links und den Gang entlang. Kurz bevor dieser eine Biegung machte, fanden sie die Tür zu Wrights Appartement. Selbst, wenn dort nicht die Ziffer Drei geprangt hätte, hätten sie sofort gewusst, dass dies ihr Ziel war, denn auf Taillenhöhe war ein schwarz-gelbes Absperrband angebracht, welches immer dann verwendet wurde, wenn ein Tatort abgesichert werden musste. Direkt dahinter stand ein Uniformierter mit vor dem flachen Bauch gefalteten Händen.

»Maddox und Fulton, FBI«, sagte der Agent und zeigte seine Dienstmarke vor.

Der Polizist hob das Absperrband, damit die beiden Beamten darunter durchtauchen konnten.

»Sam!«, rief Fulton.

»Hey Nici, das ist ja eine Überraschung.«

»Was machst du denn hier?«

»Warten, bis die Erwachsenen übernehmen«, antwortete der Detective lächelnd. »Hätte ich gewusst, dass ihr beide kommt, hätte ich hier aufgeräumt.«

»Untersteh dich«, schalt ihn die Agentin gespielt, um dann wieder ernst zu werden. »Also, was ist hier los?«

»Vor einer Stunde wurde der bekannte und geschätzte Anwalt Peter Wright von der Putzfrau aufgefunden. Er hing an einem Kronleuchter, erhängt mit seiner eigenen Krawatte.«

»Autsch«, kommentierte Maddox.

»Und was das Interessanteste ist: Genau wie eine gewisse andere Person hatte er sein Geschlechtsteil im Mund.«

»Noch mal autsch.«

»Sie sagen es, Carl. Ich denke, ihr beide wisst schon Bescheid, dass er Mason vor Gericht vertreten hat, oder?«

»Ja, das ist uns bekannt«, bestätigte Fulton. »Schöner Mist.«

»Übernehmt ihr?«

»Auf jeden Fall. Carl, ich glaube, wir haben ein Problem.«

»Wenn du damit meinst, dass unser Freund aus dem Park auch hierfür verantwortlich ist, dann bin ich voll und ganz deiner Meinung. Pass auf, du schaust, was du hier machen kannst, und ich spreche mal mit dem Empfangsmitarbeiter. Der müsste ja herausfinden können, wer Zugang zu diesem Gebäude hatte.«

»Okay, wir treffen uns dann unten.«

»Ich will doch nur wissen, wer seit gestern Abend dieses Gebäude betreten hat«, sagte Maddox nicht zum ersten Mal.

»Diese Daten würde ich Ihnen wirklich gerne geben«, antwortete Francis entschuldigend, »aber leider bin ich dazu nicht befugt, solange Sie keine schriftliche Anweisung eines Richters vorlegen können.«

»Warum sind Sie eigentlich so stur?«

»Weil ich diesen Beruf nicht meiner laschen Haltung zu geltenden Gesetzen zu verdanken habe. Verstehen Sie bitte, dass es einfach nicht möglich ist, ohne ...«

»Ja, ich habe schon verstanden. Ihnen ist aber hoffentlich klar, dass Sie polizeiliche Ermittlungen behindern, indem Sie auf Ihre Haltung bestehen.«

»Ich handele nach bestem Wissen und Gewissen.«

»Was ist los?«, wollte Fulton wissen.

Sie war vor wenigen Sekunden aus dem Fahrstuhl getreten und hatte die lebhafte Diskussion mitangehört.

»Der Pinguin will nicht damit herausrücken, wer sich in den vergangenen Stunden hier aufgehalten hat.«

»Ich darf es nicht«, erwiderte Francis in sachlichem Tonfall. »Es verstößt gegen das Gesetz, wenn kein schriftlicher Durchsuchungsbeschluss vorliegt.«

»Carl, du gehst jetzt raus und schnappst frische Luft«, beschied Fulton. »Ich komme gleich nach.«

Wütend, aber ohne Widerworte, stapfte Maddox nach draußen und setzte sich auf eine nahe stehende Steinbank. Durch die Glastür, die im Gegensatz zum Rest des Gebäudes nicht verspiegelt war, konnte er sehen, wie sich die Agentin mit dem Empfangsangestellten unterhielt. Natürlich konnte er kein Wort verstehen, und auch des Lippenlesens war er nicht mächtig, aber den sanften Gestiken seiner Partnerin nach zu urteilen, schien es ein nettes Gespräch zu sein. Schließlich wandte sich Fulton um und ging zur Eingangstür, wo sie sich noch einmal umdrehte und dem Mitarbeiter zuwinkte.

Die Agentin kam zu der Steinbank, setzte sich neben ihren Partner und blickte versonnen in den Himmel.

»Und?«, wollte Maddox wissen.

»Er ist gerade dabei, die Besucherdaten der letzten vierundzwanzig Stunden zusammenzustellen und sie auf einen USB-Stick zu ziehen.«

»Wie hast du ihn herumgekriegt?«

»Das ist ein Geheimnis«, erwiderte sie keck.

»Ich bin jetzt gerade echt nicht in der Stimmung für Spielchen.«

»Tut mir leid, so war es nicht gemeint. Aber es ist wirklich ein Geheimnis. Ich habe ihm versprochen, dass es unter uns bleibt.«

»Ooookay«, antwortete der Agent gedehnt. »Oben was rausgefunden?«

»Selbstmord war das auf keinen Fall, wie du dir sicher denken kannst. Danach zu urteilen, dass Wright seinen eigenen Dödel im Rachen hatte, ist es ziemlich klar, dass es sich um denselben Täter wie bei Mason handelt.«

»Definitiv. Also ein Doppelmörder. Der Fall wird interessanter, als ich dachte.«

»Francis meinte übrigens, dass er die Daten in wenigen Minuten fertig hat. Lass uns darauf warten, und dann ab in die Pathologie.«

Zum Glück für die beiden Agenten befand sich die New Yorker Pathologie nur einige Hundert Meter von ihrem Büro entfernt. Die Sonne schien, aber es war trotzdem nicht zu heiß, was in den Straßenschluchten Manhattans eine deutliche Erleichterung war.

»Wollen wir laufen?«, fragte Maddox, der trotz der Temperaturen sein Sakko trug.

»Gern«, erwiderte seine Partnerin. »Etwas frische Luft ist immer gut.«

»Ich bin mir nicht sicher, ob man in New York wirklich von frischer Luft sprechen kann. Aber Bewegung schadet nie.«

»Dir sowieso nicht«, stellte sie mit einem Blick auf den kleinen Bauchansatz ihres Partners fest.

»Hör mal«, sagte er in gespielter Entrüstung und strich sich liebevoll über den Bauch. »Das sind alles Muskeln.«

»In welchem Aggregatszustand?«

»Schlummernd. Wenn ich sie wecke, werden sie aber stahlhart.«

»Das kannst du deinem Freund erzählen.«

»Könnte ich, wenn ich einen hätte, aber du weißt ja, dass das FBI meine einzige Liebe ist.«

Fulton winkte ab und wandte sich nach rechts. Direkt am westlichen Ende des rund einhundertneunundsiebzig Meter hohen Gebäudes, in dem sich ihr Büro befand, führte der Broadway vorbei, der für seine unterschiedlichsten Theater, Musicals und andere Shows weltweit berühmt war. In dieser Gegend allerdings versprühte er nicht den Glamour wie weiter nördlich am Times Square, denn hier war er nur eine Straße unter vielen. Wie immer zu dieser Tageszeit waren die Gehsteige voll von Menschen, die scheinbar unkoordiniert herumwogten.

»Warum lassen sich die Leute eigentlich freiwillig auf so einen engen Raum pferchen?«, fragte Fulton ihren Kollegen, während sie sich ihren Weg durch die Menschenmasse bahnten.

»Ob das wirklich freiwillig ist, kann ich nicht sagen«, antwortete Maddox. »Ich denke, das hat irgendwie mit dem angeborenen Herdentrieb zu tun.«

»Ich für meinen Teil muss sagen, dass ich mir vor zwanzig Jahren nichts sehnlicher gewünscht habe, als in einer Menschenmasse unterzugehen und nicht wahrgenommen zu werden, aber jetzt ist das irgendwie anders. Nun denke ich immer öfter daran, aufs Land zu ziehen.«

»Du bist in Kansas aufgewachsen«, erinnerte Maddox sie. »Da gab es nichts anderes als leere Gegenden. Kein Wunder, dass du da weg und in die Großstadt wolltest, wo etwas los war. Seit wann wohnst du hier?«

»Inzwischen zehn Jahre.«

»Vielleicht ist das einfach genug für dich. Du kennst das weite Land, und jetzt kennst du auch die enge Stadt. Vielleicht will dir dein Unterbewusstsein mitteilen, dass es Zeit ist, zurückzukehren.«

»Nach Kansas bringen mich keine zehn Pferde mehr zurück«, erklärte sie fest.

»Dir steht die Welt offen. Falls dein Konto aber nicht so gut gefüllt ist, kannst du immer noch innerhalb der Vereinigten Staaten umziehen. Ich bin mir sicher, dass Lauders kein Problem damit hätte, wenn du dich versetzen lassen willst.«

»So einfach ist das nicht. Ich würde dich schließlich im Stich lassen«, erklärte sie ernst.

»Okay, das ist natürlich ein schwerwiegender Punkt«, gab er zu. »Ich würde dich natürlich sehr vermissen, Nici. Aber wenn du wirklich woandershin willst, dann tu es.«

»Was ist mit dir?«, fragte sie. »Du bist doch auch in einer ländlichen Umgebung aufgewachsen.«

»Und mir gefiel es dort, aber es gefällt mir auch hier. Es ist dieser Gegensatz, der New York für mich so attraktiv macht. Und wenn es mir hier doch zu laut oder zu eng wird, kann ich immer noch bei meinen Eltern Urlaub machen. Du weißt ja, wie ruhig es dort auf der Ranch ist.«

»Oh ja, da ist es wirklich sehr schön.«

»Meine Mom hat übrigens gefragt, wann du mal wieder zu Besuch kommst. Sie hat schon länger nichts mehr von dir gehört.«

»Tut mir leid, ich wollte sie immer mal wieder anrufen, aber ich bin einfach nicht dazu gekommen.«

»Kein Problem, sie ist dir nicht böse, du kennst sie ja.«

»Vielleicht, wenn wir diesen Fall abgeschlossen haben.«

»Dann halten wir uns mal ran, damit wir bald Urlaub machen können«, stimmte Maddox lächelnd zu.

Fulton erwiderte das Lächeln nicht, denn in diesem Moment dachte sie an ihre eigenen Eltern.

Heute feierte Nici ihren vierzehnten Geburtstag. Vor einigen Tagen hatten ihre Eltern während des Frühstücks den Vorschlag gemacht, die Feier im eigenen Haus zu veranstalten und all ihre Freunde einzuladen. Nici hatte lautstark protestiert, denn ihrer Meinung nach würden ihre Freunde denken, dass sie noch ein von ihren Eltern abhängiges Kleinkind war, wenn die Feier bei ihr zu Hause stattfinden würde. Vor allem, wenn ihre Mutter und ihr Vater ebenfalls im Haus wären und als Aufpasser fungieren würden. Ihr Vater hatte gelächelt und ihr versprochen, dass weder er noch ihre Mutter anwesend sein würden. Das Mädchen musste nach längerem Nachdenken zugeben, dass es eine gute Idee war, zu Hause zu feiern. Man musste nirgendwo hin, man musste seine Eltern nicht nachts anrufen und sie bitten, abgeholt zu werden, um am nächsten Tag dafür ausgeschimpft und unter Hausarrest gestellt zu werden. Entsprechend hatte sie sich mit diesem großzügigen Vorschlag einverstanden erklärt.

»Viel Spaß beim Feiern«, sagte ihr Vater, Edward, als gerade die ersten Gäste eintrudelten.

Er umarmte seine Tochter kurz und kräftig und machte mit ihr noch ein High-Five, bevor er zum Wagen ging. Ihre Mutter, Amanda, war nicht so kurz angebunden, sondern hielt Nici noch eine gefühlte Ewigkeit in den Armen, und erst, als sich Edward vernehmlich räusperte, ließ sie ihre Tochter schließlich los und wandte sich schnell ab, damit diese die Tränen in ihren Augenwinkeln nicht sah.

»Mom, du tust ja gerade so, als würden wir uns nie wiedersehen«, frotzelte Nici. »Sind doch nur ein paar Stunden.«

»Ich weiß, mein Schatz. Es ist nur ... ach, noch vor wenigen Jahren wolltest du nirgendwo hin, wenn wir nicht dabei waren, und jetzt bist du schon so groß und kannst auf dich selbst aufpassen.«

»Amanda, kommst du?«, rief Edward vom Auto herüber.

»Lass Dad nicht warten«, sagte Nici. »Du weißt doch, wie er ist, wenn er ungeduldig wird.«

»Pass auf dich auf, okay?«, bat Amanda sie.

»Natürlich. Bis morgen!«

Als die beiden Erwachsenen eingestiegen waren und rückwärts die Einfahrt herunterrollten, winkte Nici ihren Eltern noch einmal zum Abschied zu und atmete dann tief durch. Endlich waren sie aus dem Haus. Jetzt konnte die Feier losgehen!

»Vorsicht!«, rief Maddox und hielt seine Partnerin gerade noch rechtzeitig am Ärmel fest.

Nur einen halben Meter vor ihr rauschte ein Lastwagen hupend an ihr vorbei.

»Was zum ...«, schrie sie dem Fahrer hinterher. »Bist du blind?«

»Das könnte ich dich auch fragen«, sagte Maddox. »Du wolltest bei einer roten Ampel einfach weitergehen.«

»Ehrlich?«

»Ja«, bestätigte er.

»Tut mir leid«, antwortete sie. Ob sie damit ihren Kollegen oder den Lastwagenfahrer meinte, blieb sie schuldig.

»Ist etwas mit dir?«, fragte er.

»Nein, alles okay. Ich war nur in Gedanken.«

Maddox sah sie noch für einige Augenblicke an und beschloss dann, es dabei zu belassen. »Komm, wir sind gleich da.«

Hinter der Ampel, die inzwischen auf Grün geschaltet hatte, befand sich die Pathologie, wo der Leichnam von Jacob Mason untersucht wurde. Die Agenten traten durch die dunkle Eingangstür und gingen zum Empfangsschalter hinüber.

»Sie wünschen?«, fragte ein dunkelhäutiger Mann in grauer Uniform, der hinter dem Tresen saß. Sein Namensschild wies ihn als *Michael Walker* aus.

»Special Agents Maddox und Fulton. Wir möchten jemanden im Keller besuchen.«

»Wollen wir das nicht alle?«, scherzte Walker.

Als er bemerkte, dass die Agenten nicht auf seinen Witz reagierten, setzte er wieder eine gelangweilte Miene auf. »Sorry. Bitte tragen Sie sich hier ein«, sagte er und schob ein Klemmbrett mit angehängtem Stift zu ihnen rüber.

Die beiden Agenten füllten das Formular aus und nahmen dann ihre nummerierten Besucherausweise entgegen, die sie an ihre Revers hefteten. Mithilfe des Aufzugs im Tiefgeschoss angekommen, wandten sie sich zielstrebig nach links und gelangten nach wenigen Schritten zu einer dicken Metalltür, an deren rechter

Seite ein quadratischer Schalter mit einer Kantenlänge von zehn Zentimetern in die Wand eingelassen war.

Fulton betätigte den Schalter, woraufhin innen ein gedämpftes Summen ertönte. Sie mussten geschlagene drei Minuten warten, bis sich die Tür seitlich öffnete.

»Nici, Carl, mit euch habe ich heute schon gerechnet«, sagte der kahlköpfige Mittvierziger, der ihnen lächelnd entgegenblickte.

»Steve«, begrüßten Maddox und Fulton den Pathologen mit einem ebenso breiten Lächeln.

»Kommt rein«, erklärte der Pathologe und machte eine einladende Handbewegung.

In den *Heiligen Hallen*, wie Steve sie gerne nannte, war es sehr kühl. Das musste es auch sein, denn hier waren die Leichen untergebracht, bei denen eine Obduktion angeordnet worden war. Während sich die meisten der anwesenden Toten in einer der Kühlkammern befanden, die an der linken Zimmerwand aufgereiht waren, lag auf einem am Boden verschraubten Stahltisch der Leichnam von Jacob Mason.

»Ich habe mir erlaubt, unseren neuesten Kunden vorzuziehen«, sagte Steve zu den beiden Agenten gewandt.

»Ich dachte, es wäre sowieso geregelt, dass bei einer Mordermittlung alles andere hinten anzustellen ist«, warf Fulton ein.

»Ist auch so«, bestätigte der Pathologe. »Allerdings habe ich zurzeit noch ein zweites Mordopfer. Der arme Teufel kam gestern Mittag rein und wäre eigentlich als Erstes dran. Ihr wisst schon: Wer zuerst kommt, wird zuerst bedient. Aber ich dachte mir Pfeif drauf.«

»Danke dir«, sagte Maddox ehrlich. »Was hast du denn bisher herausfinden können?«

»Wie ihr sicher selbst schon wisst, handelt es sich bei dem Toten um Jacob Joseph Mason, weiß, männlich, dreiundvierzig Jahre alt. Er starb in der vergangenen Nacht zwischen dreiundzwanzig Uhr und drei Uhr morgens durch die Durchtrennung seiner Halsschlagader, beziehungsweise durch den dadurch erlittenen Blutverlust.«

»Was ist mit der Tatwaffe?«, fragte der Agent.

»Hier möchte ich mich nicht hundertprozentig festlegen, aber der Schnitt erfolgte meines Erachtens nach mit einem Fleischermesser.«

»Wie kommst du darauf?«

»Für ein Jagdmesser ist der Schnitt zu sauber«, erklärte der Pathologe. »Ein handelsübliches Jagdmesser verfügt nämlich über eine gezackte Klinge. Die Haut ist aber so sauber durchgeschnitten wie ein Blatt Papier mit einer Schere.«

»Könnte es dann nicht auch eine Schere gewesen sein?«, warf Fulton ein.

»Diese passt nicht zur Einstichstelle. Seht ihr, mit einer Schere hätte man stark zudrücken müssen, um die Haut zu durchtrennen. Mit einem gut geschliffenen Messer muss man nur ansetzen, und schon ist man drin.«

»Könnte es auch ein Skalpell gewesen sein?«

»Das ist natürlich auch möglich«, gab Steve zu. »Aber der Schnitt ist eigentlich zu breit dafür.«

»Okay. Fällt dir was dazu ein, dass er sein eigenes Geschlechtsteil im Mund hatte, als er gefunden wurde?«

»Ich schätze mal, hier hat sich jemand einen Scherz erlaubt«, antwortete der Pathologe. »Einen ziemlich makabren obendrein, wenn ihr mich fragt. Wenn ihr wissen wollt, ob er sein Gemächt bereits im Mund hatte, bevor ihm die Kehle durchgeschnitten wurde, kann ich das weder bestätigen, noch verneinen.«

Maddox nickte. »Denkst du, dass seine Genitalien mit demselben Werkzeug entfernt wurden, mit dem auch sein Hals durchtrennt wurde?«

»Sieht für mich ganz so aus. Die Schnitte wirken verdammt ähnlich auf mich.«

»Gibt es noch etwas, was wir wissen sollten?«

»Das ist bisher alles«, antwortete der andere Mann. »Wenn ich noch etwas herausfinde, schicke ich euch eine Mail.«

»Alles klar. Übrigens, in Kürze wird noch ein Kunde kommen.«

»Ich habe genug Kammern zur Verfügung«, erklärte Steve und zeigte mit der ausgestreckten Hand auf die zahlreichen Schubladen an den Wänden.

»Denkst du, dass du ihn auch vorziehen kannst? Sein Name ist Peter Wright.«

»Geht klar, der andere Kollege im Eisfach kann noch etwas warten, der läuft ja nicht weg.«

»Danke dir für deine Zeit.«

Der Pathologe breitete die Arme mit den Handflächen nach oben aus, als wollte er sagen *Dafür werde ich bezahlt* und verabschiedete die beiden Agenten dann.

Als sie ihre Besucherausweise am Empfang im Erdgeschoss zurückgegeben hatten und nach draußen traten, hatte sich das Wetter geändert. An die Stelle der vorhin noch scheinenden Sonne war eine fast geschlossene Wolkendecke getreten, und in der Luft lag der Geruch von baldigem Regen.

»Wow, das ging schnell«, kommentierte Maddox und sah nach oben. »Lass uns zurück ins Büro und schauen, ob es schon etwas Neues von der Spurensicherung gibt«, schlug er vor.

»In Ordnung«, erklärte sich Fulton einverstanden und warf einen Blick auf ihre Armbanduhr.

Es war später Nachmittag.

»Und falls noch nichts da ist, machen wir Feierabend«, erriet der Agent ihre Gedanken.

Fulton grinste, denn er kannte sie so gut, dass er oftmals bereits im Voraus wusste, was sie dachte, und er hatte die Fähigkeit, sie aufzumuntern, wenn es ihr nicht gut ging.

»Aber dieses Mal rennst du nicht über rote Ampeln«, fügte er mit mahnend erhobenem Zeigefinger hinzu.

Fulton musste unwillkürlich lächeln. Ja, es tat gut, so einen Menschen um sich zu haben.

»Und?«, fragte Fulton.

»Nichts«, erwiderte Maddox.

»Ich schätze, dass die Jungs heute keinen Bericht mehr abliefern werden.«

»Dann lassen wir es für heute gut sein und gehen nach Hause. Hast du eigentlich schon etwas gegessen?«

»Heute noch gar nicht«, erklärte die Agentin.

»Nici, du musst unbedingt mehr essen«, schalt ihr Partner sie.

»Ich weiß, aber ich habe einfach keinen Hunger.«

»Weißt du was, ich lade dich ein.«

»Danke, aber ich möchte eigentlich lieber nach Hause. Da werde ich auch was essen.«

Maddox warf ihr einen skeptischen Blick zu.

»Ich verspreche es«, sagte sie feierlich und legte eine Hand auf ihre Brust.

»Na gut. Was machst du denn heute sonst noch?«, fragte Maddox.

»Nichts«, erklärte sie.

»Das ist aber reichlich wenig.«

»Ich möchte ein wenig entspannen und dann früh schlafen gehen, damit ich morgen für die Befragungen fit bin. Und du?«

Ihr Kollege fuhr sich durch die Haare. »Ich werde mich noch um die Angehörigen der Opfer kümmern. Nachsehen, wo sie sich aufhalten und einen Plan entwickeln, wie und wann wir sie uns vornehmen können.«

»Die hatte ich tatsächlich ganz vergessen«, sagte Fulton entschuldigend. »Kann ich dir dabei irgendwie helfen?«

»Nein, ist schon gut, ehrlich. Das wird nicht lange dauern, und dann werde ich auch nach Hause gehen. Nach der gestrigen Nacht bin ich froh, etwas Ruhe zu bekommen.«

»Wann ist denn der erste Termin morgen?«, wollte sie wissen.

»Um neun Uhr«, antwortete ihr Partner nach einem kurzen Blick auf seinen Terminkalender.

»Okay, dann treffen wir uns um Acht hier, dann haben wir noch etwas Zeit, uns vorzubereiten.«

»Einverstanden.«

Fulton stand auf und warf sich ihre Jacke über.

»Nici?«, fragte Maddox.

»Was denn?«

»Gute Nacht.«

»Dir auch.«

Da Fulton keinen eigenen Wagen hatte – in New York City brauchte sie schlicht keinen –, nahm sie die U-Bahn, um nach Hause zu gelangen. In der zu dieser Tageszeit gerammelt vollen Metro fand sie keinen Sitzplatz, darum ging sie so weit wie möglich an die Seite und hielt sich an einem der von der Decke baumelnden Haltegriffe fest. Dies war auch bitter nötig, denn bei der Fahrt schaukelten die Waggons oft stark hin und her, und sie wollte es unbedingt vermeiden, gegen einen anderen Fahrgast zu stolpern. Ihr Magen meldete sich zu Wort und gab ein lautstarkes Grummeln von sich. Sanft strich sie über ihren Bauch und flüsterte: »Alles ist gut.«

Eine alte Dame, die vor ihr auf einem Sitz saß, lächelte wissend.

»Schwangerschaft ist etwas Schönes«, sagte sie.

Die Agentin lächelte. »Ich bin nicht schwanger, ich habe nur Hunger.«

»Oh«, meinte die Ältere. »Tut mir leid.«

»Ist schon in Ordnung, machen Sie sich keine Sorgen.«

»Haben Sie denn Kinder?«

»Nein«, antwortete Fulton. »Und Sie?«

»Zwei Söhne. Sie wohnen drüben in Los Angeles. Ich sehe sie leider nur sehr selten. Ich bin zu alt, als dass ich lange Reisen schaffen würde, und meine Jungs haben immer viel zu tun.«

»Das ist sehr schade.«

»Finde ich auch«, erwiderte die alte Dame mit trauriger Miene. »Ich würde sie gerne mal wieder sehen. Auch meine Enkel vermisse ich sehr.«

»Telefonieren Sie wenigstens regelmäßig miteinander?«

»Leider nicht. Meine Söhne sagen, dass sie viel Arbeit haben.«

Typisch, dachte Fulton. Scheren sich nicht um ihre Mutter und warten darauf, dass sie endlich das Zeitliche segnet, um dann das Erbe abkassieren zu können.

Der Zug wurde langsamer und fuhr in die nächste Station ein.

»Ich muss jetzt leider aussteigen«, erklärte die Agentin entschuldigend.

»Ist schon in Ordnung. Schönen Abend«, wünschte ihr die Frau.

»Ihnen auch, danke.«

Die Agentin zwängte sich zwischen zwei breit gebauten Männern hindurch und stieg aus der U-Bahn. Auf dem kurzen Fußweg machte sie noch einen Abstecher zu ihrem Lieblings-Italiener, der nur zweihundert Meter von ihrem Zuhause entfernt war. Der Laden war wie immer voll, denn hier wurde nachweislich die beste Pizza des gesamten Stadtteils gemacht.

»Nici, schön, dich zu sehen«, begrüßte sie der Inhaber der kleinen Pizzeria ebenso laut wie fröhlich mit breitem italienischem Akzent.

»Pietro, wie geht es dir?«, fragte sie ihn.

»Gut, gut. Meine Bambina gedeiht prächtig!«

»Freut mich sehr. Wie geht es Angelina?«

»Sie erholt sich ebenfalls gut. Wie immer für dich?«

»Yap.«

Fulton setzte sich auf den linken der beiden Hocker, die fest am Tresen verschraubt waren.

Die kleine Allegra war vor etwas mehr als vier Monaten geboren worden. Während der Entbindung hatte es schwere Komplikationen gegeben, sodass die Mutter, Angelina, einige Tage auf der Intensivstation hatte bleiben müssen. Pietro hatte Tag und Nacht im Krankenhaus verbracht und seine Zeit zwischen der Neugeborenen und seiner Frau aufgeteilt. Umso größer war die Feier gewesen, als alle schließlich gesund nach Hause hatten gehen dürfen. Fulton war ebenfalls zu den Feierlichkeiten eingeladen gewesen, obwohl sie nicht zur Familie gehörte. Sie erinnerte sich daran, wie selbstverständlich alle anderen Familienmitglieder sie in ihrer Mitte begrüßt und sich um sie gekümmert hatten, allen voran Pietros Mutter. Sie war inzwischen weit über achtzig, aber immer noch fest im Leben stehend und so herzlich, wie es nur eine italienische Mutter sein konnte.

»Was gibt es Neues aus der Welt des Verbrechens?«, wollte Pietro wissen, während er ein Pizzablech einfettete, den Teig ausrollte und die Zutaten auflegte.

»Wie immer«, erwiderte die Agentin. »Die Bösen tun Böses, und die Guten fangen sie und sperren sie ein. Und dann geht das Spiel wieder von vorne los.«

»Ja, das kommt mir bekannt vor. Bei uns in Italien ist die Mafia noch immer ganz groß. Egal, was die Polizei tut, es kommen immer neue Übeltäter nach.«

Bei dem Ausdruck *bei uns in Italien* musste Fulton unwillkürlich lächeln, denn sie wusste, dass Pietro, genau wie seine Eltern, in den USA geboren war. Ebenso war ihr bekannt, dass er seinen italienischen Akzent nur vorgab. *Für die Touristen*, hatte er ihr einmal zugeflüstert, als sie ihn dabei ertappt hatte, mit einem einwandfreien New Yorker Akzent zu sprechen. Der schwarze Schnauzbart, der seine Oberlippe vollständig bedeckte und ihn ein wenig, wie eine bekannte Videospielfigur aussehen ließ, war im Übrigen genauso falsch wie die italienische Aussprache.

»Wie geht es dem jungen Mann, der kürzlich mit dir hier war?«, wollte Pietro wissen.

»Du meinst Carl? Dem geht es gut.«

»Arbeitet ihr zusammen?«

»Ja, wir sind Partner.«

»Und … ist da vielleicht noch etwas mehr zwischen euch?«, fragte der Italiener mit unschuldigem Gesichtsausdruck.

»Nein, ganz bestimmt nicht«, antwortete Fulton und winkte ab. »Beruflich arbeiten wir sehr gut zusammen, und privat sind wir Freunde, aber da sind keine romantischen Gefühle. Weder von seiner noch von meiner Seite aus.«

»Und du bist dir ganz sicher, dass er nicht vielleicht mehr für dich empfindet?«

»Absolut sicher«, bestätigte die Agentin.

»Was macht dich denn so sicher?«

»Er ist homosexuell.«

»Oh«, meinte der Pizzabäcker. »Das habe ich nicht gewusst.«

»Woher hättest du das auch wissen sollen? Es ist ja nicht so, als würde Carl mit einem Schild um den Hals herumlaufen, auf dem steht *Ich bin schwul.* Die Zeiten sind vorbei, wo man sich für seine sexuelle Ausrichtung rechtfertigen musste.«

»Hier vielleicht. Zu Hause in Bella Italia ist das noch ein wenig anders.«

»Dann können wir ja froh sein, dass wir in den aufgeklärten USA sind.«

Pietro nickte bestätigend und wandte sich dann dem Pizza-Ofen zu.

Fulton nutzte die Gelegenheit, um auf ihr Handy zu schauen, ob eine neue Nachricht für sie eingetroffen war. Doch weder in den diversen Messenger-Diensten, die sie nutzte, noch in ihrem SMS-Ordner befand sich auch nur eine ungelesene Mitteilung.

Die nächsten zehn Minuten verbrachte sie damit, das chaotische Muster auf dem Tresen zu betrachten, welches sich aus jahrelanger Benutzung dort gebildet hatte.

»Fertig«, verkündete Pietro schließlich feierlich und überreichte Fulton eine Pizzaschachtel, die so groß war, dass ein Autoreifen hineingepasst hätte. »Manchmal frage ich mich, ob du das wirklich alles allein isst.«

»Glaub mir, ich verdrücke das Ding komplett selbst.«

»Und nimmst dabei kein Gramm zu.«

»Ich bin viel an der frischen Luft, das hält fit.«

»Vielleicht sollte ich das auch einmal probieren«, antwortete Pietro und tätschelte in einer Mischung aus Liebe und Abscheu seinen Bauch.

»Ich gehe jetzt nach Hause. Danke für die Pizza. Grüße bitte Angelina und Allegra von mir.«

»Mache ich«, antwortete der andere.

Bis zu ihrem Appartement waren es nur drei Minuten. Entsprechend war die Pizza noch warm, als die Agentin die Wohnungstür hinter sich zufallen ließ und sich die Schuhe abstreifte.

»Home Sweet Home«, sagte sie in die Leere des Zimmers, welches sich in der Aufteilung nur unwesentlich von demjenigen unterschied, in dem Ellen Jannings lebte. Sie legte die Pizza auf dem Küchentisch ab und ging zurück zum Eingang, um ihre Jacke aufzuhängen und die Wohnungstür von innen abzuschließen. Als sie sich wieder umdrehte, sah sie, wie sich etwas Haariges an ihrem Essen zu schaffen machte.

»Spot!«, rief Fulton. »Nimm sofort deine Nase da raus!«

Die kleine, schwarz-weiß gefleckte Katze hielt nicht einmal für einen Moment inne, um wenigstens so zu tun, als würde sie interessieren, was ihre Besitzerin sagte. Stattdessen versuchte sie ungeniert weiter, irgendwie an den köstlich duftenden Inhalt des Kartons zu gelangen.

»Du bekommst ja deinen Anteil«, verkündete die Agentin. »Aber nur, wenn du dich jetzt brav geduldest.«

Während sie mit weiten Schritten den Raum durchmaß, nahm sie im Vorbeigehen ein scharfes Messer von der Wand und setzte sich dann aufs Sofa. Um das Tier nicht zu verletzen, hob sie es hoch und setzte es behutsam neben sich. Die Katze begann unverzüglich, zu schnurren, ob nun aus dem Grund, dass sie sich wohlfühlte, oder um ihr Frauchen milde zu stimmen, wusste Fulton nicht. Sie öffnete den Pizzakarton, riss den Deckel ab und schnitt dann ein großzügiges Stück des Essens ab. Dann drapierte sie Spots Anteil auf dem Pappdeckel und zerkleinerte das Pizzastück in mundgerechte Happen.

»Aber nicht alles auf einmal essen«, sagte sie ruhig. »Ist noch heiß, also gut pusten.«

Die Katze machte sich unverzüglich daran, ihr Mahl zu vertilgen, während Fulton weitere Teile für sich selbst abschnitt. Als sie fertig war, nahm sie eines der Stücke, welches doppelt so groß wie ihre Hand war, und biss herzhaft hinein. Sie kaute langsam und gründlich, um auch wirklich alle Nuancen des Geschmacks in sich aufzunehmen. Spot, die seit heute früh nichts mehr gegessen hatte, aß ihr Stück innerhalb kürzester Zeit auf und verlangte mit klagendem Blick mehr. Natürlich erfüllte Fulton ihr diesen Wunsch, und gemeinsam benötigten sie weniger als zehn Minuten, bis sie die Pizza von der Größe eines Wagenrads vollständig aufgegessen hatten. Die Agentin tupfte sich den Mund mit einem Küchentuch ab und ließ sich dann schwer nach hinten sacken. Spot bewertete dies offenbar als Einladung, kletterte behände auf den Bauch ihrer Besitzerin und begann, mit ihren Pfoten sanfte Pumpbewegungen auszuführen.

»Du weißt, was ich brauche«, sagte Fulton sanft und streichelte den Rücken des Tieres, das unermüdlich pumpte und dabei schnurrte wie ein Traktor.

Eigentlich hatte Fulton vorgehabt, ihr Buch – einen Liebesroman, der im Zweiten Weltkrieg spielte und von der unmöglichen Beziehung zwischen einem deutschen Soldaten und einer jüdischen Zivilistin handelte – zu lesen, aber ein Blick auf den dicken Wälzer reichte aus, um diesem Vorhaben zumindest für heute einen Riegel vorzuschieben. Stattdessen lehnte sie sich noch weiter zurück und legte den Kopf in den Nacken. Sie bemerkte gar nicht, wie ihr die Augen zufielen.

Die Party war in vollem Gange, und ihre Gäste amüsierten sich prächtig. All ihre Freunde waren gekommen, um mit ihr zu feiern. Glücklicherweise war bisher noch nichts zu Bruch gegangen, und Nici hoffte, dass das auch so blieb. Sie wollte ihren Eltern später nicht beichten müssen, dass das in sie gesetzte Vertrauen ungerechtfertigt gewesen war.

Im Verlauf des Abends hatte Mike, ein Bekannter aus der Schule und ihr heimlicher Schwarm, mehrfach mit ihr Augenkontakt aufgenommen, sich dann aber immer wieder anderen Leuten zugewandt. Sie wusste nicht, was sie davon halten sollte, ebenso wenig wie von dem Gefühl in ihrem Bauch, als würden tausend Schmetterlinge gleichzeitig mit den Flügeln schlagen. Schließlich hatte es ihre beste Freundin Clara nicht mehr ertragen, war zu dem Jungen hinüber gegangen und hatte ihm etwas ins Ohr geflüstert. Das Ergebnis war gewesen, dass der Junge mit zwei randvoll gefüllten Gläsern Rotwein zu ihr gekommen war und ein Gespräch mit ihr begonnen hatte. Jetzt lagen sie im dunklen Garten unter einer hohen Eiche und knutschten. Er war zwei Jahre älter als sie und schien viel Erfahrung im Küssen zu haben, denn er war manchmal sehr sanft, beinahe zurückhaltend, während er im nächsten Moment fordernd die Zunge aus seinem Mund heraus- und in ihren hineinschob. Auch wusste er genau, was er mit seinen Händen anstellen musste. In einem abgelegenen Winkel ihres Gehirns flüsterte eine mahnende Stimme, dass sie aufpassen sollte, was sie tat. Aber diese Stimme wurde immer mehr von ihrem Verlangen in den Hintergrund gedrängt. Ja, sie war bereit, sich diesem Jungen hinzugeben. Er schien dies zu spüren und fuhr immer öfter sanft über ihre Oberschenkel, und jedes Mal wanderte die Hand ein wenig höher, sodass sie inzwischen schon beinahe ihren Schritt erreicht hatte. Gerade, als sie ihn dazu auffordern wollte, ihre Hose zu öffnen, wurden sie unsanft unterbrochen.

»Nici«, rief Clara von der Terrasse aus in die Dunkelheit.

Das Mädchen wollte sich aus der Umarmung befreien, aber Mike hielt sie fest.

»Lass sie rufen«, flüsterte er und schob seine Hand noch ein bisschen höher.

»Nici!«, schrie ihre Freundin noch einmal, dieses Mal drängender.

»Warte kurz, ich will wissen, was Clara will«, sagte Nici.

»Soll sie doch warten. Wir haben schließlich etwas vor.«

»Nein«, widersprach sie ihm jetzt vehement und drückte den Jungen von sich weg, auch wenn es ihr schier das Herz brach.

»Echt jetzt?«, fragte er unwirsch. »Du willst diesen Moment ruinieren, indem du deine Freundin mir vorziehst?«

Mit einem Mal waren die Schmetterlinge in ihrem Bauch verschwunden, und auch das Verlangen nach diesem Jungen löste sich in Millisekunden in Luft auf.

»Clara ist meine beste Freundin. Es hat sicher einen guten Grund, dass sie nach mir ruft«, sagte Nici kühl.

Zumindest hoffe ich es, sonst drehe ich ihr den Hals um, fügte sie in Gedanken hinzu.

Das junge Mädchen löste sich vollends aus Mikes Umarmung, stand auf, klopfte sich das Gras von der Kleidung und ging dann zurück zum Haus.

»Erwarte nicht, dass ich noch hier bin, wenn du zurückkommst«, rief ihr der Junge hinterher.

Nici ignorierte ihn und trat auf ihre Freundin zu. »Was willst du?«, fragte sie mürrisch.

»Tut mir wirklich leid, dass ich euch gestört habe, aber die Polizei steht vor der Tür und will mit dir reden.«

»Bist du sicher, dass es die Polizei ist?«, fragte das Mädchen zweifelnd.

»Ihre Marken und ihre Uniformen sehen jedenfalls verdammt echt aus«, erklärte Clara.

»Als ob du das beurteilen könntest.«

»Mein Papa ist selbst Polizist, vergiss das nicht. Ich weiß, wie Polizisten aussehen.«

»Ist ja schon gut«, sagte Nici entschuldigend. »Komm. Mal sehen, was die wollen.«

Gefolgt von ihrer Freundin, ging das junge Mädchen zur Haustür, wo zwei Männer in Uniform und eine Frau in dunklem Hosenanzug auf sie warteten.

»Guten Abend«, sagte sie höflich zu den Beamten.

»Guten Abend«, grüßte die Frau. »Bist du Nicole Fulton?«

»Ja, die bin ich. Wer sind Sie?«

»Mein Name ist Detective Muller. Gibt es einen Ort, wo wir ungestört reden können?«

Nici erinnerte sich daran, dass ihre Eltern sie mehrfach ermahnt hatten, mit keinem fremden Erwachsenen allein zu sein.

»Lassen Sie uns hier reden. Geht es um die Party? Sind wir zu laut? Meine Eltern haben gesagt, sie hätten alle Nachbarn informiert, und keiner hätte ein Problem damit gehabt.«

»Nein, es geht nicht um die Lautstärke deiner Feier«, erklärte die Beamtin. »Es geht um deine Eltern.«

»Was ist mit ihnen?«, fragte Nici alarmiert. »Ist irgendwas passiert?«

»Nicole, es tut mir sehr leid, dir dies mitteilen zu müssen, aber ... sie hatten einen Unfall.«

»Geht es ihnen gut? Nun reden Sie schon!«, verlangte Nici, die ahnte, dass es ihren Eltern nicht gut gehen konnte, wenn die Polizei mit drei Leuten hierherkam.

»Sie sind mit ihrem Wagen von der Straße abgekommen und einen Abhang hinabgestürzt. Nicole, deine Eltern sind tot. Es tut mir sehr leid.«

Das Mädchen spürte, wie ihr die Beine versagten, und wäre ihre Freundin Clara nicht da gewesen, um sie zu halten, wäre sie wie ein nasser Sack zu Boden gefallen. Auch Detective Muller griff geistesgegenwärtig zu und schaffte es, das Mädchen langsam zu Boden gleiten zu lassen.

»Nein ...«, flüsterte Nici. »Neinneinnein ...« Sie schüttelte so heftig den Kopf, dass ihr schwindlig wurde.

Die Polizistin sagte nichts, sondern hielt das Mädchen einfach nur fest. Auch Clara sagte kein Wort, legte stattdessen die Arme um ihre Freundin und versuchte, den eintretenden Schmerz so weit wie möglich zu lindern.

Fulton schlug die Augen auf und versuchte, sich zu orientieren. Die Straßenlaternen waren zwar die gesamte Nacht über eingeschaltet, aber eines der ersten

Dinge, die sie sich nach ihrem Einzug vor vielen Jahren geleistet hatte, waren schwere blickdichte Vorhänge gewesen. Entsprechend war es in ihrem Wohnzimmer dunkel, und von draußen drang nur wenig Licht zu ihr herein. Die Kehle der Agentin war trocken. Langsam setzte sie sich auf und fuhr sich durch die verschwitzten Haare, bevor sie schwerfällig aufstand und zur Küchenzeile tapste, um sich ein Glas Leitungswasser einzuschenken. Sie nahm mehrere kleine Schlucke und behielt sie lange im Mund, um ihren Hals wenigstens etwas feuchter zu machen. Schließlich gewöhnten sich ihre Augen an das Halbdunkel, und im Zwielicht erkannte sie, dass Spot sie vom Fußende der Couch aus kritisch beäugte.

»Tut mir leid, dass ich dich geweckt habe«, flüsterte Fulton und strich sanft über den Kopf des Tieres.

Die Katze schnaufte einmal vernehmlich und drehte sich dann um, als ob sie ihr mitteilen wollte, dass sie die Störung zwar nicht guthieß, der Agentin in ihrer allmächtigen Güte aber verzieh. Fulton überlegte, ob sie versuchen sollte, wieder einzuschlafen, aber sie war von ihrem Traum zu aufgekratzt. Sie hatte schon lange nicht mehr von dem schrecklichen Ereignis vor nunmehr dreiundzwanzig Jahren geträumt. Umso mehr war sie nun davon mitgenommen. Da an Schlaf jetzt nicht mehr zu denken war, entschied sie sich, den Tag zu beginnen. Als Erstes dehnte sie ihre Muskeln, streckte den Rücken durch und ließ langsam die Hüfte kreisen. Dann streckte sie die Arme nach oben und beugte sich langsam vor, während sie sich abwechselnd auf das linke und das rechte Bein lehnte. Spot sah sich dies an und beschloss, dass jetzt offenbar der geeignete Augenblick war, um sich der eigenen Hygiene zu widmen. Als die Agentin fertig war, warf sie einen Blick auf ihr Handy, um die Uhrzeit abzulesen. Es war halb vier Uhr morgens. Schulterzuckend ging sie erneut zur Küchenzeile und erweckte die Kaffeemaschine mit einem Knopfdruck zum Leben. Erst vor wenigen Monaten hatte sie eine Gehaltserhöhung bekommen, und von der ersten Zahlung hatte sie sich einen Vollautomaten geleistet. Das Gerät war teuer gewesen, aber sie bereute die Anschaffung nicht, denn so sparte sie wertvolle Zeit. Während der Kaffee durchlief, ging sie in das Badezimmer, welches so beengt war, dass kaum eine Person hineinpasste. Sie drehte den Wasserhahn auf und ließ das kühle Nass über ihre Hände und Arme fließen, bevor sie sich eine Handvoll Wasser ins Gesicht schaufelte. Dies alles tat sie, ohne einen Lichtschalter zu betätigen, denn sie fühlte, dass sie das grelle künstliche Licht jetzt nicht ertragen könnte. Zurück in der Küche nahm sie eine Tasse aus der Spüle, wusch sie kurz aus, stellte sie dann in die dafür vorgesehene Nische der Kaffeemaschine, drückte einen Knopf und ließ das heiße Gebräu in den Keramikbehälter laufen. Als die Tasse voll war, hielt Fulton sie unter ihre Nase und atmete den Duft tief ein. Dann nahm sie einen Schluck und fühlte, wie die Flüssigkeit zuerst in ihrem Mund und dann in ihrem restlichen Körper ein wohltuendes Gefühl der Wärme verströmte. Um die Zeit bis zum Beginn des heutigen Arbeitstags zu nutzen, beschloss sie, sich anzuziehen und eine Runde um den Block zu joggen. Sie schätzte kurz die Zeit ab und entschied, dass sie es schaffen würde, danach noch ausgiebig zu duschen und anschließend ins Büro zu fahren. Die Agentin schlüpfte in ihre graue Jogginghose, streifte sich ein passendes Shirt über und stülpte dann ihre Laufschuhe über die Füße.

»Bis später«, sagte sie zu ihrer Katze, die noch immer auf der Couch lag und bereits wieder schlief.

KAPITEL 2

»Heute ist ein schwarzer Tag für Boston«, verkündete Harold Steiner in die Kamera.

Er war einer der bekanntesten Nachrichtensprecher der Region und saß gerade im Studio des Senders. »John Moore, der für den Mord an vier Menschen verantwortlich gemacht wird, wurde vor wenigen Minuten auf freien Fuß gesetzt. Aufgrund eines vom Gericht festgestellten Verfahrensfehlers musste die Anklage fallengelassen werden. Eine Revision wurde bereits beschlossen, wird aber aller Voraussicht nach einige Monate in Anspruch nehmen.«

Während der Nachrichtensprecher die Meldung vorlas, wurden von der Regie Live-Bilder vom Platz vor dem Bostoner Gerichtsgebäude eingespielt. Dort hatte sich eine Menschenmasse versammelt, die lautstark protestierte und diverse selbst gemalte Plakate hochhielt. Als John Moore, vor der Pforte erschien, entwickelte sich ein solcher Tumult, dass die anwesenden Polizisten, die sich rund um den Eingang postiert hatten, nur mit Mühe gegen die wogenden Zivilisten ankamen. Viele der Demonstranten warfen Flaschen, Dosen und andere Gegenstände in Moores Richtung, ohne ihn aber zu treffen, während sie versuchten, die Absperrung zu durchbrechen.

»Die Polizei hat bereits eine Stellungnahme veröffentlicht, in der erklärt wird, dass jede Person, die sich der Staatsgewalt widersetzt, mit Strafen zu rechnen hat. John Moore ist das beste Beispiel dafür, dass unsere Justiz einwandfrei funktioniert.«

Auf das Stichwort hin nahm der vor Ort befindliche Kameramann den ehemaligen Angeklagten nun in den Fokus und vergrößerte das Bild so lange, bis man das breite Grinsen auf Moores Gesicht in allen Details erkennen konnte.

»Er scheint ja wirklich tief betrübt zu sein«, kommentierte der Nachrichtensprecher ironisch das Bild. »Bleibt zu hoffen, dass der nächste Versuch, diesen mehrfach vorbestraften Mann für die ihm zur Last gelegten Taten zur Rechenschaft zu ziehen, erfolgreicher sein wird. Nun die Wettervorhersage.«

»Guten Morgen«, begrüßte Maddox sie.

»Morgen«, erwiderte sie knapp.

»Was ist los? Schlecht geschlafen?«

»Das kannst du laut sagen. Wahrscheinlich zu viel gegessen.«

»Lass mich raten: Pietro hat dich wieder gemästet«, stellte der Agent fest.

»Du kennst ja seine Pizzas«, erwiderte Fulton.

»Ich erinnere mich lebhaft daran.«

»Was gibt es Neues von den Angehörigen der Mason-Opfer?«

»Sieht für mich wie eine tote Spur aus. Sarah Peterson hat keine Geschwister, und ihre Eltern leben in Alaska. Ein Telefonat mit dem örtlichen Polizeichef gestern Abend hat bestätigt, dass sie seit Jahren nicht verreist sind. Bei Andrea Gordon, die sich selbst gerichtet hat, ist es ähnlich. Ihre Eltern sind bereits verstorben, und ihr Bruder lebt und arbeitet in London.«

»England?«

»Yap«, bestätigte Maddox. »Bei Ellen Jannings mache ich mir auch keine großen Hoffnungen. Ihr Vater ist seit Jahren untergetaucht, und ihre Mutter lebt zwar in New Jersey, aber auch sie kommt nicht infrage.«

»Warum nicht?«

»Weil sie im Rollstuhl sitzt.«

»Ein wenig seltsam, dass Jannings uns bei unserem gestrigen Besuch nichts über ihre Mutter erzählt hat.«

»Vielleicht haben die beiden einfach keinen guten Draht zueinander«, vermutete der Agent.

»Kannst du das nachprüfen lassen?«

»Klar, mache ich.«

»Wie machen wir die Befragungen?«, wechselte sie das Thema. »Wollen wir uns aufteilen?«

»Wir könnten das alte *Guter Bulle, böser Bulle*-Spiel spielen.«

»Oder wir können es lassen«, sagte sie mürrisch.

»Deine Laune war auch schon mal besser.«

»Tut mir leid. Ich habe wirklich nicht gut geschlafen. Machen wir es so, dass ich den ersten Burschen übernehme, du den zweiten, und so weiter. Der jeweils andere ist im Beobachtungszimmer und schaut zu.«

»Einverstanden.«

In diesem Moment klingelte das Haustelefon auf Fultons Schreibtisch.

»Agent Fulton«, meldete sie sich.

»Jack Fiskers vom Empfang. Ein Mann namens Tom Walters ist hier. Er hat eine Vorladung von Ihnen erhalten.«

»Danke. Lassen Sie ihn bitte ins Befragungszimmer Nummer Drei bringen«, erklärte die Agentin, legte auf und wandte sich dann ihrem Kollegen zu. »Es geht los.«

Fulton stand vor der Tür zum Befragungszimmer und atmete mehrfach tief durch, um sich geistig auf das Verhör vorzubereiten. Dann drückte sie die Klinke nach unten und trat ein. Am anderen Ende des Raums, an einem schmucklosen und blankpolierten Metalltisch, saß ein Mann, dessen Statur am besten mit *gedrungen* beschrieben werden konnte. Sein Gesicht war glatt rasiert, und sein Haupthaar war bereits so weit zurückgewichen, dass man von einer Halbglatze sprechen konnte.

»Mister Walters, ich grüße Sie. Danke, dass Sie gekommen sind. Mein Name ist Agent Fulton.«

»Die Einladung war, sagen wir mal, unmissverständlich formuliert«, erwiderte Walters. »Allerdings habe ich keine Ahnung, warum ich hier bin. Ich habe mir nichts zuschulden kommen lassen.«

»Darum geht es auch nicht«, erklärte die Agentin. »Sie sind nicht hier, um verhört zu werden, sondern weil ich Ihre Hilfe benötige.«

»Lady, da hätten Sie sich auch auf andere Weise an mich wenden können«, sagte der Mann und grinste anzüglich.

»Nicht diese Art der Hilfe«, erwiderte Fulton mit einem falschen Lächeln. »Es geht um Ihren Freund Jacob Mason.«

»Was soll mit ihm sein?«

»Er ist tot.«

»Echt jetzt? Wie ist es passiert?«

»Das versuchen wir gerade herauszufinden«, erklärte
die Agentin. »Wann haben Sie Jacob Mason zuletzt gesehen?«

»Das war vorgestern. Er war vor Gericht freigesprochen worden und wollte das gebührend feiern.«

»Und wo fand diese Feier statt?«

»In unserer Stammkneipe, *Sam´s Irish Pub*.«

»Wie lange waren Sie an diesem Abend dort?«

»Bis zugesperrt wurde. Das war so gegen Mitternacht.«

»Was ist dann passiert?«

»Ich wollte noch ein wenig mit den Jungs um die Häuser ziehen. Jay wollte aber lieber nach Hause. Vermutlich um seine Alte ordentlich durchzuknallen.«

»Er war also nicht bei Ihnen?«

»Nein, sagte ich doch.«

»Und er ist allein gegangen?«

»Yap.«

»Denken Sie bitte gut nach, Mister Walters ...«

»Nennen Sie mich Tom.«

»Mister Walters, bitte überlegen Sie noch einmal ganz
genau. War Jacob Mason allein, als er sich auf den Weg
gemacht hat? Hat er etwas davon gesagt, dass er noch
irgendwo hingehen wollte?«

»Nein«, antwortete Walters kopfschüttelnd. »Die
Jungs und ich sind losgegangen, Jay ist in die andere
Richtung verschwunden. Er hat auch nicht erzählt, ob
er noch etwas anderes vorhat, als nach Hause zu gehen
und seine Alte ...«

»Ich weiß, ich weiß«, unterbrach Fulton ihn. »Haben
Sie jemals mit Jacob Mason Streit gehabt?«

»Na ja, von Zeit zu Zeit hatten wir Meinungsverschiedenheiten. Das ist doch ganz normal. Aber wenn Sie darauf hinauswollen, dass ich ihn getötet haben könnte, dann kann ich Ihnen nur sagen: Ich war es nicht.«

»Würden Sie das schriftlich bestätigen, wenn Sie dazu aufgefordert werden?«

»Klar, kein Problem.«

»Wie stehen Sie zu den Vorwürfen gegen Mister Mason?«

»Welche meinen Sie?«

»Er stand vor Gericht, weil er sich an drei Frauen vergangen haben soll.«

»Und nachdem er freigesprochen wurde, ist er unschuldig. Davon abgesehen traue ich ihm einiges zu, aber ich glaube nicht, dass er es getan hat.«

»Dann ist das erst einmal alles, Mister Walters. Ich bitte Sie, in der nächsten Zeit die Stadt nicht zu verlassen und für uns erreichbar zu sein.«

»Kein Problem, Lady«, sagte der Mann, stand auf und ging zur Tür.

Fulton nickte knapp in Richtung der Spiegelwand, und mit einem Surren wurde die Tür entriegelt. Walters warf der Agentin noch einen anzüglichen Blick zu und verließ dann das Zimmer.

»Wer ist der Nächste?«, fragte Fulton in den leeren Raum hinein.

»Jason Sirkowsky«, ertönte Maddox´ Stimme aus dem in einer Ecke angebrachten Lautsprecher. »Soll ich übernehmen?«

»Gern«, erwiderte die Agentin und ging ebenfalls zur Tür hinaus.

Die Befragung von Jason Sirkowsky dauerte nicht lange und brachte das gleiche Ergebnis wie das vorhergegangene Gespräch. Nachdem auch Sirkowsky entlassen worden war, saßen Fulton und Maddox gemeinsam in dem Zuschauerbereich, der durch die Spiegelwand vom Verhörzimmer abgegrenzt war.

»Wann ist der Nächste dran?«, fragte sie.

»In einer halben Stunde«, erwiderte Maddox.

»Genug Zeit, um nachzusehen, ob die Kollegen in den anderen Städten bereits etwas in Erfahrung gebracht haben.«

»Ich kümmere mich darum«, bot ihr Kollege an.

»Lass mal, ich kann das selbst, bin ja schon ein großes Mädchen.«

»So habe ich das nicht gemeint.«

»Weiß ich doch«, antwortete Fulton lächelnd, knuffte ihren Partner in die Seite und ging los.

An ihrem Schreibtisch entsperrte sie den Computer und rief ihr elektronisches Postfach auf. Die einzige Mail, die als Ungelesen gekennzeichnet war, war ein Rundschreiben des Police-Commissioners, der zur jährlichen Sommerfeier einlud. Keine Nachrichten von den Kollegen, die sich um Masons Freunde von außerhalb hatten kümmern sollen. Fulton wartete noch einige Minuten, ob sich etwas tat, sperrte dann ihren Computer wieder und ging zurück in den Verhörbereich des Gebäudes.

Die weiteren Befragungen brachten keine Neuigkeiten. Alle Vorgeladenen waren sich einig, dass Jacob Mason, nachdem die Kneipe gegen Mitternacht geschlossen hatte, allein losgezogen war und nicht erwähnt hatte, dass er noch etwas tun wollte.

Reichlich dürftig, dachte Fulton missmutig.

Ihr Partner hingegen war positiver eingestellt. »Wenigstens können wir jetzt eher davon ausgehen, dass der Mörder nicht in Masons hiesigem Freundeskreis zu finden ist. Wir sollten sie aber natürlich nicht komplett vom Haken lassen.«

»Dann haben wir ja nur noch rund dreihundertvierzig Millionen potenzielle Verdächtige.«

»Abzüglich der Kinder«, wandte Maddox ein.

»Auf jeden Fall zu viele.«

»Was ist denn heute los mit dir? Du bist doch sonst nicht so pessimistisch.«

»Ich sage doch, zu wenig Schlaf.«

»Da steckt doch noch etwas anderes dahinter. Hast du wieder von deinen Eltern geträumt?«

»Manchmal hasse ich dich dafür, dass du mich so gut kennst.«

»Und manchmal liebst du mich dafür. Also stimmt meine Vermutung?«

»Ja«, gab die Agentin widerwillig zu.

»Wenn es etwas gibt, womit ich dir helfen kann ...«

»Momentan nicht. Trotzdem danke. Ich schaue noch mal, ob die anderen Kollegen mehr Glück hatten. Dann machen wir mit *unseren* Leuten weiter.«

Die Agenten fuhren mit dem Aufzug zurück in ihr Büro und weckten ihre Computer aus dem Stand-by-Modus.

»Schau mal, ich habe hier eine Nachricht aus Phoenix, Arizona«, sagte Maddox. »Das lokale Büro hat einen von Masons Freunden ausfindig gemacht, einen gewissen Walter Ranson.«

»Lies vor«, bat Fulton.

»Er hat ausgesagt, dass er Mason seit über einem Jahr nicht mehr gesehen hat. Er war anscheinend ziemlich redselig und hat erklärt, dass er sich mit unserem Opfer zerstritten und deswegen jeglichen Kontakt abgebrochen hat.«

»Warum haben sie sich gestritten?«

»Laut des Berichts ging es um Unstimmigkeiten in Bezug auf Ransons Auto.«

»Wie bitte?«

»Ich zitiere: *Jacob hat sich meinen Wagen damals für eine Spritztour ausgeliehen und ihn dabei beschädigt. Als ich ihn aufforderte, für die Reparaturkosten aufzukommen, hat er versucht, sich herauszuwinden und es so hinzustellen, als sei ich als Eigentümer des Autos für die Instandhaltung verantwortlich, und er müsste überhaupt nichts bezahlen. Wir haben uns dann lautstark gestritten und uns sogar geprügelt. Daraufhin hat er das Haus verlassen. Auf meine mehrfachen Anrufe hat er nicht reagiert, und irgendwann, so nach vier Monaten, flatterte mir ein anwaltliches Unterlassungsschreiben ins Haus.*«

»Starkes Stück, so mit Freunden umzugehen«, kommentierte die Agentin.

»Warte, es geht sogar noch weiter: *In dem Schreiben drohte man mir mit einer Anzeige, wenn ich Jacob nicht in Ruhe lassen würde. Ich habe das Ding natürlich nicht unterschrieben, sondern selbst einen Anwalt eingeschaltet. Der sagte mir, dass er zwar Anzeige erstatten könne, aber die Beweislage ziemlich dürftig wäre, vor allem, weil ich nicht mehr nachweisen könnte, dass zum Zeitpunkt des Schadens jemand anderes den Wagen gefahren hat. Auf die Nachfrage des*

Kollegen, ob der Wagen bereits repariert worden war, bestätigt Ranson das.«

»Ich würde sagen, da hat er Pech gehabt«, sagte Fulton. »Ich hatte schon einmal einen Fall, da ist etwas ganz ähnliches passiert.«

»Jedenfalls würde ich diesen Walter Ranson zum Kreis der Verdächtigen nehmen.«

»Kann er denn nachweisen, dass er zum Tatzeitpunkt bei sich zu Hause war?«

»Mist, du hast recht. Hier steht, dass seine Frau und ein befreundetes Paar bezeugen können, dass sie zusammen im Kino waren, als Mason ermordet wurde.«

»Also doch kein Verdächtiger. Sonst noch etwas?«

»Nein, von den anderen habe ich noch nichts gehört. Bei dir?«

»Nope«, antwortete Fulton.

»Weißt du was? Ich habe Hunger«, erklärte Maddox. »Lass uns doch etwas holen.«

»Asiatisch?«

»Spanisch?«

»Sandwiches?«

»Okay.«

Die Agenten nahmen den Aufzug ins Erdgeschoss und fanden an der Straßenecke einen Foodtruck. Nacheinander bestellten sie sich Hühnchen-Gurken-Sandwiches und nahmen jeder einen großen Pappbecher Kaffee dazu.

Zur gleichen Zeit, aber an einem anderen Ort, war gerade ein Mann damit beschäftigt, die Morgenausgabe der *Times* zu lesen, während er immer wieder einen Schluck aus seiner Teetasse nahm und von dem mit

Erdbeermarmelade gefüllten Krapfen abbiss. Es war zwar bereits fast Mittag, aber er war erst vor einer halben Stunde aufgestanden. Seine Arbeitstage begannen so gut wie immer auf diese Weise, denn er konnte es sich leisten. Seit vielen Jahren war er im Aktiengeschäft tätig, und da er sowohl ein gutes Verständnis als auch ein glückliches Händchen besaß, hatte er sich inzwischen ein beachtliches Vermögen aufgebaut. Er trank gerade einen Schluck Tee, als sich von hinten zwei schlanke Arme auf seine Schultern legten.

»Guten Morgen«, sagte eine helle Frauenstimme.

»Morgen«, antwortete er einsilbig, ohne den Blick von seiner Zeitung zu nehmen.

Die Frau kam jetzt um ihn herum und nahm eine Tasse zur Hand, die sie mit Tee füllen wollte.

»Hast du gut geschlafen?«, fragte sie und schob sich eine Strähne ihres blonden Haares aus dem Gesicht.

»Ja.«

»Und was hast du geträumt?«

»Sharon, siehst du nicht, dass ich gerade beschäftigt bin?«

»Na ja, ich dachte, du könntest ein wenig Konversation nicht abgeneigt sein.«

»Bin ich aber, und jetzt lass mich in Ruhe lesen.«

Sharon zuckte mit den Schultern, setzte sich an den ausladend großen Eichentisch und nahm sich ein Stück Gebäck.

»Hör mal ...«, fing sie an.

Der Mann schnaubte und legte die Zeitung beiseite. »Was ist denn so wichtig?«

»Ich habe nachgedacht. Wir kennen uns jetzt schon seit mehr als zwei Monaten, und wir verbringen viel

Zeit miteinander. Denkst du nicht, dass es langsam an der Zeit wäre, über den nächsten Schritt nachzudenken?«

»Was genau meinst du damit?«

»Nun ja ... Ich dachte, weil wir uns so oft sehen, könnten wir unsere Beziehung vielleicht intensivieren. Wie wäre es, wenn wir zusammenziehen?«

Der Mann sah Sharon einige Augenblicke an. Dann legte er den Kopf in den Nacken und lachte lauthals. Das Lachen war tief und dröhnend, und die Frau zuckte unwillkürlich zusammen.

»Tut mir leid, aber ich glaube, ich habe mich verhört«, sagte der Mann kichernd. »Ich dachte, du hättest etwas von *Zusammenziehen* gesagt.«

»Michael, tu bitte nicht so«, gab Sharon zurück. »Du hast richtig gehört. Ich möchte, dass wir ein wirkliches Paar sind. Ich finde es so schade, dass wir unsere Beziehung nicht offen leben.«

So plötzlich, wie der Mann losgelacht hatte, so plötzlich hörte er damit auf und blickte Sharon kalt an. »Dir reicht es also nicht, die Nacht hier verbringen zu dürfen? Du willst mehr, als dich von mir zum Essen einladen und auf meine Kosten verreisen zu dürfen?«

»So habe ich das nicht gemeint«, versuchte sich die Frau zu verteidigen. »Ich bin dir dankbar dafür, dass du dich um mich kümmerst, aber ich habe manchmal den Eindruck, dass etwas zwischen uns steht. Michael, ich glaube, ich habe mich in dich verliebt.«

»In mich, oder in mein Geld?«

»Wie kannst du so etwas fragen?«

»Weil du da nicht die Erste wärst. Weißt du, was ich mit deinen Vorgängerinnen gemacht habe, als sie dachten, sie hätten sich in mich verliebt und wollten mit mir zusammenleben?«

Michael wartete keine Antwort ab, sondern sprach weiter: »Ich habe sie aus meinem Haus verjagt und sie in die Gosse zurückgeschickt, aus der sie kamen. Willst du, dass dir das auch passiert?«

»Michael, ich …«

»Ich gebe dir jetzt die Gelegenheit, noch einmal genau zu überlegen, was du gerade gesagt hast. Ich tue mal so, als hätte ich es akustisch nicht verstanden. Also, liebe Sharon, was hast du gerade gesagt?«

»Ich … wollte nur sagen, dass dieses Gebäck wirklich gut schmeckt«, antwortete sie matt.

Der Mann lächelte jetzt freundlich. »Ja, der neue Koch hat echt was drauf. War eine gute Entscheidung, ihn anzustellen. Nun lass mich meine Zeitung weiterlesen.«

Sharon nickte stumm und betrachtete den Inhalt ihrer Teetasse.

»Was tust du gerade?«, fragte sie ihn, als sie ihn später am Tag im Ankleidezimmer fand.

»Ich verreise.«

»Wohin?«

»Etwas Geschäftliches«, erklärte Michael vage. »Ich bin morgen wieder zurück.«

»Darf ich mitkommen?«

»Nein, das würde dich nur langweilen. Hör mal, wie wäre es, wenn du dich mit deinen Freundinnen triffst und ihr ins Kino geht? Ich habe gehört, dass da ein neuer, echt guter Film rausgekommen ist. Irgendwas Romantisches, soweit ich weiß.«

»Vielleicht mache ich das.«

»Und wenn ich morgen zurückkomme, gehen wir essen.«

»Einverstanden. Michael, ich wollte dich noch etwas fragen.«

»Was denn?«

»Als was siehst du mich?«

»Wie meinst du das jetzt schon wieder?«

»Bin ich für dich ein fühlendes, lebendes Wesen, dem du zugeneigt bist, oder bin ich eher ein Haustier oder gar ein Spielzeug für dich?«

»Sharon ... Wie kommst du immer auf solche abstrusen Fragen?«

»Bitte antworte mir«, forderte sie ihn auf.

»Ich muss jetzt los«, antwortete Michael ausweichend. »Morgen bin ich wieder da, und dann sprechen wir weiter.«

Die Frau winkte ab und verließ kopfschüttelnd das Zimmer.

Michael widmete sich wieder seinem Koffer und packte nacheinander seine Sachen fein säuberlich hinein. Zuletzt ließ er seinen Blick durch das Zimmer schweifen, ob er auch nichts vergessen hatte. Dabei fiel sein Blick auf einen Comic, der auf der Anrichte lag. Er nahm ihn zur Hand und betrachtete nachdenklich das Titelbild. Es zeigte einen Mann, der frontal zum Betrachter stand und in ein schwarzes Shirt sowie einen ebenso schwarzen Mantel gekleidet war. Auf dem Shirt war ein weißer Totenschädel mit unmenschlich lang nach unten gezogenem Kiefer abgebildet. Der Mann, der vom Titelschriftzug als *Punisher* ausgewiesen wurde, trug in der einen Hand eine Pistole, in der anderen hielt er ein Katana, eine alte japanische Samurai-Klinge. Michael schlug das Heft auf und blätterte ein wenig darin, bevor er es ebenfalls in seinen Koffer legte. Sanft strich er mit der Hand über das glänzende Cover, bevor er das Gepäckstück schloss und hochhob. Der Koffer war schwer, aber da der Mann stark war, bereitete es ihm keinerlei Mühe ihn zu tragen. Er nahm den Weg ins Erdgeschoss und zog eine unscheinbare Tür auf, die ihn in die Garage des Hauses führte. Dort öffnete er den Kofferraum seines Wagens, legte den Koffer hinein und drückte dann einen in die Wand eingelassenen Knopf, der das Garagentor öffnete. Michael setzte sich ans Steuer des Fahrzeugs und fuhr rückwärts aus der Garage heraus, wendete und steuerte auf die Ausfahrt zu. Bis zu seinem Zielort war es ein langer Weg, und mit dem Flugzeug wäre er deutlich schneller dort angekommen, aber er hatte Zeit. Ihm reichte es, wenn er in der Nacht ankam, denn für das, was er vorhatte, war es sowieso besser, wenn er im Schutze der Dunkelheit blieb.

Michael saß in seinem Wagen und beobachtete das Haus, das sich in einigen Metern Entfernung befand und vom fahlen Licht der Straßenlaternen angestrahlt wurde. Er war kurz nach Einbruch der Nacht hier angekommen und hatte sich seitdem nicht von der Stelle bewegt. Während der Fahrt hatte er nur einmal angehalten, um zu tanken und sich etwas zu Essen zu kaufen. Er lauschte gerade einem Gespräch im Radio, das sich um die heutige Freilassung des Boston-Mörders drehte, als er eine Bewegung an der Hausfassade wahrnahm. Als er erkannte, um wen es sich handelte, lächelte er unwillkürlich. Die Person, die über den Gehweg schlenderte, blieb jetzt an der Haustür stehen und kramte kurz in seinen Taschen, bevor er den Schlüssel ins Schloss steckte und hineinging. Michael zog den Zündschlüssel heraus, stieg aus und ging zum Kofferraum, wo er die mitgebrachte Tasche öffnete und einen Gegenstand entnahm. Er schob diesen in seine Jackentasche und ging dann ebenfalls zur Tür des Hauses hinüber. Das Schloss war für ihn kein Hindernis, denn er kannte sich damit aus, Türen auch ohne Schlüssel öffnen zu können. Er warf noch einen kurzen Blick nach links und rechts und betrat dann leise den Hausflur.

»Hey Stella«, sagte Maddox, als er und Fulton am nächsten Morgen ins Büro kamen.

»Carl, Nici, wie geht es euch?«, fragte Stella Marquez, die sich gerade anschickte, die Räumlichkeiten zu verlassen.

»Bisschen müde. Gestern hatten wir einen Verhör-Marathon«, erklärte Maddox.

»Wie schön«, kommentierte die Agentin ironisch. »Ihr ermittelt wegen des Mason-Mordfalls, oder?«

»Yap«, bestätigte Fulton. »Ziemlich undurchsichtige Sache.«

»Kann ich mir vorstellen. Passiert ja auch nicht alle Tage, dass ein Opfer auf so eine grausige Weise verstümmelt wird.«

»Mit so etwas hast du ja auch schon deine Erfahrungen gemacht. Wie geht es eigentlich deinem neuen Freund, diesem Agenten aus Washington?«

»Du meinst Pete? Der ist nicht mehr dort. Momentan hat er Urlaub und ist hier in New York.«

»Was machst du dann hier? Ich an deiner Stelle würde freinehmen und Zeit mit ihm verbringen«, meinte Maddox.

»Wir lassen es langsam angehen«, erklärte Marquez. »Wir kennen uns ja noch nicht lange.«

»Gerade deswegen wäre es doch sinnvoll, wenn ihr so viel wie möglich zusammen seid.«

»Wie gesagt, wir machen es in aller Ruhe.«

»Tut mir leid, ich wollte dir nicht zu nahetreten.«

»Kein Problem«, erwiderte die Agentin. »Ich muss los, momentan ist ein Serien-Einbrecher unterwegs und möchte gern auf den Pfad der Tugend zurückgeführt werden.«

»Lass dich von uns nicht aufhalten.«

Marquez winkte zum Abschied.

»Und was machen wir jetzt?«, fragte Maddox.

»Wir essen erst mal etwas und gehen die Aussagen von Masons Freunden noch einmal Stück für Stück durch. Vielleicht gibt es ja etwas, was uns entgangen ist.«

»Und möglicherweise gibt es neue Erkenntnisse seitens der Kollegen«, fügte der Agent hinzu.

Sie öffneten gleichzeitig ihre E-Mail-Programme und fanden einige ungelesene Nachrichten, die aber allesamt nach kurzer Prüfung ergaben, dass keiner von Masons Freunden, die über die Vereinigten Staaten verteilt lebten, zum Tatzeitpunkt auch nur ansatzweise in der Nähe von New York gewesen waren.

»Schöne Misere«, sagte Maddox und blies lautstark die Luft aus seinen Wangen.

»Denkst du, dass sich seine hiesigen Freunde gegenseitig den Rücken decken?«

»Natürlich denke ich das. Aber so, wie sie sich verhalten, glaube ich nicht, dass sie ihn getötet haben. Die haben allesamt Dreck am Stecken, aber einen Mord zu begehen, und dann auch noch so, wie es Mason widerfahren ist, haben die nicht drauf.«

»Was macht dich da so sicher?«

»Nenne es ein Gefühl. Ich kenne mich ganz gut mit der menschlichen Psyche aus, schließlich habe ich einige Semester Psychologie studiert, bevor ich zum FBI gegangen bin. Jemand, der einen Mord vertuschen will, ist nicht so locker drauf, wie es die vier Typen sind. Und auch, wenn sie ihre Aussagen vorher abgesprochen haben sollten, müsste es mehr Ungereimtheiten geben. So abgebrüht sind die nicht.«

»Ich schätze, du hast recht«, erklärte Fulton seufzend. »Also haben wir überhaupt keine Fortschritte vorzuweisen.«

»So würde ich das nicht sagen. Wir haben schließlich schon mit einigen Leuten gesprochen und damit den Kreis der Verdächtigen durchaus verkleinert.«

»Du und dein Optimismus.«

»Einer muss es ja sein.«

»Guten Morgen Frank«, grüßten sie den Abteilungsleiter, der mit einer Tasse Kaffee in der Hand zu ihnen hinüberkam.

»Hallo zusammen. Wie geht es im Mason-Fall voran?«

»Ehrlich gesagt noch nicht so besonders. Wir drehen seine Angehörigen und Freunde durch die Mangel, aber bisher noch keine heiße Spur.«

»Hmm«, meinte der Abteilungsleiter. »Haben Sie übrigens schon das Neueste gehört? In Boston wurde gestern ein Mehrfachmörder freigelassen. Es gab einen Verfahrensfehler.«

»Yap, habe ich mitgekriegt«, antwortete Fulton. »Kam heute früh in den Nachrichten.«

»Und wissen Sie, was das Schärfste ist? Der Typ wurde heute früh tot aufgefunden ... in seiner Badewanne, mit durchtrennten Pulsadern.«

»Wirklich?«, fragte Maddox. »Weiß man schon Genaueres?«

»Vielleicht hat er seine neu gewonnene Freiheit einfach nicht ertragen«, erwiderte Lauders. »Aber soweit ich weiß, gibt es noch keine Schlussfolgerung. Ich möchte daher, dass Sie beide unverzüglich nach Boston fliegen und sich der Sache annehmen.«

»Genau das wollten wir auch gerade vorschlagen«, erwiderte die Agentin. »Ich lasse sofort einen Flug buchen.«

»So kenne ich Sie. Immer sofort zur Tat schreitend.«

»Noch etwas?«

»Nein. Lassen Sie sich von mir nicht aufhalten. Wenn Sie Unterstützung brauchen, wissen Sie ja, wo ich zu finden bin.«

»Klar. Danke«, antwortete Maddox.

Die Agentin benötigte nur wenige Minuten, um einen passenden Flug für sie auszusuchen, der sie noch heute nach Boston bringen würde. Sie buchte die Tickets, und da sowohl Fulton als auch Maddox eine Kreditkarte des FBI besaßen, war auch die Zahlung kein Problem.

»Wann geht der Flug?«, wollte der Agent wissen.

»In drei Stunden. Zeit genug, um zum La Guardia zu kommen und durch den Check-in zu gehen.«

Mit *La Guardia* meinte sie den gleichnamigen Flughafen, der sich zwischen den New Yorker Stadtteilen Manhattan und Queens befand und direkt am Wasser gelegen war. Der Flughafen diente neben dem John F. Kennedy- und dem in New Jersey gelegenen Newark Liberty International Airport als Dreh- und Angelpunkt für Flugreisende aus aller Welt.

»Fahren wir mit dem Wagen oder der Metro?«

»Ich denke, wir sollten das Auto nehmen. Da sind wir flexibler«, erwiderte Fulton.

»Und was ist, wenn es Stau gibt? Ich möchte meinen Flug nicht verpassen.«

»Ich kenne einige Schleichwege.«

»Okay, dann lass uns fahren. Brauchst du noch etwas von zu Hause?«

»Nein, von mir aus können wir sofort los.«

Sie fuhren mit dem Lift in die Tiefgarage, wo Johnny wie üblich in seinem Häuschen saß, Unterlagen sortierte, stempelte und dann zur Ablage brachte.

»Guten Morgen Sonnenschein«, rief die Agentin von Weitem.

Ihre Stimme hallte durch die Garage, und einige andere Agenten, die gerade kamen oder gingen, drehten ihr neugierig die Köpfe zu. Fulton ließ sich davon nicht beeindrucken und trat mit Maddox im Schlepptau an das Sichtfenster des Häuschens.

»Morgen«, antwortete der Junge einsilbig.

»Hey, ist dir eine Laus über die Leber gelaufen?«

»Eher ein Baby. Der Kleine war die ganze Nacht wach und hat geweint.«

»Oh, das ist natürlich hart. Warum hast du dann heute nicht Urlaub genommen?«

»Weil ich hier einer monotonen Tätigkeit nachgehen und mich ausruhen kann.«

»Punkt für dich«, sagte Fulton. »Hey, ist der BMW verfügbar?«

»Extra für dich freigehalten«, antwortete Johnny. »Wo geht es denn hin?«

»Nur durch die Stadt.«

»Und dann?«

»Sei nicht so neugierig«, rüffelte sie den Jungen gespielt.

»´tschuldigung. Mir ist nur langweilig, und ich dachte, wenn ich ein wenig an eurem Abenteuer teilhaben kann, würde mir mein Leben nicht so eintönig vorkommen.«

»Weißt du was? Ich glaube, du und Audrey braucht ein wenig Auszeit. Wenn du willst, kann ich mal auf Louis aufpassen, und ihr beide gönnt euch einen freien Abend.«

»Das würdest du wirklich tun?«, fragte Johnny gerührt.

»Und ich würde mithelfen«, schaltete sich Maddox ein.

»Das ist ein tolles Angebot! Es ist nur ...«

»*Was*?«, fragte Fulton, als der Junge nicht weitersprach.

»Ich weiß nicht, ob Audrey schon so weit ist, den kleinen Racker in fremder Obhut zu lassen. Sie würde sich sicher die ganze Zeit Sorgen machen und über nichts anderes reden.«

»Es gibt nur einen Weg, es herauszufinden«, befand die Agentin.

»Okay, ihr habt gewonnen«, lenkte Johnny ein. »Ich frage sie.«

»Sehr gut, und jetzt rück den Schlüssel raus, wir haben es eilig.«

Der Junge grinste, als er an das Schlüsselbrett griff und der Agentin den Fahrzeugschlüssel aushändigte.

Ihr Flugzeug hob pünktlich um zwölf Uhr mittags ab und benötigte nur ungefähr eine Stunde, um auf dem Bostoner Flughafen Logan zu landen. Vor Ort buchten sie einen Mietwagen und riefen dann in der örtlichen Polizeizentrale an, wo ihnen nach ausreichender Identifikation die Adresse des Tatorts genannt wurde.

»Laut Navi ungefähr zwanzig Minuten, wenn wir über die Interstate Neunzig fahren«, erklärte Maddox, während er den Bildschirm des Navigationsgeräts studierte.

Tatsächlich benötigten sie fast eine Stunde, denn genau heute hatte das städtische Straßenbauamt anscheinend beschlossen, einen Teil der Autobahn sanieren zu wollen, ohne die Öffentlichkeit darüber in Kenntnis zu setzen. Entsprechend mussten die Agenten eine Ausweichroute nehmen, die sie mitten durch die Innenstadt führte und an den modernen Glasbauten vorbeiführte, die es anscheinend in jeder amerikanischen Großstadt gab. Als sie endlich an der genannten Adresse ankamen, mussten sie feststellen, dass das Wohnhaus des Ermordeten verlassen war. Es befand sich zwar noch immer ein Absperrband an der Haustür, aber von den untersuchenden Beamten war weit und breit nichts zu sehen.

»So ein Mist«, fluchte Fulton missmutig. »Und jetzt?«

»Jetzt gehen wir rein. Wir sind schließlich vom FBI, wer soll uns also aufhalten?«

Beide zogen sich Einmalhandschuhe aus Latex über, von denen sie in weiser Voraussicht immer einige Paar dabeihatten, überquerten dann mit großen Schritten die Straße und traten an die Haustür. Sie war nicht abgeschlossen, sodass Fulton und Maddox das Haus problemlos betreten konnten. Drinnen war es dunkel, denn irgendjemand hatte die Vorhänge vor die Fenster gezogen.

»Lass uns später den leitenden Detective fragen, ob das schon so war, oder ob einer von seinen Jungs dafür verantwortlich ist«, sagte Maddox.

Fulton nickte. »Ich schätze, dass das Bad oben ist. Ich schaue dort nach, du untersuchst das restliche Haus.«

»Zu Befehl«, sagte der Agent und salutierte stramm.

Die Agentin stieg die hölzerne Treppe hinauf und fand am oberen Ende tatsächlich das Badezimmer. Alles sah normal aus, bis auf die Badewanne natürlich. Es befand sich zwar keine Leiche mehr darin, aber an den Rändern der Wanne war noch immer etwas Blut zu sehen. Fulton ging in die Hocke und betrachtete die Spuren eindringlich. Dann richtete sie sich wieder auf und überprüfte den Rest des Zimmers, fand aber abgesehen von der einen oder anderen angebrochenen Shampoo-Flasche nichts von Bedeutung. Zurück im Erdgeschoss suchte sie nach ihrem Kollegen und fand ihn schließlich auf der Veranda, die sich auf der Rückseite des Hauses befand.

»Irgendetwas gefunden?«, fragte sie.

»Nein«, antwortete er. »Na ja, eigentlich doch. In der Küche ist alles sauber, fast schon klinisch rein. Allerdings liegt auf der Anrichte ein scharfes Messer.«

»Könnte das die Mordwaffe sein?«, wollte Fulton wissen.

»Möglich. Darauf hätte die Spurensicherung aber auch kommen müssen. Wie heißt der Detective, der als Erstes hier war?«

»Keine Ahnung«, gab die Agentin zu. »Lass uns zum Revier fahren. Die werden uns einiges erklären müssen.«

Die für den Stadtteil Newton Corner, wo der Tatort lag, verantwortliche Polizeistation befand sich in der Dreihundertersten Washington Street, Ecke Cambridge Street im Ortsteil Brighton in einem Gebäude, dessen Fassade aus Klinkersteinen bestand und ein wenig, wie ein Gutshaus aus der Gründerzeit anmutete. Sie stellten den Wagen auf dem Besucherparkplatz ab und gingen dann zum Haupteingang, der von jeweils zwei Säulen flankiert und von einem ausladenden Balkon überdacht wurde.

»Special Agents Fulton und Maddox«, stellte der Agent sich und seine Kollegin vor. »Wir möchten mit dem zuständigen Detective im Fall *John Moore* sprechen.«

»Haben Sie einen Termin?«, fragte die Uniformierte auf der anderen Seite des Empfangstresens.

»Unser Termin steht hier auf unseren Marken.«

Die Beamtin schien ein wenig nervös zu werden, als sie die FBI-Dienstausweise erkannte. »Einen Moment bitte«, sagte sie und wandte sich ihrem Computer zu.

»Detective Leo Harris betreut den Fall. Erster Stock, dritte Tür links.«

»Herzlichen Dank«, sagte Maddox und wandte sich ab.

An der genannten Tür klopfte der Agent einmal an und drückte dann die Klinke nach unten. Gefolgt von seiner Kollegin trat er ein und sah sich einem fülligen Mittfünfziger gegenüber, der an einem großen Schreibtisch saß und gerade eine Flasche in der Hand hielt. Das Etikett wurde zwar von der die Flasche haltenden Hand überdeckt, aber Maddox erkannte dennoch genau, was sich in dem gläsernen Behälter befand. Auch Fulton wusste, was Detective Harris da gerade trank. Der Detective machte Anstalten, die Flasche zu verstecken, aber als er die wissenden Blicke der beiden Besucher sah, hielt er inne.

»Sind Sie von der Dienstaufsicht?«, fragte er erschrocken.

»Schlimmer. Wir sind vom FBI«, antwortete der Agent kalt.

»Hören Sie, ich kann das erklären ...«

»Mit Verlaub, Ihre Trinkgewohnheiten sind uns ziemlich egal. Wir sind hier wegen des Mordes an John Moore.«

Eine Woge der Erleichterung schien durch den Körper des Detectives zu wallen, und er entspannte sich sichtlich.

»Ziemlich hässliche Sache«, sagte er und schob die Flasche hastig in eine Schublade. »Wir haben ihn heute früh tot in seiner Badewanne gefunden, die Pulsadern aufgeschlitzt.«

»Wissen wir«, antwortete Maddox. »Befand sich Wasser in der Wanne?«

»Nein«, entgegnete Harris.

»Hat sich die Spurensicherung das Haus angesehen?«

»Noch, während ich da war.«

»Hatten Sie den Eindruck, dass die Kollegen gründlich waren?«

»Das würde ich meinen. Das sind alles Profis.«

»Dann würde mich interessieren, warum auf der Küchenanrichte ein langes, scharfes Messer herumliegt, während alles andere sauber aufgeräumt war.«

»Das müssen Sie die Jungs fragen.«

»Ich frage aber Sie, *Detective*«, sagte Maddox mit scharfer Stimme und seine Betonung auf den Titel des Beamten legend.

»Da muss ich mich erkundigen.«

»Tun Sie das. In der Zwischenzeit möchte ich, dass Sie uns ganz genau mitteilen, was Sie bisher wissen. Wer hat den Toten gemeldet? Wann erhielten Sie diese Meldung? Was haben Sie vor Ort genau getan?«

»Dafür muss ich meine Notizen heranziehen«, gab Harris kund und griff nach einem Schreibblock. »Also, die Meldung kam um fünf Uhr morgens herein. Eine Asphaltantilope namens Grace Riley rief in der Zentrale an und erklärte, sie habe Moore tot in seinem Haus gefunden. Ich war um acht Uhr dort und habe mich davon überzeugt, dass sie die Wahrheit sagt. Dann habe ich die Spurensicherung und das Leichenschauhaus informiert, bevor ich beim FBI angerufen habe.«

»Mit *Asphaltantilope* meinen Sie eine Hure?«

»Hure, Flittchen, Nutte, Strichvogel. Eine Dame des horizontalen Gewerbes.«

»Warum sind Sie erst drei Stunden, nachdem der Mord gemeldet wurde, dort aufgekreuzt?«

»Weil ich vorher noch etwas anderes zu erledigen hatte.«

»Was kann wichtiger sein als die Prüfung einer Mordmeldung?«, wollte Fulton wissen.

»Nun ... ich hatte einen langen Tag, und ...«

»Sie haben geschlafen«, stellte die Agentin fest. »Sie sind wirklich ...«

Maddox unterbrach sie, indem er eine Hand hob. »Was ist dann passiert?«

»Als die Kollegen eintrafen, bin ich hierhergefahren.«

»Warum sind Sie nicht vor Ort geblieben?«

»Weil ich noch einige andere Dinge zu klären hatte.«

»Zum Beispiel die Vernehmung von Miss Riley?«

»Ist das hier ein Verhör?«

»Momentan ist es lediglich ein Gespräch, damit wir auf den neuesten Stand kommen.«

»Sie wollen die Ermittlungen übernehmen?«

»Genau das beabsichtigen wir zu tun.«

»Mir soll es recht sein«, erklärte der Detective. »Unter uns gesagt, ich bedauere es nicht, dass Moore tot ist. Wenn alles richtig gelaufen wäre, wäre er jetzt hinter Gittern und würde für den Rest seines Lebens dort bleiben.«

»Sie sind offenbar kein Fan von ihm«, stellte der Agent fest.

»Er hat vier Menschen gekillt, und vor Gericht hat er keinerlei Reue gezeigt. Von mir aus hätte man extra für ihn die Todesstrafe wieder einführen sollen.«

»Vielleicht ist es ganz gut, dass es nicht nach Ihnen geht«, merkte Fulton an. »Wie auch immer. Detective

Harris, wir werden den Fall jetzt übernehmen. Ich möchte, dass Sie uns all Ihre Notizen geben, die uns bei der Aufklärung des Falls nützlich sein könnten. Dazu gehört auch die Adresse von Ms. Riley. Sollten Sie mit der Presse sprechen, dürfen Sie sich darauf einstellen, bald weitaus größere Sorgen zu haben als die Überlegung, wie Sie an die nächste Flasche kommen. Guten Tag.«

Fulton riss den Notizblock an sich, drehte sich auf dem Absatz um und verließ, gefolgt von ihrem Kollegen, ohne ein weiteres Wort das Büro. Harris sah ihnen hinterher, bis sie die Tür von außen geschlossen hatten, zuckte kurz mit den Schultern und zog die Flasche wieder aus der Schublade.

»Was für ein Kackvogel«, sagte die Agentin, als beide nach draußen auf die Straße traten.

»Wenn du so ein Wort in den Mund nimmst, bist du wirklich schlecht drauf«, kommentierte Maddox.

»Ist doch wahr. Säuft sich im Büro die Hucke voll und vernachlässigt seinen Job.«

»Glücklicherweise gibt es ja noch uns. Wir sind die wahren Helden des Alltags.«

»Wenn du versuchst, mich zu belustigen, gelingt es dir nicht.«

»Oh doch«, antwortete der Agent.

»Nein.«

»Wie du willst. Du bist eine erwachsene Person und entscheidest selbst, in welcher Stimmung du sein willst. Lust auf einen Ausflug?«

»Immer.«

»Wo wohnt diese Grace Riley?«

»Nicht weit von hier, glaube ich.«

»Lass uns laufen. Ich brauche etwas Bewegung.«

»Einverstanden.«

Schon nach fünf Minuten standen sie vor einem einzeln stehenden Haus, welches demjenigen von John Moore nicht unähnlich war. Genau wie die Unterkunft des Getöteten war das Haus vornehmlich aus Holz errichtet und verfügte über eine breite Treppe, die zum etwas erhöht gelegenen Erdgeschoss führte.

»Schön sieht es hier aus«, sagte Maddox, während er die gepflegten Blumenbeete im Vorgarten bewunderte. Die Besitzerin hatte anscheinend sowohl einen guten Geschmack als auch einen Sinn für Natur, denn sie hatte sich nicht auf eine einzelne Blumensorte konzentriert, sondern ein Gemisch aus Lilien, Nelken und Rosen gepflanzt. Dem stetigen Surren und emsigen Umherfliegen nach zu urteilen, schienen die Insekten aus der Umgebung dankbar für diese Umsicht zu sein. Fulton stieg die kleine Treppe hinauf und klingelte. Als sich auch nach zwei Minuten nichts rührte, drückte sie erneut und ließ den Knopf nicht mehr los. Über ihr, im ersten Stock, öffnete sich daraufhin ein Fenster und eine verschlafen aussehende junge Frau starrte nach unten.

»Wer sind Sie und was wollen Sie?«, rief sie unfreundlich.

»Ms. Riley?«, fragte die Agentin und legte den Kopf in den Nacken.

»Wer sind Sie?«

»Special Agent Nicole Fulton. Der Typ, der da an Ihren Blumen schnüffelt, ist mein Partner Carl Maddox. Wir wollen mit Ihnen über John Moore sprechen.«

Bei der Nennung dieses Namens konnte die Agentin erkennen, dass sich die Mundwinkel der anderen Frau nach unten bewegten.

»Eine Minute bitte, ich ziehe mir nur schnell etwas an«, rief Riley und zog den Kopf zurück.

Exakt sechzig Sekunden später ging die Haustür auf und offenbarte die Hausherrin. Sie war von schlanker Statur und hatte langes, blondes Haar, das ihr über die Schultern floss. Ihr Gesicht war klassisch hübsch und zeigte genau die richtigen Proportionen, die einen Mann umgehend seinen Verstand ausschalten ließen. Riley ließ die Agenten ein und führte sie in ein ausladendes Wohnzimmer, in dessen Mitte ein schwerer Eichentisch mit dazu passenden Stühlen stand. Überall, wo Fulton und Maddox hinblickten, sahen sie Blumen jeglicher Couleur, die in strahlenden Farben blühten und dem Raum einen heimeligen Eindruck verliehen.

»Möchten Sie einen Kaffee?«, fragte die Frau.

»Gern. Ohne Milch und ohne Zucker«, bestätigte Maddox.

»Für mich nur ein Glas Wasser«, erklärte Fulton.

Die Hausherrin öffnete eine Vitrine, holte Tassen und Untertassen heraus und stellte sie auf den Tisch. Dann ging sie in die Küche, die offen gebaut war und einen guten Blick auf die aufgeräumte Arbeitsfläche bot. Riley brachte eine Kaffeekanne und eine Karaffe mit Wasser und goss den beiden Agenten ein, bevor sie auch sich selbst Kaffee einschenkte. Dann setzte sie sich Fulton und Maddox gegenüber und legte die Hände auf die Tischplatte.

»Sie sagten, dass Sie wegen John Moore hier sind«, stellte sie fest. »Was möchten Sie wissen?«

»Zuerst einmal: Waren Sie diejenige, die ihn heute früh gefunden und die Polizei verständigt hat?«, fragte Fulton.

»Ja.«

»Um welche Uhrzeit war das?«

»So gegen fünf.«

»Was haben Sie um diese frühe Zeit dort gemacht?«

»Ich war mit ihm verabredet.«

»Er ist einer Ihrer Kunden«, stellte Maddox fest.

»Ja. Aber er ist auch mehr als das«, antwortete Riley. »Wir kennen uns seit vielen Jahren. Zuerst war er nur ein Kunde unter vielen, aber mit der Zeit entwickelte sich mehr zwischen uns.«

»Und es hat Sie nicht gestört, dass er vier Menschen getötet hat?«

»Er wurde freigesprochen.«

»Aufgrund eines Verfahrensfehlers«, merkte Maddox an.

»So, wie ich ihn kennengelernt habe, glaube ich nicht, dass er ein Mörder ist.«

»Warum?«

»Weil er ein liebenswerter Mensch ist ... war. Er hat sich immer um mich gekümmert, und zu seinen Nachbarn war er stets freundlich. Er hat sich sogar sozial engagiert. Einmal war er zum Beispiel in einem Altersheim und hat sich dort die Lebensgeschichten der Bewohner angehört.«

»Manchmal sind Menschen überzeugende Schauspieler«, wandte Fulton ein. »Moore wäre nicht der Erste, der im Alltag sozial ist, im Geheimen aber schlimme Dinge tut. Was haben Sie getan, nachdem Sie bei der Polizei angerufen haben?«

»Ich habe gewartet, bis jemand kam. Als dann dieser Detective eintraf, habe ich ihn gefragt, ob er etwas von mir wissen will. Er sagte zu mir, dass man auf mich zukommen würde und ich jetzt gehen könnte.«

Fulton und Maddox warfen sich einen vielsagenden Blick zu.

»Und dann?«, wollte die Agentin wissen.

»Ich bin nach Hause gefahren und habe mich schlafen gelegt.«

»Einfach so? Sie sagten doch, dass Moore und Sie sich nahestanden. Hat Ihnen das Ganze nicht zu schaffen gemacht?«

»Doch, natürlich. Aber meine Arbeit bringt es mit sich, dass ich mich innerlich distanzieren kann. Das hat mir schon oft geholfen, meine geistige Gesundheit zu bewahren. Außerdem arbeite ich normalerweise nachts, und wenn ich morgens nach Hause komme, bin ich zum Sterben müde ... Bitte entschuldigen Sie die Wortwahl.«

»Schon gut«, sagte Maddox und winkte ab. »Können Sie uns etwas darüber sagen, wie genau Sie ihn aufgefunden haben?«

»Ich habe einen Zweitschlüssel für sein Haus, also bin ich einfach reingegangen.«

»War die Tür abgeschlossen?«

»Ja.«

»Waren die Vorhänge zugezogen?«

»Ja, waren sie«, bestätigte Riley.

»Was ist dann passiert?«

»Ich bin ins Schlafzimmer gegangen, aber als er nicht dort war, habe ich mir gedacht, dass er unterwegs ist und sicher bald kommt.«

»War es ansonsten still im Haus?«

»So still wie in einem Grab … Entschuldigung.«

Maddox lächelte und gebot der Frau, weiter zu sprechen.

»Ich wollte mich noch einmal frisch machen, darum bin ich ins Bad gegangen. Dort habe ich ihn dann gefunden.«

»Wo genau?«

»In der Badewanne.«

»In welcher Lage war er, als Sie ihn sahen?«

»Er lag auf dem Rücken, den Kopf nach hinten gelehnt, so als würde er gerade ein heißes Bad genießen. Nur mit dem Unterschied, dass kein Wasser eingelassen war. Seine Arme lagen in seinem Schoß, und die Pulsadern waren aufgeschnitten. Überall war Blut. Er schwamm geradezu darin.«

»Bemerkenswert, wie gefasst Sie darüber sprechen können«, meinte Fulton.

»Wie gesagt, ich habe ein dickes Fell, und da ich früher Krankenschwester in einer Notaufnahme war, habe ich oft schlimme Dinge gesehen«, erklärte Riley.

»Haben Sie deswegen den Beruf gewechselt?«

»Ja, und wegen des Geldes. Sie ahnen nicht, wie wenig man im öffentlichen Dienst verdient.«

»Ms. Riley, hatte Moore irgendwelche Feinde?«

»Jeder hat doch Feinde«, erwiderte sie und winkte ab. »Aber ich wüsste jetzt von niemandem, der so weit gehen und ihn töten würde.«

»Vielleicht ein Angehöriger seiner Opfer?«

»Das wäre natürlich möglich.«

»Denken Sie, dass Moore sich selbst getötet hat?«

»Das kann ich mir nicht vorstellen«, verneinte die Frau. »Er war erfolgreich in seinem Beruf, er hatte Freunde, und er war gerade erst freigesprochen worden. Da bringt man sich doch nicht einfach so um.«

»Vielleicht hat er plötzlich seine Taten bereut und hat beschlossen, sich selbst zu richten.«

Riley schüttelte vehement den Kopf. »Nicht John. Er hatte ein großes Selbstbewusstsein, und er war erfolgreich im Leben, wie ich gerade gesagt habe. Im Übrigen glaube ich wirklich daran, dass er diese Morde nicht begangen hat. Ich könnte mir allerdings vorstellen, dass derjenige, der diese vier anderen Menschen tatsächlich getötet hat, dahintersteckt.«

»Wie kommen Sie darauf?«

»Diese vier Menschen, wegen deren Tod John angeklagt wurde, wurden alle auf genau die gleiche Weise wie er getötet, wissen Sie das nicht?«

»Bitte *was*?«, fragte Fulton irritiert.

»Die vier Ermordeten, für die John verantwortlich sein soll, wurden laut der Zeitungsberichte mit aufgeschnittenen Pulsadern in ihren Badewannen gefunden, die Hände genau wie er im Schoß.«

»Das ist uns tatsächlich neu«, kommentierte Maddox und warf Fulton einen Blick zu. »Ms. Riley, Sie haben uns sehr geholfen. Dürfen wir Sie bitten, für uns erreichbar zu sein, sollten wir noch weitere Fragen haben?«

»Natürlich. Ich gebe Ihnen meine Nummer.«

Die Frau nahm einen Zettel und einen Stift zur Hand und schrieb ihre Telefonnummer darauf. Maddox nahm das Papier entgegen und steckte es in seine Tasche.

»Vielen Dank nochmals. Wir melden uns, wenn wir etwas brauchen.«

»Agent Maddox, Agent Fulton?«, fragte Riley.

»Ja?«

»Finden Sie den Kerl, der John ermordet hat.«

»Darauf können Sie sich verlassen.«

Die beiden Agenten verließen das Haus und setzten sich ins Auto.

»Was hältst du von ihr?«, fragte Fulton ihren Kollegen.

»Du meinst mal davon abgesehen, dass sie nicht gerade bekümmert wirkte, dass sie ihren Liebhaber tot in seiner Badewanne aufgefunden hat?«

»Ja.«

»Ich denke, dass sie ziemlich abgebrüht ist. Sie hat in der Notaufnahme bestimmt öfter mal Tote gesehen, aber jemanden aufzufinden, der einem nahesteht, ist ein ganz anderes Kaliber.«

»Sollten wir Erkundigungen über sie einziehen?«, wollte die Agentin wissen.

»Definitiv«, bestätigte Maddox.

Er wollte gerade noch etwas hinzufügen, als sein Telefon läutete.

»Maddox«, meldete er sich und lauschte für einige Sekunden dem Anrufer.

Fulton beobachtete das Gesicht ihres Kollegen und konnte erkennen, wie sich seine Gesichtszüge immer mehr versteiften.

»Okay, danke. Wiederhören«, sagte er schließlich und steckte sein Handy wieder in die Tasche.

»Was ist los?«, fragte sie alarmiert.

»Das war dieser Detective Harris. Sie haben noch eine Leiche.«

»Tatsächlich?«

»Allem Anschein nach handelt es sich um Moores Anwältin. Die Haushälterin hat ihre Leiche vor zwei Stunden in ihrem Appartement aufgefunden ... in der Badewanne ... mit aufgeschnittenen Pulsadern.«

»Shit!«, fluchte Fulton.

Die Wohnung der kürzlich verstorbenen Anwältin befand sich in den *Harbor Point on the Bay Apartments*, einer exklusiven Gegend direkt am Wasser, umgeben von zahlreichen Grünanlagen. In direkter Nachbarschaft befand sich die John-F.-Kennedy-Präsidentenbibliothek und die Universität von Boston.

»Die gute Frau muss ja einigen Erfolg gehabt haben«, meinte Maddox, nachdem die beiden Agenten aus ihrem Wagen gestiegen waren und sich umsahen.

»Hilft ihr jetzt auch nichts mehr«, stellte Fulton fest. »Welches Haus?«

»Gleich hier«, antwortete er und zeigte auf ein zweistöckiges, aus grau gestrichenem Holz errichtetes Gebäude.

Die Agentin schalt sich im Stillen, denn sie hätte auch selbst darauf kommen können, dass das Haus, um das ein Haufen Polizisten herumwimmelte wie Ameisen um ein Zuckerstück, ihr Ziel war. Ein Uniformierter hielt sie auf und verlangte ihre Identifikation. Die beiden Agenten wiesen sich gehorsam aus und wurden danach durch die Absperrung gelassen. Auf dem angrenzenden Parkplatz sahen sie bereits zahlreiche Sendewagen, vor denen sich gerade Kamerateams positionierten, während die Reporter ihre Kleidung und Frisuren richteten.

Der Zirkus bereitet sich vor, dachte Fulton ätzend.

»Agents«, begrüßte Detective Harris sie beide und streckte die rechte Hand aus.

Als weder Maddox noch Fulton die Hand ergriffen, ließ Harris sie wieder sinken.

»Wen haben wir hier?«, verlangte der Agent zu wissen.

»Ihr Name ist Sarah Parks. Sie ist Anwältin und hat John Moore verteidigt. Wie ich Ihnen bereits am Telefon gesagt habe, wurde sie tot in ihrer Badewanne aufgefunden.«

»Haben Sie die Haushälterin schon befragen können?«

»Das wollte ich lieber Ihnen überlassen«, antwortete der Detective eifrig.

»Ist auch besser so. Wir wollen ja nicht, dass Sie noch etwas falsch machen«, erklärte Fulton. »Wo ist sie jetzt?«

»Wir haben sie aufs Revier gebracht. Dort wird sich um sie gekümmert, bis Sie sich mit ihr befassen können.«

»Wir möchten nun gerne den Fundort sehen.«

»Da ist aber gerade die Spurensicherung zugange«, wandte Harris ein.

»Jetzt!«

»Okay, okay«, lenkte der Detective ein. »Hier entlang, bitte.«

Im Haus herrschte geschäftiges Treiben, da zahlreiche Polizisten gerade Fotos der Einrichtung machten und auch sonst so wirkten, als hätten sie äußerst viel zu tun. Fulton und Maddox folgten Harris eine breite, mit Holzparkett verkleidete Treppe hinauf und gelangten kurze Zeit später ins Bad. Dort nahm die Spurensicherung gerade Fingerabdrücke der Leiche und untersuchte die Wanne. Maddox warf einen kurzen Blick auf die Leiche und stellte fest, dass sie ziemlich friedlich aussah. Sie war nackt, hatte die Augen geschlossen und den Kopf nach hinten gelehnt. Auf ihrem Gesicht war keine Spur von Angst zu sehen.

Genau wie bei Moore, dachte Maddox. »Wer ist hier der leitende Beamte?«, fragte er laut in den Raum hinein.

»Das bin ich«, antwortete eine relativ klein gewachsene Frau und wandte sich ihm zu. Der Agent schätzte sie auf Ende dreißig, konnte es aber nicht mit Gewissheit sagen, denn sie trug nicht nur einen weißen Plastikkittel, sondern auch eine dazu passende Haube und einen Mundschutz, der den Großteil ihres Gesichts verdeckte.

»Ich bin Agent Maddox, das ist Agent Fulton. Was haben Sie bisher herausgefunden?«

»Miss Parks wurde vor etwa drei Stunden entdeckt. Ihre Handgelenke und Pulsadern waren sauber aufgeschnitten.«

»Befand sich Wasser in der Badewanne, als Sie eintrafen?«

»Nein.«

»Detective?«

»Wir haben hier nichts angefasst«, erklärte Harris.

»Gut. Miss ...«

»Rosenberg«, antwortete die Frau von der Spurensicherung.

»Was würden Sie schätzen? Hat sich Miss Parks selbst umgebracht, oder hat ihr das jemand angetan?«

»Die Schnitte sind sehr sauber«, erklärte die Frau. »So etwas schafft man nicht selbst. Wissen Sie, wenn man sich schneidet, empfindet man Schmerz, und dadurch geht der Puls in die Höhe, was wiederum die Hände zum Zittern bringt. Außerdem liegt hier nirgendwo ein Messer. Ich gehe daher davon aus, dass sie ermordet wurde.«

»Haben Sie auch die Leiche von John Moore untersucht?«, wollte Fulton wissen.

»Nein, das war ein Kollege.«

»Können Sie uns sonst noch etwas Brauchbares über die Leiche von Ms. Parks sagen?«

»Nur, dass sie ansonsten unversehrt war. Wir können es noch nicht mit Sicherheit sagen, aber an ihren Handgelenken und Armen sind offenbar keine fremden Fingerabdrücke zu finden. Von einer Vergewaltigung würde ich auch nicht ausgehen, weder prä-, noch post mortem.«

»Warum?«

»Weil ihr Schritt unbeschädigt ist. Man erkennt recht schnell, ob jemand gewaltsam zum Sex gezwungen wurde.«

»Können Sie sich erklären, warum Ms. Parks so friedlich wirkt, wenn sie doch ermordet wurde?«

»Das wird der Pathologe klären müssen, aber ich würde gegenwärtig von Beruhigungsmitteln ausgehen.«

»Harris«, wandte sich Maddox an den Detective. »Wie sah Moore aus, als er gefunden wurde?«

»Ziemlich entspannt eigentlich«, meinte der Beamte. »Ich kann Ihnen später Fotos zeigen.«

»Das wäre wirklich sehr freundlich von Ihnen, und wir wären Ihnen auf ewig dankbar«, sagte Fulton sarkastisch, woraufhin sie sich einen warnenden Blick ihres Kollegen einfing.

»Ms. Rosenberg, machen Sie bitte mit Ihrer Arbeit weiter«, sagte Maddox. »Ich werde veranlassen, dass Sie meine Telefonnummer bekommen, damit Sie meine Kollegin und mich direkt informieren können.«

»Alles klar«, antwortete die Leiterin des Spurensicherungsteams und wandte sich wieder ihren Aufgaben zu.

Die beiden Agenten warfen sich gegenseitig einen fragenden Blick zu, und als beide kaum sichtbar die Köpfe schüttelten, sagte Maddox zu dem Detective: »Halten Sie uns auf dem Laufenden.«

Sie gingen zurück ins Erdgeschoss und dann nach draußen.

»Was sollte das denn?«, wollte der Agent von Fulton wissen.

»Worauf spielst du an?«

»Du warst da drinnen ziemlich biestig. Das sieht dir gar nicht ähnlich.«

»Ach, es ist nichts«, antwortete die Agentin.

»Doch. Ich kenne dich. Du bist normalerweise ziemlich umgänglich.«

»Dieser Harris ist ein inkompetentes Arschloch und ein Kriecher.«

»Das weiß ich«, entgegnete Maddox.

»Wenn wir hier nicht eingetroffen wären und übernommen hätten, wäre es garantiert als Selbstmord ab-
getan worden.«

»Glaubst du?«

»Definitiv«, entgegnete Fulton. »Dieser Kerl ist doch
froh, wenn er nicht arbeiten muss und mehr Zeit für
seine Flasche hat.«

»Da dürftest du recht haben«, gab Maddox zu. »Sollten
wir seinen Captain informieren?«

»Der weiß sicher schon längst Bescheid«, erklärte die
Agentin. »Wenn, müssen wir uns weiter oben beschwe-
ren.«

»Lass uns das tun, wenn wir hier fertig sind und den
Täter dingfest gemacht haben.«

»Na gut, einverstanden.«

»Spaziergang?«, bot Maddox an.

»Ich bitte darum.«

Zwischen Parks´ Haus und dem Hafengebiet erstreckte sich ein rund einhundert Meter breiter Grün-
streifen, der von einigen Laubbäumen gesäumt war,
zwischen denen sich Kieswege schlängelten und zum
gemütlichen Flanieren einluden. Wären die zahlreichen Streifenwagen und Reporter-Teams nicht gewesen, wäre es hier richtig friedlich gewesen. Während
die beiden Agenten im Sonnenschein nebeneinander
hergingen, hingen sie ihren Gedanken nach.

*Nici war ganz in Schwarz gekleidet, als sie, begleitet
von ihrer aus Kansas angereisten Tante Kate, aus dem
Wagen stieg und langsam den Schotterweg entlang
ging, der sie auf einen kleinen Hügel führte. Dort oben,
im Schatten einer mindestens zweihundert Jahre alten*

Eiche, waren bereits zwei Dutzend Menschen versammelt und schienen nur auf sie zu warten. Ihr war unwohl, und nur mühsam konnte sie einen Fuß vor den anderen setzen. Glücklicherweise war ihre Tante bei ihr und hielt ihre Hand. Oben angekommen, wurde sie zu einem schwarzen Klappstuhl geleitet, der in der vordersten Reihe einer ganzen Brigade an Stühlen stand. Nici setzte sich langsam hin. Die Stühle waren zwar unbequem, aber sie spürte es nicht. Genau genommen spürte sie seit dem plötzlichen Tod ihrer Eltern gar nichts mehr.

»Liebe Familie, liebe Freunde«, hob der anwesende Priester mit bedeutungsschwangerer Stimme an. »Wir sind heute hier, um Abschied zu nehmen von zwei Menschen, die viel zu früh aus dem Leben gerissen wurden: Edward und Amanda. Sie waren ...«

Nici vernahm die Worte kaum, während sie auf die beiden dunkelbraunen Särge starrte, in denen sich ihre Eltern befanden.

Das schreckliche Ereignis lag nur wenige Tage zurück, und noch immer fühlte sich das Mädchen wie in einem Albtraum gefangen, aus dem sie einfach nicht aufwachen konnte. In den ersten zwei Tagen, nachdem die Polizistin ihr vom Tod ihrer Eltern berichtet hatte, hatte Nici bei ihrer besten Freundin Clara gewohnt, und erst, als ihre Tante Kate angereist war, waren sie gemeinsam in ein Hotelzimmer umgezogen. Kate hatte ihr zunächst vorgeschlagen, dass sie in Nicis Elternhaus wohnen konnten, aber das Mädchen hatte sich dagegen entschieden. Sie wollte nie wieder einen Fuß in dieses Haus setzen, in dem ihre gesamte Welt zusammengebrochen war.

Während der Priester weiter seine Predigt hielt, umklammerte Nici die Hand ihrer Tante. Kate, die ebenfalls kaum den priesterlichen Worten lauschte, blickte ihre Nichte immer wieder an. Endlich beendete der Gottesdiener seinen Sermon und schaute Nici direkt an. Das Mädchen spürte den Blick auf sich ruhen, wusste aber nicht, was jetzt von ihr erwartet wurde, denn weder hatte sie dem Priester zugehört, noch hatte sie Erfahrung mit solchen Anlässen.

Kate half ihr. »Möchtest du etwas über deine Eltern sagen?«, fragte sie sanft.

»Ich weiß nicht«, antwortete Nici leise.

Ihr fielen so viele Dinge ein, die sie sagen wollte, aber gleichzeitig wusste sie nicht, was davon sie herausbringen könnte. Schließlich stand sie auf und ging zu den Särgen hinüber, gefolgt von ihrer Tante, die noch immer ihre Hand hielt. Dann wandte sie sich den Trauergästen zu.

»Meine Eltern waren ...«, setzte das Mädchen an und unterdrückte ein Schluchzen. »Sie waren ...«, versuchte sie es noch einmal und verstummte erneut. Schließlich wandte sie sich von der Versammlung ab und den Aufgebahrten zu. »Mama, Papa, ich vermisse euch sehr. Ihr fehlt mir. Ich wünschte, ich hätte euer Angebot, meinen Geburtstag zu Hause zu feiern, abgelehnt. Denn dann wärt ihr nicht weggefahren, sondern wärt immer noch bei mir. Es tut mir so leid. Es ist alles meine Schuld.«

Das Mädchen spürte, wie ihr die Tränen in die Augen stiegen. Sie löste den Griff von Kates Hand, trat zwei Schritte nach vorn, bis sie ganz nah an den nebeneinanderstehenden Särgen stand, und legte eine Hand auf den einen, die andere Hand auf den anderen Sarg.

»Bitte verzeiht mir«, flüsterte sie.

Jetzt brachen sich die Tränen, die sich schon seit der Nachricht vom Tod ihrer Eltern angesammelt hatten, endlich Bahn. Erst langsam, dann immer heftiger durchwogte der Schmerz den Körper des jungen Mädchens und ließ sie auf die Knie sinken. Ihre Tante stützte sie so gut wie möglich und kniete sich sogar neben sie. Auch sie weinte jetzt, und gemeinsam trauerten sie um den unwiederbringlichen Verlust.

»Entschuldigen Sie bitte«, sprach sie ein Mann an.

Fulton sah ihm direkt in die Augen und fragte: »Was ist los?«

Der Mann schien ein wenig von ihrer schroffen Art erschrocken zu sein, denn er wich einen Schritt zurück.

»Tut mir leid, dass ich Sie störe«, sagte er. »Ich bin vom Boston Daily und berichte über den Polizeieinsatz dort drüben.«

Er zeigte auf Sarah Parks´ Haus.

»Schön für Sie«, erwiderte die Agentin trocken. »Was haben wir damit zu tun?«

»Ich habe gesehen, wie Sie beide vor einigen Minuten dort waren«, erklärte der Mann.

»Und? Ist das verboten?«

»Natürlich nicht. Jedenfalls nicht, wenn man Polizist ist.«

»Sie sind ja ein ganz Gewiefter«, ätzte Fulton. »Ich nehme an, Sie möchten ein Statement?«

Jetzt strahlte der Mann über das ganze Gesicht. »Das wäre wunderbar.«

»Das können Sie bekommen.«

Die Agentin schob eine Hand in ihre Tasche, und noch bevor Maddox sie zurückhalten konnte, zog sie ihre Gliedmaße wieder hervor. Das Lächeln des Reporters war schlagartig weggewischt, denn Fulton zeigte ihm den erhobenen Mittelfinger.

»Da haben Sie Ihr Statement. Und jetzt gehen Sie mir aus der Sonne, sonst lasse ich Sie verhaften.«

»Mit welcher Begründung?«

»Behinderung der Behörden, und vielleicht auch wegen Erregung öffentlichen Ärgernisses, denn mit Ihrer Hackfresse sind Sie nicht gerade vorzeigbar.«

»Lass es gut sein jetzt«, flüsterte Maddox seiner Kollegin ins Ohr. »Ich regle das schon. Wie wäre es, wenn du schon mal vorgehst, und ich komme gleich nach?«

Fulton schüttelte den Kopf, folgte dann aber dem Rat ihres Kollegen und ging zu einer Baumgruppe hinüber, unter der eine hölzerne Bank stand. Dort setzte sie sich hin, verschränkte die Arme vor der Brust und schmollte.

»Nun zu uns«, wandte sich Maddox an den Reporter. »Verstehen Sie bitte, dass wir momentan sehr angespannt sind. Wir haben viel zu tun und können uns keine Ablenkung erlauben.«

»Natürlich verstehe ich das«, antwortete der andere Mann gönnerhaft. »Aber die Öffentlichkeit hat ein Recht darauf, zu erfahren, was hier passiert ist.«

»Und das wird auch geschehen«, erklärte der Agent. »Aber nicht jetzt und nicht hier. Die Polizei wird zur gegebenen Zeit eine Pressemitteilung herausgeben. Diese können Sie dann für Ihren Bericht verwenden.«

»So lange kann ich aber nicht warten.«

»Warum nicht?«

»Darf ich ehrlich zu Ihnen sein?«

»Ich bitte darum.«

»Aufgrund der momentanen Wirtschaftslage, und weil das Internet dem gedruckten Wort schon lange den Rang abgelaufen hat, führt der *Boston Daily* einige Einsparungen durch. Mein Job steht ebenfalls auf der Kippe. Wenn ich nicht etwas Exklusives liefern kann, muss ich befürchten, entlassen zu werden.«

»Ich habe nicht ganz verstanden, wo das Ganze mein Problem ist«, antwortete Maddox.

»Helfen Sie mir«, appellierte der Mann. »Wenn Sie mir etwas liefern, dann liefere ich Ihnen auch etwas.«

»Was könnten Sie mir denn anbieten?«

»Ich habe einige Kontakte in Boston. Ich könnte Ihnen Hintergrundinformationen über Sarah Parks beschaffen.«

»Danke, die kriege ich auch selbst.«

»Ich könnte Ihnen einiges zu ihren Mandanten erzählen.«

»Auch das finde ich selbst heraus.«

»Und wenn ich Ihnen sage, dass ich weiß, wer die Anwältin umgebracht hat?«

»Woher sollten Sie das denn wissen?«

»Das verrate ich Ihnen nur, wenn Sie auch mir Informationen geben.«

Maddox überlegte einige Sekunden lang, bevor er sagte: »Wissen Sie was? Ich denke darüber nach. Geben Sie mir Ihre Telefonnummer, und Ihren Namen hätte ich auch gern. Oder kriege ich den auch erst, wenn ich Ihnen etwas liefere?«

Der Mann grinste. »Ich heiße Marten White.«

»Mein Name ist Carl Maddox«, erklärte der Agent. »Ihre Nummer?«

Der Reporter diktierte sie ihm, während er eifrig in sein Handy tippte und den Kontakt speicherte.

»Okay, Mister White, ich melde mich, sollten wir mit Ihnen zusammenarbeiten wollen. Ich will allerdings vorher mit meiner Partnerin darüber sprechen.«

»Ich hoffe, Sie haben einen besseren Draht zu dieser Ziege als ich.«

»Stellen wir eines klar«, sagte der Agent und sah dem Reporter jetzt direkt in die Augen. »Sie ist keine Ziege, sondern eine tolle Kollegin und Frau, und wenn sie Sie nicht mag, dann liegt es nicht an ihr, sondern an Ihnen. Wenn wir zusammenarbeiten wollen, stelle ich zur Bedingung, dass Sie das respektieren. Ein Tipp unter Männern: Ziehen Sie sich anständig an und kämmen Sie sich. Ich habe Sie im ersten Augenblick für einen Obdachlosen gehalten, und offen gestanden denke ich das immer noch.«

»Das ist nun mal mein Stil«, versuchte sich White zu verteidigen.

»Nein, das ist einfach nur schlampig. Kümmern Sie sich um Ihr Aussehen und Ihre Manieren, dann kommen wir vielleicht ins Geschäft. Schönen Tag noch, Mr. White.«

Der Agent schob sich an dem Reporter vorbei und ging zu seiner Kollegin, die noch immer auf der Parkbank saß.

»Was ist mit dir los?«, wollte Maddox wissen, als er sich neben sie gesetzt hatte.

»Tut mir leid, dass ich so reagiert habe«, antwortete Fulton.

»Ich habe das Gefühl, dass mit dir etwas nicht in Ordnung ist.«

»Ach wirklich?«

»Du tust es schon wieder.«

»Was tue ich?«

»Du bist mir gegenüber sarkastisch. Du pöbelst Leute an. Also, was ist los? Spuck es aus.«

»Ich bin einfach nur übernächtigt.«

»Das warst du früher auch schon, und trotzdem bist du freundlich geblieben.«

»Lass mich in Ruhe, es ist nichts.«

»Wenn eine Frau sagt, dass *nichts* ist, dann läuft im Regelfall etwas ganz gewaltig schief.«

»Seit wann bist du denn ein Frauenversteher?«

»Seit ich mal mit einem Transvestiten zusammen war. Da lernt man einiges. Du solltest es mal probieren.«

»Lass mal«, erwiderte Fulton und winkte ab.

»Also willst du es mir nicht erzählen?«

»Im Moment nicht«, gab die Agentin zu.

»Okay«, lenkte Maddox ein. »Aber wenn du reden möchtest, sag es mir. Egal, wie spät es ist, ich höre dir immer zu.«

»Das weiß ich. Danke.«

»Nici, ich möchte nur, dass wir diesen Fall professionell lösen. Wir beide sind ein gutes Team, und es wäre ein Jammer, wenn etwas zwischen uns stehen würde.«

»Carl, es hat wirklich nichts mit dir zu tun. Ich bin momentan einfach nicht ganz auf der Spur, aber ich verspreche, dass ich mich bemühen werde, dich nicht zu blamieren.«

»Jetzt hör schon auf«, schalt er seine Kollegin. »Es geht nicht um mich. Es geht darum, dass du dir selbst ein Bein stellst, wenn du dich so verhältst. Früher oder später erfährt Frank davon, und dann weiß ich nicht, was passiert.«

»Ich habe doch gesagt, dass ich es verspreche«, stellte Fulton klar und wechselte das Thema. »Was hast du mit diesem Schlurchi besprochen?«

»Du meinst den Reporter? Er heißt Marten White und hat uns seine Hilfe angeboten.«

»Wie großzügig von ihm, und was will er dafür haben?«

»Exklusive Informationen.«

»Und bist du bereit, ihm welche zu geben?«

»Das weiß ich noch nicht. Wie siehst du das?«

»Ich weiß nur, dass es in den allermeisten Fällen zu Problemen führt, wenn man mit der Presse zusammenarbeitet. Darüber hinaus mag ich ihn ganz einfach nicht.«

»Warum nicht?«

»Nennen wir es weibliche Intuition. Ich habe einfach eine Abneigung gegen ihn.«

»Lass uns darüber zumindest nachdenken«, bat Maddox. »Vielleicht kann er uns wirklich helfen, diesem Killer auf die Spur zu kommen.«

»Reicht es, wenn ich dir morgen meine Meinung sage?«

»Voll und ganz.«

»Gut, dann lass uns jetzt zur Polizeistation fahren. Ich möchte so viel wie möglich über Parks und Moore herausfinden.«

»Nach dir.«

»Wollen wir Harris fragen, wo die Daten über unsere beiden Toten gespeichert sind?«, fragte Maddox.

»Ich würde mich lieber an ein Auspuffrohr nageln und nackt über einen Schotterplatz schleifen lassen, als mit dieser Witzfigur von einem Detective noch ein weiteres Wort wechseln zu müssen«, entgegnete Fulton.

»So schlimm ist er dann auch wieder nicht.«

»Doch, ist er.«

»Okay, du hast recht«, gab der Agent zu. »Pass auf, du holst uns Kaffee, und ich kümmere mich derweil um die Systemzugänge und die Daten. Wir treffen uns dann wieder genau hier«, sagte Maddox und zeigte auf den Boden vor sich, bei dem es sich um einen Teil des Eingangsbereichs der Polizeistation handelte.

Auf der dem Revier gegenüberliegenden Straßenseite befand sich das Medizinische Zentrum Saint Elisabeth, in dessen Erdgeschoss sich eine Cafeteria befand. Fulton wusste zwar nicht, ob der Kaffee hier wirklich gut war, aber sie wollte lieber dieses Risiko eingehen, als den notorisch dünnen Kaffee auf dem Revier zu trinken. Und auf den Hipster-Laden um die Ecke, den sie bei der Herfahrt gesehen hatte, hatte sie erst recht keine Lust. Sie ging schnellen Schrittes hinüber und betrat den klimatisierten Großraum. Insgesamt gab es hier dreißig Plastiktische, an denen einige Mitarbeiter der Klinik saßen. Sie unterhielten sich gedämpft, was dazu führte, dass ein stetiges Hintergrundgemurmel zu hören war. Die Agentin fand am gegenüberliegenden Ende eine lange Theke und steuerte darauf zu.

»Hallo, was darf ich Ihnen bringen?«, fragte eine junge Frau Anfang Zwanzig, die in einen weißen Kittel gekleidet war und hinter der Theke stand.

Ihr braunes Haar war schulterlang und zu einem kleinen Zopf gebunden. Ihre haselnussbraunen, wachen Augen passten hervorragend dazu und gaben der Frau einen freundlichen Ausdruck. Ihre Hände steckten in weißen Latexhandschuhen, die bis zu den Ellbogen reichten, was der Agentin sofort imponierte. Anscheinend nahm man hier die Hygiene durchaus ernst.

»Hallo«, grüßte Fulton zurück. »Ich nehme bitte zwei Kaffee, schwarz.«

»Gern. Klein, mittel, groß?«

»So groß wie möglich. Mein Partner und ich sind weit gereist und haben noch einiges zu tun.«

Die Angestellte lächelte verschmitzt. »Für solche Fälle haben wir unsere Ein-Liter-Becher. Wenn Sie wollen, bekommen Sie Ihren Kaffee auch extrastark.«

»Perfekt. Randvoll bitte.«

»Sehr gern«, erwiderte die Angestellte kichernd. »Darf es noch etwas sein?«

»Was haben Sie denn zu Essen im Sortiment?«

»Belegte Brötchen mit Salami, Käse oder Lachs, Joghurt, diverses Obst ... Wir haben auch gesalzene Erdnüsse, wenn es etwas weniger Deftiges sein soll.«

»Ich nehme bitte ein Lachsbrötchen, eines mit Käse, eine Banane, einen Apfel, und zwei Joghurts. Die Geschmacksrichtung überlasse ich Ihnen.«

»Wie wäre es mit Erdbeere? Ist meine Lieblingssorte.«

»Meine auch«, sagte Fulton. »Das ist dann alles.«

»Macht zwanzig Dollar.«

Die Agentin griff in ihren Blazer und suchte nach ihrem Geldbeutel. Als sie ihn nicht fand, sah sie in der anderen Seitentasche nach, außerdem in ihren Hosentaschen.

»Ich muss meinen Geldbeutel vergessen haben«, sagte sie schließlich. »Tut mir leid. Ich renne schnell rüber und hole ihn.«

»Kein Problem«, erwiderte die junge Frau. »Wissen Sie was? Nehmen Sie die Sachen mit und zahlen Sie später. Falls ich dann nicht da sein sollte, sagen Sie den Kollegen, dass Sie mit Lily gesprochen haben.«

»Aber nur, wenn das wirklich in Ordnung für Sie ist. Ich möchte nicht, dass nachher in Ihrer Kasse etwas fehlt.«

»Das geht schon in Ordnung«, erklärte Lily.

»Sie sind ein Schatz«, sagte Fulton.

»Weiß ich doch«, antwortete die junge Frau und grinste.

»Ich heiße übrigens Nicole. Vielen Dank, dass Sie das tun.«

»Ich helfe gerne Menschen, die in Not sind.«

»Eigentlich bin ich nicht ...«

»Wenn jemand zwei Liter tiefschwarzen Kaffee bestellt, dann ist er definitiv in einer Notlage«, sagte Lily lächelnd.

Die Agentin überlegte und antwortete schließlich: »Ihre Kausalitätskette ist ziemlich schlüssig. Ich bringe Ihnen nachher das Geld, versprochen.«

»Ist gut. Und sollten Sie nicht auftauchen, frage ich einfach drüben im Revier nach.«

»Woher wissen Sie, dass ich von dort komme?«

»Ihr Auftreten hat etwas polizistenartiges. Zwar sehr dezent, aber ich bin in einer Polizistenfamilie aufgewachsen, da kriegt man das mit. Außerdem sagten Sie, dass Sie schnell rüber rennen. Daraus habe ich geschlossen, dass Sie auf der Station arbeiten.«

»Sie würden eine gute Ermittlerin abgeben«, fand Fulton und warf einen kurzen Blick auf die über der Theke hängende Analog-Uhr. »Lily, ich würde wirklich gerne noch weiter mit Ihnen plaudern, aber mein Partner wartet auf mich.«

»Und auf seinen Kaffee.«

»Ganz genau«, antwortete die Agentin lächelnd. »Dann bis später.«

»Bis dann«, sagte die Angestellte fröhlich und wandte sich dem nächsten Kunden zu.

»Wird das auch reichen?«, fragte Fulton, als sie ihrem Partner den großen Pappbehälter vor die Nase stellte.

»Knapp«, antwortete Maddox und grinste.

»Ich habe auch etwas zu essen mitgebracht, nur für den Fall, dass wir Hunger kriegen.«

»Immer die fürsorgliche Partnerin.«

»Hast du schon etwas herausgefunden?«

»Ich habe die Zugänge zum System beantragt. Laut dem zuständigen Beamten sollten sie in den kommenden zwanzig Minuten fertig sein.«

»Warum loggen wir uns nicht einfach mit unseren eigenen Zugängen ein?«, wollte die Agentin wissen.

»Das habe ich schon versucht, aber Boston ist noch nicht an das Zentralsystem angeschlossen.«

Damit spielte Maddox auf die Tatsache an, dass seit einigen Jahren sämtliche Behörden – FBI, Polizei, Staatsanwaltschaft, Finanzamt und andere staatliche Einrichtungen – über eine zentrale Plattform operieren sollten, um die Verfolgung von Straftätern zu erleichtern. Der größte Teil der amerikanischen Bundesbehörden war bereits in das neue System integriert, aber bei manchen Revieren verzögerte sich der Anschluss, teils aus technischen Gründen, teils aus Langsamkeit der lokalen Entscheider.

»Können wir uns mit unseren Handys einwählen?«

»Nein«, erklärte der Agent. »Ich habe aber dafür gesorgt, dass wir Laptops bereitgestellt kriegen.«

Fulton nickte, wickelte das Käse-Brötchen aus und biss hinein. Sie hatte heute noch nicht viel gegessen und stellte fest, dass sie auch jetzt eigentlich keinen großen Hunger hatte. Jedoch siegte ihre Vernunft, die ihr mitteilte, dass sie essen musste, um keinen Schwächeanfall zu erleiden.

»Schmeckt überraschend gut«, sagte sie kauend.

»Wo hast du das eigentlich her?«

»Von gegenüber aus dem Krankenhaus. Da fällt mir ein, ich muss noch bezahlen.«

»Ist deine Karte kaputt?«

»Nee, ich habe sie anscheinend im Auto vergessen.«

Einen Moment später klopfte es an der Tür und eine Person in ziviler Kleidung schob sich hinein, unter jedem Arm einen Laptop geklemmt.

»Agents Maddox und Fulton?«, fragte der dickliche Mann.

»Bingo«, antwortete der Agent.

»Ich habe hier Ihre Computer. Die Zugänge sind auf Zetteln notiert, die ich Ihnen gleich gebe, sobald ich die Dinger hier losgeworden bin.«

Maddox verstand die Aufforderung, nahm die Laptops und stellte sie auf den Tisch.

»Die Kabelei bringe ich Ihnen gleich. Hier sind die Login-Daten«, erklärte der Mann und zog zwei kleine Papierfetzen aus seiner Hosentasche.

»Danke«, sagte Maddox und nahm die Zettel entgegen. »Haben Sie vielleicht auch Mäuse übrig?«

»Klar, hole ich Ihnen gleich.«

Keine Minute später waren er und seine Partnerin bereits in die lokale Datenbank eingeloggt und starteten ihre Suche nach den aktuellen Unterlagen zu den Fällen *Moore, John* und *Parks, Sarah*. Wie zu erwarten, gab es zum männlichen Opfer schon mehr Informationen als zu der Anwältin, wenn auch nicht viel.

»Wie wäre es, wenn ich im Internet nach Moore schaue, und du erkundigst dich zu Parks?«, bot Maddox an. »Dann sparen wir Zeit.«

»Machen wir so«, bestätigte Fulton.

Die nächste Stunde verbrachten sie schweigend, während sie ihre Recherchen durchführten. Nur einmal wurden sie von dem Techniker unterbrochen, der ihnen die versprochenen Ladekabel und die Computermäuse brachte. Fulton nahm ihr Eingabegerät dankend entgegen und steckte es an.

»Gott sei Dank sind die hier wenigstens mit der Grundausrüstung ausgestattet. Ich hasse Touchpads«, murmelte sie.

»Ich auch«, pflichtete der Mann ihr bei und verließ dann wieder das Zimmer.

»Das hier ist interessant«, wandte sich die Agentin an ihren Partner und drehte den Laptop so, dass er ihren Bildschirm sehen konnte.

»Hmm«, meinte Maddox, während er sich die Rubrik *Referenzen* auf Parks´ Webseite durchlas. »Sie hat wohl öfter mit Gewalttätern zu tun gehabt. Misshandlung, Schlägerei, Totschlag ... Moore scheint aber ihr erster Mordfall gewesen zu sein.«

»Denkst du, sie wollte ihr Portfolio erweitern?«

»Nicht auszuschließen. Wenn man einen Mörder, und dann auch noch einen von Moores Kaliber, als Mandant nimmt und ihn erfolgreich verteidigt, macht sich das sicher gut im Lebenslauf.«

»Da hat sie sich dann wohl übernommen. Denkst du, dass es ein Angehöriger der Opfer war, der mit dem Freispruch nicht einverstanden war?«

»Ist natürlich nicht auszuschließen, aber irgendetwas sagt mir, dass wir es hier mit *unserem* Täter zu tun haben. In New York wurden Mason und sein Anwalt auf die gleiche Weise hingerichtet wie Masons Opfer. Hier ist es nicht anders. Einen Nachahmungstäter würde ich ausschließen, schließlich weiß die Öffentlichkeit bisher nicht, wie die beiden Männer in New York gestorben sind.«

»Ich fürchte, dass ich dir recht geben muss«, sagte Fulton. »Schöner Mist. Nicht nur, dass wir vier Tote in kurzer Zeit haben, wir müssen auch noch von einem Serientäter ausgehen. Lass uns alles notieren und es zu Hause einem Profiler übergeben. Der soll uns sagen, mit was für einem Menschen wir es hier zu tun haben. Hast du etwas zu Moore herausgefunden?«

»Nicht viel«, gestand Maddox. »Im Internet ist kaum etwas über ihn zu finden. Aber in den Polizeiakten steht etwas mehr. Aus Sicht der Staatsanwaltschaft ist es bewiesen, dass er für die ihm zur Last gelegten Morde verantwortlich ist. Dass er nicht schuldig gesprochen wurde, war nur Pech.«

»Oder Schlampigkeit«, wandte die Agentin ein.

»Was wir aber jetzt schon als gesichert ansehen können, ist, dass unser Mann oder unsere Frau sowohl mobil als auch gut informiert ist, was Gerichtsverhandlungen angeht.«

»Weißt du, was ich glaube?«, fragte Fulton rhetorisch und wartete entsprechend auch keine Antwort ab. »Ich glaube, dass wir es hier mit jemandem zu tun haben, der das Recht in die eigene Hand nimmt.«

»Dafür gibt es einen Fachausdruck, ich komme nur gerade nicht drauf.«

»Man nennt es einen *Vigilanten*.«

»Wenn unser Täter wirklich so jemand ist, dann haben wir ein großes Problem.«

»Und welches?«

»Er wird niemals aufhören, solange es in seinen Augen Ungerechtigkeit auf der Welt gibt.«

»Dann müssen wir versuchen, ihn so schnell wie möglich dingfest zu machen, bevor sich die Leichenberge türmen.«

»Yap«, bestätigte Maddox. »Ich rufe mal eben in New York an, vielleicht haben sie da schon einen Hinweis.«

Der Agent zückte sein Handy und wählte die Nummer der Spurensicherung. Nach dreimaligem Ertönen des Freizeichens meldete sich eine männliche Stimme.

»Hier spricht Special Agent Carl Maddox«, sagte der Agent und gab im Anschluss seine Identifikationsnummer durch. »Ich rufe an wegen des Falls *Jacob Mason*. Was haben Sie bisher herausfinden können? ... Wirklich? ... Okay, danke. Und dann ist da noch der Fall *Peter Wright* ... Genau der ... Hmm ... Na gut. Halten Sie mich bitte auf dem Laufenden. Wiederhören.«

»Was ist?«, wollte Fulton wissen.

»Nichts«, antwortete ihr Partner. »Es wurden bisher keine Spuren gefunden, die einer anderen Person zuzuordnen sind.«

»Keine Fingerabdrücke? Keine Haare? Keine Hautschuppen oder sonst etwas?«

»Nicht das Geringste.«

»Das kann nicht sein«, meinte sie. »Irgendetwas muss doch zu finden gewesen sein.«

»Ist es aber nicht«, antwortete Maddox.

»Wie kann das sein?«

»Das weiß ich auch nicht. Ich denke, wir sollten zurück nach New York fliegen und von dort aus weitermachen.«

»Willst du nicht mit Moores Freunden sprechen oder mit den Angehörigen der Opfer?«

»Doch, natürlich«, erklärte der Agent. »Aber wir müssen uns darum kümmern, dass die Spurensicherung hier keinen Fehler macht und etwas übersieht.«

»Wie wäre es, wenn du zurückfliegst, und ich bleibe noch hier und führe die Befragungen durch?«, bot Fulton an.

»Willst du das wirklich machen? Da wirst du wahrscheinlich mit Harris zusammenarbeiten müssen.«

»Das werde ich schon überleben.«

»Aber er vielleicht nicht«, antwortete Maddox grinsend.

»Dazu enthalte ich mich lieber«, sagte Fulton.

Maddox fand einen Flug zurück nach New York, der noch am gleichen Abend ging. Da es erst Nachmittag war, besprachen sie das weitere Vorgehen und fuhren dann gemeinsam zum Bostoner Logan Flughafen.

Der Agent stieg aus dem Wagen aus und wollte gerade die Tür schließen, aber Fulton hielt ihn zurück.

»Carl, ich wollte dir nur sagen, dass mein Verhalten wirklich nichts mit dir zu tun hat.«

»Ist schon in Ordnung«, erwiderte er. »Aber du wirst hoffentlich zulassen, dass ich mir Gedanken über dich mache. Dafür sind Freunde schließlich da.«

»Mach dir nur nicht zu viele Sorgen. Ich kriege das schon hin. Und falls nicht, rufe ich dich an.«

»Ich bin Tag und Nacht bereit«, sagte er und grinste schief.

»Guten Flug. Wir sehen uns dann«, verabschiedete sie ihn.

Maddox schloss die Beifahrertür und betrat die Eingangshalle. Die Beschilderung war übersichtlich und zeigte ihm den Weg zum Flugschalter, wo er sich auswies und seine Bordkarte ausgehändigt bekam. Vor der Sicherheitsschleuse war nicht viel los, daher kam er schnell voran und folgte der üblichen Prozedur des Taschenausräumens, Ganzkörperscannens und Abtastens. Er nahm seine wenigen Habseligkeiten wieder an sich und ging direkt zu *seinem* Flugsteig. Es waren noch immer zwei Stunden, bis sein Flug starten würde, daher holte er sich einen Kaffee und setzte sich in den Wartebereich. Um die Zeit zu überbrücken, surfte er im Internet und suchte nach Informationen über die Opfer von John Moore. Er fand einige Zeitungsartikel sowie einen ausführlichen und für die Öffentlichkeit aufbereiteten Bericht über die Gerichtsverhandlung, die vor wenigen Tagen auf so unrühmliche Weise geendet hatte. Langsam formte sich in seinem Kopf ein Bild über den Toten. Abgesehen von dessen Liaison mit

Grace Riley fand er nichts, was darauf hindeutete, dass
er eine Familie oder eine Beziehung gehabt hatte, weder in Boston noch irgendwo in den Vereinigten Staaten. Auch von Freunden war nirgendwo die Rede.

Er muss aber Freunde gehabt haben, dachte Maddox
und nahm sich vor, mit seiner Partnerin zu sprechen
und sie darauf anzusetzen, nachdem sie sowieso in Boston blieb. Es war natürlich nicht das erste Mal, dass sie
sich bei einer Ermittlung kurzzeitig trennten, aber dieses Mal hatte er ein seltsames Gefühl dabei. Er hoffte
nur, dass sie sich wirklich zusammenreißen und sich
nichts zuschulden kommen lassen würde. Frank Lauders war zwar prinzipiell ein angenehmer Vorgesetzter, aber auch er hatte seine Grenzen, und wenn es um
das Verhalten seiner Untergebenen ging, konnte er
sehr hart werden.

Maddox wischte den Gedanken beiseite, als sein Flug
auf der Anzeigetafel aufleuchtete. Er stand auf und begab sich zu seinem Schalter, um den Heimflug anzutreten.

Fulton fuhr vom Flughafen aus nach Norden zu einem Hotel, das zu einer berühmten Kette gehörte und
nur rund zehn Kilometer vom Logan Airport entfernt
war. Die Bewertungen, die sie im Internet gelesen hatte,
waren allgemein sehr gut, und die Preise waren ebenfalls annehmbar. Sie hatte zwar eine FBI-Kreditkarte,
aber so wie bei jeder Bundesbehörde gab es nur ein be-
grenztes Budget. Davon abgesehen war sie ein beschei-
dener Charakter, dem es reichte, ein festes Dach, ein
Bett und eine Nasszelle zur Verfügung zu haben, in der
man sich umdrehen konnte, ohne gegen eine Wand zu
stoßen.

Das Hotel war ein moderner und schmuckloser Bau, der nichts von den verzierten Fassaden der Bostoner Innenstadt hatte. Auch der Eingangsbereich war schlicht und in einem hellen Grauton gehalten. An den Wänden hingen Bilder lokaler Künstler, die von LED-Lampen sanft beleuchtet wurden. In einer Ecke standen einige Sitzmöbel beieinander, die es ermöglichten, zusammenzusitzen und den Abend ausklingen zu lassen. Amüsiert dachte die Agentin daran, dass diese Art der Einrichtung in so ziemlich jedem moderneren Hotel zu finden war, völlig unabhängig davon, wer das Gebäude geplant hatte. Vielleicht gab es einen allgemeingültigen Standard, den jedes Gasthaus erfüllen musste, entschied sie.

Fulton ging zum Empfangsschalter und begrüßte den männlichen Mitarbeiter. Sie schätzte ihn auf Mitte Zwanzig.

»Sie haben für zwei Nächte gebucht, ist das richtig?«, fragte der Angestellte, dessen Namensschild ihn als *Peter* auswies und blickte von seinem Bildschirm auf.

»Vorerst«, erklärte die Agentin. »Vielleicht werde ich noch die eine oder andere weitere Nacht benötigen.«

»Selbstverständlich. Sagen Sie einfach Bescheid, wenn Sie länger zu bleiben gedenken. Ihr Zimmer hat die Nummer Eins-Fünf-Drei und befindet sich im ersten Stock. Bitte unterzeichnen Sie hier den Empfang Ihrer Schlüsselkarte.«

Fulton tat wie angewiesen und nahm ihre Berechtigungskarte an sich.

»Frühstück findet von fünf Uhr bis neun Uhr statt«, erklärte Peter.

»Gibt es Kaffee?«

»So viel, wie Sie trinken möchten.«

»Ich warne Sie, ich trinke viel Kaffee.«

»Sie sind herzlich eingeladen.«

»Ich nehme Sie beim Wort. Wie komme ich in den ersten Stock?«

»Der Aufzug befindet sich dort hinten«, sagte Peter und neigte den Kopf zu seiner Linken. »Im Flur sind die Zimmer ausgeschildert.«

»Danke.«

Fulton trat in den Lift und fuhr in ihr Stockwerk. Dort warf sie einen kurzen Blick auf die Beschilderung, wandte sich dann nach rechts und folgte dem langen, mit dickem Teppich ausgestatteten Flur, bis sie kurz nach einer Biegung an ihrem Zimmer ankam. Die Tür öffnete sich anstandslos, als sie ihre Karte vor den Sensor hielt, und ließ sie ein. Die tief stehende Abendsonne schien sanft zwischen den weißen Vorhängen hindurch und verlieh dem Zimmer einen Hauch von Romantik. Nicht, dass die Agentin in diesem Augenblick einen großartigen Sinn dafür gehabt hätte, aber ihre Stimmung hellte sich unbewusst ein wenig auf. Sie begutachtete die Räumlichkeit und betrat dann das Bad. Ein prüfender Blick verriet ihr, dass alles so war, wie sie es sich gewünscht hatte. Noch vor wenigen Minuten hatte sie geplant, einen Spaziergang zu machen, aber nachdem es hier so einladend aussah, entschied sie, sich auszuziehen und eine Dusche zu nehmen. Die Kabine war geräumig, und das Wasser war innerhalb von zwei Sekunden warm. Fulton ließ das Wasser auf ihren Körper prasseln und fuhr sich mehrfach durch die Haare, um sie aufzulockern. Sie genoss die unzähligen dünnen Strahlen auf ihrer Haut. Für sie fühlte es sich so an, als würde der ganze Schmutz des Tages, sowohl physisch als auch psychisch, von ihr abgewaschen werden. Am liebsten hätte sie noch länger dort gestanden und die Außenwelt ausgesperrt, aber ein Blick auf ihre schrumpelig gewordenen Finger verriet ihr, dass es Zeit wurde, die Dusche zu verlassen. Sie drehte den Wasserstrahl ab, stieg aus und trocknete sich mit dem strahlend weißen Handtuch ab, das so groß wie ein Zelt war. Zuletzt betrachtete sie sich im raumhohen Spiegel. Obwohl sie kein regelmäßiger Kunde im Fitness-Center war, war sie schlank und athletisch. Ihre Haut war gut, es gab keine gröberen Unreinheiten. Allerdings prangte auf ihrer rechten Flanke eine langgezogene und inzwischen nur noch dezent sichtbare Narbe, ein Überbleibsel einer Schussverletzung vor vielen Jahren. Damals hatte sie gerade ihren Abschluss an der FBI-Akademie gemacht und ihren ersten Fall an der Seite einer erfahrenen Agentin bearbeitet. Gemeinsam hatten sie eine Räuberbande quer durch die Vereinigten Staaten verfolgt und schließlich irgendwo in der Wüste von Utah gestellt. Während Fulton nur einen Streifschuss davongetragen hatte, hatte ihre damalige Partnerin nicht so viel Glück gehabt. Ein Schuss in die Leber hatte ihre Karriere und ihr Leben vorzeitig beendet. Trotz dieses Vorfalls hatte sich Fulton damals dazu entschieden, weiter beim FBI zu bleiben, und kurz darauf hatte sie dann ihren aktuellen Partner kennengelernt.

Die Agentin war nach dieser Dusche wieder voller Energie, darum zog sie sich an, verließ ihr Zimmer und fuhr ins Erdgeschoss.

»Hey Peter, gibt es hier einen schönen Spazierweg in der Gegend?«, fragte sie den jungen Mann am Empfangsschalter.

»Nur einige Hundert Meter von hier entfernt befindet sich der Strand«, erklärte er. »Sie gehen einfach zwischen den beiden Gebäuden dort hindurch und halten sich anschließend links. Die Promenade ist dann schon zu sehen.«

»Danke«, sagte sie und verließ das Hotel.

Obwohl sie es dem typischen Amerikaner hätte gleichtun und mit dem Auto hinfahren können, entschied sie sich dazu, den Weg zu Fuß zurückzulegen. Die Abendluft tat ihr gut, und nur wenige Minuten später stand sie bereits an einem ausgedehnten Sandstrand. Die Wellen des atlantischen Ozeans kräuselten sich sanft im Licht der untergehenden Sonne, und es waren nur wenige andere Menschen unterwegs. Genau das, was Fulton jetzt brauchte. Sie zog sich ihre Schuhe und Socken aus und ging langsam über den vom Tag erwärmten Sand, der hie und da von Muscheln und anderem üblichen Strandgut gesäumt wurde. Obwohl sie noch immer ihre Arbeitskleidung trug und keine Wechselgarnitur dabeihatte, setzte sie sich schließlich hin und blickte auf das Meer hinaus, das im Abendlicht rötlich-golden glitzerte. Sie hätte noch Stunden so dasitzen und ihre Gedanken treiben lassen können, aber ihr Handy machte ihr wie so oft einen Strich durch die Rechnung. Mit einem Seufzen zog sie das Telefon hervor und betrachtete das Display. Ihre Laune hellte sich schlagartig auf, als sie den Namen ihres Partners las.

»Hey Carl, was gibt´s? Bist du schon in New York?«

»Der Flieger hat Verspätung«, erklärte Maddox. »Irgendwas mit den Triebwerken, was denen natürlich erst aufgefallen ist, als schon alle Passagiere an Bord waren. Jetzt sitze ich wieder in der Halle und warte auf weitere Informationen. Mir ist eingefallen, dass es gut wäre, wenn du dich umhören würdest, ob John Moore irgendwelche Freunde oder Verwandte in Boston hatte. Außerdem habe ich dir die Nummer von Marten White noch gar nicht gegeben.«

»Dieser Reporter? Was soll ich denn mit dem?«

»Vielleicht willst du ja doch mit ihm arbeiten. Ich weiß, dass du die Presse nicht magst, ich mag sie ja auch nicht, aber möglicherweise kann er uns wirklich helfen.«

Fulton atmete hörbar aus. »Okay, schick sie rüber. Ich überlege es mir.«

»Braves Mädchen.«

»Hör auf, du hörst dich an wie meine ...«

Als sie nicht weitersprach, füllte ihr Partner die Lücke. »... Vermieterin?«

»Genau das wollte ich sagen.«

»Hey, im Ernst. White wirkt auf den ersten Blick wie ein typischer Schmierfink, der jeder Frau unter den Rock gucken will, wenn sich die Gelegenheit ergibt. Aber oftmals sind es genau diese Typen, die Kontakte haben und sich auskennen.«

»Ich bin kein Frischling mehr, vergiss das nicht.«

»Wie könnte ich das je vergessen? Du hast mehr Fälle gelöst als viele andere. Du wirst schon wissen, was du zu tun hast. Warte mal eben ... Anscheinend gibt es einen Ersatzflug, der in wenigen Minuten vom anderen

Ende des Flughafens startet. Ich muss los. Pass auf dich auf.«

»Du auch, und viel Glück«, sagte Fulton.

»Dir auch«, antwortete Maddox und legte auf.

Die Agentin steckte ihr Telefon zurück in die Tasche und blickte dann wieder auf den Ozean hinaus, aber das zuvor verspürte Gefühl von Ruhe wollte sich nicht mehr einstellen, jetzt, wo der Bostoner Reporter in ihrem Gedächtnis präsent war. Sie stand auf, klopfte sich den Sand von ihrer Kleidung und ging langsam zu ihrem Hotel zurück, um es sich dort gemütlich zu machen und sich zur Ablenkung durch die zahllosen TV-Programme zu schalten.

Aus Gewohnheit zog sie in ihrem Hotelzimmer die Vorhänge zu, bevor sie sich aufs Bett legte und die Fernbedienung in die Hand nahm. Wie zu erwarten, fand sie auf keinem der Sender irgendetwas Brauchbares. Entweder liefen Kochsendungen mit irgendwelchen B-Promis, Talk-Runden mit abgehalfterten Politikern oder belanglose Sitcoms, die sie allesamt entweder nicht kannte oder nicht mochte. Gelangweilt sah sie die Programme durch, bis sie sich entschied, den Fernseher wieder abzuschalten. Fulton nahm ihr Handy zur Hand und sah die Kurznachricht, die Maddox ihr zusammen mit der Telefonnummer des Reporters geschickt hatte. Sie speicherte die Nummer in ihrem Kontaktverzeichnis, zog sich bis auf ihren Slip aus und schaltete dann die Zimmerbeleuchtung aus.

Nici schaute aus dem Fenster, wo die endlose Weite von Kansas langsam an ihr vorüberzog. Ihre Tante Kate hatte ihr nach der Beerdigung mitgeteilt, dass sie zu ihr in das Sonnenblumenstaat *genannte Territorium im Mittleren Westen der USA ziehen würde. Zuerst war das Mädchen nicht gerade darüber erfreut gewesen, denn sie würde ihre Freunde und ihre gewohnte Umgebung zurücklassen müssen. Erst, als sie mit Clara darüber gesprochen und sie sich gegenseitig mehrfach versichert hatten, den Kontakt aufrecht zu erhalten, hatte Nici schließlich eingewilligt. Sie war zwar schon mehrfach bei ihrer Tante zu Besuch gewesen, aber da war sie noch klein gewesen und hatte nur undeutliche Erinnerungen an hügelige Weizenfelder, die sich von einem Horizont zum anderen erstreckten.*

»Du bist immer jeden Morgen direkt nach dem Aufstehen raus und durch die Felder gerannt«, sagte Tante Kate gerade, während sie auf die Straße schaute, die sich beinahe schnurgerade durch die Landschaft grub. »Einmal warst du sogar mehrere Stunden weg, und wir haben uns zu Tode geängstigt. Wir haben dich überall gesucht und wollten sogar schon die Polizei anrufen, aber dann warst du plötzlich wieder da.«

»Habe ich erzählt, wo ich gewesen bin?«, wollte Nici wissen.

»Nein, du wolltest nicht mit der Sprache herausrücken. Du sagtest, es sei ein Geheimnis und du hättest einen Schatz versteckt.«

»Ehrlich?«

»Ja«, bestätigte Kate.

»Habe ich jemals gesagt, wo sich der Schatz befand und was es genau war?«

»Nein, auch das war ein Geheimnis. Aber vielleicht möchtest du es mir jetzt verraten?«

»Würde ich gern, aber ich habe absolut keine Ahnung mehr.«

»Na ja, vielleicht fällt es dir irgendwann wieder ein«, erklärte ihre Tante und setzte den Blinker, um von der asphaltierten Straße auf einen staubigen Weg einzubiegen.

»Ist es noch weit?«, fragte Nici.

»Nein, nur noch etwa zwanzig Minuten.«

»Du wohnst echt weit draußen«, merkte das Mädchen an. »Warum eigentlich?«

»Als ich jünger war und gerade meinen College-Abschluss in der Tasche hatte, bin ich viel gereist, habe einige Länder und viele Menschen kennengelernt. Irgendwann war ich aber müde und wollte an einen Ort, wo ich meine Ruhe habe.«

»Und dann hat dir das Leben in den Arsch getreten und gesagt: Hey, du musst jetzt auf deine Nichte aufpassen«, antwortete Nici.

»Ich gebe zu, es ist eine ungewohnte Situation für mich. Ich hatte nie Kinder, und ich habe auch nie den Wunsch gehegt, welche zu kriegen. Ich hatte auch nie eine längerfristige Beziehung. Aber als mich diese Detective Muller anrief und darüber informierte, was passiert war, habe ich keine Sekunde gezögert. Mir war sofort klar, dass du einen Ort bräuchtest, an dem du wohnen kannst und dich geborgen fühlst, und darum habe ich, noch bevor ich zu dir fuhr, alles in die Wege geleitet, damit du bei mir bleiben kannst.«

»Was wäre denn die Alternative gewesen?«

»Kinderheim«, antwortete Kate schlicht. »Die Behörden sind da ziemlich strikt.«

»Und du bist sicher, dass es dir nichts ausmacht? Du sagst ja selbst, dass du keine Ahnung von Kindern hast, und ich bin ein Teenager, die sind mindestens fünf Mal so schwierig.«

»Die Herausforderung nehme ich gerne an. Ich denke, dass wir gut miteinander auskommen werden.«

»Ich habe vorhin übrigens ein Schild gesehen. Da stand drauf, dass es bis Manhattan nur ungefähr vierzig Kilometer sind. Haben die da was falsch berechnet?«

»Nein, es gibt hier in Kansas tatsächlich eine Stadt, die so heißt.«

»Da war wohl einer nicht so kreativ bei der Namensfindung, oder?«

»Nein«, erwiderte Kate lachend. »Ursprünglich sollte die Stadt sogar Boston heißen. Wir sind gleich da, nur noch um das Feld hier herum.«

»Gehört das eigentlich alles dir?«

»Die Felder? Gott bewahre. Ich bin keine Ackerliese. Ich schaffe es ja nicht einmal, einen Kaktus länger als ein paar Tage am Leben zu erhalten.«

»Vielleicht machst du einfach etwas falsch?«

»Mag sein«, gab Kate zu. »Kennst du dich mit Pflanzen aus?«

»Ich will ja nicht prahlen, aber ich bin in Biologie die Klassenbeste.«

»Dann kannst du dich ja gleich nützlich machen. Ich habe einige Blumen, die ein wenig professionelle Unterstützung vertragen könnten.«

»Mal sehen«, antwortete Nici vage.

Ihre Tante steuerte den Wagen um eine Kurve und nahm dann das Gas weg. Schließlich tauchte vor ihnen ein kleines Haus auf, das aufgrund seiner strahlend weißen Außenfassade zwischen all den Weizenähren herausstach wie ein Rotweinfleck auf einem frisch gewaschenen Tischtuch.

»Ist es das?«, fragte Nici.

»Trautes Heim, Glück allein.«

»Sieht nicht besonders toll aus«, kommentierte das Mädchen, während es sich abschnallte.

»Es muss ja nicht immer gleich ein Palast sein«, gab Kate zurück. »Die Hauptsache ist, dass es drinnen gemütlich ist.«

Nici kommentierte diese Aussage nicht, sondern öffnete die Wagentür und stieg aus. Draußen wurde sie von einem Schwall schwüler Luft empfangen, die ihr sofort Schweißperlen auf die Stirn treten ließ.

»Ziemlich heiß«, sagte sie und versuchte, sich mit der Hand etwas Luft zuzufächeln.

»Man gewöhnt sich daran. Außerdem ist es heute windstill. Normalerweise weht hier oft ein sanfter Wind, der es erträglicher macht. Im Winter wirst du dich noch nach der Hitze sehnen. Hörst du das?«

Nici legte den Kopf schief und lauschte angestrengt. »Nein«, antwortete sie schließlich.

»Ganz genau. Kein Stadtlärm, keine vorbeirauschenden Autos, kein Dauergemurmel von vorbeieilenden Menschen, keine Streitereien unter Nachbarn. Nur die Gräser, die im Wind rauschen, und die Insekten, die geschäftig herumwimmeln.«

»Gibt es hier Mücken?«

»Nee, die halten es hier nicht aus.«

»Gut, ich hasse die Viecher nämlich.«

»Ich kann dir Mäuse anbieten.«

»Die stören mich nicht. Ich hatte eine, da war ich acht Jahre alt. Die war cool, die konnte tanzen, und wenn ich ihr ein Stück Käse vor die Nase hielt, fiepte sie immer ganz aufgeregt. Dad hat sie mir damals geschenkt.«

»Wie hieß die Maus denn?«, wollte Kate wissen.

»Mickey«, sagte sie und bemerkte den amüsierten Blick ihrer Tante. »Hey, ich war noch jung und leicht beeinflussbar«, verteidigte sie sich.

»Ist schon gut«, antwortete Kate, öffnete den Kofferraum des Wagens und holte die Reisetasche ihrer Nichte hervor. In ihrem Elternhaus hatten sie nur das Allernötigste eingepackt, die restlichen Sachen würden in einigen Tagen mit einer Spedition gebracht werden. »Soll ich dir dein Zimmer zeigen?«, bot sie an.

»Gern.«

Nici folgte ihrer Tante die zwei Stufen zur Veranda hoch und trat dann hinter ihr durch die aus Holz gefertigte Tür. Drinnen war es gleich ein paar Grad kühler, und die Luft war angenehm trocken.

»Raumentfeuchter«, kommentierte Kate. »Komm.«

Sie stiegen eine Treppe hinauf, welche sie zu einem etwa zehn Quadratmeter messenden Zimmer führte.

»Die Einrichtung ist ziemlich spartanisch. Ich hatte leider nicht genug Zeit, um ordentliche Möbel zu besorgen«, entschuldigte sich ihre Tante bei ihr.

Nici sah sich um und fand ein älter aussehendes Bettgestell aus Metall, einen schmalen Schreibtisch aus Holz, von dem die Farbe abblätterte, und einen recht unbequem aussehenden Stuhl. Sie setzte sich versuchsweise auf das Bett, welches durch das plötzliche Mehrgewicht protestierend zu quietschen anfing.

»Gleich morgen schauen wir, wie du dein Zimmer einrichten willst. Du darfst dir aussuchen, was du willst, und wir besorgen es in der Stadt.«

»Ohne Einwände?«

»Absolut«, bestätigte Kate nickend.

»Versprochen?«, hakte Nici nach.

»Ja doch. Dein Zimmer, deine Entscheidung.«

»Und wenn ich einen Tisch möchte, der Lila gestrichen ist? Dazu einen Stuhl in Gelb und einen Schrank, der aussieht wie ein Spind und mit Bildern von knackigen Jungs beklebt ist?«

»Wenn du das willst.«

»Cool!«

»Ich gehe jetzt runter und mache uns etwas zu essen. Du kannst ja die Zeit nutzen und dich schon mal ein wenig einrichten. Ich rufe dann, wenn das Essen fertig ist.«

»Danke.«

»Keine Ursache. Mit leerem Magen macht das Leben schließlich keinen Spaß.«

»Nein, ich meine: Danke, dass du dich um mich kümmerst.«

»Ist doch nicht der Rede wert«, sagte Kate, winkte ab und wollte das Zimmer verlassen.

»Doch, jetzt, wo Mom und Dad ...«

Ihre Tante blieb stehen, drehte sich um und sah die aufsteigenden Tränen in Nicis Augen. »Ich vermisse sie auch«, sagte Kate. »Sehr sogar. Deine Mutter – meine Schwester – und ich hatten ein tolles Verhältnis zueinander. Und dein Vater und ich waren sehr gute Freunde.«

»Ich wünschte, sie wären hier.«

»Ja, das wünsche ich mir auch«, antwortete Kate leise und spürte, wie sich ihre Augen mit Tränen füllten. *»Nun gut«, fasste sie sich und wandte sich ab. »In zwanzig Minuten habe ich uns etwas Leckeres gezaubert.«*

»Okay.«

»Uhh«, stöhnte Fulton, als sie mit halb geschlossenen Augen auf das Display ihres Handys schaute. In Digitalschrift stand dort: 02:30.

Es war also gerade einmal drei Stunden her, dass sie nach langem Hin- und Herwälzen eingeschlafen war. Der Traum, den sie gehabt hatte, hatte nicht gerade dazu beigetragen, dass sie sich zumindest etwas erfrischter gefühlt hätte. Die Agentin drehte sich auf die andere Seite, schloss die Augen und versuchte, erneut einzuschlafen. Als es ihr auch nach einigen Minuten nicht gelungen war, gab sie entnervt auf, schwang ihre Beine über die Bettkante und setzte sich auf. Fulton rieb sich die Augen und starrte in das Halbdunkel ihres Zimmers. Von draußen drang das Licht einiger Straßenlaternen durch die dünnen Vorhänge und sorgte für einige interessante, wenn auch belanglose Schattenspiele.

»Scheiß drauf«, murmelte sie und suchte ihre Kleidung zusammen.

Mit dem Aufzug fuhr sie ins Foyer hinunter und ging zum Empfangstresen, wo ein anderer junger Mann gerade damit beschäftigt war, Unterlagen zu sortieren.

»Hi«, sagte sie.

»Guten Abend«, antwortete der Mann. »Wie kann ich Ihnen helfen?«

Fulton warf einen Blick auf das Namensschild. *Marty* stand dort geschrieben.

»Kann ich irgendwo einen Kaffee kriegen?«

»Einige Straßen weiter gibt es einen Coffee-Shop, der hat rund um die Uhr geöffnet.«

»Haben die auch etwas zu essen?«

»Das weiß ich leider nicht so genau«, erklärte der Junge und breitete entschuldigend die Arme aus. »Tut mir leid.«

»Schon gut, Sie müssen ja nicht alles wissen«, meinte Fulton und winkte ab.

»Darf ich Ihnen einen persönlichen Rat geben?«, fragte er jetzt.

»Davon hatte ich in letzter Zeit eigentlich schon mehr als genug.«

»Aber dieser könnte wirklich nützlich sein.«

»Okay, schießen Sie los.«

»Das Zeug, was Sie im Coffee-Shop kriegen, ist meiner Meinung nach nicht besser als gefärbtes Wasser. Wissen Sie was? Ich habe erst vor fünf Minuten einen frischen aufgesetzt. Ich lade Sie ein.«

»Wollen Sie mit mir anbandeln? Dann muss ich Sie warnen, ich bin nämlich bewaffnet.«

»Ich werde mich hüten«, entgegnete der Angestellte lächelnd. »Es ist nur ein Kaffee für einen freundlichen Gast.«

»Einverstanden.«

»Ich heiße übrigens Marty«, stellte sich der junge Mann vor.

»Weiß ich«, antwortete sie und deutete auf sein Namensschild. »Nennen Sie mich Nici.«

»Freut mich.«

»Ebenfalls.«

Das darauffolgende Schweigen währte einige Sekunden.

»Was ist nun mit dem Kaffee?«, fragte Fulton schließlich.

»Natürlich. Bitte hier entlang.«

Marty öffnete die hüfthohe Tür zum Bereich hinter dem Empfangstresen und lotste die Agentin dann in ein abgegrenztes Zimmer. Sofort stieg ihr der Duft nach Filterkaffee in die Nase.

»Das riecht gut«, sagte sie.

»Setzen Sie sich bitte, ich hole Ihnen eine Tasse«, bot der Angestellte an.

Kurz darauf saßen sie sich mit je einer fast bis zum Rand gefüllten Tasse heißen Kaffees gegenüber.

»Was führt Sie eigentlich nach Boston?«, fragte Marty.

»Die Arbeit«, antwortete Fulton bewusst vage.

»Darf ich fragen, woher Sie kommen und was Sie arbeiten?«

»Warum sollte ich Ihnen das verraten?«

»Nun, Sie wissen, dass ich hier arbeite. Entsprechend wohne ich in der Gegend. Im Gegenzug weiß ich über Sie nur, dass Sie in diesem Hotel abgestiegen sind und zur arbeitenden Bevölkerung gehören.«

»Na gut. Ich komme aus New York, und meine Arbeit ist es, den Schmutz von den Straßen zu entfernen.«

»Seien Sie mir nicht böse, aber Sie sehen mir nicht aus wie eine Mitarbeiterin der Müllabfuhr.«

»Ich spreche von menschlichem Müll«, erklärte Fulton. »Ich jage Verbrecher.«

»Polizei?«

Fulton schüttelte den Kopf. »Eine andere Behörde.«

»Das klingt ziemlich spannend.«

»Finden Sie?«

»Ja«, bestätigte Marty. »Sie kommen sicher viel herum und lernen dabei interessante Menschen kennen.«

»Menschen schon, aber die wenigsten davon sind wirklich interessant. Zumindest nicht im positiven Sinne.«

»Sie mögen Menschen nicht besonders, oder?«

»Wenn Sie mit den Vertretern der menschlichen Gesellschaft zu tun hätten, mit denen ich mich befassen muss, würden Sie ähnlich denken.«

»Vermutlich«, stimmte ihr der Angestellte zu. »Und Sie sind hier in Boston, um einen Fall aufzuklären?«

»Ja.«

»Zufällig die Todesfälle von John Moore und Sarah Parks?«

»Wie kommen Sie darauf?«, fragte Fulton, jetzt wachsam.

»Nur ein Schuss ins Blaue«, erwiderte Marty. »Ich habe einfach gut geraten.«

»Wie auch immer. Sie werden sicher verstehen, wenn ich Ihre Frage weder bestätigen noch verneinen kann.«

»Selbstverständlich«, meinte der Angestellte nickend. »Ich hoffe auf jeden Fall, dass Sie Ihr Ziel erreichen.«

»Danke. Ich muss jetzt los, ich habe noch zu tun. Danke für den Kaffee.«

»Danke für das Gespräch«, sagte Marty.

Die Agentin verließ das Hotel und atmete die kühle Nachtluft ein. Dann zog sie ihr Handy aus der Tasche und wählte die Nummer von Marten White.

»White«, meldete er sich gleich nach dem ersten Freizeichen. »Sprechen Sie jetzt, oder schweigen Sie für immer.«

»Agent Fulton«, sagte sie. »Wir haben uns heute nahe Sarah Parks´ Haus getroffen.«

»Ich erinnere mich daran.«

»Ich möchte mich mit Ihnen treffen.«

»Wann?«

»Jetzt.«

»Sollte ich mich geschmeichelt fühlen, dass Sie mich mitten in der Nacht sehen wollen?«

»Ist mir ziemlich egal, wie Sie sich fühlen«, erwiderte Fulton. »Mein Partner hat mir gesteckt, dass Sie ihm eine Zusammenarbeit angeboten haben.«

»Ja, das habe ich in der Tat«, bestätigte White.

»Steht das Angebot noch?«

»Natürlich. Wo sind Sie gerade? Dann komme ich zu Ihnen.«

»Nein, danke. Schlagen Sie einen Treffpunkt vor. Wenn möglich einen Ort, wo es etwas zu essen gibt.«

»Um diese Zeit ist das nicht ganz einfach ... Wie wäre es mit der Cafeteria im Saint Elisabeth? Das ist gegenüber von ...«

»Ich weiß, wo es ist«, unterbrach Fulton ihn. »In vierzig Minuten.«

»Ich werde da sein.«

Die Agentin legte auf und wollte zu ihrem Wagen gehen, als sie feststellte, dass sich der Autoschlüssel, zusammen mit ihren Papieren, noch in ihrem Hotelzimmer befand. Mit schnellen Schritten ging sie wieder ins Hotel hinein, um ihre Sachen zu holen.

In der Cafeteria des Medizinischen Zentrums Saint Elisabeth war um diese Uhrzeit erwartungsgemäß nicht viel los. Die meisten Tische waren frei, nur hie und da saßen wenige Krankenhausangestellte zusammen, die bei Fulton nicht gerade den Eindruck erweckten, ausgeruht zu sein. Sie entdeckte White an einem Tisch im rückwärtigen Bereich des Raums, ging aber demonstrativ an ihm vorbei und zur Essensausgabe, wo sie sich ein Sandwich und einen Kaffee geben ließ. Erst dann trat sie zu dem Reporter.

»Guten Morgen«, grüßte White.

»Sparen Sie sich die Floskeln«, wiegelte die Agentin ab. »Was haben Sie auf Lager?«

»Sie gehen ja gleich in die Vollen. Wie wäre es, wenn wir erst einmal besprechen, wie wir uns gegenseitig unterstützen können?«

»Wenn Sie pokern wollen, können Sie das Spiel gleich vergessen. Hier ist der Deal: Sie sagen mir, was Sie über Moore und Parks wissen, und ich entscheide im Anschluss, was ich Ihnen sage.«

»Miss Fulton, mit Verlaub«, antwortete der Reporter und lehnte sich zurück. »Ich bin kein blutiger Anfänger, den Sie herumkommandieren können. Ich weiß, dass Sie und Ihr Partner aus New York angereist sind. Also muss etwas Größeres im Busch sein, sonst hätten Ihre Bostoner Kollegen das Kommando.«

»Meinetwegen. Ja, Carl und ich haben unseren Sitz in New York City. Sie sind dran.«

»Parks war Moores Anwältin.«

»Wissen wir.«

»Sie hat vor Gericht einen Verfahrensfehler provoziert, um ihn freizukriegen.«

»Fahren Sie fort.«

»Das ist nicht das erste Mal, dass sie so eine Methode angewandt hat. Jetzt sind Sie an der Reihe.«

»Wir verfolgen jemanden, der bereits in New York ein Verbrechen begangen hat.«

»Okay. Parks und Moore hatten ein Verhältnis.«

»Wissen Sie das sicher?«

»So sicher wie das Amen in der Kirche. Auch das gehörte zu Parks´ Praktiken. Sie hat sich oft mit ihren Klienten auf privater Ebene eingelassen.«

»Stammt das aus einer gesicherten Quelle?«

»Absolut. Ich bin im Übrigen bereits seit einiger Zeit an ihr dran. Die Öffentlichkeit mag Geschichten über bekannte Persönlichkeiten, bei denen schmutzige Details ans Licht kommen.«

»Kann ich mir vorstellen.«

»Sie waren bei Parks, also waren Sie sicher auch bei Moore. Was haben Sie dort herausgefunden?«

»Dass er tot ist.«

»Das weiß ich auch schon«, sagte White abfällig. »Etwas mehr Details wären gut.«

»Ganz ehrlich, mehr wissen wir noch nicht.«

»Soll ich Ihnen das glauben?«

»Mir egal«, wiegelte Fulton ab.

»Nun gut, gehen wir davon aus, dass Sie die Wahrheit sagen, schließlich vertreten Sie das Gesetz.«

»Was wissen Sie über Moore? Hat er Verwandte hier? Was ist mit seinem Freundeskreis?«

»Ich konnte bisher nur herausfinden, dass er ein Einzelkind war und seine Eltern früh verstorben sind. Er wuchs in einem Waisenhaus auf und war immer wieder in Pflegefamilien untergebracht, wo er aber bereits nach kurzer Zeit wieder rausflog.«

»Warum?«

»Weil er sich ... wie soll ich sagen ... schlecht benommen hat. Sie wissen schon, das Übliche. War gegenüber den leiblichen Kindern gewalttätig, hat die Haustiere gequält, und so weiter.«

»Was ist mit seinen Freunden?«

»Er hatte keine.«

»Jeder hat Freunde.«

»Ich habe auch keine«, sagte White. »Was haben Sie noch, was Sie mir sagen können?«

»Nachdem wir gerade so offen miteinander sprechen, teile ich Ihnen etwas mit, was nur Sie wissen dürfen. Wenn irgendjemand sonst davon erfährt, fahre ich persönlich bei Ihnen vorbei und drehe Ihnen den Schwabbelhals um. Klar?«

»Vollkommen klar.«

Fulton beugte sich vor und senkte die Stimme, damit sie sichergehen konnte, dass nur ihr Gesprächspartner hören würde, was sie als Nächstes zu sagen hatte. »Wir glauben, dass es sich bei dem Täter um jemanden handelt, der das Recht in seine eigenen Hände nimmt. Jemand, der offenbar davon überzeugt ist, dass die Gerichte unzuverlässig sind. Das bleibt aber alles unter Verschluss, bis der Fall abgeschlossen ist. Erfährt vorher jemand davon, und sei es nur Ihr Hamster, wissen Sie, was passieren wird.«

»Drohen Sie mir gerade?«

»Ich stelle lediglich die Tatsachen fest. Sie wühlen so tief wie möglich und lassen mir und meinem Partner alles zukommen, was Sie wissen, und zwar ungefiltert. Die Selektierung übernehmen wir.«

»Und was kriege ich im Gegenzug?«

»Einen Anruf bei Ihrem Boss, dass er Sie auf keinen Fall entlassen darf.«

»Ich bin mir ziemlich sicher, dass er sich von einer FBI-Agentin nicht beeindrucken lässt.«

»Weil ich eine Frau bin?«, fragte sie herausfordernd.

»Weil er ein harter Brocken ist.«

»Lassen Sie das mal meine Sorge sein.«

»Ich denke, wir sind im Geschäft«, erklärte White. »Was möchten Sie essen?«

»Etwas ohne Reporter.«

White grinste und stand auf. »Miss Fulton, wir bleiben in Verbindung.«

Du mich auch, dachte sie und sah ihm hinterher, bis er die Cafeteria verlassen hatte.

Sie betrachtete das Sandwich auf ihrem Teller und stellte fest, dass sie keinen Hunger mehr hatte. Der Kaffee war inzwischen nur noch lauwarm, aber das hinderte Fulton nicht daran, das Getränk in einem Zug zu sich zu nehmen. Sie schlug das Essen in eine Serviette ein und ging dann noch einmal zur Essenstheke hinüber.

»Hi«, sagte sie zu dem dunkelhäutigen Mitarbeiter.

»Hallo, darf es noch etwas sein? Hat das Sandwich nicht geschmeckt?«

»Nein, alles in Ordnung. Ich war gestern Nachmittag hier und habe meine Geldbörse vergessen. Lily sagte, dass es okay wäre, wenn ich später zahle.«

»Davon hat sie vorhin beim Schichtwechsel erzählt«, erklärte der Mitarbeiter. »Was hatten Sie denn genommen?«

Fulton zählte alles auf.

»Okay, das sind dann zwanzig Dollar.«

Fulton zog zwei Scheine hervor und legte sie auf den Tresen.

»Miss, das sind vierzig Dollar.«

»Ich weiß. Zwanzig für das Essen, und noch mal zwanzig als kleines Dankeschön. Sorgen Sie bitte dafür, dass Lily den Schein bekommt.«

»Selbstverständlich. Vielen Dank.«

»Haben Sie eine Ahnung, wo man hier in der Gegend etwas Zeit totschlagen kann?«

»Hier gibt es leider nicht viel«, antwortete der Mitarbeiter. »Bleiben Sie doch einfach hier, solange Sie wollen. Die Cafeteria ist rund um die Uhr geöffnet, Sie werden also nicht rausgeschmissen.«

»Ich denke, das mache ich«, stimmte die Agentin zu. »Kriege ich noch einen Kaffee?«

»Klar. Geht aufs Haus.«

»Nein, so fangen wir gar nicht erst an«, erwiderte Fulton ablehnend. »Ich zahle für das, was ich bekomme.«

Der Mitarbeiter lächelte. »Ich habe gerade frischen Kaffee aufgesetzt, dauert nur wenige Minuten. Ich bringe ihn dann an Ihren Tisch.«

»Einverstanden.«

»Guten Morgen«, grüßte Detective Harris sie, als sie sein Büro betrat.

»Detective«, antwortete sie nickend.

»Wo ist Ihr Partner?«

»Der hat anderweitig zu tun. Ich werde die Untersuchung hier vor Ort leiten. Detective, ich möchte, dass Sie mir alle Informationen geben, die Sie bezüglich John Moore und Sarah Parks haben. Ich beabsichtige, etwas Schwung in die Sache zu bringen. Wollen Sie dabei sein?«

»Wenn es Ihnen keine Umstände macht.«

»Das kommt ganz auf Sie an. Ich will, dass Sie mir den Rücken freihalten und sich persönlich darum kümmern, dass nichts an die örtliche Presse durchsickert. Kommt doch etwas, mache ich Sie persönlich dafür verantwortlich und sorge dafür, dass eine leere Schnapsflasche Ihr kleinstes Problem sein wird.«

»Sie haben mein Wort.«

»Gut«, antwortete Fulton und fixierte den Detective für einige Sekunden. »Machen Sie sich an die Arbeit.«

Während sich Fulton in Boston die Nacht um die Ohren schlug, landete Maddox am New Yorker John-F.-Kennedy-Flughafen. Es war zwar bereits nach Mitternacht, als er in die kühle Nachtluft vor dem Haupteingang trat, aber da er in einer Stadt war, die niemals schlief, war es für ihn ein Leichtes, ein Taxi zu erwischen. Der Fahrer, ein indisch-stämmiger Mann um die vierzig Jahre, sprach zur Erleichterung des Agenten nicht viel und steuerte den Wagen sicher durch den nächtlichen Verkehr. Zu Hause angekommen, duschte Maddox ausgiebig und legte sich dann ohne Umschweife ins Bett, um schon nach wenigen Minuten einzuschlafen. Als sein Wecker um Punkt sechs Uhr früh klingelte, fühlte er sich erfrischt und bereit, den Tag anzugehen. Er ging in die Küche, kochte sich eine

Kanne Kaffee, nahm die neue Zeitung aus dem Brief-
schlitz an der Eingangstür und gönnte sich dann ein
ausgiebiges Frühstück, bestehend aus zwei gekochten
Eiern und einer Scheibe gebuttertem und mit Käse be-
legtem Toast. Maddox las die Schlagzeilen durch und
fand keinen Hinweis darauf, dass die hiesige Presse
mitbekommen hätte, dass es sich bei den beiden Ermordeten in New York um Mason und seinen Anwalt
handelte. Dem Agenten war das nur recht, denn je weniger die Presse wusste, desto effektiver konnten er
und Fulton arbeiten. Er beendete sein Frühstück und
nahm sein Tablet zur Hand, über das er sich in die gesicherte Verbindung zu seinem dienstlichen E-Mail-Postfach einloggte. Dort fand er, was er gesucht hatte: Einen
ausführlichen Bericht der Pathologie zu den beiden
Mordopfern, sowie eine erste Einschätzung der Spurensicherung. Während er las, bewegten sich stumm
seine Lippen. Diese Eigenart hatte er schon als Kind gehabt, wenn er einen Text vor sich hatte, und hatte sie
nie abgelegt.

»Hmm«, machte er unwillkürlich, während er den Re-
port der Spurensicherung studierte.

Wie ihm bereits telefonisch mitgeteilt worden war,
war der Täter in beiden Fällen sehr professionell vorge-
gangen, denn es waren weder Hautpartikel noch irgendwelche fremden Fasern an den Leichen gefunden
worden. Auch Fingerabdrücke waren bisher nicht entdeckt worden. Die jeweiligen Fundorte waren in dieser
Hinsicht ebenfalls *sauber*, was bedeutete, dass es nichts
gab, was auf den Täter hindeutete. Maddox lehnte sich
zurück und überlegte.

Wenn er die New Yorker Taten mit denen von Boston kombinierte, konnte er nur zu einem Schluss kommen: Der Täter war in beiden Städten derselbe gewesen. Maddox ging davon aus, dass auch an den Tatorten in der nördlich gelegenen Stadt keine Spuren gefunden werden würden, auch wenn er natürlich zuerst Fultons Erkenntnisse abwarten wollte. Dennoch, ging er schwer davon aus, dass es ein und dieselbe Person gewesen war, die diese vier Menschen auf dem Gewissen hatte. Da der Mörder keine Spuren hinterlassen hatte, bedeutete das, dass er sich auskannte. Vielleicht ein Polizist? Oder gar ein FBI-Agent? Er würde die behördlichen Datenbanken durchsuchen müssen, denn vielleicht fand sich ein Hinweis auf eine Person, die in der Vergangenheit durch gewisse Verhaltensweisen aufgefallen war. Was ihn aber tatsächlich beunruhigte, war die Tatsache, dass die Täter so ermordet worden waren, wie es ihren eigenen Opfern widerfahren war. Und die jüngsten Mordopfer waren erst am jeweiligen Vortag vor Gericht freigesprochen worden beziehungsweise war die Verhandlung abgebrochen worden. Seine Partnerin hatte bereits die Bezeichnung *Vigilant* benutzt, und Maddox teilte diese Ansicht uneingeschränkt.

Genug gesessen, sagten seine Muskeln. *Beweg dich jetzt.*

Der Agent hörte auf seinen Körper, stand auf, räumte das Geschirr in die Spüle, zog sich an und verließ seine Wohnung.

Maddox fuhr mit der U-Bahn bis zum Büro der Spurensicherung, das sich ein Stück östlich des Central Parks befand. Da der Waggon zu dieser Tageszeit – es war acht Uhr – mit Pendlern überfüllt war, postierte er sich an der Tür, damit er die Chance hatte, an seiner Station aussteigen zu können. Zu Beginn seiner Karriere war es ihm mehrfach passiert, dass er seine Haltestelle verpasst hatte, weil er es nicht rechtzeitig geschafft hatte, sich durch die Massen an Mitfahrern hindurchzuzwängen. Der Zug fuhr an seiner Station ein und öffnete die Türen. Sofort kam Bewegung in die Menge, und während einige Leute ausstiegen, versuchten andere, gleichzeitig einzusteigen, was in einem Stau aus drängelnden Leibern resultierte.

»Alle mal herhören«, rief Maddox laut. »Diejenigen, die aussteigen wollen, werden herausgelassen und bewegen sich zügig zu den Stationsausgängen. Alle, die einsteigen wollen, bilden eine Gasse. Wer der Ansicht ist, dass diese Regel nicht gilt, bekommt es mit mir zu tun.«

Zu seinem milden Erstaunen folgten die Menschen seiner Aufforderung und taten, wie geheißen. Er selbst postierte sich an der Tür, um darauf zu achten, dass auch wirklich jeder Folge leistete und half einem älteren Herrn, den Zug zu verlassen. Erst, als wirklich jeder ausgestiegen war, gab er den wartenden Passagieren das Zeichen, dass sie nun einsteigen dürften. Der Waggon füllte sich, und hätte der Agent nicht eingegriffen, hätten noch mehr Leute versucht, sich irgendwie hineinzuquetschen. Maddox musste sogar einen besonders vorwitzigen jungen Mann in Anzug und Krawatte rückwärts herausziehen, damit sich die Türen überhaupt schließen konnten.

»Verdammt, ich muss zur Arbeit«, schimpfte der junge Mann.

»Sie warten auf den nächsten Zug«, antwortete Maddox ruhig. »Und beim nächsten Mal stehen Sie einfach etwas früher auf.«

»Wissen Sie überhaupt, wer ich bin?«

»Nein, und es interessiert mich auch nicht. Sie werden den Regeln folgen, genau wie jeder andere auch, ansonsten werde ich mich eingehender mit Ihnen befassen.«

»Wollen Sie mir etwa drohen?«

»Wenn Sie es als Bedrohung betrachten, dass sich ein Mitarbeiter des FBI um Sie kümmert, dann ja.«

Der Mann verarbeitete die neue Information und entschied sich schließlich, nicht weiter zu insistieren. Der Agent lächelte freundlich und verabschiedete sich, wandte sich dem Ausgang zu und erklomm die steile Treppe zur Oberfläche. Dort angekommen, wandte er sich nach links und ging einige Meter, vorbei an glänzenden Fassaden aus Stahl und Glas, bis er an seinem Zielort angekommen war. Das Gebäude, in dem die Spurensicherung residierte, war recht unscheinbar und unterschied sich durch nichts von den benachbarten Bauten. Der Agent trat durch die Tür und in einen Schwall aus kühler und für seinen Geschmack deutlich zu trockener Luft. Da er den Weg kannte und weil der Empfangsmitarbeiter wusste, wer Maddox war, hielt sich der Agent nicht weiter auf und ging direkt die Treppe in den dritten Stock hinauf. Wie er wusste, nahm die New Yorker Spurensicherung die gesamte Etage in Beschlag, abgesehen von einem schmalen Flur, der einmal rund um das Gebäude führte. Am Ende des Ganges klopfte er zwei Mal an eine unscheinbare Milchglastür mit der ebenso unscheinbaren Aufschrift

Mord und schob sie dann auf. Das gedämpfte Geräusch von an Computern arbeitenden Menschen war allgegenwärtig.

»Guten Morgen«, sagte er in den Raum hinein.

»Carl, was führt dich denn hierher?«, antwortete eine Person, die er nur zu gut kannte.

Er konnte ihr Gesicht nicht sehen, da es hinter einem Monitor verborgen war, aber er wusste ganz genau, dass es sich um Francine Bulls handelte.

»Ich wollte dich einfach mal wieder sehen«, sagte er und beugte sich über den Bildschirm.

Jetzt konnte er ihr Gesicht mustern. Francine war Mitte Fünfzig, hatte gräuliches, zurückgebundenes Haar und die eine oder andere Falte im Gesicht, was sie noch weiser wirken ließ, als sie ohnehin schon war.

»Wurde auch mal Zeit, dass du mich wieder besuchen kommst. Wie geht es dir, mein Lieber?«

»Danke, ich kann nicht klagen. Wie stehen deine Aktien?«

»Nur noch eine Million Dollar, dann habe ich meine erste Million und bin hier weg«, scherzte sie.

»Das schaffst du mit links.«

»Wenn nicht ich, wer sonst? Aber du bist eigentlich gar nicht hier, um mit mir einen Plausch zu halten«, stellte sie nüchtern fest.

»Ertappt«, erwiderte er. »Ich würde sehr gerne mit dir quatschen, aber ich muss leider in einem Fall ermitteln.«

»Wer hätte das gedacht«, sagte Francine augenzwinkernd. »Der Boss ist heute nicht hier, aber vielleicht kann ich dir helfen. Du weißt ja, diese alte Lady hat es noch immer drauf.«

»Das würde ich niemals in Zweifel ziehen. Ich will dich aber nicht von deiner Arbeit abhalten.«

»Tust du nicht. Also, worum geht´s?«

»Um Mason und Wright.«

»Du glaubst nicht, dass der Bericht korrekt ist, oder?«

»Woher weißt du das?«

»Sonst wärst du nicht hier«, stellte sie fest. »Und falls du es noch nicht mitgekriegt hast, ich weiß alles.«

»Ich verstehe nur nicht, wie es sein kann, dass der Mörder absolut keine Spur hinterlassen haben soll.«

»Er ist einfach sehr gut.«

»Aber *so* gut?«

»Wäre nicht das erste Mal. Es gibt unzählige Fälle, die kalt geworden sind, weil man keine Hinweise gefunden hat.«

»Würdest du mir den Gefallen tun und den Bericht noch einmal prüfen?«

»Nein.«

»Warum nicht?«

»Weil *ich* ihn selbst verfasst habe.«

»Tut mir leid, ich wollte nicht ...«

»Schon gut«, erwiderte sie und winkte ab.

»Also ist es wasserdicht.«

»So wahr ich hier sitze. Hör mal, ich verstehe dich. Für mich war es auch seltsam, aber ich habe wirklich alles gewissenhaft geprüft, alle Untersuchungen durchgesehen und alles hinterfragt. An dem Ergebnis ist nicht zu rütteln.«

»Okay. Dann muss ich das wohl so hinnehmen. Trotzdem danke.«

»Gerne. Wann hast du denn mal Zeit für einen Kaffee?«

»Ich melde mich bei dir, ja? Die Ermittlung lässt mir gerade keine freie Zeit.«

»Meinetwegen. Aber vergiss die Granny bloß nicht«, ermahnte sie ihn gespielt.

»Wie könnte ich? Wollen wir zusammen mit Nici etwas ausmachen?«

»Die habe ich auch schon viel zu lange nicht mehr gesehen.«

»Das heißt also *Ja*?«

Zur Bestätigung nickte Bulls nur.

»Noch mal danke. Ich melde mich.«

Zum Abschied gab er ihr einen leichten Kuss auf die Haare, die so intensiv nach Flieder dufteten, dass er sich am liebsten gar nicht mehr hätte wegbewegen wollen. Schließlich riss er sich doch los und verließ das Büro, um den Weg zu seinem eigenen Arbeitsplatz einzuschlagen. In den Häuserschluchten Manhattans war es heiß und stickig, und die Luft stand heute, da sich kein Lüftchen regte. Maddox zog sein Sakko aus und warf es sich elegant über die Schulter, während er den bekannten Straßenzügen folgte. Vor einem Schnellrestaurant blieb er stehen und betrachtete kurz die digitale Anzeige, auf der neben der Temperatur auch die aktuelle Uhrzeit angezeigt wurde. Sein Frühstück war noch nicht so lange her, darum holte er sich nur einen Softdrink und ging dann weiter zum Federal Plaza. Dort angekommen, fuhr er mit dem Aufzug hoch und setzte sich an seinen Computer. Hier war es zwar kühler, aber dennoch war er verschwitzt, und unter seinen Achseln hatten sich Schweißflecken gebildet. Er mochte das Gefühl nicht, ungepflegt zu wirken, also stand er noch einmal auf und ging zu seinem Spind im

Nebenraum, wo er sich ein frisches Hemd holte und in die Armbeuge legte. Dann betrat er die Bürotoilette, knöpfte das verschwitzte Hemd auf und schaufelte Wasser unter seine Arme und auf seinen Oberkörper. Natürlich trocknete er sich sorgfältig ab, bevor er das frische Hemd anzog, geflissentlich zuknöpfte und dann in die Hose steckte. Schon mehrfach hatte er gegenüber seinem Vorgesetzten den Wunsch geäußert, für genau solche Fälle eine Dusche installieren zu lassen, aber bisher war es am Budget gescheitert. Zurück an seinem Schreibtisch, rief er die FBI-Datenbank auf und begann damit, nach ehemaligen Agenten zu suchen, die während ihrer Dienstzeit auf die eine oder andere Weise auffällig geworden waren.

Diese Suche würde garantiert länger dauern, dachte er im Stillen und nahm einen Schluck aus seiner Getränkedose. Bis das System ein Ergebnis ausspucken würde, konnte er nicht viel mehr tun, als abzuwarten. Er nahm sein Handy zur Hand und schrieb eine Kurznachricht an Fulton, in der er fragte, wie es bei ihr lief.

Die Antwort kam ebenso prompt wie knapp: *Schleppend.* Auf seine nächste Nachricht, die die Frage beinhaltete, ob sie Zeit zum Telefonieren hätte, kam nur zurück: *Später.* Der Agent wusste, dass seine Partnerin nur dann so kurze Antworten gab, wenn sie hochkonzentriert war und nicht gestört werden wollte. Er legte sein Telefon also wieder beiseite und starrte seinen Bildschirm an.

»Sie wollen mir wirklich erzählen, dass Moore keine Freunde hatte?«, fragte Fulton mit skeptischem Blick.

»Wenn ich es Ihnen doch sage«, versuchte sich Harris zu verteidigen. »Er war ein Einzelgänger. Keine Freunde, keine Verwandten, von denen wir wüssten, und er hatte auch keinen festen Job.«

Das deckt sich wenigstens mit der Auskunft des Schmierfinks, dachte sie und fragte laut: »Wie hat er dann dieses Haus, in dem er gelebt hat und gestorben ist, finanzieren können?«

»Ein Erbstück.«

»Harris, wenn Sie mich verarschen wollen ...«

»Das würde mir tatsächlich nicht in den Sinn kommen«, gab der Detective zurück. »Es ist wirklich so. Er war ein Einzelkind, seine Eltern sind früh gestorben, und er ist von einer Pflegefamilie zur anderen getingelt. Als er volljährig war, offenbarte ihm ein städtischer Verwalter des Jugendamtes, dass seine Eltern reich gewesen waren und ihm alles vermacht hatten.«

»Was haben Sie zu Sarah Parks?«

»Geboren und aufgewachsen in Boston, hat an der hiesigen Universität Jura studiert und dann für einige Zeit bei einer Kanzlei gearbeitet, bevor sie sich vor drei Jahren selbstständig gemacht hat.«

»Wie heißt die Klitsche, bei der sie war?«

»*Jailbreakers and Partners.*«

»Echt jetzt?«, fragte Fulton leicht amüsiert.

»Ich finde den Namen auch überaus seltsam«, erwiderte Harris ernst. »Aber er trifft es auf den Punkt, denn diese Kanzlei hat eine vergleichsweise hohe Freispruchrate.«

»Ich werde hinfahren.«

»Tun Sie das. Ich werde hierbleiben und die Stellung halten.«

Zurückgelehnt und mit der Pulle im Hals, dachte Fulton und verließ das Büro.

Boston verfügte zwar, so wie jede moderne US-amerikanische Großstadt, ebenfalls über moderne Bürogebäude, die vor lauter Glas nur so strotzten und das Tageslicht so stark reflektierten, dass man ohne Sonnenbrille sofort erblindete, aber es gab auch viele Gebäude, die gegen diese Riesen regelrecht bescheiden wirkten. In so einem Bauwerk residierte die Kanzlei *Jailbreakers and Partners*. Die Fassade des Gebäudes bestand aus roten Backsteinen, die in regelmäßigen Abständen von weiß getünchten Fenstern gesäumt waren. Alles in allem wirkte das Bauwerk sehr elegant, fand die Agentin, und die schmalen Blumenbeete, die rund um das Haus gepflanzt waren, verliehen dem Gebäude einen gemütlichen, beinahe heimeligen Anstrich. An der Eingangstür befand sich ein auf Hochglanz poliertes, rechteckiges Messingschild, auf dem der Name der Kanzlei fein säuberlich eingraviert war. Neben dem Schild war ein einzelner Klingelknopf. Fulton drückte ihn und lauschte dem wohlklingenden *Goooong*. Nur zwei Sekunden später schwang die Tür lautlos und automatisch nach innen auf.

Nett, dachte sie, als sie in das klimatisierte Innere des Hauses trat. Die durch die Fenster scheinende Sonne wurde durch architektonische Tricks gezielt geleitet und warf perfekt ausgerichtete Lichtkegel auf eine Reihe von Gemälden, die zu beiden Seiten des Flurs auf Augenhöhe aufgehängt waren. Fulton hatte keine Muße, sich die Kunstwerke genauer anzusehen, daher ging sie zielstrebig zu einem aus weiß gestrichenem Holz gebauten Empfangsschalter. Die Dame, die auf der anderen Seite saß, war jung und schön anzusehen. Ihre blonden Haare waren zu einem Bob geschnitten und perfekt frisiert.

»Guten Tag und herzlich Willkommen bei *Jailbreakers und Partners*«, begrüßte die Empfangssekretärin sie in einem für das Ohr sehr angenehmen Tonfall.

»Guten Tag«, erwiderte Fulton. »Ich möchte mit Ihrem Chef sprechen.«

»Um was geht es bitte?«

»Ich benötige einige Informationen über Ms. Sarah Parks.«

»Ms. Parks arbeitet nicht mehr hier«, erklärte die Frau neutral.

»Das ist mir bekannt. Genau deswegen bin ich hier. Mein Name ist Special Agent Nicole Fulton, ich bin vom FBI.«

»Geht es um etwas Bestimmtes?«, wollte die Sekretärin wissen.

»Das möchte ich gern ausschließlich mit Ihrem Boss besprechen. Bevor Sie fragen, ich habe keinen Termin, aber es ist sehr wichtig.«

»Für die Behörden haben wir immer ein offenes Ohr. Warten Sie bitte einen Moment, ich werde Mr. Walker informieren.«

Fulton setzte sich in einen der in einer Reihe an der Wand stehenden formschönen Ledersessel und stellte fest, dass die Sitzfläche angenehm weich war und sich selbstständig ihrer Körperform anpasste. Das Möbel war so gemütlich, dass sie am liebsten den ganzen Tag darin verbracht hätte, aber nur wenige Minuten später kam ein Mann in einem dunkelblauen Anzug auf sie zu. Er trug grau meliertes, adrett kurz geschnittenes

Haar, und in sein Gesicht hatten sich einige Falten eingegraben, wodurch der Mann ernst, aber nicht unfreundlich aussah. Die haselnussbraunen Augen blickten wachsam aus ihren Höhlen. Auf dem Gesicht des Mannes bildete sich ein freundliches Lächeln, das perfekte weiße Zähne offenbarte.

»Ms. Fulton«, begrüßte er sie freundlich und streckte die Hand aus. »Oder ist es Misses?«

»Miss«, erklärte sie, stand auf und ergriff die Hand.

Sein Händedruck war stark, aber nicht zu stark, und die Hände waren zwar zweifelsohne die eines Mannes, aber fühlten sich geschmeidig und gepflegt an.

Nicht die Hände eines Arbeiters, analysierte Fulton. Wahrscheinlich hat er sich nie mit handwerklichen Tätigkeiten aufgehalten.

»Mein Name ist Thomas Walker«, sagte der Mann. »Ms. Barnette hat mir mitgeteilt, dass Sie sich mit mir über Ms. Parks unterhalten möchten.«

»Das ist richtig.«

»Folgen Sie mir bitte.«

Der Anwalt führte sie einen kurzen Flur entlang, bis er an einer kastanienbraunen Tür stehen blieb und diese mit einer geschmeidig wirkenden Bewegung öffnete. Mit seiner linken Hand führte er eine einladende Geste aus, der Fulton folgte. Sie fand sich in einem Büro wieder, an dessen einer Seite sich ein deckenhohes Fenster befand und die Mittagssonne einließ. Am gegenüberliegenden Teil des Raums stand ein schwerer, aus Eichenholz gefertigter Schreibtisch mit einem Computer und einem Fach für Papierunterlagen. Bis auf einen Stiftbehälter, in dem ein einzelner Füllfederhalter stand, war der Tisch leer. Dahinter befand sich ein hohes Regal, das mit zahlreicher Fachliteratur gefüllt war. Entgegen Fultons Erwartung waren die restlichen Wände nicht mit Diplomen, Urkunden und sonstigen Auszeichnungen zugehängt, sondern wurden ausschließlich von kleineren und größeren Kunstwerken geschmückt.

»Bitte, setzen Sie sich«, forderte sie der Anwalt auf und zeigte auf einen Stuhl im viktorianischen Stil, der in einem schrägen Winkel zum Schreibtisch stand. Erst, als Fulton auf dem weichen Polster Platz genommen hatte, setzte sich Walker auf seinen eigenen Stuhl.

»Kann ich Ihnen etwas zu trinken oder zu essen anbieten?«, fragte er.

»Nein, danke«, erwiderte die Agentin. »Mr. Walker, vielen Dank, dass Sie sich die Zeit genommen haben. Ich komme am besten gleich zur Sache. Ms. Parks ist gestern früh tot in ihrem Haus aufgefunden worden.«

»Ich habe davon gehört«, erklärte Walker betrübt. »Eine schreckliche Sache. Weiß man schon, wie es passiert und wer dafür verantwortlich ist?«

»Wir arbeiten daran«, sagte Fulton vage. »Deswegen bin ich hier. Ich benötige Informationen über alle Klienten, mit denen sie zu tun hatte, während sie bei Ihnen angestellt war. Dazu möchte ich, dass Sie mir alles erzählen, was Sie über sie wissen.«

»Da Sie vom FBI sind, brauche ich Ihnen ja nicht zu erzählen, dass wir Anwälte einer Schweigepflicht unterstehen, die vom Gesetzgeber gedeckt ist. Ich fürchte also, dass ich Ihnen nicht einfach so die Akten zu Sarahs Fällen übergeben darf.«

»Das ist mir natürlich bewusst, darum habe ich vorgesorgt.«

Die Agentin zog ein einzelnes und sauber gefaltetes Papier aus der Innentasche ihres Blazers, faltete es auseinander und legte es auf den Schreibtisch. Der Anwalt nahm es entgegen und las es sorgfältig durch, bevor er es wieder vor sich hinlegte.

»Sieht alles korrekt aus«, befand Walker. »Nun gut. Ich denke, bevor ich zu den Mandanten komme, erzähle ich Ihnen zunächst etwas über Sarah. Schon während ihres Jura-Studiums war sie in dieser Kanzlei tätig und hat anfallende Schreibtätigkeiten durchgeführt. Ich war von Anfang an beeindruckt von ihr, denn sie hat ihre Aufgaben immer geflissentlich und gründlich erledigt und dabei nie einen Termin versäumt. Je weiter sie in ihrem Studium vorankam, desto mehr Aufgaben habe ich ihr anvertraut, bis sie schließlich öfter mit mir in den Gerichtssaal gegangen ist, um mir zu assistieren und von mir zu lernen. Als Sarah dann ihren Abschluss gemacht hatte, bot ich ihr direkt einen festen Job an. Zu meiner Überraschung schlug sie sofort ein.«

»Warum war das so überraschend für Sie?«

»Weil sie ihren Abschluss mit Summa cum laude gemacht hatte und jede große Kanzlei sie mit Handkuss genommen hätte. Ich bin froh, dass sie sich damals für meine Kanzlei entschieden hat, denn zu dieser Zeit war ich allein und brauchte dringend eine zusätzliche Kraft.«

»Haben Sie ihr eine Partnerschaft angeboten?«

»Nicht zu Beginn, aber ich habe ihr in Aussicht gestellt, dass es nicht lange dauern würde, sofern sie ihre Arbeit zu meiner Zufriedenheit erledigt.«

»Fahren Sie bitte fort.«

»Bereits bei ihrem ersten Fall gewann sie vor Gericht mit Pauken und Trompeten, was ihr nicht einmal ich wirklich zugetraut hätte. Es war ein ziemlich eindeutiger Fall, und der Mandant stand bereits mit einem Bein im Gefängnis.«

»Worum ging es in der Verhandlung?«

»Bewaffneter Raubüberfall mit schwerer Körperverletzung.«

»Sie erinnern sich noch daran?«

»Ohne prahlen zu wollen, aber ich verfüge über ein sehr gutes Gedächtnis. Das hilft mir bei meinen Fällen. Außerdem war es Sarahs erster Triumph, den wir natürlich gebührend gefeiert haben.«

»Darf ich Ihnen eine persönliche Frage stellen?«

»Nur zu.«

»Hatten Sie ein Verhältnis mit Ms. Parks?«

»Wenn Sie damit andeuten möchten, ob ich eine sexuelle Beziehung mit ihr hatte, dann ist die klare Antwort: Nein! Wir haben auf professioneller Ebene sehr gut miteinander harmoniert, und weder sie noch ich wollten unsere gute Beziehung durch so etwas auf die Probe stellen. Außerdem, wenn ich das so offen sagen darf, war Sarah nicht mein Typ und ich war auch nicht ihr Fall.«

»Worauf spielen Sie an?«

»Ich mag ältere, füllige Frauen, und sie hat es nicht so mit alten Leuten wie mir gehabt.«

»Wie kam es dazu, dass Ms. Parks vor drei Jahren aus Ihrer Kanzlei ausgestiegen ist?«

»Sie sind gut informiert«, lobte Walker sie anerkennend. »Sarah wollte auf eigenen Füßen stehen. Obwohl ich sie gern behalten hätte und ihr eine Partnerschaft angeboten hatte, habe ich ihren Wunsch respektiert.«

»Sie haben sich also im Guten getrennt?«

»Absolut«, bestätigte der Anwalt. »Ich habe ihr sogar dabei geholfen, ein gutes Büro auszusuchen, und ihr gestattet, einige Mandanten mitzunehmen.«

»Das ist sehr großzügig von Ihnen.«

»Es war das Mindeste, was ich für sie tun konnte.«

»Auf Ihrem Eingangsschild steht, dass Sie Partner haben, ich habe aber außer Ihrer Sekretärin niemanden hier gesehen.«

»Die Stelle ist momentan vakant.«

»Ist Ihnen, während Ms. Parks hier gearbeitet hat, irgendjemand aufgefallen, der sie vielleicht nicht mochte?«

»Da gibt es sicher einige. Aber wirklich aufgefallen ist mir niemand. Sie hat mir auch nie von jemandem erzählt, der ihr auf persönlicher Ebene schaden wollte.«

»Wann haben Sie sie zuletzt gesehen?«

»Das war vor zwei Tagen im Gerichtssaal. Ich war als Zuschauer anwesend, als ihr Mandant John Moore freigesprochen wurde.«

»Soweit ich weiß, wurde die Verhandlung gegen ihn wegen eines Verfahrensfehlers eingestellt«, merkte Fulton an.

»Für uns Anwälte kommt es auf Dasselbe raus. Ich habe ihr zu ihrem Erfolg gratuliert und ihr vorgeschlagen, am Abend gemeinsam essen zu gehen. Sie lehnte die Einladung aber mit der Begründung ab, dass sie noch zu tun hätte. Daraufhin schlug ich ihr vor, dass sie mich anruft, wenn es besser passt.«

»Zu diesem Anruf ist es dann jedoch nie gekommen.«

»Bedauerlicherweise. Ms. Fulton, mir ist bewusst, dass ich auf der Liste der Verdächtigen weit oben stehe. Ich kann Ihnen lediglich versichern, dass ich Sarah niemals ein Leid zugefügt hätte. Für mich war sie wie eine Tochter.«

»Was haben Sie an dem Abend ihres Todes gemacht?«

»Ich war hier und habe an einigen Unterlagen gearbeitet.«

»Gibt es dafür Zeugen?«

Walker zeigte mit dem ausgestreckten Finger in eine Ecke auf der anderen Seite des Büros. Als Fulton dem Fingerzeig folgte, entdeckte sie eine kleine Kamera, die direkt auf den Schreibtisch gerichtet war. »Die habe ich vor einiger Zeit aus Sicherheitsgründen installieren lassen«, erklärte er. »Sie läuft rund um die Uhr und kann nicht manipuliert werden.«

»Mr. Walker, ohne Ihnen Ihre Illusionen rauben zu wollen, aber jede Technik kann überlistet werden«, gab die Agentin zu bedenken.

»Entschuldigen Sie bitte, ich präzisiere das Ganze: Sie kann nicht von hier aus ausgetrickst werden. Die Bilder, die aufgenommen werden, werden direkt an einen Server außerhalb dieses Gebäudes gesendet und dort verschlüsselt gelagert.«

»Wo befindet sich dieser Server?«

»In San Francisco.«

»Ich möchte mir die Bilder gern ansehen.«

»Selbstverständlich, ich werde mich darum kümmern.«

»Mir wäre es lieber, wenn Sie mir einfach die Kontaktdaten des Serverbetreibers geben.«

»Dies ist natürlich auch möglich. Ich werde Ms. Barnette anweisen, Ihnen alles zu geben, was Sie für Ihre Ermittlungen brauchen.«

»Vielen Dank.«

»Ich helfe gern, wenn es dazu beiträgt, Sarahs Mörder dingfest zu machen.«

»Hoffen wir, dass wir ihn bald schnappen.«

»Darf ich Ihnen auf noch irgendeine andere Weise zu Diensten sein?«

»Sind die Informationen über Ihre Mandanten digital gespeichert oder auf Papier?«

»Sowohl, als auch. Aus Sicherheitsgründen.«

»Ich bitte Sie, mir ein Benutzerkonto zu erstellen, damit ich die Akten einsehen kann.«

»Auch dies wird Ms. Barnette gern erledigen.«

»Haben Sie vielen Dank, Mr. Walker. Ich habe momentan keine weiteren Fragen an Sie, aber sollte ich noch etwas wissen wollen ...«

»Ich bleibe in Boston und stehe Ihnen gern zur Verfügung«, vervollständigte der Anwalt ihren Satz.

»Auf Wiedersehen.«

»Ich geleite Sie noch zur Tür.«

»Das ist nicht nötig, der Weg ist nicht gerade kompliziert.«

Als Walker nichts darauf erwiderte, sondern sie nur ansah, rastete etwas in ihrem Gehirn ein. »Aus Sicherheitsgründen?«

»Ja«, bestätigte er lächelnd.

»Ich freue mich, von Ihnen begleitet zu werden.«

Der Anwalt brachte Fulton bis zur Eingangstür und zog sie händisch auf, auch wenn es sicher automatisch funktioniert hätte.

»Danke noch mal für Ihre Zeit«, sagte die Agentin.

»Miss Fulton«, verabschiedete sich Walker höflich.

Ein charmanter Mann, dachte sie, während sie in ihr Auto stieg und den Zündschlüssel ins Schloss schob.

»Hey«, sagte Fulton ins Telefon.

»Hallo Nici«, begrüßte Maddox sie.

»Wie geht es dir?«

»Ziemlich heiß heute, aber mit genug Wasser ist es erträglich. Ich komme jedenfalls voran«, erklärte er. »Gerade warte ich darauf, ob mich unsere Datenbank erleuchtet.«

»Inwiefern?«

»Ich durchforste das System nach ehemaligen Polizisten und FBI-Agenten, die sich mit Morden auskennen und wissen, wie man Spuren verwischt. Die Spurensicherung hat mir noch einmal bestätigt, dass weder bei Mason noch bei Wright etwas gefunden wurde.«

»Klingt aufregend«, kommentierte sie trocken.

»Und du? Wie läuft es mit Harris?«

»Wie zu erwarten. Der Bursche würde nicht mal einen Verbrecher erkennen, wenn er direkt vor ihm stehen und mit einem Schild winken würde.«

»Sonst noch etwas?«

»Ich habe mit Marten White gesprochen.«

»Aha?«

»Wir werden zusammenarbeiten. Vielleicht hat der Kerl ja doch mehr auf dem Kasten, als ich ihm zutraue. Er meinte, dass Moore weder Freunde noch Verwandte, und auch keinen festen Arbeitsplatz hatte. Harris hat es mir bestätigt. Und gerade war ich bei

Thomas Walker. Er ist der Chef einer Kanzlei, bei der sich Sarah Parks ihre Sporen verdient hat.«

»Ist etwas Brauchbares dabei herausgekommen?«

»Ich will es noch nicht ganz ausschließen, aber ich glaube nicht, dass er etwas mit ihrem Tod zu schaffen hat. Ich widme mit jetzt ihren Klienten und versuche, etwas herauszufinden, was uns weiterhilft.«

»Okay, und wie geht es dir?«

»Müde.«

»Was beschäftigt dich?«

»Dies und jenes.«

»Komm schon, rück raus mit der Sprache. Ich bin dein Partner, aber ich bin auch dein Freund.«

»Ich erzähle es dir vielleicht, wenn wir wieder beisammen sind.«

»Na gut, wie du meinst«, antwortete Maddox seufzend. »Wann kommst du denn zurück nach New York?«

»Ich denke, noch ein bis zwei Tage, dann bin ich hier fertig.«

»Pass auf dich auf.«

»Du auf dich auch.«

»Bis bald«, sagte ihr Kollege und legte auf.

KAPITEL 3

Drei Wochen später befand sich Fulton wieder in New York, und weder sie noch ihr Partner waren in ihren Ermittlungen auch nur einen Schritt weitergekommen. Es schien so, als hätte sich der Täter in Luft aufgelöst. Zunehmend frustriert hatten sie immer wieder die Fakten geprüft, sämtliche Berichte mehrfach durchgesehen und alles versucht, um doch noch etwas zu finden, was ihnen weiterhelfen würde. Trotz aller Bemühungen hatten sie sich aber schließlich eingestehen müssen, dass die Spur erkaltet war. Wenigstens waren weder die New Yorker noch die Bostoner Presse darauf gekommen, einen Zusammenhang zwischen den jeweiligen Morden herzustellen, was die beiden Agenten durchaus überrascht hatte.

»Erzähl mir bitte noch einmal, was du in Boston herausgefunden hast«, bat Maddox seine Kollegin.

»Das habe ich dir doch schon tausend Mal gesagt«, antwortete sie unwirsch. »Moore hat sich bis auf die ihm zur Last gelegten Morde nichts zuschulden kommen lassen, und Parks hatte mit den meisten ihrer Klienten eine Affäre, was aber nie viel länger als einige Wochen gedauert hat. Doch keiner von denen war zum fraglichen Zeitpunkt auch nur in der Nähe der Stadt.«

»Aber hätte nicht einer von denen einen Killer engagieren können?«

»Denkst du, das hätte ich nicht nachgeprüft? Ich habe sogar diesen Schmierfinken vom *Boston Daily* darauf angesetzt, aber nichts. Nada. Pustekuchen. Die Burschen sind sauber. Ich finde es auch zum Kotzen, aber ich fürchte, dass wir diesen Fall zu den Akten unter *Ungelöst* legen müssen.«

»Wäre nicht das erste Mal«, sagte Maddox und seufzte resigniert.

Tatsächlich hatten die beiden in ihrer gemeinsamen Karriere schon zwei Ermittlungen den Bach runtergehen sehen. In einem Fall war der Hauptverdächtige bei einem Unfall ums Leben gekommen, und sie hatten nie nachweisen können, dass er die Taten wirklich begangen hatte. Bei der anderen Ermittlung war der Täter, den sie schon eingekreist hatten, durch einen Fehler ihrerseits entkommen und seitdem untergetaucht. Zum momentanen Zeitpunkt wussten weder Fulton noch Maddox, ob er sich überhaupt noch in den Vereinigten Staaten aufhielt.

»Ich schätze mal, wir müssen abwarten, bis wieder irgendwo ein Mord passiert, dessen Profil passt«, fügte er bitter hinzu.

»Ich hoffe ja, dass der Mistkerl irgendwo in einer Ecke liegt und vermodert.«

»Wäre auch eine Lösung, wenn auch mehr als unbefriedigend.«

»Ich gehe jetzt nach Hause«, erklärte Fulton und fuhr ihren Computer herunter. »Wenn ich hier schon unnütz bin, dann kann ich auch genauso gut zu Hause putzen.«

»Ich bleibe noch hier, ich habe einige Unterlagen zu sortieren.«

»Sagst du Frank Bescheid, dass wir versagt haben?«

»Muss ich wohl. Ich versuche, es ihm schonend beizubringen.«

»Okay, danke dir. Wir sehen uns morgen.«

Die Agentin stand auf, fuhr mit dem Fahrstuhl ins Erdgeschoss und verließ das Gebäude durch den Haupteingang. Heute war es verhältnismäßig kalt, was nicht zuletzt dem Umstand geschuldet war, dass es durchgehend bewölkt war und nieselte. Fröstelnd schloss sie ihren Mantel und schlug den Kragen hoch, rammte ihre zu Fäusten geballten Hände in die Seitentaschen und machte sich dann zur etwa hundert Meter entfernten U-Bahnstation auf. Es war früher Nachmittag, und auf den Straßen waren einige Geschäftsleute unterwegs, die von ihrer Mittagspause kamen und zu ihren Büros zurückeilten. Da Fulton nichts anderes zu tun hatte, studierte sie die Gesichter und dachte sich zu jedem eine Geschichte aus. Da war zum Beispiel ein Mann, den sie auf Mitte Dreißig schätzte, der sich sein Telefon ans Ohr hielt und im Sekundentakt nickte. Sie stellte sich vor, dass er gerade mit seiner Frau sprach, die wegen irgendeiner Hausreparatur ungehalten war und ihren Mann dafür verantwortlich machte. Und hier, eine Frau in schwarzem Hosenanzug, die während des Laufens ein Buch in den Händen hielt und gefährlich nahe am Straßenrand ging. Die Agentin überlegte, dass es ein Buch über Selbsthilfe war und die Frau gleich von dem Lieferwagen erfasst werden würde, der in diesem Moment auf sie zukam. Und dann noch eine junge Mutter, die in der einen Hand einen

Haufen Einkaufstüten schleppte, während sie an der anderen Hand ein weinendes Mädchen hinter sich herzog. In ihrer Fantasie waren sie beim Einkaufen gewesen, und das Kind hatte Süßigkeiten haben wollen, was die Mutter aber nicht erlaubt hatte.

Ziemlich pessimistisch, erkannte sie. *Du solltest lieber an etwas Fröhliches denken.*

Das hätte sie auch gern gewollt, aber sie war wegen der festgefahrenen Ermittlungen einfach zu mies gelaunt. Sie nahm sich vor, Pietro einen Besuch abzustatten und ein wenig mit ihm zu plauschen. Das brachte sie immer auf heitere Gedanken. Wenige Minuten später stand sie vor seinem Laden und zog die Tür auf.

»Mia ragazza!«, rief der Italiener laut, als er sie erkannte.

»Hey Pietro«, begrüßte sie ihn.

»Lange nicht gesehen! Wie geht es dir?«

»Sorry, war viel unterwegs in der letzten Zeit.«

»Nessun problema. Das Übliche?«

»Wenn du damit die Pizza meinst, dann unbedingt mit extra Käse. Wie geht es euch zu Hause?«

»Allegra schläft viel und tief.«

»Das ist gut.«

»Wenn man davon absieht, dass sie am liebsten mitten in der Nacht aufwacht, dann ist es das«, antwortete er lachend. »Aber das sorgt nur noch mehr dafür, dass wir sie lieben.«

Fulton wusste, dass Pietro meinte, was er sagte. Er liebte seine Tochter abgöttisch, so, wie er seine Frau über alles liebte. Diese Vorstellung zauberte der Agentin ein Lächeln auf das Gesicht.

»Bist du noch immer mit Carl zusammen?«

»Ich sagte dir doch schon, dass wir nur Partner und Freunde sind.«

»Ich wollte dich nur necken«, erklärte er und grinste schief. »Klappt nicht so gut, oder?«

»Ich hatte schon bessere Tage.«

Jetzt wurde Pietro ernst. »Was ist passiert? Habt ihr euch gestritten?«

»Nein, zwischen Carl und mir ist alles gut. Wir haben nur einen Fall verloren.«

»Das tut mir leid.«

»Nicht so sehr wie mir.«

»Wenn du bleiben und reden willst, nehme ich mir gern Zeit für dich. Luigi kann den Laden auch allein am Laufen halten.«

»Danke, das ist sehr lieb, aber ich möchte lieber mit einer dicken fetten Pizza nach Hause und mich in Selbstmitleid suhlen.«

»Da wird dir deine Katze sicher behilflich sein«, stellte Pietro fest.

»Wenn es um die Pizza geht, ganz sicher. Bei allem anderen hängt es von ihrer Laune ab.«

»Wie bei uns Menschen«, meinte der Italiener.

Fulton nickte schweigend.

Zu Hause packte sie das Essen aus, schnitt ihrer Katze Spot selbstverständlich auch ein großes Stück der Pizza ab, zog sich ihren Schlafanzug an und schaltete dann den Fernseher ein. Obwohl sie eigentlich Lust gehabt hatte, irgendetwas Belangloses zu sehen, blieb sie bei den Nachrichten hängen.

Der Nachrichtensprecher verkündete den üblichen Sermon, zusammengesetzt aus politischen Skandälchen und irgendwelchen Promis, die sich in den Augen der Moralapostel auf irgendeine Weise falsch benommen hatten.

»Vergangene Nacht ereignete sich unweit von New Orleans, Louisiana, ein Autounfall mit zwei Toten und mehreren Verletzten«, sagte der Sprecher gerade. »Laut dem Polizeibericht verlor der in der Region bekannte Spekulant Michael Jenkins die Kontrolle über seinen Wagen und stieß frontal gegen eine zwei Meter hohe Schallschutzwand. Die Untersuchungen dauern noch an, aber es scheint sich abzuzeichnen, dass Jenkins unter Drogeneinfluss stand. Mit ihm im Wagen saß der bekannte Anwalt James Hudson, der ebenfalls noch am Unfallort verstorben ist.«

Fulton, die gerade an einem Stück des Pizzarandes knabberte, spitzte die Ohren. Als sie die letzten Worte des Nachrichtensprechers noch einmal im Kopf wiederholte, schlug ihr Instinkt an. Sie legte das angebissene Stück in die Schachtel und griff nach ihrem Handy. In die Suchmaschine gab sie die Begriffe *New Orleans*, *Michael Jenkins* und *James Hudson* ein und wartete auf die Suchergebnisse. Innerhalb von Sekundenbruchteilen wurden ihr dutzende Treffer angezeigt, die auf diverse Nachrichtenseiten verwiesen. Die Agentin rief die erste angebotene und seriös wirkende Seite auf und las den Artikel durch, der erst gestern veröffentlicht worden war.

New Orleans – Der bekannte Immobilienspekulant Michael Jenkins, der in Fachkreisen auch Der Hai genannt wird, wurde in der heutigen Gerichtsverhandlung überraschend freigesprochen. Stimmen verlauten, dass sein Anwalt James Mason mit der Staatsanwaltschaft einen Vergleich ausgehandelt hat.

Jenkins, der sich in der Vergangenheit durch zahlreiche spektakuläre Käufe in der Region einen Namen gemacht hat, wurde vorgeworfen, für den Tod zweier Menschen verantwortlich zu sein, da er deren Häuser unter Wert gekauft und direkt danach abgerissen hatte, um stattdessen Luxusanwesen zu errichten. Sein Anwalt James Mason ließ verlautbaren, dass sein Mandant ein redlicher Mann sei, der nach bestem Wissen und Gewissen handele und nicht für den Selbstmord zweier Menschen verantwortlich gemacht werden könne. Durch anonyme Quellen wurde indes bekannt, dass sich Jenkins verpflichtet hatte, die nicht unerhebliche Summe von zwei Millionen Dollar an gemeinnützige Organisationen zu spenden, wenn er im Gegenzug nicht verurteilt wird.

Es ist zu erwarten, dass von anderen Betroffenen dagegen protestiert werden wird. Da das Urteil allerdings bereits rechtskräftig ist, gehen Experten davon aus, dass an der Entscheidung nicht mehr gerüttelt wird.

Bei der Agentin schrillten sämtliche Alarmglocken. Ein Mann, der sich vor Gericht freikauft und nur einen Tag später bei einem Autounfall ums Leben kommt? Dessen Anwalt ebenfalls verstirbt? Das war kein Zufall. Sie schloss den Browser und rief ihren Partner an.

»Nici«, sagte er.

»Hey Carl, ich hoffe, ich störe dich nicht?«

»Ich wollte gleich mit Frank sprechen, aber das kann warten. Was liegt an?«

»Hast du schon einmal von Michael Jenkins gehört?«, fragte sie.

»Kommt mir nicht bekannt vor.«

»Ist ein Immobilienhai, der in New Orleans und Umgebung unterwegs ist. Er ist vergangene Nacht bei einem Autounfall ums Leben gekommen.«

»So etwas kommt vor«, erklärte Maddox.

»Halt dich fest. Sein Anwalt ist ebenfalls tot, und außerdem ist er gestern vor Gericht gewesen und durch einen Vergleich davongekommen.«

»Das klingt nach ...«

»... unserem Täter«, vervollständigte sie seinen Satz.

»Ich sage Frank sofort Bescheid, dass wir hinfliegen.«

»Er soll sich bitte darum kümmern, dass man uns dort erwartet.«

»Natürlich, sage ich ihm. Wenn das wirklich das Werk *unseres* Täters ist ...«

»Dann sind wir wieder im Geschäft.«

New Orleans ist mit etwa 384.000 Bewohnern die größte Stadt im US-Bundesstaat Louisiana und außerdem ein wichtiges Industriezentrum am bekannten Mississippi, der sich von Norden nach Süden durch die USA schlängelt und nur knapp einhundertsechzig Kilometer von New Orleans entfernt in den Golf von Mexiko mündet. Die Südstaaten-Metropole ist vor allem für das *French Quarter*, die kreolische Küche und die Jazz-Musik bekannt, die von hier aus ihren Siegeszug durch die Welt startete.

All das war für die beiden Agenten nichts Neues, als ihr Flugzeug auf dem Internationalen Flughafen Louis Armstrong New Orleans zur Landung ansetzte. Der Flughafen trug den Namen des berühmten Musikers, der in Fachkreisen als eine der größten Legenden des Jazz galt.

»Weißt du noch, damals, als Katrina hier gewütet hat?«, fragte Maddox seine Partnerin.

»Wie könnte ich das vergessen? Ich habe bei den Aufräumarbeiten geholfen«, antwortete sie.

Mit *Katrina* meinten sie den Hurrikan, der im Jahr 2005 gewütet und die Stadt großenteils zerstört hatte. Als der Sturm abgeklungen war und sich die wahren Ausmaße der Zerstörung gezeigt hatten, war von den Behörden zeitweise darüber nachgedacht worden, New Orleans komplett aufzugeben. Fulton war zu der Zeit schon volljährig gewesen und hatte zusammen mit einigen Freunden ihre Semesterferien im nördlich gelegenen Jackson verbracht, als die Katastrophe hereingebrochen war. Obwohl ihre Freunde sie ermahnt hatten, sich herauszuhalten, hatte sie sich sofort aufgemacht, um zu helfen.

Das Flugzeug setzte sanft auf und rollte dann mit gemäßigter Geschwindigkeit zum Terminal, wo die Passagiere aussteigen und sich zu ihren jeweiligen Zielen begeben konnten.

»Hast du an den Mietwagen gedacht?«, fragte sie ihren Partner.

»Natürlich«, erwiderte Maddox. »Wir sind beide als Fahrer eingetragen, die Zahlung ist bereits erledigt. Wir brauchen nur die Schlüssel, und dann können wir schon losfahren.«

»Ich liebe dich.«

»Für mein gutes Aussehen und meinen tollen Sinn für Humor?«

»Für deine Organisationsfähigkeit.«

Der Mietwagenschalter war einer unter vielen, die sich in einem abgetrennten Bereich des Flughafens tummelten. Glücklicherweise war momentan keine Hochsaison, daher kamen die Agenten schnell an die Reihe.

»Carl Maddox, ich habe einen Wagen gebucht«, sagte der Agent.

»Einen Moment bitte«, bat die junge Angestellte und tippte einige Tasten auf ihrem Computer. »Ah, hier. Sie haben einen Kleinwagen gebucht.«

»Mit zwei Fahrern«, fügte er hinzu.

»Habe ich hier so im System. Die Zahlung ist bereits erfolgt. Sie dürfen pro Tag zweihundert Kilometer fahren, jeder weitere Kilometer kostet dreißig Cent.«

»Wir werden nur in der Stadt und der näheren Umgebung unterwegs sein, da benötigen wir nicht viel.«

»Darf es ein Upgrade sein? Für nur vierzig Dollar mehr erhalten Sie einen Kombi.«

»Wie gesagt, wir sind nur in der Stadt unterwegs, und bevor Sie fragen: Eine Versicherung brauchen wir auch nicht.«

»In Ordnung. Ich benötige bitte Ihre Führerscheine und Ausweise. Dazu eine Kreditkarte für die Kaution. Die kann nicht im Voraus blockiert werden.«

Die beiden Agenten legten nacheinander die geforderten Papiere auf den Tresen, und Maddox zückte seine Karte. Die Angestellte gab die erforderlichen Daten in die Buchungsmaske ein und blickte dabei abwechselnd von ihrem Monitor zu den Führerscheinen und Ausweisen und wieder zurück. Als sie die Kreditkarte in den Schlitz des Lesegerätes steckte, runzelte sie ihre Stirn.

»Tut mir leid, aber es scheint so, als ob die Karte nicht gedeckt ist«, sagte sie immer noch lächelnd.

»Das kann eigentlich nicht sein«, erwiderte der Agent.

»Entschuldigung, aber ich kann nur das wiedergeben, was das System sagt.«

»Nici, hast du deine Karte dabei?«

»Klar«, antwortete sie und holte ihre Geldbörse hervor.

Sie fand ihre Kreditkarte in einem der zahlreichen Fächer und übergab sie der Angestellten. Die Frau führte sie ein und betrachtete dann ihren Monitor. »Diese Karte wird leider auch nicht erkannt.«

»Kann es an dem Lesegerät liegen?«, fragte Fulton.

»Eigentlich nicht«, erwiderte die Angestellte. »Bei allen anderen Kunden heute hat es problemlos funktioniert.«

»Nehmen Sie auch eine Barkaution?«

»Normalerweise nicht, tut mir leid.«

Fulton lehnte sich auf den Schalter. »Okay, ich sage Ihnen jetzt mal etwas. Wir sind beide vom FBI, und entsprechend sind wir vertrauenswürdig. Also sollten Sie über Ihren Schatten springen und uns den Wagen aushändigen.«

»Das darf ich leider nicht entscheiden.«

»Und wer darf das?«

»Der Manager.«

»Dann holen Sie ihn bitte her.«

»Er ist momentan nicht hier.«

»Dann rufen Sie ihn jetzt an und erklären Sie ihm, was Sache ist«, forderte die Agentin.

»Ich bin mir nicht sicher ...«

»Ich mir schon«, sagte Fulton in ungeduldigem Ton.

»Na gut. Warten Sie bitte einen Moment.«

»Wir werden uns nicht von der Stelle rühren.«

Die Frau verschwand in einem Bereich hinter dem Tresen, der von außen nicht einsehbar war. Es dauerte mehrere Minuten, bis sie zurückkam. Fulton trommelte mit den Fingerspitzen auf dem Plastiktresen.

»Mein Vorgesetzter hat gesagt, dass wir in Ihrem Fall gerne eine Ausnahme machen. Die Kaution beträgt vierhundert Dollar.«

»Ich habe zweihundert«, sagte Maddox.

»Ich einhundert«, erklärte Fulton. »Macht dreihundert. Reicht das?«

Man konnte der Angestellten ansehen, dass ihr überhaupt nicht wohl in ihrer Haut war, obwohl sie weiterhin professionell blieb und ein Lächeln zur Schau trug. Ein Blick in die starren Augen der Agentin schien sie davon zu überzeugen, dass es besser war, keine weitere Diskussion anzustreben.

»Dreihundert Dollar sind perfekt«, erklärte sie kurz darauf.

»Super«, antwortete die Agentin.

Maddox und Fulton legten die Geldscheine auf den Tisch, die sogleich von der Angestellten entgegengenommen und in eine Schatulle gelegt wurden.

»Hier sind Ihre Schlüssel. Sie finden den Wagen im Parkhaus auf Ebene Zwei. Die Beschilderung wird Ihnen den Weg weisen.«

»Herzlichen Dank«, sagte Maddox freundlich, während er die kleine Funkfernbedienung entgegennahm.

Die beiden Agenten nahmen ihre Papiere sowie die scheinbar nutzlosen Kreditkarten und folgten den Wegweisern zum Parkhaus, wo sie auch bald ihr Auto fanden.

»Willst du fahren?«, bot Maddox seiner Partnerin an.

»Nein danke«, antwortete sie. »Ich habe schlechte Laune, da fährt es sich nicht so gut.«

»Wenigstens bist du vernünftig.«

Sie stiegen ein und steuerten den Wagen aus dem Parkhaus heraus und auf den Zubringer, der sie auf die Interstate Zehn bringen würde. Sie hatten bereits während des Landeanflugs gesehen, dass sich der Flughafen auf der Westseite von New Orleans befand und praktisch mitten in der Stadt lag.

»Weißt du, wo wir hinmüssen?«, fragte Fulton ihren Partner.

»Ich habe es mir auf der Karte angesehen.«

»Warst du denn schon einmal hier?«

»In New Orleans? Das eine oder andere Mal.«

Die Agentin überlegte, vorzuschlagen, ihr Handy als Navigationsgerät zu nutzen, aber da sie Maddox vertraute, beließ sie es bei dem Gedanken. Stattdessen lehnte sie sich zurück und dachte an die Zeit nach dem Hurrikan, als sie als Helferin hier gewesen war.

Nach einer Eingewöhnungsphase, die weder für sie noch für Kate leicht gewesen war, hatte es Nici geliebt, in den lauen Abendstunden draußen zu sitzen und dem Wind zuzuhören, der durch die Ähren strich und zu ihr flüsterte. Kate war oft dabei gewesen, aber dann irgendwann zu Bett gegangen, während das Mädchen noch oft stundenlang allein geblieben und den nächtlichen Tiergeräuschen zugehört hatte, während sie versucht hatte, die Sterne über sich zu zählen. Auch mit den Wintern hatte sie sich schnell arrangiert. Es war öfter vorgekommen, dass sie aufgewacht und vor dem Fenster eine geschlossene Schneedecke vorgefunden hatte. Tante Kate war dann meist schon draußen gewesen und hatte sich damit abgemüht, die Einfahrt freizuschaufeln. Nici war dann immer dazugekommen und hatte geholfen, was normalerweise früher oder später darin endete, dass sie Schneeballschlachten machten und sich von oben bis unten einseiften. In weiser Voraussicht hatte das Mädchen immer schon vorher Kaffee aufgesetzt, damit sie und ihre Tante gemütlich beisammensitzen und ihre gegenseitige Anwesenheit genießen konnten.

Und jetzt war sie hier, in der vom Hurrikan heimgesuchten Stadt New Orleans. Der Anblick der großflächigen Zerstörung erinnerte sie an die Katastrophenfilme, die sie so oft mit Kate gesehen hatte. Nur, dass es dieses Mal die Realität war. Nici hatte zwar noch nie als Hilfsarbeiterin gearbeitet, aber sie konnte anpacken. Walter, der ihr Aufräumteam leitete, hatte ihre Fähigkeiten schnell erkannt und setzte sie daher besonders dort ein, wo sowohl Kraft als auch Köpfchen gefordert waren. Er wusste zwar nichts davon, dass ihre Eltern gestorben waren, aber er schien sie schnell zu durchschauen, wenn es um Tote ging. Darum wies er ihr immer Aufgaben zu, bei denen ganz sicher keine Leichen im Spiel waren. Was er allerdings nicht wusste, war, dass sie dem Tod bereits ins Auge geblickt hatte, als es in der Nähe von Kates Haus zu einem Unfall gekommen war. Einer der Landwirte, die die Felder ringsherum bewirtschafteten, war betrunken mit dem Traktor gefahren und heruntergefallen. Sein Fahrzeug war weitergefahren und hatte sich um den Fahrer nicht weiter gekümmert. Das wäre nicht einmal das Schlimmste gewesen, aber an diesem Tag hatte er einen

Grubber hinter sich hergezogen. Bedauerlicherweise war Tom, der Landwirt, direkt in die Fahrschneise gefallen. Nachdem der Grubber über ihn hinweggerollt war, war Tom zwar nicht tot, aber nicht mehr weit entfernt davon gewesen. Als der örtliche Sheriff schließlich mitsamt dem lokalen Arzt eingetroffen war, hatte er nichts weiter tun können, als Tom den Gnadenschuss zu verpassen.

»Nici, hast du gerade etwas zu tun?«, fragte Walter und winkte sie zu sich.

»Was gibt´s?«

»Bei der Mall gibt es einige Trümmerstücke, die verhindern, dass das Wasser ablaufen kann. Wir haben den Auftrag, dort aufzuräumen.«

»Kein Problem, wann geht es los?«

»Vor fünf Minuten«, gab er kund. »Komm, wir fahren mit dem Boot.«

Von ihrem Stützpunkt aus waren es unter normalen Umständen nur wenige Minuten Autofahrt. Allerdings war momentan nichts normal, denn das Wasser stand über einen Meter hoch, was es unmöglich machte, mit dem Wagen dorthin zu gelangen.

»Sieht aus wie in Venedig«, merkte Nici an, während sie das Boot durch die träge treibenden Trümmer navigierte.

»Bis auf die zerstörten Häuser«, erwiderte Walter. »Und in Venedig muss man nicht befürchten, dass einem der Hut vom Kopf geblasen wird.«

»Schon mal dort gewesen?«

»Damals, als ich noch jung und knusprig war.«

»Das muss vor ungefähr fünftausend Jahren gewesen sein, oder?«

»So in etwa«, antwortete der Mann lachend.

Er war zwar erst Ende Fünfzig, aber im Vergleich zur gerade einmal neunzehnjährigen Nicole war er tatsächlich so etwas wie ein Methusalem. Jedenfalls fühlte er sich so.

»Da vorn«, sagte er und wies mit dem Finger auf eine Stelle zwischen zwei halb eingestürzten Häusern.

Je näher sie kamen, desto mehr konnte Nici erkennen, dass sie es nicht zu zweit schaffen würden, die Trümmer zu beseitigen. Zu verkeilt waren sie ineinander, und an einigen Stellen entdeckte sie zertrümmerte Waschmaschinen, Kühlschränke und diverseste Möbelstücke.

»Das schaffen wir nicht«, sagte sie.

»Sehe ich auch so«, erwiderte er. »Lass uns näher heranfahren und die Lage prüfen.«

An einem besonders großen Trümmerhaufen legten sie das Boot an und sprangen auf die heillos durcheinander liegenden Trümmerteile.

»Hmm«, meinte Walter und strich durch seinen üppigen Bart.

Nici wusste, dass er das immer tat, wenn er nachdachte.

»Da brauchen wir einen Kran«, befand er. »Das Problem ist, dass die gerade alle woanders im Einsatz sind.«

»Eine Sprengladung?«, scherzte sie.

»Gar keine schlechte Idee. Viel mehr können wir hier sowieso nicht mehr kaputt machen.«

»Was ist das?«, fragte sie und zeigte auf etwas, das wie das obere Ende eines Kleiderständers aussah.

Noch bevor Walter sie zurückhalten konnte, kletterte sie bereits dorthin und betrachtete es genauer. Als sie erkannte, was es war, stockte ihr der Atem. Das war kein Kleiderständer, das war eine menschliche Hand! Nici schrak zurück und wäre beinahe von dem Trümmerhaufen gestürzt, wenn sie der ältere Mann nicht gerade noch festgehalten hätte.

»Schau nicht hin«, sagte er und zog die junge Frau an sich.

»Mein Gott«, murmelte sie und spürte, wie ihr Tränen in die Augen traten.

»Lass uns zurückfahren. Wir können hier im Moment nichts tun.«

Walter führte sie zum Boot und setzte sie in den vorderen Bereich, bevor er sich am Motor zu schaffen machte und ihn anwarf.

»Special Agents Maddox und Fulton«, sagte der Agent, nachdem sie in das klimatisierte Innere der zuständigen Polizeistation getreten waren.

»Uns wurde gesagt, dass Sie kommen«, antwortete der Uniformierte, der heute Empfangsdienst hatte. »Einen kleinen Moment bitte, ich rufe Detective Hauser an, damit diese Sie abholt.«

Zwei Minuten später trat eine Frau in einem gut geschnittenen Hosenanzug lächelnd auf sie zu.

»Agents«, grüßte sie freundlich und schüttelte Maddox und Fulton die Hand. »Mein Name ist Fran Hauser. Danke, dass Sie gekommen sind. Folgen Sie mir bitte in mein Büro, dort können wir uns in Ruhe unterhalten.«

Der Raum, den Detective Hauser ihr Büro nannte, war nicht viel größer als eine Abstellkammer, aber aufgrund der Aufteilung wirkte er durchaus geräumig.

Nirgendwo lagen irgendwelche Unterlagen herum, alles hatte seinen festen Platz. Auf dem Schreibtisch stand nur ein Laptop, und daneben lagen ein Stift und ein Zettel. Fulton fühlte sich unwillkürlich an Thomas Walkers Anwaltsbüro erinnert.

»Bitte, setzen Sie sich. Ich würde Ihnen gerne Kaffee anbieten, aber leider ist die Maschine kaputt, und der Techniker lässt seit zwei Tagen auf sich warten.«

»Ich hoffe, Sie haben irgendwo eine andere Koffeinquelle«, kommentierte Maddox freundlich.

»Einer unserer Leute will heute Nachmittag seine private Maschine mitbringen. Sie können sich gar nicht vorstellen, wie schnell die Leute zu Zombies werden, wenn man sie ihrer Hauptnahrungsquelle beraubt.«

»Das glaube ich Ihnen sofort«, antwortete Fulton scherzhaft.

Hauser setzte nun eine ernste Miene auf. »Ich nehme an, dass Sie so schnell wie möglich zum geschäftlichen Teil kommen wollen.«

»Darum sind wir hier.«

»Ihre Dienststelle hat uns mitgeteilt, dass Sie wegen des Unfalls von Michael Jenkins und James Hudson hier sind.«

»Das ist richtig. Detective, wir haben Grund zu der Annahme, dass es sich nicht um einen Unfall handelt, sondern um einen gezielten Anschlag.«

»Sie werden vielleicht lachen, aber so etwas Ähnliches habe ich mir auch schon gedacht.«

»Warum?«, fragte die Agentin.

»Weil dort, wo es passiert ist, vorher noch nie etwas Derartiges vorgekommen ist.«

»Aber ein Autounfall kann doch immer geschehen, vor allem, wenn der Fahrer unter Drogen stand.«

»Sie haben also die Nachrichten gesehen«, meinte Hauser. »Die haben das mal wieder aufgebauscht. Diese *Drogen*, von denen die Presse fabuliert, sind in Wirklichkeit nichts weiter als Aspirin gewesen. Es ist allgemein bekannt, dass Jenkins oft Kopfschmerzen hatte.«

»Und Hudson?«

»Der war nach den bisherigen Erkenntnissen so nüchtern wie ein Vierjähriger.«

»Gibt es noch etwas, was Sie davon überzeugt, dass es kein Unfall war?«

»Wie gesagt, die Stelle ist nicht gerade prädestiniert dafür, dass etwas geschieht. Die Straße verläuft dort schnurgeradeaus und ist zu allen Seiten sehr übersichtlich. Es muss schon wirklich mit seltsamen Dingen zugehen, dass genau dort jemand frontal gegen die Schallschutzwand fährt.«

»Wurde der Unfallwagen bereits untersucht?«, wollte Fulton wissen.

»Die Spurensicherung ist noch dran. Der Unfall ist erst heute Nacht passiert, und richtige Untersuchungen dauern immer etwas länger.«

»Wann rechnen Sie mit Ergebnissen?«

»Ich habe die Jungs und Mädels bereits instruiert, alles andere liegen zu lassen. Kann aber trotzdem mehrere Tage dauern.«

»So viel Zeit haben wir aber nicht«, erklärte Maddox.

»Warum nicht?«

Die beiden Agenten wechselten einen Blick, durch den sie lautlos miteinander kommunizierten. Schließlich wandte sich Fulton wieder der Detective zu.

»Wir sind jemandem auf der Spur, der freigesprochene Straftäter und ihre Anwälte jagt und auf die gleiche Weise tötet, wie deren eigene Opfer zu Tode gekommen sind.«

»Das würde einiges erklären«, sagte Hauser.

»Was meinen Sie damit?«

»Jenkins wurde zur Last gelegt, dass sich zwei Menschen aufgrund seines rücksichtslosen Handelns selbst getötet haben. Beide saßen zusammen in einem Auto und sind mit voller Wucht gegen die Wand gefahren. Da beide nicht angeschnallt waren und es keinen Airbag gab, können Sie sich vermutlich vorstellen, was für eine Sauerei das war.«

»Sehr aufschlussreich, vielen Dank. Detective, wir würden uns gerne die Unfallstelle ansehen.«

»Natürlich. Wollen wir mit meinem Wagen fahren, oder haben Sie selbst ein Fahrzeug?«

»Wir parken auf dem Besucherparkplatz.«

»In Ordnung. Wir treffen uns dort, und Sie folgen mir dann einfach.«

»Einverstanden«, antwortete Maddox und erhob sich von seinem Stuhl, gefolgt von seiner Kollegin.

»Nette Frau«, sagte der Agent, als sie draußen an ihrem Wagen warteten.

»Finde ich auch«, pflichtete Fulton ihm bei. »Ich hatte schon befürchtet, dass sie genau so ein fauler Sack sein könnte wie Harris.«

»Ich bin gespannt, wie lange der noch lebt.«

»Du meinst, wie lange es dauert, bis er sich zu Tode gesoffen hat? Ich gebe ihm noch bis Silvester.«

»Warum gerade bis dahin?«

»Weil ich glaube, dass er sich dann besonders einsam fühlen und Trost in der Flasche suchen wird.«

»Du bist zynisch.«

»Ich präferiere *realistisch*.«

Von der anderen Seite des Parkplatzes kam ein weißer Ford Escort auf sie zu und hielt direkt neben ihnen. Hauser kurbelte die Scheibe herunter und streckte ihren Kopf leicht heraus.

»Sind Sie bereit?«, fragte sie.

»Jederzeit«, antwortete die Agentin und setzte sich auf den Fahrersitz, während sich Maddox auf der Beifahrerseite niederließ.

Sie fuhren nur wenige Kilometer auf der Interstate Zehn in westlicher Richtung, bevor sich die Straße in einem weiten Bogen nach Norden wandte und über den Pontchartrain-See führte. Auf der anderen Seite, nahe der Siedlung mit dem klangvollen Namen *Eden Isle*, schaltete der vorausfahrende Wagen von Detective Hauser den Warnblinker ein und wurde langsamer. Fulton tat es ihr gleich und folgte ihr, bis sie auf dem Standstreifen zum Stehen kamen. Es herrschte reger Verkehr, und Hauser schaltete ihr im Auto installiertes Blaulicht an, sodass die anderen Verkehrsteilnehmer rechtzeitig gewarnt wurden. Die Agenten stiegen aus und gingen zur Detective.

»Ist es hier?«, fragte Maddox sie.

»Dort vorne«, antwortete Hauser und zeigte auf eine Stelle etwa zehn Meter vor ihnen.

Der Agent kniff die Augen zusammen, um in der sengenden Nachmittagssonne besser sehen zu können. Er griff in seine Jackentasche und wollte seine Sonnenbrille hervorholen, bis er feststellte, dass er sie wohl in

New York vergessen hatte. Fulton war nicht so schusselig gewesen und hatte sich, ebenso wie Hauser, bereits ihre Sonnengläser aufgesetzt. Maddox schirmte seine Augen mit einer Hand ab und ging dann in Begleitung der beiden Frauen zu der angewiesenen Stelle.

»Gibt es Bremsspuren?«, wollte Fulton wissen.

»Keine eindeutigen. Es gibt zwar Reifenabrieb, aber es ist nicht ganz klar, ob er zu Jenkins´ Wagen gehört. Dazu sind noch weitere Untersuchungen nötig.«

»Ziemliche Delle«, kommentierte der Agent, während er die Aufprallstelle abtastete.

Tatsächlich war dort, wo das Fahrzeug gegen die Schallschutzwand geprallt war, eine deutliche Einbuchtung zu sehen, was darauf hindeutete, dass Jenkins mit sehr hoher Geschwindigkeit gefahren sein musste.

»Sie haben recht, ziemlich übersichtlich hier«, sagte er, während er von links nach rechts schaute. »Und er ist wirklich frontal gegen die Wand geprallt?«

»So frontal, wie es nur geht«, antwortete Hauser.

»Ich sehe keine Schleifspuren«, sagte Fulton. »Als ob er direkt darauf zugefahren wäre.«

»Der Wagen, oder was noch davon übrig war, stand fast exakt im Neunzig-Grad-Winkel.«

»So etwas kann gar nicht zufällig passieren.«

»Das sehe ich auch so. Wie wäre es, wenn wir die Spurensicherung besuchen und uns auf den neuesten Stand bringen lassen?«

»Nach Ihnen«, bot Maddox an.

Das Büro der Spurensicherungseinheit von New Orleans befand sich am Südende der Stadt.

»Nett hier«, kommentierte Fulton ironisch, als sie das schmucklose und in eintönigem Grau gestrichene Gebäude betrachtete, das auch sonst eher an eine Industriehalle, als an eine wichtige Gruppe innerhalb der Polizei erinnerte.

»Ja, unsere Regierung baut gerne im minimalistischen Stil«, antwortete die Detective im gleichen Tonfall. »Zum Ausgleich ist es aber drinnen noch hässlicher.«

Als die drei Beamten ins Gebäude getreten waren, fühlten sie sich umgehend wie in einem Hochsicherheitsgefängnis. Überall hingen Kameras und nahmen jede kleinste Bewegung auf, während die Fenster von innen vergittert waren und nur einen Teil des Sonnenlichts einließen. Der Eindruck verschärfte sich noch, als sie im Eingangsbereich von einem dunkelhäutigen Wachmann in beiger Uniform abgefangen wurden, dessen Oberbekleidung sich über dem ausladenden Bauch sichtlich spannte.

»Ihre Ausweise bitte«, verlangte er grußlos.

»Ihnen auch einen schönen Tag«, antwortete Hauser und zückte ihre Marke. »Der Herr und die Dame sind vom FBI und begleiten mich. Wir wollen mit Nick Cairns sprechen.«

»Ich werde ihn rufen. Warten Sie hier.«

»Irgendwie sind wir immer am Warten«, sagte Fulton leise.

»Das halbe Leben besteht daraus«, philosophierte die Detective. »Das wird garantiert länger dauern. Cairns ist nicht gerade der Schnellste. Wenn Sie mich brauchen, ich bin draußen und rauche eine. Wollen Sie auch?«

»Nichtraucher«, gab Maddox zurück.

»Ebenso«, stimmte Fulton ein.

Hauser tat dies mit einem Schulterzucken ab. »Jedem das Seine. Bis gleich.«

Obwohl sie sich Zeit ließ und es fast zehn Minuten dauerte, bis sie wieder zu den Agenten trat, hatte sich am allgemeinen Bild nichts geändert. Noch immer war von dem Mitarbeiter der Spurensicherung nichts zu sehen.

»Wenn das noch länger dauert, wächst mir ein Bart«, sagte die Agentin mürrisch.

»Würde dir vielleicht ganz gut stehen«, antwortete ihr Partner und betrachtete ihr Kinn von Nahem. »Sehe ich da etwa Flaum?«

»Leck mich.«

»Homo, schon vergessen?«

»Seit wann arbeiten Sie beide eigentlich miteinander?«, wollte Hauser wissen.

»Zu lange, wenn Sie mich fragen«, sagte Fulton mit schiefem Lächeln.

»Ich habe irgendwann aufgehört zu zählen«, fügte Maddox hinzu.

»Sechs Jahre, zwei Monate, fünf Tage«, antwortete die Agentin nun. »Warum fragen Sie?«

»Weil Sie sich wie ein altes Ehepaar benehmen. Sie beide tun so, als würden Sie sich gegenseitig nicht ausstehen können, aber Sie machen auf mich den Eindruck, dass Sie wie zwei Hälften einer Person sind.«

»Das scheint nur so.«

»Was davon?«

»Das Erstere.«

»Warten Sie schon lange?«, fragte ein Mann, der so lautlos zu ihnen getreten war, dass Fulton beinahe unmerklich zusammenzuckte.

»Wie man es nimmt«, antwortete Detective Hauser. »Hätten wir hier noch länger gestanden, hätte ich mit meiner Steuererklärung angefangen. Agent Maddox, Agent Fulton, das ist Nick Cairns, der hiesige Trödler vom Dienst.«

Der Spurensicherer überging die Bemerkung geflissentlich. »Mister Maddox, Miss Fulton, freut mich sehr, Sie kennenzulernen. Was verschafft mir die Ehre, dass das FBI mich besucht?«

»Wir ermitteln wegen des Unfalls von Michael Jenkins und James Hudson«, erklärte Maddox. »Detective Hauser sagte, dass Sie die Spurensicherung übernommen haben?«

»Das ist korrekt. Wir sind noch dabei, den Wagen zu untersuchen, aber wenn Sie wollen, kann ich Ihnen bereits vorläufige Informationen geben.«

»Das wäre sehr nett. Uns interessiert vor allem, was Sie zu dem Unfallhergang auf Lager haben.«

»Fran hat Ihnen sicher schon gesagt, dass der Wagen frontal gegen eine Schallschutzmauer geprallt ist.«

»Ja, hat sie«, bestätigte Maddox. »Haben Sie Reifenspuren auf dem Asphalt gefunden?«

»Da es sich um einen Highway handelt, gibt es öfter mal Autos, die abbremsen. Aber wenn Sie darauf anspielen, ob das Unfallfahrzeug vor dem Aufprall stark gebremst hat, so muss ich das verneinen.«

»Sind Sie sicher?«

»Absolut. Wenn ein Auto in so einem Winkel steht, müssen von allen vier Reifen unzweifelhafte Abriebspuren zu sehen sein, und das ist hier nicht der Fall.«

»Also hat Jenkins nicht auf die Bremse getreten?«

»Nein, wie ich schon sagte.«

»Sonst noch etwas?«

»Von dem Auto ist nicht mehr viel übrig. Allerdings konnten wir an der hinteren Stoßstange einige Kratzer entdecken.«

»Hinten, sagen Sie? Bestimmt nicht vorn?«

»Mister Maddox«, sagte Cairns in einem Tonfall, als würde er einem Kind erklären wollen, warum man sich ein Messer nicht in den Bauch rammen sollte. »Von der Front ist so wenig übrig, dass man nur erahnen kann, dass es mal der vordere Teil eines Autos war. Die Kratzer stammen definitiv vom Heck.«

»Gibt es Farbabrieb?«

»Sie kennen sich offenbar aus. Gut. Ja, es gibt einen Abrieb.«

»Haben Sie die labortechnische Ausrüstung, um die Kennung der Farbe bestimmen zu können?«

»Wir befinden uns momentan im Umbau. Unsere Ausrüstung wird modernisiert, unter anderem mit einem Analysegerät, das genau so etwas kann.«

»Wann bekommen Sie das Ding?«, wollte Fulton wissen.

»In ein oder zwei Monaten.«

Die Agentin schüttelte den Kopf. »So lange können wir nicht warten.«

Cairns breitete die Arme wie zur Kapitulation aus. »Tut mir leid, da kann ich nichts machen.«

»Wissen Sie was? Sie werden jetzt unverzüglich etwas von dem Abrieb in eine keimfreie Tüte packen und uns aushändigen. Wir veranlassen alles Weitere.«

»Wenn Sie das wünschen.«

»Ich wünsche es nicht nur, ich verlange es, und zwar jetzt sofort. Wenn wir nicht innerhalb von zwanzig Minuten haben, was wir wollen, können Sie sich auf eine Dienstaufsichtsbeschwerde gefasst machen.«

Maddox betrachtete seine Partnerin stumm. Fulton wusste, dass sie herrisch und herablassend wirkte, aber das war ihr in diesem Moment egal. Sie wollte in den Ermittlungen endlich weiterkommen.

»Was stehen Sie hier noch herum?«, fragte sie ungeduldig.

Cairns öffnete den Mund, als ob er etwas erwidern wollte, besann sich dann aber eines Besseren. Er wandte sich um und ging dorthin zurück, von wo er gekommen war.

»Nici«, fing Maddox an, wurde aber durch eine abwehrende Handbewegung der Agentin zum Schweigen gebracht.

Genau zwanzig Sekunden vor Ablauf der Frist kam Cairns zurück und händigte Fulton einen Beutel mit etwa fingernagelgroßen, in einem leichten Rot schimmernden Stückchen aus.

»Vielen Dank«, kommentierte die Agentin sarkastisch und riss ihm den Beutel aus der Hand. »Schönen Tag noch.«

Sie drehte sich auf dem Absatz herum und verließ das Gebäude.

»Nichts für ungut«, sagte Maddox zu Cairns, bevor er hinter seiner Partnerin hereilte.

Auf dem Parkplatz holte er sie schließlich ein.

»Musstest du ihn wirklich so hart angehen?«, fragte er. »Er wollte uns doch helfen.«

»Der Kerl ist ein Lahmarsch. Hätte ich ihm nicht Beine gemacht, würden wir immer noch da drin rumstehen und Maulaffen feilhalten.«

»Das weißt du doch gar nicht.«

»Ich kenne solche Leute zur Genüge. Hey, Detective Hauser«, rief sie die Frau zu sich. »Gibt es hier in der Region ein Labor, dem die Polizei vertraut?«

»Drüben in Jackson, Mississippi. Wir schicken unsere Sachen per Kurier dorthin.«

»Wie weit ist das entfernt?«

»Etwas über drei Stunden.«

»Dann können wir das Zeug auch nach New York mitnehmen. Haben Sie ein Problem damit?«

»Es ist Ihr Fall«, antwortete Hauser. »Entsprechend entscheiden Sie.«

»Danke. Carl?«

Maddox sah kurz auf seine Uhr. »Um diese Zeit sollten wir noch einen Flug kriegen.«

»Detective, vielen Dank für Ihre Zeit und Ihre Geduld«, sagte Fulton.

»Jederzeit gerne. Übrigens: Es wurde Zeit, dass mal wieder jemand Cairns Beine macht. Ich wollte es schon übernehmen, aber Sie wissen ja, wie das ist, wenn man regelmäßig zusammenarbeitet.«

Jetzt lächelte die Agentin. »Habe ich gerne getan.«

»Guten Flug und viel Erfolg«, wünschte Hauser ihnen und stieg in ihren eigenen Wagen, um zum Präsidium zurückzufahren.

Die FBI-Agenten setzten sich ebenfalls in ihren Mietwagen und folgten der Straße zum Flughafen.

Dort angekommen, gaben sie den Mietwagen zurück, nahmen ihre Kaution entgegen und gingen dann zu einem Schalter, um Tickets zu kaufen.

»Der nächste Flug nach New York City geht in einer Stunde«, erklärte der Mitarbeiter.

»Den nehmen wir«, erklärte Fulton.

»Haben Sie Gepäck?«

»Nur, was wir am Leib tragen. Für die Waffen haben wir eine Erlaubnis.«

»Die müsste ich bitte sehen.«

Die beiden Agenten legten ihre Dienstausweise sowie ihre Bescheinigungen auf den Tresen. Der Mitarbeiter nahm sie entgegen, kontrollierte sie mit geübtem Blick und gab sie dann zurück.

»Alles in Ordnung, Agents Fulton und Maddox. Möchten Sie Ihre Bordkarten ausgedruckt haben, oder soll ich sie Ihnen auf Ihre Handys schicken?«

»Drucken Sie sie bitte aus«, erwiderte Maddox. »Man sollte der Technik nicht zu sehr vertrauen.«

Mit ihren Bordkarten in den Händen, gingen sie durch die Sicherheitskontrolle und begaben sich ohne Umwege zu ihrem Flugsteig.

»Das gibt es ja nicht«, sagte Fulton erstaunt, als sie die neben dem Schalter angebrachte Anzeigetafel betrachtete.

Maddox folgte ihrem Blick. »Flug Eins-Vier-Acht-Sieben nach New York ist gestrichen«, las er halblaut vor. »Bitte wenden Sie sich an unseren Kundenservice am Infoschalter D-Vier.«

»Das hätte der Typ, der uns die Karten verkauft hat, auch vorher sagen können.«

»Woher hätte er das wissen sollen?«, fragte der Agent.

»Was weiß ich. Wo soll jetzt dieser Infoschalter sein?«

»Lass uns mal auf den Lageplan schauen.«

Da sich in unmittelbarer Nähe kein solcher Plan befand, zückte Maddox sein Handy und rief die Flughafen-Website auf. Als er sich durch scheinbar zahllose Seiten und Verlinkungen geklickt hatte, fand er schließlich den genannten Schalter. Dann blickte er sich um, um sich zu orientieren.

»Bist du heute gut zu Fuß?«, fragte er seine Kollegin.

»Schon, aber warum willst du das wissen?«

»Weil wir ans andere Ende des Gebäudes müssen.«

Fulton verdrehte die Augen. »Dann mal los«, erwiderte sie seufzend.

Obwohl sie einen schnellen Schritt an den Tag legten, dauerte es über eine halbe Stunde, bis sie an ihrem Ziel angekommen waren. Anscheinend waren die anderen Reisenden schneller gewesen, denn am einzigen besetzten Schalter hatte sich eine Schlange von mehr als dreißig Leuten gebildet.

»Hast du etwas zu trinken dabei?«, fragte Fulton.

»Nein. Du?«

»Auch nicht.«

»Ich gehe los und hole uns etwas. Ich habe da hinten was gesehen. Geh nicht weg.«

»Wo sollte ich wohl hin?«, fragte sie trocken.

Als ihr Partner außer Hörweite war, stellte sich Fulton breitbeinig hin und holte tief Luft. »Hey, liebe Mitarbeiter!«, rief sie. »Hier stehen verdammt viele Leute.

Wie wäre es, wenn Sie weitere Schalter öffnen würden? Sonst stehen wir hier bis morgen.«

Die Kundendienst-Mitarbeiterin am Schalter blickte auf und schien jetzt erst mitzubekommen, dass es einen großen Andrang gab. Sie beugte sich über ein Schwanenhals-Mikrofon und sprach leise hinein. Kurz darauf erschienen zwei weitere Mitarbeiter und öffneten mehr Schalter. Sofort strömten die Leute dorthin und stolperten fast über ihre eigenen Füße, um die ersten in der Reihe zu sein.

Wie im Supermarkt, dachte Fulton und schätzte ab, ob es ihr etwas bringen würde, die Wartereihe zu wechseln. Da sie feststellte, dass es keinen nennenswerten Zeitgewinn bringen würde, wenn sie sich wie die anderen benahm, blieb sie in ihrer Warteschlange. Wenig später stand sie vor einer jungen, dunkelhäutigen Frau, die scheinbar erst kürzlich volljährig geworden war.

»Nicole Fulton«, stellte sich die Agentin vor. »Mein Begleiter Carl Maddox und ich wollten den Flug Eins-Vier-Acht-Sieben nach New York nehmen, aber der wurde gerade gestrichen. Welches ist der nächste Flug?«

»Ich sehe nach«, antwortete die Frau, deren am Kragen angebrachtes Namensschild sie als *Denise* identifizierte. »Tut mir leid, heute geht kein direkter Flug mehr.«

»Und indirekt? Mir ist es egal, ob wir irgendwo einen kurzen Zwischenstopp einlegen müssen.«

»Warten Sie bitte ... hier ... es gibt einen Flug nach Chicago. Von dort aus können Sie einen Anschluss nach New York erwischen.«

»Okay, den nehmen wir.«

»Da gibt es allerdings etwas, was Sie wissen sollten.«

»Und zwar?«

»Der Chicago-Flug geht in vierzig Minuten, das Boarding hat bereits begonnen.«

»Wird knapp, aber das schaffen wir.«

»In Chicago werden Sie eine Umsteigezeit von vier Stunden haben.«

»Das heißt, wir kommen irgendwann in der Nacht in New York an?«

»Ja.«

»Kein Problem. Buchen Sie uns bitte zwei Plätze.«

»Gerne. Ist natürlich kostenlos.«

»Davon ging ich aus«, antwortete Fulton. »Danke.«

Sie wandte sich ab und sah ihren Partner auf sich zukommen. »Hey, Carl! Kehrt Marsch, folge mir.«

»Was ist denn los?«

»Erkläre ich dir auf dem Weg. Jetzt hurtig.«

Im Stechschritt pflügten Fulton und Maddox durch die Menschenmenge, die scheinbar erratisch durch den Terminal wanderte und sich anschickte, so gut wie möglich im Weg zu stehen.

»FBI, lassen Sie uns durch!«, rief Fulton energisch und schob diejenigen, die nicht sofort zur Seite sprangen, unsanft weg.

»Wo gehen wir eigentlich hin?«, fragte Maddox, der Mühe hatte, mit seiner Partnerin Schritt zu halten.

»Nach Chicago.«

»*Was?*«

»Es gibt keinen direkten Flug mehr ... Vorsicht, Sir! ... Wir fliegen daher nach Chicago und dann von dort ... Weg da! ... nach Hause ... Aus dem Weg, oder Sie landen in der Wand!«

Obwohl sie bis fast zurück ans andere Ende des Flughafens mussten, schafften sie es rechtzeitig, das Gate zu erreichen. Ironischerweise befand es sich nur zwei Flugsteige von ihrem ursprünglichen Gate entfernt.

»Fulton«, sagte sie.

»Maddox«, fügte ihr Partner hinzu.

»Wir haben Sie bereits erwartet«, antwortete der Flugbegleiter, der über den Eintritt zum Flugzeug wachte. »Zeigen Sie mir bitte kurz Ihre Ausweise und Ihre Bordkarten.«

»Hervorragend«, kommentierte Fulton.

»Guten Flug!«, wünschte der Mitarbeiter und ließ sie durch die Absperrung.

»An uns soll es nicht liegen!«

Sie betraten das Flugzeug, eine Boeing Sieben-Vier-Sieben, und wurden von einem weiteren Flugbegleiter in Empfang genommen, dem sie ebenfalls ihre Bordkarten vorzeigten.

»Bitte gehen Sie diese Treppe hinauf, dort finden Sie Ihre Plätze.«

»First Class?«

»Steht hier so«, antwortete der junge Mann und tippte auf einen klein gedruckten Vermerk auf den Bordkarten.

»Da werden wir bestimmt nicht widersprechen«, meinte Maddox.

Sie stiegen die Treppe hinauf ins obere Geschoss im *Buckel* der Maschine und begaben sich auf die ihnen zugewiesenen Plätze.

»Das habe ich jetzt gebraucht«, sagte der Agent und streckte sich genüsslich aus.

Auch Fulton nahm von dem vielen Platz Gebrauch und klappte ihren Sitz ein wenig nach hinten.

»Manchmal hat es doch etwas für sich, wenn etwas nicht klappt«, sagte er.

»Lobe den Tag nicht vor dem Abend«, ermahnte Fulton ihn. »Noch sind wir nicht in New York.«

»Selbst, wenn wir in Chicago stecken bleiben sollten, ist das nicht tragisch. Ist doch eine schöne Stadt.«

»Schon mal dort gewesen?«

»Nein, aber mein Vater ist bei seinen Touren hin und wieder dort vorbeigekommen.«

»Ich möchte trotzdem lieber nach Hause.«

»Hast du die Tüte mit dem Farbabrieb?«

»Shit, ich dachte, du hast sie!«

Maddox sah seine Partnerin für einen Moment erschrocken an, bis er das leichte Kräuseln ihrer Mundwinkel sah. »Du hättest mich fast hereingelegt«, sagte er grinsend.

»Was heißt hier *fast*?«, antwortete sie mit immer breiter werdendem Lächeln. »Du hättest gerade mal dein Gesicht sehen sollen.«

»Das kriegst du irgendwann zurück«, gelobte er und lächelte ebenso.

In diesem Moment ertönte die Durchsage, dass die Startvorbereitungen abgeschlossen waren und sie sich in Kürze auf den Weg machen würden.

»Chicago, wir kommen«, sagte Maddox.

Der Flug verlief reibungslos und landete nur wenige Stunden später planmäßig am Flughafen O´Hare. Die Agenten wurden während Reise gut bedient und erhielten sowohl etwas Warmes zu essen als auch reichlich

Getränke serviert. Gut gelaunt verließen sie die Maschine und orientierten sich anhand des aushängenden Flugplans.

»Vier Stunden«, verkündete Maddox.

»So, wie Denise gesagt hat.«

»Wer ist Denise?«

»Die Dame, die uns diesen Flug verschafft hat.«

»Erinnere mich daran, ihr persönlich zu danken. Die Zeit würde reichen, um uns die Stadt ein wenig anzusehen«, schlug der Agent vor.

»Lass mal gut sein«, erwiderte sie und winkte ab. »Ich will den Anschlussflug nicht verpassen. Nachher bleiben wir hier stecken, und dann geht die Hudelei wieder von vorne los.«

»Okay«, lenkte Maddox ein. »Dann lass uns wenigstens auf dem Terminal etwas spazieren gehen. Beinfreiheit schön und gut, aber ich brauche jetzt etwas Bewegung.«

»Einverstanden.«

Im O´Hare gab es – wie bei so ziemlich jedem größeren Flughafen auf der Welt – reichlich Gelegenheiten, zu sitzen, etwas zu trinken und sein Geld für überteuerte Souvenirs auszugeben. Die beiden Agenten gönnten sich zwei Literflaschen Wasser und belegte Brötchen, bevor sie sich etwas abseits des Hauptverkehrs auf eine Bank setzten und den abendlichen Flugverkehr beobachteten. Fulton tastete in regelmäßigen Abständen ihre Hosentasche ab, um sich zu vergewissern, dass der versiegelte Beutel mit dem Farbabrieb des Unfallwagens noch immer dort war, wo er sein sollte.

»Woran denkst du?«, fragte Maddox zwischen zwei Bissen.

»Ich denke über den Fall nach«, antwortete sie. »Damals in der Ausbildung habe ich einen Typen kennengelernt, der ein wenig esoterisch unterwegs war. Einmal hat er mir etwas gesagt, was ich zwar seltsam, aber dann doch irgendwie interessant fand.«

»Hat er die feinen Härchen in deinem Nacken gelobt und gesagt, dass sie zeigen, dass du ein guter Mensch bist?«

»Nein«, antwortete sie lächelnd. »Er meinte, wenn man sich etwas sehr wünscht, dann muss man nur ganz fest daran denken, und der Wunsch geht in Erfüllung.«

»Und, funktioniert es?«

»Ich bin mir nicht sicher«, erwiderte sie ausweichend.

Fulton verriet ihrem Partner nicht, dass sie in der Vergangenheit mehrfach versucht hatte, mit dieser Methode ihre Eltern wieder lebendig zu machen und dabei kläglich gescheitert war.

»Esoterik ist meines Erachtens nach etwas für Leute, die mit der Realität nicht klarkommen«, erklärte Maddox. »Solche Menschen schieben ihr Unglück auf irgendwelches Karma und verstehen nicht, dass sie ihren Hintern selbst hochkriegen müssen. Hat dein Bekannter damals die Prüfungen bestanden?«

»Der ist mit Pauken und Trompeten durchgefallen.«

»Siehst du?«

»Wie auch immer, ich wünsche mir wirklich, dass wir diesen Fall lösen können. Je früher, desto besser. Denn je länger wir diesen Typen frei herumlaufen lassen, desto mehr Leute werden sterben.«

»Du glaubst also nicht, dass er irgendwann aufhören wird?«

»Niemals.«

»Sehe ich auch so«, bestätigte Maddox. »Solche Psychopathen fühlen sich im Recht, und nichts und niemand kann sie vom Gegenteil überzeugen. Es nagt an dir, dass wir noch immer keine wirkliche Spur haben, oder?«

»Wie gut du mich doch kennst«, antwortete Fulton zur Bestätigung.

»Hey, wie wäre es, wenn wir den Farbabrieb abliefern und dann für ein paar Tage zu meinen Eltern fahren? Wir könnten uns eine kleine Auszeit nehmen.«

»Das können wir uns nicht leisten«, entgegnete die Agentin. »Der Typ könnte jederzeit wieder zuschlagen.«

»Ich weiß, ich weiß«, sagte Maddox nickend. »Aber es hilft nichts, wenn wir uns wund schuften und doch nichts erreichen. Nici, ich brauche deine volle Konzentration! Allein kann ich diesen Fall nicht lösen.«

Fulton sah aus dem Panoramafenster, das sich vor ihnen vom Boden bis zur Decke und zehn Meter in die Breite erstreckte. Die Sonne war schon fast untergegangen, und die Lichter des Flughafens tauchten die Szenerie in eine beinahe surreale Atmosphäre. Schließlich traf sie eine Entscheidung.

»Vielleicht tut mir ein wenig Entspannung tatsächlich gut«, gab sie zu.

»Danke«, antwortete er.

»Wofür?«

»Dass du mich nicht im Regen stehen lässt.«

Fulton sah ihm in die Augen und erkannte, dass ihr Partner ihr vollkommen vertraute, und dass er sie wie die Schwester liebte, die er nie gehabt hatte. Zum erneuten Male stellte sie fest, dass es ihr nicht anders ging. Abgesehen von ihrer Tante war ihr Partner das, was einer Familie für sie zumindest nahekam. Kurzentschlossen drückte sie Maddox einen Kuss auf die Wange.

»Wofür war der denn?«, fragte er erstaunt.

»Einfach nur so«, erwiderte sie.

Ihr Partner sagte nichts, sondern lächelte nur und umfasste ihre Hand. So blieben sie sitzen, bis ihr Flug aufgerufen wurde.

Die Sonne war bereits lange untergegangen, als Michael seinen Wagen die Zufahrt hinauf und in die Garage steuerte. Er stellte den Motor ab und lehnte sich zurück. In Gedanken ging er die vorangegangenen Geschehnisse noch einmal in allen Details durch und labte sich daran. Es war alles wie am Schnürchen gelaufen. So weit er wusste, hatte ihn niemand gesehen, und diejenigen, wegen denen er die Reise auf sich genommen hatte, waren nicht mehr in der Lage, etwas über ihn zu erzählen. Dieses Mal war es nicht einfach gewesen, zu tun, was er sich vorgenommen hatte. Es hatte alles perfekt ablaufen müssen, und dass sein Plan so wunderbar aufgegangen war, gab ihm ein gutes Gefühl im Bauch. Michael saß noch einige Minuten lang im Auto und genoss die Stille, bevor er ausstieg und in sein Haus ging.

»Ich bin da«, rief er laut und lauschte seinem Echo, das sanft von der hohen Decke widerhallte.

Als keine Antwort kam, rief er noch einmal. »Sharon? Bist du da?«

Normalerweise war seine momentane Lebensabschnittsgefährtin zu dieser Zeit noch wach und schaute sich ihre Serien im Fernsehen an. Er spitzte die Ohren und lauschte auf Geräusche, die vom Fernsehgerät kamen. Als er nichts hörte, ging er die Marmorstufen zur ersten Etage hoch und betrat das Medienzimmer. Der Fernseher war schwarz, und auch sonst zeugte nichts davon, dass in jüngster Zeit jemand hier gewesen war. Versuchsweise betastete er die Couch. Die Sitzfläche war kühl, also hatte hier in der vergangenen Stunde niemand gesessen. Er ging wieder nach unten und in die Küche, aber auch dort war alles sauber und an seinem Platz. Sharon hatte nämlich die Angewohnheit, sich etwas zu essen zu machen und weder die dafür benötigten Utensilien noch die Lebensmittel wieder einzuräumen, was ihn jedes Mal in Rage versetzte. Als Nächstes versuchte er es in den diversen Badezimmern, doch auch hier war sie nicht zu finden. Ihn beschlich der Gedanke, dass die Frau ausgegangen sein könnte, aber das hätte sie ihm auf irgendeine Weise mitgeteilt, entweder mit einer Kurznachricht oder einem gut sichtbaren Zettel. Er prüfte sein Handy, aber da war keine Nachricht von Sharon. Er ging noch einmal alle Zimmer durch, fand aber keine handschriftliche Notiz.

Seltsam, dachte er, tat es dann aber mit einem Schulterzucken ab.

Wahrscheinlich erlaubte sie sich einen Spaß mit ihm und spielte Verstecken.

Soll sie doch machen, überlegte er. *Sie wird schon wieder auftauchen, wenn sie etwas braucht.*

Erst jetzt fiel ihm ein, dass er seinen Koffer zwar aus dem Auto geholt, aber in der Eingangshalle stehen gelassen hatte. Er ging dorthin zurück, nahm seine Tasche und trug sie in sein *Spielzimmer*, wie er es in einem Anflug von Humor einmal getauft hatte. Mit ruhigen Bewegungen nahm er die einzelnen Gegenstände heraus und legte sie wieder an ihre jeweiligen Plätze. Das Comic-Heft, das er dieses Mal mitgenommen hatte, hielt er für einige Sekunden in der Hand, strich liebevoll über die Titelseite und legte das Magazin dann zu den anderen in seiner Sammlung. Michael ließ seinen Blick noch einmal durch das Zimmer schweifen, bevor er die Tür hinter sich schloss und zurück ins Erdgeschoss ging.

»Michael«, rief Sharon. »Du bist schon wieder da?«

Ihr überraschter Unterton entging ihm nicht. »Ich wohne hier, schon vergessen?«

»Schon klar, aber ich hatte dich erst morgen wieder zurückerwartet.«

»Komme ich ungelegen?«

»Nein, natürlich nicht«, antwortete Sharon in dem Versuch, entspannt zu klingen. »Willkommen zu Hause.«

»Danke«, erwiderte er und betrachtete die junge Frau von oben bis unten. »Wo warst du?«

»Im Kino.«

»In einem Abendkleid?«

Sharon blickte an sich herunter. »Nun ja ... Ich hatte einfach Lust, mich herauszuputzen.«

»Für wen?«

»Du weißt doch, wie die Leute sind ... Je gepflegter man ist, desto wichtiger erscheint man.«

»Und warum trägst du Strapse?«

»Woher weißt du das?«

»Ich habe ein Auge dafür. Also, mit wem hast du dich getroffen?«

»Mit einer alten Freundin aus der Schule.«

»Aha«, meinte er und setzte dabei einen Gesichtsausdruck auf, der zeigte, dass er ihr kein Wort glaubte.

Die junge Frau schien sich sichtlich unwohl zu fühlen und blickte ziellos umher.

»Du solltest dich duschen«, erklärte er. »Du riechst wie eine Nutte.«

»Da habe ich wohl ein wenig zu viel Parfum aufgetragen.«

Michael nickte. »Wenn du dich gewaschen hast, möchte ich, dass du deine Sachen nimmst und dieses Haus verlässt.«

»*Was?* Warum?«

»Weil ich keine Huren in meinem Haus dulde.«

»Wie kommst du darauf, dass ich …«

Der Mann unterbrach sie mit erhobener Hand. »Du bist aufreizend gekleidet, du riechst wie ein Puff, und du lügst. Das merke ich an deinem Verhalten. Wer auch immer heute das Vergnügen hatte, dich zu ficken, wird sich sicher freuen, wenn du noch heute Nacht bei ihm anklopfst und ihn bittest, dich aufzunehmen. Es ist vorbei, Sharon.«

Die Frau öffnete und schloss mehrfach den Mund.

»Du siehst aus wie ein Fisch auf dem Trockenen, der nach Luft schnappt. Reiß dich gefälligst zusammen. Ich gehe jetzt spazieren«, verkündete Michael. »Wenn ich in dreißig Minuten wiederkomme und dich hier immer noch vorfinde, wirst du dir wünschen, niemals geboren worden zu sein. Ist das bei dir angekommen?«

Er sah, wie Sharon Tränen in die Augen traten, als sie langsam nickte.

Der Mann ging zur Eingangstür und öffnete sie. Bevor er in der Nacht verschwand, wandte er sich noch einmal um. »Ich habe dich übrigens nie geliebt.«

Dann ging er hinaus und ließ Sharon, die nun wie ein Häufchen Elend wirkte, zurück.

KAPITEL 4

»Ich hatte schon vergessen, wie idyllisch es hier ist«, sagte Fulton, die vom Beifahrersitz aus dem Fenster sah und verträumt die vorbeiziehende Landschaft betrachtete. Obwohl die Ranch von Maddox´ Eltern mitten in Texas lag und fast dreihundert Kilometer westlich von Dallas entfernt war, war es hier entgegen der landläufigen Annahme weder trocken noch unwirtlich. Die Landschaft war stattdessen bedeckt von hohem Gras und gehörte zur mittelamerikanischen Prärie, wo bereits seit einigen Jahrhunderten, nachdem die ersten Siedler hergekommen waren, Rinder und anderes Nutzvieh weideten. Wie Fulton wusste, hatten Harold und Mathilda Maddox erst vor wenigen Jahren, nachdem sie in Rente gegangen waren, das Grundstück gekauft und ihre eigene Rinderzucht gestartet. Der einzige Hinweis darauf, dass sich die Agenten schon seit einiger Zeit auf dem Grund und Boden von Maddox´ Eltern befanden, war ein unscheinbares Holztor gewesen, an dem ein kleines Messingschild mit der Gravur *Maddox Ranch* angeschraubt gewesen war.

Schon von Weitem sahen sie das Wohngebäude, welches im neunzehnten Jahrhundert im Kolonialstil errichtet worden war. Der Agent parkte den Wagen neben dem Haupteingang und stellte den Motor ab. Als die beiden ausstiegen, wurden sie bereits von Mathilda erwartet.

»Schön, dass ihr hier seid«, begrüßte sie die Neuankömmlinge und nahm erst ihren Sohn und dann Fulton in den Arm. »Hattet ihr eine gute Fahrt?«

»Auf der Straße ist ja nichts, was uns gefährlich werden könnte«, antwortete die Agentin.

»Das ist einer der Vorteile der Einöde«, gab Mathilda zurück und drückte sie noch einmal.

Obwohl Mathilda Maddox bereits siebenundsechzig Jahre alt war, sah sie nicht viel älter als fünfundfünfzig aus. Wenn man sie darauf ansprach, erwiderte sie immer, dass ihr die gute Landluft und die regelmäßige Sonne dabei helfen würden, ihr wahres Alter zu kaschieren.

»Danke, Mom, dass ihr uns so spontan empfangt«, sagte Maddox.

»Du weißt, dass ihr uns immer willkommen seid. Nici, wie geht es dir?«

»Gut«, antwortete die Agentin ausweichend.

»Aha«, meinte Mathilda. »Dann komm mal rein. Carl, dein Vater ist gerade im Schuppen und versucht, den Jeep zu reparieren.«

»Ist das Mistding schon wieder kaputt? Warum kauft ihr keinen neuen?«

»Du weißt doch, wie dein Vater ist. Lieber investiert er Tausende Dollar, um etwas Altes instand zu setzen, anstatt mit der Hälfte des Geldes etwas Neues zu kaufen.«

Der Agent nickte wissend und wandte sich dem aus unlackiertem Holz errichteten Gebäude zu, als er von dort ein lautes Hämmern, gefolgt von noch lauterem Gefluche, hörte.

»Ich schaue mal nach ihm«, erklärte der Agent und ging zu dem Schuppen hinüber.

Fulton grinste und folgte Mathilda in die schattige Kühle des Wohnhauses und in die Teestube, die im Wesentlichen ein weitläufiger Raum mit einem Kamin in der Ecke und einigen im Zimmer verteilten Sitzmöbeln war.

»Ich nehme an, du möchtest einen Kaffee?«, fragte sie Fulton.

»Ja, und wenn ihr habt, dann hätte ich unglaublich gerne auch Eistee.«

»Ist frisch zubereitet und zum Verzehr bereit«, erklärte Mathilda. »Mach es dir bequem, ich bin in zwei Minuten wieder da.«

Während die Herrin des Hauses mit den Getränken zugange war, setzte sich die Agentin in ihren Lieblingssessel und sah sich um. An den Wänden hingen zahlreiche Familienfotos. Viele davon zeigten ihren Partner in diversen Stadien seines Lebens. Auf einem Bild war er bei der Einschulung zu sehen. Auf einem anderen posierte er in Anglerkluft mit einem ausgewachsenen Hecht und stolz wie ein Hürdenläufer, der gerade einen neuen Weltrekord aufgestellt hatte. Die Bilder waren chronologisch geordnet, und das jüngste zeigte ihn am Tag des Abschlusses der FBI-Akademie, zusammen mit seinem Vater und seiner Mutter. Fulton seufzte melancholisch.

Nici betrachtete sich im Spiegel und fuhr mit dem Lippenstift noch einmal dezent über ihren Mund. Der heutige Tag war etwas Besonderes für sie, denn endlich, ENDLICH, hatte sie ihre Ausbildung beendet. Obwohl sie ihre Zeit auf der FBI-Akademie genossen hatte, war sie froh, die Prüfungen hinter sich gebracht zu haben. Noch immer waren die dunklen Ringe unter ihren Augen sichtbar, als Zeichen dafür, dass sie sich drei Monate lang so wenig Schlaf wie möglich gegönnt hatte, um so gut wie möglich vorbereitet zu sein. All die Strapazen hatten sich jedoch gelohnt: Nicole Fulton hatte ihren Abschluss mit Auszeichnung bestanden, und ihre Ausbilder hatten sie ausführlich gelobt und ließen keine Gelegenheit aus, ihre Leistung zu würdigen. Auch ihre Tante Kate war, als die beiden miteinander telefoniert hatten, voll des Lobes gewesen. Dies alles hatte Nici gutgetan, aber tief in sich spürte sie, dass es für sie nicht genug war, von diesen Menschen Anerkennung zu erfahren. Sie wusste, dass es ihre Eltern unglaublich mit Stolz erfüllt hätte, wenn sie gewusst hätten, was sie geschafft hatte.

»Mom, Dad, ich hoffe, ihr könnt mich jetzt sehen«, sagte sie leise. »Ich hoffe, es geht euch gut, wo ihr jetzt seid.«

»Nici, trödele nicht«, ermahnte ihre Mitbewohnerin sie aus dem Nebenraum.

Kiana und sie hatten sich kurz nach Beginn der Akademie kennengelernt und auf Anhieb gemocht. Die andere Frau wies einen ganz anderen Hintergrund als Nici selbst auf. Kianas Eltern lebten noch und unterstützten sie, wo sie nur konnten. Mit Nici allerdings konnten Kianas Eltern nur wenig anfangen, zu fremd war ihnen ihr bisheriger Lebensweg erschienen. Das hatte ihre Mitbewohnerin freilich nicht davon abgehalten, Freundschaft mit ihr zu schließen.

»Ich bin gleich fertig«, rief Nici durch die geschlossene Badezimmertür und warf noch einen letzten Blick auf ihr Make-up.

Perfekt.

Die frisch gebackene FBI-Agentin öffnete die Tür und ging in ihr Schlafzimmer, um die bereits vor Tagen bereitgelegten Kleidungsstücke anzuziehen. Obwohl sie während der offiziellen Feierlichkeiten einen Talar tragen würde, wie es bei Veranstaltungen dieser Art üblich war, würde sie am Abend unter Garantie nicht diesen schwarzen Vorhang anhaben. Stattdessen hatte sie sich für einen fast knielangen Rock und eine dazu passende Bluse entschieden, die ganz leicht transparent war. Sie wollte zwar feierlich aussehen, aber dennoch professionell wirken und nicht wie ein Girlie von der Highschool, das nur darauf aus war, einen Jungen abzuschleppen.

»Komm jetzt«, rief Kiana erneut.

Nici knöpfte den letzten Blusenknopf zu und trat in das gemeinsame Aufenthaltszimmer.

»Wow«, sagte ihre Mitbewohnerin und musterte ihre Freundin von oben bis unten. »Du siehst super aus!«

»Danke. Du bist aber auch nicht von schlechten Eltern«, erwiderte Nici lächelnd. »Heute ist der große Tag, was?«, fügte sie ernster hinzu.

»Yap. Wurde auch Zeit. Noch einen Tag länger, und ich wäre ausgeflippt.«

»Weißt du schon, wo du hingehen wirst?«

»Mir wurde eine Stelle in Honolulu zugewiesen«, erklärte Kiana.

»Das ist ja perfekt für dich!«

»Ich freue mich auch sehr.«

Kiana war nämlich auf Hawaii, genauer gesagt auf der Insel Maui geboren worden und konnte neben Englisch auch die Sprache der Ureinwohner.

»Und wo wirst du hingehen?«, fragte sie Nici.

»Weiß ich noch nicht.«

»Du hast noch keine Instruktionen erhalten?«

»Nein. Anscheinend wissen sie nicht, wo sie mich hinstecken sollen.«

»Das muss ein Irrtum sein. An deiner Stelle würde ich nachher direkt nachfragen.«

»Vielleicht mache ich das«, antwortete Nici.

»Wir müssen los. Auch wenn wir die Besten unseres Jahrgangs sind, werden die nicht auf uns warten.«

Die beiden jungen Frauen verließen ihre Unterkunft und machten sich auf den Weg zum Veranstaltungsplatz.

»Hallo Kate«, begrüßte Nici ihre Tante und umarmte sie herzlich.

»Mein Schatz! Ich bin so stolz auf dich!«, sagte Kate und drückte ihre Nichte.

»Danke. Bist du allein gekommen?«

»George ist auch hier. Er ist nur gerade für kleine Jungs.«

George lebte seit vielen Jahren in Kates Nachbarschaft und half hin und wieder bei Reparaturen aus. Er war ein wenig einfältig, aber herzensgut, und nahm sich immer die Zeit, wenn es etwas gab, wo er helfen konnte. Er hatte die siebzig Jahre bereits weit überschritten, und langsam merkte man es an seiner Gesundheit.

»Da ist ja mein kleines Mädchen!«, dröhnte es quer über den Versammlungsplatz.

Unwillkürlich zogen einige der Anwesenden ihre Köpfe ein, in Erwartung, gleich den griechischen Donnergott Zeus vom Himmel steigen zu sehen.

»Du siehst toll aus!«, sagte er in der gleichen Lautstärke, als er bereits dicht neben Nici stand und einen Arm um sie legte.

»Danke. Was macht dein Gehör?«

»Was ist mit meinem Souffleur? Warum sollte ich jemanden brauchen, der mir zuflüstert, was ich sagen soll?«

»Schon gut«, sagte Nici laut. »Ich freue mich, dass du hier bist.«

»Ich mich auch, meine Liebe. Kiana«, rief er und ging zu Nicis Mitbewohnerin, die sich gerade mit ihren Eltern unterhielt.

»Er sieht noch älter aus, als ich ihn in Erinnerung habe«, sagte Nici zu ihrer Tante.

»In den vergangenen Wochen ist es immer mehr mit ihm bergab gegangen. Ich sage ihm jeden Tag, dass er sich untersuchen lassen soll, aber du weißt ja, wie stur er ist.«

»Man lebt nur einmal, und ich lasse mir nicht von irgendeinem Quacksalber vorschreiben, was ich zu tun habe«, zitierte Nici den älteren Mann. »Wie viele Infarkte hatte er bereits?«

»Zwei. Ich mache mir ernsthafte Sorgen um ihn.«

»Wie wäre es, wenn ich ihm etwas einflöße, was ihn gefügig macht?«

»Hast du so etwas?«

»Ich bin beim FBI, schon vergessen?«

»Vielleicht komme ich darauf zurück«, sagte Kate mit leichtem Lächeln, das ihre Sorge um ihren alten Freund aber nicht überdecken konnte.

In diesem Augenblick betrat der Leiter der FBI-Akademie, ein gestandener Mann namens Felix Costa, die aus Holz errichtete Bühne und stellte sich ans Mikrofon.

»Liebe Absolventen, liebe Besucher, wir wollen nun mit den offiziellen Feierlichkeiten beginnen. Bitte begeben Sie sich zu den für Sie vorbereiteten Plätzen und freuen Sie sich mit mir darauf, eine neue Generation des FBI im Dienst zu begrüßen.«

»Bis gleich«, flüsterte Nici ihrer Tante zu und ging in die vorderste Reihe, wo ihr Platz namentlich für sie gekennzeichnet war.

Costa hielt eine lange und ausführliche Rede darüber, wie wichtig das FBI gerade in dieser Zeit war, welche Erfolge man über die Jahre hatte feiern können und dass er natürlich sehr stolz sei, Leiter dieser Ausbildungsstätte sein zu dürfen. Nici hörte nur mit einem Ohr zu. Sie verknotete ihre Finger und löste sie wieder, nur um sie gleich darauf wieder ineinander zu verdrehen. Endlich ging der Ausbildungsleiter dazu über, die einzelnen Absolventen zu sich auf die Bühne zu rufen, um jedem Einzelnen die Hand zu schütteln und die Zertifikate auszuhändigen.

»Nicole Fulton«, sagte Costa nun.

Nici schlotterten die Knie etwas, aber sie stand auf und stieg auf das Podest.

»Es ist mir eine Ehre und eine Freude, Sie im Kreise des FBI willkommen zu heißen. Ihr hervorragender Abschluss demonstriert auf eindrucksvolle Art und Weise, dass Sie bereit sind für den Dienst an Ihrem Land. Da Sie die Klassenbeste dieses Jahrgangs sind, habe ich mich dazu entschieden, Ihnen Ihren Wirkungsort persönlich mitzuteilen. Sie werden zu den Kollegen in New York City stoßen. Ich bin mir sicher, dass Sie dort genauso erfolgreich sein werden, wie Sie es hier waren, und viele Verbrecher ihrer gerechten Strafe zuführen werden. Herzlichen Glückwunsch!«

Nici war sprachlos. Sie hatte mit vielem gerechnet, aber dass sie in den Big Apple gehen würde, traf sie unvorbereitet. Sie hatte sich schon immer gewünscht, in New York zu leben, und nun erhielt sie endlich diese großartige Chance, in einer der besten Außenstellen des Landes zu arbeiten. Über beide Wangen lächelnd, schüttelte sie die dargebotene Hand und nahm ihr Abschlussdokument entgegen. Dies war einer, wenn nicht sogar der schönste Augenblick ihres Lebens!

In diesem Moment geschah etwas, womit sie noch viel weniger gerechnet hatte. George, ihr lieber Freund, fing plötzlich an, zu röcheln. Er beugte sich auf seinem Stuhl nach vorne und versuchte, Luft zu holen, doch es gelang ihm nicht. Mit der rechten Hand griff er sich an die Brust, während er mit der linken versuchte, seinen Kragen zu öffnen.

Kate reagierte geistesgegenwärtig und stützte den alten Mann, damit er nicht einfach vornüberfiel. Sie legte ihn so vorsichtig wie möglich auf den Rücken und öffnete sein Hemd. Die nächsten um sie herum befindlichen Personen wussten nicht genau, wie sie reagierten sollten, und starrten voller Panik auf das Schauspiel. Nici, die für einen Augenblick schreckensstarr gewesen war, fing sich jetzt und ließ ihre Reflexe das Kommando übernehmen. Sie sprang von der Bühne und lief zu ihrer Tante und dem alten Mann, der noch immer röchelte.

»Ein Herzinfarkt«, murmelte Kate, während sie versuchte, George zu helfen.

Nici nickte stumm.

»Nici«, flüsterte George.

»Ich bin hier«, antwortete sie und nahm seine Hand.

»Du bist ... die beste und tollste Frau ... die ich je kennenlernen durfte. Ich wünschte, du ... wärst meine ... Tochter gewesen.«

»Nicht sprechen«, sagte Nici und versuchte, durch pure Willenskraft, ihren Freund am Leben zu erhalten.

Aber noch bevor die Sanitäter eintrafen, hatte der Tod bereits seinen Schnitt gemacht. George atmete nicht mehr und starrte mit leeren Augen ins Nirgendwo. Nici spürte, wie sich in ihrem Augenwinkel Tränen bildeten. Sie hatte seit dem Tod ihrer Eltern nicht mehr geweint, und es war ihr beinahe peinlich, nun hier, vor allen Leuten, Schwäche zu zeigen. Als sie ihrer Tante in die Augen sah, stellte sie fest, dass auch Kate weinte. Gemeinsam saßen sie stumm da und trauerten um ihren alten Freund.

»Erzähl mal, wie geht es dir?«, fragte Mathilda, als sie und Fulton zusammensaßen.

Maddox war noch immer draußen bei seinem Vater und tat, was Männer normalerweise tun, wenn sie unter sich sind.

»Ich bin okay«, sagte Fulton ausweichend, was ihr einen skeptischen Blick der älteren Frau einhandelte.

»Wenn du sagst, dass du okay bist, dann bist du ganz bestimmt nicht okay«, stellte Mathilda fest.

»Man merkt, dass du und Carl aus derselben Familie kommt.«

»Wie die Mutter, so der Sohn«, erklärte Mathilda lächelnd. »Und außerdem war ich ebenfalls beim FBI. Ich erkenne, wenn jemand nicht die Wahrheit sagt. Also raus mit der Sprache.«

»Na gut. Es ist dieser Fall, an dem wir gerade arbeiten. Vielleicht hat dir Carl schon davon erzählt.«

»Gehen wir mal davon aus, dass ich nichts darüber weiß, was mein geliebter Sohn so treibt. Erzähle.«

Fulton beschloss, der älteren Frau eine Zusammenfassung der bisherigen Ereignisse zu geben. »Wir stehen vor sechs Toten, und wir haben nicht die geringste Ahnung, wer dafür die Verantwortung trägt«, schloss sie.

»Und das macht dir zu schaffen.«

»Ja«, bestätigte die Agentin. »Es ist, als würden wir ein Phantom jagen. Wir glauben zwar, zu wissen, was den Täter antreibt, aber damit hört es auch schon wieder auf.«

»Und was soll das sein?«

»Rache. Beziehungsweise Genugtuung. Wir gehen von einem Vigilanten aus.«

»Jemand, der das Recht in die eigenen Hände nimmt«, sagte Mathilda nachdenklich. »So einen hatte ich auch schon einmal.«

»Wirklich? Wie hast du ihn geschnappt?«

»Gar nicht«, gab die ältere Frau zu. »Er hat einfach irgendwann aufgehört. Habt ihr wirklich gar keinen Anhaltspunkt?«

»Na ja, bei der jüngsten Tat konnten wir wenigstens einen Lackabrieb von einem Fahrzeug sicherstellen. Der ist jetzt im Labor in New York, aber ehrlich gesagt, bin ich pessimistisch, dass wir dadurch eine heiße Spur finden.«

»Vertraust du eurem Labor nicht?«

»Das ist es nicht«, erklärte Fulton. »Die Jungs und Mädels dort gehören zu den Besten ihres Fachs, aber ...«

»Nici, ich glaube, du steigerst dich zu sehr in den Fall hinein. Du nimmst es persönlich, dass dieser Kerl euch ... dich ... an der Nase herumführt.«

»Kann schon sein. Aber sollte ich es nicht ein Stück weit persönlich nehmen?«

»Doch, aber du lässt dich davon negativ beeinflussen. Ich habe zu meiner Zeit genügend solcher Fälle gehabt, dass ich genau weiß, wie du dich fühlst. Ich war in deinem Alter selbst so. Auch, wenn ich viele Erfolge feiern konnte, so hatte ich doch auch meine Fehlschläge. Und ich habe es immer wahnsinnig persönlich genommen, wenn mir einer dieser Drecksäcke durch die Lappen gegangen ist. Ich war einmal sogar so weit, dass ich meinen Job an den Nagel hängen wollte.«

»Davon hast du mir nie erzählt«, sagte Fulton.

»Weil es bisher nicht nötig war. Ich spreche außerdem nicht so gerne über meine Misserfolge. Aber weißt du, was dann passiert ist?«

»Nein, was denn?«

»Ich wurde mit Carl schwanger. Durch ihn habe ich zwangsläufig eine Pause einlegen müssen. Und weißt du was? Es hat mir sehr gut getan. Als mein Sohn auf die Welt gekommen war, hatte ich keine Zeit mehr, mich um irgendwelche Psychopathen zu kümmern und mir von ihnen vor Augen führen zu lassen, dass ich unzulänglich war. Carl brauchte mich Tag und Nacht, und ich spürte, dass es für mich genau das Richtige war. Ich fühlte mich gebraucht und gleichzeitig geliebt, und das Schönste war, wenn Harold für längere Zeit zu Hause war. Du weißt ja, dass er als Trucker oft wochenlang auf der Straße unterwegs gewesen ist. Aber wenn er hier war, dann unterstützte er mich nach Leibeskräften, und in ruhigen Minuten sagte er mir, wie sehr er mich liebe und wie stolz er auf mich sei. Als Carl in die Schule kam und ich in den aktiven Dienst zurückkehrte, bemerkte ich, wie sehr mich das Leben mit einem Kind positiv beeinflusst hatte. Ich war gelöster, konzentrierter und dadurch erfolgreicher, auch wenn hin und wieder ein Fall trotzdem ungelöst blieb.«

»Ist ja eine schöne Geschichte, aber was hat das jetzt mit mir zu tun? Soll ich mich schwängern lassen?«

»Das wäre ein ziemlich drastischer Schritt«, antwortete Mathilda milde lächelnd. »Nein, im Endeffekt möchte ich damit sagen, dass du etwas brauchst, was dir vor Augen führt, dass du nicht über deine Arbeit definiert wirst, sondern wertvoll bist, weil du DU bist, ohne Wenn und Aber.«

»Aber was könnte das sein?«

»Welche Hobbys hast du?«

»Nun ...«, überlegte Fulton.

»Okay, schon klar. Dann etwas anderes. Du hast noch immer Spot, oder?«

»Ja, der undankbare Stinker ist immer noch Teil meines Lebens.«

»Wie reagiert er, wenn du nach Hause kommst?«

»Er beschwert sich lautstark, dass ich so lange weg war, streicht um meine Beine und lässt mich für den Rest des Abends nicht aus den Augen.«

»Für mich hört sich das so an, als würde er dich lieben.«

»Ich glaube eher, er will mir auf seine Weise klar machen, dass er es missbilligt, dass ich so oft weg bin.«

»Da bin ich sogar sicher. Und er missbilligt dein Fernbleiben, weil er dich vermisst. Er liebt dich, und er braucht dich. Er könnte ohne dich leben, aber er will es nicht. Sonst hätte er schon längst sein Bündel gepackt und hätte sich ein anderes Zuhause gesucht.«

Bei der Vorstellung, dass ihre Katze ein Tischtuch mit ihren Spielzeugen und ihrem Futter nehmen und damit auf Wanderschaft gehen könnte, musste Fulton unwillkürlich grinsen. Aber gleichzeitig erkannte sie, worauf Mathilda hinauswollte. Wenn sie ehrlich zu sich selbst war, musste sie anerkennen, dass sie sich wirklich ausschließlich über ihre Arbeit definierte. Das allein war schon schlimm genug, aber dass sie in den vergangenen Wochen zusätzlich noch über ihre Eltern und ihr Leben ohne sie nachdachte, machte die Angelegenheit nicht besser. Sie wollte sich gerade Mathilda gegenüber öffnen, als die Tür lautstark geöffnet wurde und ein fast zwei Meter großer, stämmiger Mann im Rahmen erschien.

»Nici!«, rief Harold Maddox mit lauter Bassstimme.

»Hey«, sagte sie, stand auf und umarmte den alten Mann.

»Du bist groß geworden«, bekundete er.

»Du tust ja gerade so, als hättest du mich seit Jahren nicht mehr gesehen«, scherzte sie.

»So fühlt es sich zumindest an. Du siehst gut aus. Hoffentlich ärgert dich Carl nicht zu sehr, denn sonst muss ich meinem Sohn die Ohren langziehen.«

»Das würdest du doch sowieso nicht tun, dafür liebst du ihn zu sehr«, antwortete Mathilda lächelnd.

»Dagegen ist auch nichts einzuwenden. Aber etwas Erziehung hat noch nie geschadet.«

»Wo ist er eigentlich?«

»Carl? Der ist im Schuppen und bastelt an der Harley.«

»Du hast ein Motorrad? Bist du nicht langsam zu alt für eine Midlife-Crisis?«

»Zumal du ja mich hast«, fügte Mathilda hinzu. »Da hast du gar keinen Grund, um dich schrecklich zu fühlen.«

»Das eine schließt das andere nicht aus«, antwortete Harold. »Ich bin zwar schon siebzig Jahre alt, aber ich gehöre noch lange nicht zum alten Eisen.«

»Doktor Jackson hat kürzlich etwas anderes gesagt.«

»Der Kerl hat ja auch keine Ahnung. Der hat sein Diplom nur bekommen, weil er mit der Dekanin geschlafen hat.«

»Im Ernst, Harold, du solltest aufpassen«, sagte Fulton jetzt ernst. »Du wärst nicht der Erste, der sich überschätzt und dann einen hohen Preis dafür bezahlen muss.«

»Du hörst dich an wie meine Frau«, antwortete Harold. »Aber du hast natürlich recht. Ich habe auch nur so dahergeredet. Ich weiß, dass ich in einem fortge-schrittenen Alter bin und etwas kürzertreten muss. Ei-gentlich habe ich die Harley auch nur gekauft, weil ich etwas zum Basteln wollte.«

»Und der Jeep hat nicht gereicht?«

»Den sehe ich eher als tägliche Aufgabe an. Ich habe immer davon geträumt, mit einem Motorrad einmal quer von Los Angeles bis Miami zu fahren. So weit werde ich wahrscheinlich nicht mehr kommen, aber die eine oder andere Tour ist noch drin.«

»Ich hoffe, dass du dir diesen Traum erfüllen kannst«, erklärte Fulton aufrichtig.

»Danke. Ich tue mein Bestes. Aber jetzt zu dir. Wie ist es dir ergangen, seit wir uns vor einem Jahr, zwei Monaten, drei Wochen und einem Tag gesehen haben?«

»Du zählst die Zeit bis zu unserem Wiedersehen?«

»Nur bei Leuten, die mir etwas bedeuten.«

»Die Kurzfassung ist, dass es mir schon mal besser ging.«

»Also, um es mit einem Wort zu sagen: Beschissen«, stellte Harold fest.

»Du bringst es wie immer auf den Punkt.«

»Carl hat mir schon ein wenig von eurem aktuellen Fall erzählt. Scheint ja eine ganz üble Nummer zu sein.«

»Das ist noch untertrieben.«

»Wie lange wollt ihr bleiben?«

»Willst du uns loswerden?«

»Niemals!«, tönte er. »Ich möchte nur wissen, wie lange ich mit Carl und dir habe.«

»Ein paar Tage«, antwortete Fulton. »Kommt drauf an, wie unser Fall weitergeht.«

»Ihr seid so lange willkommen, wie ihr wollt. Aber jetzt muss ich mal eben nach meinem Sohnemann schauen, nicht dass der Kerl etwas falsch zusammenschraubt und ich dann statt eines Motorrads eine Waschmaschine habe.«

»Lass dich nicht aufhalten.«

Harold verließ das Zimmer, nur um nach zwei Sekunden erneut im Türstock zu erscheinen. »Nici, ich bin froh, dass du hier bist«, sagte er und ging dann nach draußen.

Fulton warf einen Seitenblick auf Mathilda, die sie direkt anblickte und dezent die Augenbrauen hochzog, als ob sie sagen wollte: *Siehst du, es gibt Leute, die dich vorbehaltlos lieben.*

»Hör mal, ich würde jetzt gerne etwas für mich sein und spazieren gehen. Ist das okay, oder brauchst du Unterstützung bei irgendetwas?«, fragte die Agentin.

»Geh ruhig, du bist hier zu Gast. Ich komme zurecht. Und wenn ich wirklich jemanden brauche, dann darf sich Carl nützlich machen.«

»Danke.«

»Abendessen ist um sieben«, fügte Mathilda hinzu.

»Okay, ich werde rechtzeitig zurück sein.«

Da es ein warmer Tag war, entschied sich Fulton dazu, das helle, bis zu ihren Knien reichende Sommerkleid anzuziehen, das sie zu Hause eingepackt hatte, bevor sie und Carl zur Farm gefahren waren. Glücklicherweise hatte sie bereits feste und doch bequeme Turnschuhe angezogen, und so war sie innerhalb weniger Minuten fertig. Zu guter Letzt telefonierte sie noch mit ihrer Nachbarin Kate, um sich zu vergewissern, dass es ihrer Katze gut ging.

»Alles in Ordnung, die Kleine ist ganz friedlich«, sagte Kate.

»Du weißt ja, wie ich bin, wenn es um Spot geht«, erwiderte Fulton.

»Sie vermisst dich natürlich, aber ich glaube, dass sie damit einverstanden ist, dass ich sie versorge.«

»Lass dir von ihr bloß nicht auf der Nase herumtanzen.«

»Mach dir keine Sorgen«, beschwichtigte Kate sie lachend.

»Ich muss los. Bis bald.«

Fulton legte auf und ging ins Erdgeschoss.

»Du brauchst einen Hut«, urteilte Mathilda und reichte ihr eine Kopfbedeckung mit breiter Krempe.

Die Agentin setzte den Hut auf und ging dann über den Hintereingang nach draußen. Obwohl sie länger nicht hier gewesen war – war es tatsächlich schon über ein Jahr her, wie Harold gesagt hatte? –, erinnerte sie sich noch gut an ihren vorherigen Besuch. Entsprechend zielstrebig wandte sie sich in westliche Richtung und ging los. Kurz hinter dem Haus erstreckte sich eine weite, mit kniehohen Gräsern bedeckte Wiese, auf der einige Pferde friedlich grasten. Vor vielen Jahren, als Fulton zum ersten Mal hier gewesen war, hatte Maddox ihr beigebracht, wie man mit diesen majestätischen Tieren umging.

»Keine schnellen Bewegungen, nicht von hinten nähern«, hatte er ihr eingetrichtert. »Und halte dich von den Fohlen fern, da reagieren die Muttertiere allergisch«, hatte er hinzugefügt.

Entsprechend wählte Fulton ihren Weg und ging gut sichtbar und in normaler Geschwindigkeit an den Pferden vorbei, darauf achtend, keine hastigen Bewegungen zu machen, die die Tiere nervös machen könnten. Als sie die Herde hinter sich gelassen hatte, legte sie einen Schritt zu. Die Sonne schien hell und heiß, und mehr als einmal dankte sie Mathilda im Stillen, dass sie ihr diesen Hut ausgeliehen hatte, denn sonst hätte sie sich sicher einen Sonnenbrand geholt. Die Gräser strichen sanft um ihre Beine und kitzelten sie, während sie weiter in die Prärie hinaus stapfte. Fulton wusste nicht, wie lange sie gegangen war, als sie eine kurze Pause machte und die Hände in die Seiten stemmte. Erst, als sie sich nach hinten hin umsah, stellte sie fest, dass das Farmhaus vollständig außer Sicht war. Nur ein schmaler Streifen plattgedrückten Grases zeugte davon, dass sich ein Mensch hierher verirrt hatte. Um sie herum befand sich nur die Prärie, und als sie nach oben blickte, sah sie keine Kondensstreifen etwaiger Flugzeuge, sondern ausschließlich natürlich geformte, weiße Wolken, die träge dahinzogen.

Wie damals, dachte sie mit einem Anflug von Wehmut an ihre Zeit bei Tante Kate zurück.

Fulton blickte kurz auf ihr Handy und betrachtete die digitale Uhr. Da sie noch mehr als vier Stunden Zeit hatte, bevor sie wieder am Wohnhaus sein sollte, beschloss sie, noch etwas weiterzugehen, bis sie an die Grundstücksbegrenzung kommen würde, um dann von dort aus den Heimweg anzutreten. Als der Drahtzaun nach einiger Zeit schließlich vor ihr auftauchte, machte sich ein Gefühl des Triumphes in ihr breit. Fulton wusste, dass es mehr als fünf Kilometer benötigte, um vom Farmhaus im Zentrum des Grundstücks bis zu dessen Rand zu gelangen. Sie wandte sich um und schlug die Richtung ein, aus der sie gekommen war, wobei sie den platten Gräsern folgte. Doch je länger sie dem Weg folgte, desto mehr hatten sich die Pflanzen bereits wieder aufgerichtet, bis Fulton schließlich keinen erkennbaren Weg mehr finden konnte. Sie tat das Naheliegende, zog ihr Handy aus der Tasche und rief das vorinstallierte Navigationssystem auf. Es war zwar vor allem für die Orientierung auf asphaltierten Straßen gedacht, aber sicher würde es von dieser Gegend mitten im Nirgendwo wenigstens Satellitenbilder geben. Wie zu befürchten, ließ die Technik sie aber im Stich, denn egal, wie sie ihr Telefon hielt, es wollte einfach keinen Empfang bekommen. Sie konnte einige statische Bilder aufrufen, aber da ihr Standort nicht angezeigt wurde, half ihr das herzlich wenig. Obwohl eine kleine Stimme tief in ihrem Inneren anfing, ihr zuzuflüstern, dass jetzt der Moment für Nervosität gekommen war, blieb Fulton ruhig. Schließlich gehörte sie seit langer Zeit zum FBI und konnte sich in der Wildnis orientieren, auch ohne auf technische Hilfsmittel angewiesen zu sein. Das hatte sie bereits bei ihrer Tante gelernt, denn auch dort war der Handy-Empfang meist schlecht gewesen. Sie legte den Kopf in den Nacken und beobachtete für einige Minuten den Himmel. Wie sie wusste, herrschte in dieser Gegend normalerweise ein Westwind, die Wolken trieben also nach Osten. Nachdem sie sich vergewissert hatte, dass die Wolken prinzipiell alle in dieselbe Richtung wanderten, orientierte sie sich entsprechend. Sie hatte, als sie losgegangen war, die westliche Richtung eingeschlagen, also musste sie nun den Wolken folgen. Ihr war klar, dass die Richtung nur sehr grob war, aber es war die einzige Möglichkeit, in einer annehmbaren Zeit zurück zum Farmhaus zu gelangen. Eine andere Möglichkeit wäre es gewesen, zurück zum Zaun zu gehen und diesem dann zu folgen. Vielleicht wäre das sogar schlauer, überlegte sie, aber nun hatte sie sich entschieden. Und da sie nach Osten gehen würde, würde die Sonne ihr zusätzlich helfen, denn bekanntlich ging der lebensspendende Feuerball im Westen, also in Fultons Rücken, unter. Zielstrebig ging sie los, und tatsächlich dauerte es nicht lange, bis sie an einem Steinhaufen vorbeikam, an den sie sich erinnerte. Voller Tatendrang schritt sie kräftig aus und stapfte durch das hohe Gras. Da sie voller Eifer war, bemerkte sie das etwa einen halben Meter große und von Gräsern bedeckte Loch im Boden erst, als sie bereits hineinstolperte. Dabei trat sie so unglücklich auf, dass ihr linker Fuß umknickte. Sofort schoss ein schmerzhafter Strahl an ihrem Bein hinauf, und Fulton fiel der Länge nach hin. Sie konnte sich gerade noch mit den Händen abfangen, bevor sie auf den Boden aufprallte.

»Fuck!«, stieß sie aus.

Sie wollte sich aufrichten, aber als sie etwas Gewicht auf ihr linkes Bein legte, schoss eine zweite Schmerzwelle hindurch.

»Gott verdammt«, ächzte sie und fiel erneut zu Boden.

Langsam drehte sie sich auf den Rücken und zog vorsichtig das verletzte Bein an, um es genauer zu betrachten. Versuchsweise tastete sie ihren Knöchel mit den Fingerspitzen ab.

Ihr wurde schnell klar, dass sie sich keinen Knochen gebrochen hatte, aber so, wie es sich anfühlte, war das Fußgelenk zumindest verstaucht. So würde sie kaum laufen können. Vorsichtig streckte sie das linke Bein wieder aus, darauf erpicht, den Knöchel so wenig wie möglich zu bewegen. Dann griff sie in ihre Tasche und zog ihr Handy hervor.

Noch immer kein Netz!

Na großartig, dachte sie und überlegte, was sie jetzt tun könnte.

Am einfachsten wäre es, ein Feuer zu entfachen, um auf sich aufmerksam zu machen, aber zum einen trug sie weder ein Feuerzeug noch Streichhölzer bei sich, und zum anderen hätte es wenig gebracht, die Prärie anzuzünden. Das Gras war so trocken, dass Fulton wahrscheinlich bei lebendigem Leib verbrannt wäre, lange bevor sie jemand finden würde. Der Steinhaufen befand sich nur wenige Meter hinter ihr. Die Agentin beschloss, dorthin zu kriechen und sich so gut wie möglich dort sichtbar zu machen. Früher oder später würde die Maddox-Familie ihre Abwesenheit bemerken und sich auf die Suche nach ihr machen. Sie musste nur warten. Da die Sonne relativ tief stand, konnte sie bei den Steinen etwas Schatten finden. Die Anstrengung, auf dem Bauch und nur mit der Kraft ihrer Arme und eines Beines zu den Steinen zu gelangen, war so groß, dass sich Schweißperlen auf ihrer Stirn bildeten. Als sie endlich an ihrem Ziel angekommen war, spürte sie die Erschöpfung. So gut wie möglich lehnte sie sich an den Steinhaufen, streckte das verletzte Bein aus und atmete tief durch. Um sich herum hörte Fulton das Zirpen der

Zikaden, das so regelmäßig erklang, dass es sie ein-
lullte. Schließlich gab sie dem nach unten strebenden
Drang ihrer Augenlider nach und schloss sie.

Nur für einen Moment, dachte sie.

Als sie ihre Augen wieder öffnete, war es um sie
herum deutlich dunkler geworden. Ein Blick auf die Di-
gitaluhr ihres Telefons offenbarte ihr, dass sie zwei
Stunden lang geschlafen hatte. Inzwischen war es kurz
vor neunzehn Uhr. Jeden Augenblick würden die Mad-
dox´ feststellen, dass ihr Gast noch nicht von dem Ausflug zurückgekehrt war. Ihr Knöchel schmerzte dumpf,
als ob er ihr mitteilen wollte, dass er lieber jetzt als später behandelt werden wollte. Allerdings musste sich
Fulton eingestehen, dass es sie schlimmer hätte erwischen können. Sie hätte, als sie gestolpert war, mit dem
Kopf gegen einen Stein krachen und bewusstlos werden können. Und wenn das passiert wäre, hätte sie im
schlimmsten Fall zu einer willkommenen Mahlzeit für
die Kojoten werden können, die in jüngster Zeit immer
öfter in der Umgebung entdeckt worden waren, wie
Carl ihr erzählt hatte. Um leichter gefunden werden zu
können, entschied sie sich dazu, ein Stück weit auf den
Steinhaufen zu klettern. Auch diese Anstrengung forderte ihren Tribut, und bei der Hälfte des Haufens
musste sie eine Pause einlegen. Da es aber eine kleine
Sitzfläche gab, beschloss sie, einfach hierzubleiben.

Es war schon nach zwanzig Uhr, als sie leise eine ihr
bekannte Stimme hörte. Es war, als würde der Wind ihren Namen flüstern.

»Niiiiciiiii!«

»Ich bin hier«, rief sie, so laut sie konnte, was zugege-
benermaßen nicht sehr laut war.

Dennoch schien es ausgereicht zu haben, denn das nächste Mal, als ihr Name über die Prärie scholl, schien der Rufende deutlich näher zu sein.

»Hier!«, rief sie erneut und wedelte mit einem Arm.

Den anderen brauchte sie, um sich festzuhalten.

»Ich habe sie gefunden«, rief Harold, und nun konnte sie ihn auch sehen.

Auf dem Rücken eines Pferdes sitzend und von der Sonne direkt angestrahlt, konnte sie nur seine Silhouette erkennen. Einen Meter neben ihr sprang er aus dem Sattel und ging zu ihr hinüber.

»Was ist passiert?«, wollte er wissen.

»Ich bin umgeknickt. Ich glaube, mein Knöchel ist verstaucht.«

»Lass mal sehen«, antwortete Harold und besah sich das linke Bein. »Ziemlich geschwollen. So wirst du nicht laufen können.«

»Ist mir auch schon aufgefallen«, sagte Fulton.

»Nici, was machst du hier?«, fragte Carl, der gerade von seinem eigenen Pferd abgestiegen war und nun hinzukam.

»Ein Picknick.«

»Ziemlich seltsamer Platz, wenn du mich fragst. Aber jedem das Seine. Dad?«

»Der Knöchel ist verstaucht, zumindest glaube ich das. Komm, wir reiten zurück zum Haus. Mathilda ist schon ganz aufgelöst vor Sorge.«

»Bei welchem der edlen Ritter darf ich aufsitzen?«, fragte Fulton.

»Auf meinem güldenen Ross ist Platz für Euch, oh holde Maid«, erklärte Maddox. »Aber erst mal müssen wir dich da raufbekommen.«

Der jüngere Maddox ging zu seinem Pferd, das die Zeit nutzte, um Gräser aus dem Boden zu rupfen und genüsslich darauf zu kauen. Er nahm die Zügel und führte das Tier so nah neben die noch immer auf dem Steinhaufen sitzende Frau, wie es nur möglich war.

»Das kann jetzt etwas wehtun«, kündigte Harold an, schob Fulton die Arme unter den Körper und hob sie hoch.

Der Agent signalisierte dem Tier währenddessen, sich hinzusetzen, was das Pferd auch umgehend tat. Der ältere Maddox setzte die Agentin vorsichtig in den Sattel und half ihr, es sich bequem zu machen. Als Fulton fest im Sattel saß, richtete sich das Pferd wieder auf.

»Dann mal los«, forderte Carl sie auf, nahm die Zügel und machte sich daran, die kleine Karawane zurück zum Farmhaus zu führen.

»Da bist du ja«, sagte Mathilda, als Harold, Carl und Fulton vor der Eingangstür ankamen. »Ich habe mir solche Sorgen gemacht.«

»Tut mir leid«, murmelte Fulton und ließ sich von Harold beim Absteigen helfen.

»Ist dir etwas passiert?«

»Ich bin umgeknickt.«

»Harold, du bringst Nici nach drinnen und setzt sie auf die Couch. Carl, du besorgst saubere Handtücher. Ich wärme eine Schüssel mit Wasser auf«, kommandierte Mathilda.

Während sie der ältere Maddox ins Wohnzimmer trug, sah Fulton, dass sich auf dem Esstisch zahlreiche noch unangetastete Speisen türmten. Ein Gefühl der Scham stieg in ihr auf.

»Tut mir leid, dass ich euch das Abendessen versaut habe«, sagte sie.

»Ach, papperlapapp, das Futter rennt nicht weg«, beschied Harold freundlich und setzte sie sanft auf der Couch ab, schob ihr ein Kissen unter und zog einen niedrigen Hocker heran, auf den er ihr verletztes Bein drapierte.

Mathilda und Carl kamen beinahe gleichzeitig herein und kümmerten sich gemeinsam darum, die Tücher zu tränken und um den Knöchel zu wickeln.

»Du wirst heute nicht mehr viel machen können«, attestierte ihr die alte Maddox, während sie vorsichtig den Fuß behandelte.

Mathilda hatte erst kürzlich ihren Sanitäter-Kurs aufgefrischt und tastete die Schwellung ab. »Nichts gebrochen«, urteilte sie.

»Es tut mir leid, dass ich den Abend versaut habe«, wiederholte Fulton.

»Mädchen, dir muss gar nichts leidtun«, antwortete Mathilda. »Unfälle können immer passieren.«

»Aber wenn ich besser aufgepasst hätte ...«

»Hör auf damit. Was geschehen ist, ist geschehen. Hast du Hunger?«

»Wie ein Bär«, gab die Agentin zu.

»Dann lasst uns jetzt essen. Jungs, wascht euch die Hände, und dann gibt es Abendessen. Carl, holst du bitte vier Gläser und eine Flasche von dem Guten?«

»Mache ich.«

»Mathilda?«, fragte Fulton.

»Was ist?«

»Womit habe ich das verdient?«

»Ich würde sagen, es handelt sich um Fügung.«

»Nein, ich meine, dass ihr euch so um mich kümmert.«

»Weil wir dich gernhaben, warum denn sonst?«

Darauf fiel der Agentin keine Erwiderung ein. Stattdessen lehnte sie sich zurück und wartete, bis ihr ein mit Fleisch, Gemüse und Soße gefüllter Teller gereicht wurde. Kurz darauf kamen die beiden Männer hinzu, nahmen sich ebenfalls etwas zu essen und setzten sich dann zu ihr auf die Couch, während Mathilda in einem gemütlich gepolsterten Sessel Platz nahm. Heute hatte Carl die Ehre, den *Guten* zu öffnen und jedem zwei Finger breit einzuschenken.

»Der riecht gut«, urteilte Fulton und nippte an ihrem Glas.

Sofort breitete sich eine wohltuende Wärme in ihrer Speiseröhre aus.

»Auf dich«, sprach Harold einen Toast aus und trank sein Glas in einem Zug aus.

»Es ist schön, dass du hier bist, Nici«, fügte Mathilda hinzu.

Carl sagte nichts, sah seine Partnerin aber lange an, bevor auch er trank.

»Wenn es euch nichts ausmacht, würde ich mich jetzt gerne zurückziehen«, sagte Fulton.

»Warte, ich helfe dir«, bot ihr Partner an, tupfte sich den Mund ab und stand auf.

Während Harold ihren Rücken stützte, schob der jüngere Maddox ihr seine kräftigen Arme unter und hob sie hoch. Für Außenstehende hätte es so ausgesehen, als würde der Bräutigam seine Braut über die Schwelle tragen wollen. Da sie wusste, dass es nichts bringen würde, zu protestieren, legte Fulton ihm einen Arm um den Nacken und streckte ihr verletztes Bein aus. Ohne auch nur schneller zu atmen, trug er sie in den ersten Stock und in ihr Zimmer, wo er sie sanft auf das Bett legte.

»Danke«, sagte sie.

»Brauchst du Hilfe beim Ausziehen?«, fragte er.

»Nein, das kriege ich schon hin. Du hast schon genug getan.«

»Dafür sind Freunde da«, erklärte er und zupfte das breite Kopfkissen zurecht. »Wir sehen uns morgen.«

»Gute Nacht«, sagte sie.

Maddox schloss die Tür hinter sich und ging wieder nach unten, wo Harold inzwischen drei Weingläser aus dem Schrank geholt hatte.

»Meine neueste Errungenschaft«, bekundete er und hielt eine Flasche Rotwein hoch. »Sehr selten, stammt aus Kalifornien.«

»Wo hast du den denn schon wieder her?«, wollte Carl wissen.

»Als ich mal auf einer Tour nach Los Angeles war, habe ich in einem kleinen Kaff Zwischenhalt gemacht. Im Gasthaus gab es diesen Wein, den der Wirt selbst angebaut und verkauft hat. Das Zeug fand sofort meinen Geschmack, und seitdem kaufe ich immer, wenn ich in der Gegend bin, einige Flaschen. Der hier ist acht Jahre alt.«

»Du warst schon länger nicht mehr unterwegs, hm?«

»Ich bin in Rente, und hier habe ich genug zu tun«, erwiderte Harold lächelnd.

Er öffnete die Flasche fachgerecht mit einem Korkenzieher, ließ den Wein einige Minuten atmen und goss dann jedem von ihnen ein halbes Glas ein. Der Agent nahm sein Gefäß und roch an dem Inhalt.

»Interessanter Duft«, sagte er. »Was ist da alles drin?«

»Keine Ahnung, das hat mir der Wirt nie verraten. Lasst uns darauf trinken, dass ihr hier seid«, sprach Harold einen Toast aus.

Alle drei hoben ihre Gläser und tranken einen Schluck.

Carl behielt den Wein einige Sekunden im Mund und schluckte ihn dann herunter.

»Der ist wirklich gut«, lobte er.

»Sage ich doch.«

»Wir sollten Nici morgen zum Arzt bringen«, erklärte Mathilda.

»Unbedingt. Praktiziert Doktor Jackson noch?«, wollte der jüngere Maddox wissen.

»Du kennst doch den alten Knaben. Er hätte seine Praxis schon längst an den Nagel hängen können, aber trotz seiner achtzig Jahre ist er immer noch der Meinung, dass es ohne ihn nicht geht. Du musst aber zugeben, dass Pete sein Handwerk versteht. Nici hat mir vorhin übrigens erzählt, dass ihr in New Orleans einen Farbabrieb am Unfallwagen sicherstellen konntet«, wechselte sie das Thema.

»Ja«, bestätigte er. »Wir haben ihn zur Untersuchung ins Labor in New York gebracht.«

»Gibt es noch andere verwertbare Dinge an dem Wagen?«

»Nicht viel«, gab Carl zu. »Wir haben das Auto zwar nicht in Augenschein nehmen können, aber laut der zuständigen Detective ist das Ding ziemlich ramponiert.«

»Könnte sich trotzdem lohnen, die Teile genauer zu untersuchen.«

»Darüber habe ich auch schon nachgedacht. Wir müssen allerdings die Teile erst einmal konfiszieren und dann per Fracht ins Labor bringen lassen. Ich vertraue den dortigen Mitarbeitern nicht.«

»Rein zufällig kenne ich jemanden, dem es nichts ausmachen würde, nach New Orleans zu reisen«, sagte Mathilda.

»Rein zufällig, hm?«

Zur Antwort zuckte seine Mutter nur mit den Schultern. »Er ist ein guter Freund von mir und hat mir während meiner Dienstzeit öfter geholfen. Ich rufe ihn gleich morgen früh an und erkläre ihm die Sachlage.«

»Lass mich das lieber übernehmen. Sei mir nicht böse, aber ich bin der Meinung, dass es besser ist, wenn dein Freund die nötigen Informationen aus erster Hand bekommt.«

»In Ordnung«, lenkte Mathilda ein.

»Ich denke, ich sollte jetzt auch ins Bett gehen. Es war ein langer Tag.«

»Das ist ein Wort«, schaltete sich Harold ein. »Ich glaube, ich werde es dir gleichtun. Aber erst, nachdem ich gespült habe.«

»Danke«, sagte Mathilda und wartete, bis ihr Mann das Zimmer verlassen hatte.

Als ihr Sohn aufstand, hielt sie ihn mit einer Geste zurück. »Carl, noch etwas. Als ich mit Nici gesprochen habe, hatte ich den Eindruck, dass sie von dem Fall sehr mitgenommen ist. Sie nimmt es persönlich und fühlt sich unnütz.«

»Das ist mir auch schon aufgefallen«, bestätigte er. »Aber das ist nicht alles. Irgendetwas beschäftigt sie. Bisher hat sie mir nichts erzählt, aber ich glaube, dass es etwas mit ihrer Vergangenheit zu tun hat.«

»Ich hoffe, dass sie es nicht in sich hineinfrisst, egal, was es ist. Irgendwann wird sie sonst platzen, und mit etwas Pech passiert es in genau dem falschen Augenblick.«

»Ich biete ihr immer wieder an, dass sie mit mir redet, aber sie tut immer so, als ob es nicht schlimm wäre.«

»Ein drastischer Schritt wäre es, ihr anzudrohen, dass du mit eurem Boss sprichst und sie suspendieren lässt.«

»Ich habe Sorge, dass sich Nici dann vollkommen zurückzieht.«

»Das kann natürlich passieren«, bestätigte Mathilda nickend.

»Ich werde die Idee im Hinterkopf behalten, aber nur als wirklich allerletzte Maßnahme. Und jetzt gehe ich ins Bett. Gute Nacht, Mom.«

»Gute Nacht, mein Sohn.«

»Sitzt du bequem?«, fragte Harold. »Hast du genug Beinfreiheit?«

»Ja«, bestätigte Fulton.

Nach einem ausgedehnten Frühstück, bei dem sie zum ersten Mal seit langer Zeit mehr als nur einen Toast und einen Kaffee zu sich genommen hatte, hatte Harold den Wagen geholt und die Agentin mit Carls Hilfe auf den Beifahrersitz bugsiert. Dabei war sie zwar selbst gelaufen, aber die beiden Männer hatten es sich nicht nehmen lassen, ihr jeweils einen Arm unterzuschieben und sie zum Auto zu bringen.

»Doktor Jackson ist etwas verschroben, aber er ist ein absoluter Fachmann«, sagte Mathilda, die ebenfalls dabei war. »Du wirst sehen, er wird dich in Nullkommanichts wieder auf Vordermann bringen.«

»Hoffen wir es«, antwortete die Agentin.

»Wir sind in zwei Stunden wieder zurück«, erklärte Harold, setzte sich auf den Fahrersitz und startete den Wagen.

Während die beiden die Einfahrt entlangfuhren und auf der staubigen Straße langsam außer Sicht gerieten, standen Mathilda und Carl beisammen.

»Hier ist die Nummer meines Freundes«, erklärte sie und zog einen Zettel aus der Tasche. »Ich habe ihn schon informiert, dass du dich melden wirst.«

»Alles klar. Ich gehe dann mal telefonieren.«

»Watson«, meldete sich eine tiefe Stimme.

»Mr. James Watson? Mein Name ist Carl Maddox.«

»Ah, Mathilda hat mir schon von Ihnen erzählt. Sie sind ihr Sohn, richtig?«

»Ja«, bestätigte Maddox. »Ich bin FBI-Agent und arbeite mit meiner Partnerin momentan an einem Fall, wo wir Ihre Unterstützung als Sachverständiger benötigen.«

»Schießen Sie los.«

In den kommenden Minuten gab der Agent einen Kurzabriss über die Geschehnisse der vergangenen Wochen.

»Wenn ich es richtig verstanden habe, hoffen Sie, durch den Unfallwagen eine Spur zu finden, die Sie zu Ihrem Täter führt«, sagte Watson, nachdem Maddox seinen Bericht beendet hatte. »Aber was mich brennend interessiert: Haben Sie keine eigenen Fachleute?«

»Doch, aber Sie wissen ja, wie langsam die Mühlen beim FBI manchmal laufen«, gab der Agent zu.

»Das hat Mathilda auch immer gesagt. Okay, ich helfe Ihnen. Wo und wann wollen wir uns treffen?«

»Der Unfallwagen befindet sich in New Orleans. Wie schnell können Sie dort sein?«

»Zufälligerweise befinde ich mich momentan auf einer Tagung in Dallas. Ich denke, ich kann mich für einige Zeit loseisen und rüberfahren.«

»Sind Sie sicher, dass Sie nicht lieber fliegen wollen? Es sind über sieben Stunden Fahrt bis nach New Orleans.«

»Ich fahre gern mit dem Auto. Das gibt mir ein Gefühl von Freiheit. Ich mag es nicht gern, mit hundert anderen Menschen in einer Blechdose eingepfercht zu sein. Da fühle ich mich wie in einer Sardinenbüchse.«

»Sie brauchen sich nicht vor mir zu rechtfertigen, Mr. Watson«, beschwichtigte Maddox ihn. »Da ich gerade bei meinen Eltern bin, habe ich es auch nicht weit bis nach Dallas. Ich schlage vor, wir treffen uns morgen Mittag bei Ihrem Hotel und fahren dann zusammen weiter nach New Orleans. Schicken Sie mir bitte noch die Adresse Ihres Hotels. Ist das für Sie in Ordnung?«

»Bevor ich zusage, möchte ich Sie noch etwas fragen: Kennen Sie meinen Tarif?«

»Meine Mutter hat mir bereits mitgeteilt, was Ihre Dienste kosten und dass sie nicht verhandelbar sind. Das FBI wird Ihre Rechnung gern bezahlen.«

»Gut, dann machen wir es so, wie Sie vorgeschlagen haben. Sie bekommen die Anschrift meines Hotels per Kurznachricht.«

»Danke. Bis morgen«, sagte Maddox und legte auf.

»Harold, wen hast du mir denn hier mitgebracht?«, fragte Doktor Jackson und betrachtete die Agentin über den Rand seiner auf die Nasenspitze gerutschten Brille.

»Nicole Fulton«, stellte sie sich vor und ergriff die ausgestreckte Hand.

»Freut mich. Was darf ich für Sie tun?«

»Es mag vielleicht ein wenig blöd klingen, aber ich bin gestern in ein kleines Loch gestolpert und dabei umgeknickt. Mathilda meint, der Knöchel sei verstaucht.«

»Na, dann schauen wir uns das doch mal an. Harold, du wartest draußen.«

»Warum?«, wollte der ältere Mann wissen.

»Privatsphäre, Arzt-Patienten-Vertraulichkeit. Außerdem werde ich Ms. Fultons Knöchel freilegen müssen, und ich weiß ja, wie sehr dies gegen deine Erziehung geht.«

»So alt bin ich nun auch wieder nicht.«

»Du riechst aber so.«

»Das ist der Duft der Männlichkeit. Mir schon klar, dass dir dieser Geruch unbekannt ist.«

Fulton musste über diesen verbalen Schlagabtausch grinsen, während sie sich auf eine Liege legte und ihren Fuß ausstreckte. Dabei versuchte sie, das aus hygienischen Gründen ausgelegte Papier nicht zu beschädigen, was aufgrund der hauchdünnen Beschaffenheit des Materials gar nicht so einfach war. Als Harold und der Doktor ihre Kabbelei endlich beendet hatten und der ältere Mann das Behandlungszimmer verlassen hatte, wandte sich der Doktor seiner Patientin zu.

»Ich ziehe Ihnen jetzt die Socke aus und schaue mir die Geschichte mal an«, erklärte er und machte sich ans Werk.

Die Untersuchung dauerte weniger als drei Minuten, die nur von einem hin und wieder geraunten *Aha* und *Hmmm* unterbrochen wurde. Als Doktor Jackson fertig war, richtete er sich auf, verschränkte die Arme vor der Brust und blickte Fulton in die Augen.

»Also, wie wir alle schon wussten, ist Ihr Knöchel verstaucht. Aber ich sehe keinerlei Anzeichen für eine Fraktur oder ähnliches. Halten Sie den Fuß kühl und benutzen Sie ihn so wenig wie möglich.«

»Wie lange, denken Sie, wird es dauern, bis ich wieder fit bin?«

»Eine Woche, vielleicht etwas länger. Dann können Sie ihn langsam wieder belasten, aber übertreiben Sie es nicht.«

»So lange kann ich aber nicht warten.«

»Das werden Sie aber wohl oder übel müssen.«

»Können Sie nicht irgendwas machen? Eine Schiene anbringen oder so?«

»Könnte ich schon, würde aber nichts bringen. Ein Fuß ist kein Gegenstand, den man mit etwas Klebeband wieder reparieren kann. Man muss ihm die Zeit zur Selbstheilung geben.«

»Und es gibt wirklich keine Möglichkeit, die Heilung zu beschleunigen?«

»Nein. Und bevor Sie fragen: Jeder andere Arzt, der etwas von seinem Handwerk versteht, wird Ihnen dieselbe Auskunft geben. Es steht Ihnen natürlich frei, eine zweite Meinung einzuholen.«

»Habe ich nicht vor, keine Sorge. Danke trotzdem.«

»Keine Ursache. Gute Besserung.«

Carl war gerade damit beschäftigt, eine der Schrauben am Hinterrad der Harley festzuziehen, als er von draußen Motorengeräusche hörte. Er wischte sich die ölverschmierten Hände an einem alten Lappen ab und verließ die schattige Kühle des Schuppens. Der Wagen, mit dem sein Vater und die Agentin vorhin losgefahren waren, kam vor dem Haupteingang des Farmhauses zum Stehen. Ein Blick auf Fultons Gesicht sagte ihm, dass es beim Arzt nicht so gelaufen war, wie sie es sich vorgestellt hatte. Er öffnete die Beifahrertür und half ihr hinaus.

»Wie war es?«, fragte er, obwohl ihm die Antwort bereits klar war.

»So ein Mist«, gab sie zurück.

»Also nicht so gut.«

»Das ist noch freundlich ausgedrückt. Der Kerl hat mich für mindestens eine Woche stillgelegt.«

»Ich denke, dass er damit recht hat. Aber so bekommst du die Gelegenheit, die Gastfreundschaft meiner Eltern voll auszukosten.«

»Spar dir deine Versuche, mich fröhlich zu stimmen«, antwortete Fulton mürrisch.

Harold öffnete indes den Kofferraum und holte zwei Krücken hervor, die er der Agentin brachte.

»Danke, Harold«, sagte Fulton, klemmte sich die Hilfsstützen unter und wandte sich ihrem Partner zu. »Und was hast du so getrieben, während ich unterwegs war?«

»Ich habe mit einem Freund meiner Mutter telefoniert. Er ist Sachverständiger für Unfallfahrzeuge und hat uns seine Unterstützung angeboten.«

»Wo und wann treffen wir uns?«

»Um genau zu sein, treffe ich mich morgen mit ihm in Dallas.«

»Ohne mich?«

»Na ja, du sagst ja selbst, dass du außer Gefecht gesetzt bist. Außerdem sollte der Fall weitergehen. Ich dachte, dass du damit einverstanden bist.«

»Habe ich eine andere Wahl?«, fragte die Agentin rhetorisch.

»Je mehr du dich jetzt ausruhst, desto früher bist du wieder auf dem Damm. Und ich verspreche dir, dass ich nicht lange weg sein werde und dich über alles auf dem Laufenden halte.«

Fulton atmete mehrmals tief durch. Sie wollte ihre schlechte Laune nicht an ihrem Partner auslassen.

»Hör mal, Carl, versteh mich bitte nicht falsch. Ich bin dir sehr dankbar, dass du die Ermittlungen weiter vorantreibst. Ich möchte nur gerne meinen Beitrag leisten.«

»Das tust du, indem du dich jetzt ausruhst und deinem Knöchel die Gelegenheit gibst, sich zu erholen. Ich kann mit dir nicht viel anfangen, wenn ich dich ständig tragen muss.«

»Okay«, lenkte Fulton schließlich ein. »Ich bin ein braves Mädchen und erhole mich. Aber dass du keinen Blödsinn anstellst. Ich will nicht diejenige sein, die Frank nachher erklären muss, dass du in New Orleans verloren gegangen bist.«

»Ich passe auf mich auf, versprochen. Außerdem wird Mister Watson – so heißt der Sachverständige – ständig in meiner Nähe sein. Ich werde auch Detective Hauser hinzuziehen. Sie kennt sich vor Ort aus und weiß, mit welchen Leuten man reden muss.«

»Du meldest dich, sobald du etwas weißt, ja?«

»Natürlich«, versprach der Agent.

Den restlichen Tag über gingen sie ihren jeweiligen Tätigkeiten nach. Maddox half seinem Vater bei den diversen täglichen Aufgaben, die eine Farm mit sich brachte, während Mathilda im Haus damit beschäftigt war, zu putzen, zu wischen und die Mahlzeiten vorzubereiten.

»Kann ich irgendwie behilflich sein?«, fragte Fulton zum wiederholten Male.

Sie hatte sich im Haus auf der Couch ausgestreckt und beobachtete, wie Mathilda geschäftig hin und her ging.

»Das ist sehr lieb, dass du fragst, aber ich habe alles im Griff«, erklärte die ältere Frau.

»Ich will mich aber nicht nutzlos fühlen. Außerdem ist mir langweilig.«

Mathilda blieb stehen und setzte sich zu Fulton. »Hör mal, ich weiß, wie es sich anfühlt, wenn man nichts machen kann. Als ich damals die Windpocken hatte, lag ich auch nur herum und konnte nichts tun. Aber glaube mir, es ist besser, dass du dich jetzt wirklich ausruhst. Carl kann auf sich aufpassen, er ist ja schon ein großer Junge, aber ohne seine Partnerin ist er nur halb so stark. Je früher du wieder auf den Beinen bist, desto besser.«

»In Ordnung, ist ja gut. Aber könnte ich nicht irgendeine leichte Aufgabe übernehmen? Irgendetwas, wo ich nicht herumlaufen muss und im Weg stehe?«

»Ich habe da eine Idee«, sagte Mathilda und stand auf.

Sie ging zu dem Bücherregal hinüber, welches sich über die gesamte Rückwand erstreckte, und fuhr mit dem ausgestreckten Zeigefinger langsam über die Buchrücken. Schließlich fand sie, was sie gesucht hatte, zog das Buch hervor und brachte es zu Fulton.

»Ich wollte dieses Buch schon seit Ewigkeiten mal wieder lesen, aber ich bin bisher nicht dazu gekommen. Wie wäre es, wenn du mir vorliest?«

»Meinst du das ernst?«, fragte die Agentin skeptisch.

»Ich mache jedenfalls keinen Scherz. Also, was meinst du?«

Fulton betrachtete das Buch nachdenklich. Es handelte sich um einen Roman, der zur US-amerikanischen Siedlerzeit spielte und den Fokus auf eine Familie legte, die aus einer Waldhütte in die Nähe einer Kleinstadt gezogen war, um dort eine Farm zu gründen und davon zu leben. Die Agentin erinnerte sich, dass sie dieses Buch und alle Nachfolger als Kind verschlungen hatte. Ihr Vater hatte ihr, als sie noch klein gewesen und nicht selbst hatte lesen können, jeden Abend vor dem Schlafengehen ein Kapitel daraus vorgelesen.

»Okay, Deal«, antwortete sie schließlich und schlug das Buch auf.

Dann räusperte sie sich vernehmlich und begann, laut vorzulesen.

Währenddessen bereitete sich ihr Partner auf die Reise vor. Er hatte vor, nur kurz fort zu sein, da er wusste, wie sehr es Fulton hasste, nicht aktiv an einem Fall mitarbeiten zu können. Sein Plan sah vor, noch heute Abend nach Dallas, Texas zu fahren, um am morgigen Tag frisch und ausgeruht zu sein. Er betrat das

Wohnzimmer und sah, dass seine Mutter gerade an irgendetwas strickte, während Fulton ihr vorlas.

»Hey Nici«, sagte er.

Fulton sah von dem Buch auf und blickte ihn fragend an.

»Entschuldigt bitte die Unterbrechung. Gibt es irgendetwas Bestimmtes, dass du von Watson wissen willst?«

»Natürlich soll er sich die Reste des Autos genau ansehen und nach Möglichkeit herausfinden, wie es zu dem Unfall kommen konnte. Ich möchte unbedingt wissen, warum das Auto ungebremst gegen die Wand gefahren ist.«

»Klar«, bestätigte Maddox. »Noch etwas?«

»Ich denke, du wirst schon klarkommen. Du bist ja schon ein großer Junge.«

Ihr Partner grinste schief. »Wenn ich Zeit habe, bringe ich dir etwas mit, was dich aufmuntern wird.«

»Den Täter?«

»Falls er mir über den Weg läuft.«

Auch Fulton lächelte jetzt. An ihrem Partner liebte sie unter anderem, dass er unerschütterlich optimistisch blieb, egal, wie verfahren eine Situation auch erschien.

»Ich bin dann jetzt weg«, erklärte er. »Du kommst klar?«

»Wir kümmern uns um sie«, antwortete Mathilda.

»Okay«, sagte Maddox. »Ich bin bald wieder da.«

»Falls dieser Watson nicht spurt, dann lies ihm die Leviten«, gab Fulton ihm mit auf den Weg.

Als Zeichen, dass er verstanden hatte, winkte er während des Gehens mit der Hand.

Die Fahrt in die Millionenstadt war ereignislos, dennoch war Maddox froh, als er endlich angekommen war. Der Highway, der in die texanische Hauptstadt führte, war langweilig und bot kaum Abwechslung. Außerdem war es brütend heiß, und die Straßenschluchten von Downtown machten die Temperaturen nicht besser. Als er vor dem Hotel geparkt hatte und die klimatisierte Lobby betrat, atmete er die künstlich gekühlte Luft tief ein.

»Carl Maddox«, sagte er zu der adrett gekleideten Empfangsdame. »Ich habe reserviert.«

»Hallo Mr. Maddox«, antwortete die Frau und sah kurz auf ihren Bildschirm. »Ihr Zimmer ist bereits für Sie vorbereitet.«

»Prima. Muss ich irgendwelche Dokumente ausfüllen?«

»Ist bereits erledigt.«

»Wirklich?«

»Anscheinend hat Ihre Mutter bereits alles veranlasst«, sagte die Empfangsdame mit einem leichten Anflug eines Lächelns.

»Das kommt jetzt sicher so rüber, als sei ich nicht selbst fähig, ein Zimmer zu reservieren«, gab Maddox lächelnd zu.

»Wir machen uns kein Bild über unsere Gäste«, erklärte die Frau professionell. »Aber ehrlich gesagt, macht es tatsächlich den Anschein. Aber nur ein klein wenig.«

»Ich könnte jetzt sagen, dass ich meine Angelegenheiten normalerweise selbst erledige, aber das würde mich auch nicht mehr retten, oder?«

»Das möchte ich Ihnen weder bestätigen noch verneinen.«

»Ist schon gut«, meinte der Agent, winkte lächelnd ab und nahm seine Schlüsselkarte, die die Empfangsdame bereits auf den Tresen gelegt hatte.

»Ich wünsche Ihnen einen schönen Aufenthalt«, sagte sie.

»Danke«, erwiderte er und betrachtete den Aufdruck auf der Karte, um seine Zimmernummer zu erfahren.

Nicht lange, und er hatte es sich in seinem Zimmer gemütlich gemacht. Da es erst früher Abend war, beschloss er, das Restaurant im Erdgeschoss zu besuchen und sich dort etwas zu Essen zu genehmigen. Maddox fand ein reichhaltiges Buffet aus kalten sowie warmen Speisen vor. Dazu gab es einen Getränkeausschank, der sich wirklich sehen lassen konnte. Er setzte sich an einen einzeln stehenden Tisch in einer Ecke und vertilgte seine aus kaltem Braten, Salat und einem kross gebackenen Brötchen bestehende Mahlzeit. Zwischendurch nahm er sein Handy zur Hand und schrieb eine kurze Nachricht an Fulton, in der er ihr mitteilte, dass er gut angekommen war. Als Antwort kam nur ein kurzes »OK«, was darauf hindeutete, dass sie entweder schon im Bett oder so sehr in ihr Buch vertieft war, dass sie keine Zeit für Schreiberei hatte. Er aß sein restliches Essen auf und machte dann einen Verdauungsspaziergang. Draußen war es noch immer sehr warm, darum hielt er seinen Aufenthalt kurz und ging dann zurück ins Hotelzimmer. Dort genehmigte er sich eine ausgedehnte Dusche, legte sich nur mit einem Handtuch um die Hüften aufs Bett und schlief innerhalb weniger Minuten ein.

Sein Wecker klingelte um Punkt sieben Uhr, und durch die dünnen Vorhänge schien bereits die Morgensonne hindurch. Bedächtig setzte er sich auf und fuhr sich durchs Haar. Wie an jedem anderen Morgen machte er seine übliche Trainingsroutine, bestehend aus zwanzig Liegestützen, dreißig Sit-ups und diversen Dehnübungen. Dann duschte er kurz, machte sich zurecht und begab sich dann in den Frühstücksraum, um sich Kaffee und Obst zu genehmigen. Seine Mutter hatte ihm gestern Abend noch ein Foto des Sachverständigen geschickt, welches er nun ausgiebig betrachtete, während er seinen Kaffee in kleinen Schlucken trank und hin und wieder ein Stück geschnittenen Apfels in den Mund schob. Dann legte er sein Handy beiseite und beobachtete die anderen Gäste. Er sah ein altes Ehepaar, das mit kleinen Schritten und leicht zitternden Händen ihr Tablett trug, mehrere Geschäftsmänner, die trotz der draußen bereits eintretenden Hitze in Anzug und Krawatte gekleidet waren, und einen jungen Mann, der in Begleitung einer ebenso jungen Frau und eines kleinen Kindes war. Das Kind, ein Junge von vielleicht vier Jahren, schien nicht besonders gut gelaunt zu sein, zumindest deutete Maddox dies aus der Art, wie der Junge an der Hand seiner Mutter zog. Ebenso war das leise, aber hörbare Gequengel ein eindeutiges Indiz dafür, dass das Kind keine Lust hatte, hier zu sein und lieber etwas anderes getan hätte. Kurz entschlossen fasste sich Maddox ein Herz und ging zu der Familie hinüber.

»Hey«, sprach er den Jungen an und ging in die Hocke. Das Kind tat, was die meisten Menschen seines Alters tun: Es versteckte sich hinter den Beinen seiner Mutter.

»Du hast keinen Hunger, oder?«, fuhr der Agent fort.

Schüchtern lugte der Junge hinter seiner Mutter hervor und beäugte den ihm fremden Mann mit einer Mischung aus Angst und Neugier.

»Was würdest du denn lieber tun?«, fragte Maddox unbeirrt.

»Spielen«, brachte der Junge lispelnd hervor.

»Und deine Mommy und dein Daddy?«

»Die wollen essen.«

»Das ist jetzt natürlich eine Situation, die nach einer Lösung verlangt. Ich mache dir einen Vorschlag: Du lässt Mommy und Daddy essen, und ich spiele mit dir.«

Die Miene des Kindes hellte sich augenblicklich auf. »Wirklich?«

»Ja. Natürlich hier im Raum, direkt an meinem Tisch«, erklärte Maddox in dem Wissen, dass die Eltern des Kindes ihm gegenüber argwöhnisch waren und jedes einzelne Wort kritisch aufnahmen.

»Wie wäre es, wenn du zu diesem Tisch dort gehst«, fuhr er fort und zeigte auf seinen Platz, »und ich komme gleich hinterher.«

Der Junge schien sich das Angebot durch den Kopf gehen zu lassen, bevor er schließlich nickte.

»Schön! Ich heiße übrigens Carl.«

»Ich bin Steve, und ich bin vier.«

Zur Verdeutlichung streckte der Junge vier Finger in die Höhe.

»Freut mich, dich kennenzulernen«, sagte Maddox, nahm die kleine Hand und schüttelte sie sanft.

Dann stand er auf und wandte sich an die beiden Eltern. »Tut mir leid, dass ich mich noch nicht vorgestellt habe. Mein Name ist Carl Maddox, ich bin FBI-Agent.«

Zum Beweis zeigte er seinen Dienstausweis vor.

Während der Vater schwieg, übernahm die Mutter das Gespräch. »Ich heiße Lisa, und der große Schweigsame hier heißt Frank. Sie müssen das wirklich nicht tun, wir kommen schon zurecht.«

»Es ist mir eine Freude«, antwortete der Agent und zeigte sein gewinnendstes Lächeln. »Und es macht mir keinerlei Umstände, versprochen. Wenn Sie möchten, setzen Sie sich doch bitte mit an meinen Tisch. Ich verstehe, dass Sie vorsichtig sind. Heutzutage gibt es viele schlimme Menschen.«

»Da haben Sie recht«, mischte sich nun Frank ein.

»Gerne setzen wir uns zu Ihnen«, übernahm Lisa wieder.

Der Tisch war zwar etwas schmal, aber mit etwas Mühe kamen sie zurecht. Steve, der kaum über die Tischplatte schauen konnte, beobachtete erwartungsvoll, was der Agent tat. Maddox improvisierte und nahm einige Obststücke zur Hand, die er auf einen Teller legte und wie ein Gesicht drapierte.

»Wer ist das?«, fragte der Junge.

»Warum fragst du ihn nicht selbst?«, antwortete der Agent.

»Wie heißt du?«

Maddox bewegte mit spitzen Fingern eine halbrunde Apfelscheibe, die als Mund diente. »Hallo«, sagte er und verstellte dabei seine Stimme. »Ich bin Pete. Wer bist du?«

»Ich heiße Steve. Bist du ein Obstmann?«

»Ja, und ich bin außerdem ein Pilot.«

»Wirklich?«, fragte der Junge erstaunt.

»Heute habe ich frei, aber normalerweise fliege ich große Flugzeuge.«

»Boah!«

»Bist du hier in Dallas am Flughafen angekommen?«

»Ja. Wir besuchen meinen Opa.«

»Ich bin auch erst kürzlich hier angekommen«, antwortete *Pete*. »Ich glaube, ich habe dich im Flugzeug gesehen.«

»Echt?«

»Zumindest habe ich dort einen kleinen Jungen gesehen, der dir sehr ähnlichsah. Ein ziemlich schlaues Kind, so schien es mir.«

»Kannst du zaubern?«

»Aber natürlich. Warte, Carl hilft mir. Ich habe nämlich keine Hände.«

»Warum nicht?«

»Die schlafen noch.«

»Oh.«

Maddox griff in seine Tasche, fand ein Zehn-Cent-Stück und nahm es in die Faust. Dann beugte er sich leicht vor und platzierte sie hinter Steves Ohr, wo er so tat, als würde er etwas suchen.

»Etwas weiter links, Carl«, sagte *Pete*. »Und jetzt weiter rechts. Nein, nach oben.«

Der kleine Steve fing an, zu kichern, als der Agent ihn leicht kitzelte. Als Maddox die Faust wieder hervorzog und öffnete, lag die kleine Münze in der Handfläche.

»Hihi«, lachte der Junge vergnügt und klatschte in die Hände.

»Die gehört dir«, sagte Maddox.

Zaghaft streckte Steve die Hand aus und nahm die Münze in die kleine Hand, wo er sie feierlich von allen Seiten betrachtete.

»Ich muss jetzt leider los«, sagte der Agent.

»Och. Jetzt schon?«, fragte Steve bedrückt.

»Ja. Tut mir leid, aber ich habe noch etwas zu erledigen.«

»Was denn?«

»Steve, sei nicht so neugierig«, ermahnte ihn seine Mutter.

»Ist schon in Ordnung«, gab der Agent zurück und wandte sich wieder an den kleinen Jungen. »Ich treffe mich mit einem Freund.«

»Geht ihr spielen?«

»Leider nicht. Wir müssen arbeiten. Weißt du, was Arbeit bedeutet?«

»Das bedeutet, dass man keine Zeit mehr zum Spielen hat.«

Maddox nickte. »Da hast du recht. Ich würde wirklich gern noch weiter mit dir spielen, aber vielleicht beim nächsten Mal. Ich hoffe, dass das okay ist für dich?«

»Ja, klar. Ich mag dich.«

»Ich dich auch. Tschüss«, verabschiedete sich Maddox von ihm und seinen Eltern.

Er stand auf, brachte sein Geschirr zur Sammelstelle und verließ das Restaurant. Laut der Karte, die er sich vor seiner gestrigen Abreise im Internet angeschaut hatte, waren es nur wenige Hundert Meter bis zu Watsons Hotel. Obwohl es so warm war, ging er den Weg zu Fuß, darauf bedacht, so oft wie möglich im Schatten der hohen Gebäude zu bleiben. Schließlich gelangte er zu einem Altbau, der mit seiner steinernen

Fassade nur bedingt in die aus Glas bestehende Umgebung passte. Er betrat die Lobby und setzte sich auf einen Stuhl, wo er nur eine halbe Stunde warten musste, bis ein dicklicher Mann, aus dem im hinteren Bereich des Hotels befindlichen Aufzug, trat. Maddox erkannte ihn sofort, stand auf und ging zu dem Mann hinüber.

»Mr. Watson?«, fragte er.

»In Person. Sie sind Mr. Maddox, nehme ich an.«

»Freut mich«, erklärte der Agent und streckte die rechte Hand zum Gruß aus. »Danke, dass Sie sich die Zeit für mich nehmen.«

»Selbstverständlich. Für den Sohn von Mathilda Maddox stehe ich immer zur Verfügung.«

»Haben Sie bereits gegessen?«

»Mehr, als ich sollte«, gab der Sachverständige zu und klopfte sich leicht auf den ausladenden Bauch. »Von mir aus können wir los.«

Maddox und Watson gingen gemeinsam zu dem Hotel des Agenten zurück, wo Maddox´ Wagen geparkt war.

»Würden Sie mir den Gefallen tun, die Klimaanlage anzuschalten?«, bat der Sachverständige.

»Selbstverständlich«, erwiderte Maddox.

Er drückte den entsprechenden Schalter auf der Mittelkonsole und stellte die Lüftung so ein, dass sie nach oben gerichtet war und ihnen die heruntergekühlte Luft nicht direkt ins Gesicht blies. Das Navigationssystem in seinem Handy war auf dem neuesten Stand und lotste sie sicher durch die Stadt. Es war sogar so *intelligent*, dass es sie zielsicher um alle Engstellen herumlotste, sodass sie nur zwanzig Minuten später auf den

Highway nach New Orleans gelangten. Maddox beschleunigte auf die vorgeschriebene Höchstgeschwindigkeit und schaltete den Tempomat ein.

»Woher kennen Sie meine Mutter eigentlich?«, fragte er Watson.

»Lange Geschichte.«

»Ich habe Zeit.«

»Wir haben uns vor fünfundzwanzig Jahren kennengelernt. Ich war zu der Zeit noch bei einer Versicherung als Risikobewerter beschäftigt, als Mathilda eines Tages an meinem Schreibtisch aufkreuzte und mir einen Job anbot. Sie arbeitete gerade an einem Fall, bei dem es um illegale Fahrzeugrennen quer durch die Staaten ging. Um den Rasern auf die Spur zu kommen, benötigte sie jemanden, der sich mit, sagen wir, exotischen Fahrzeugen auskennt.«

»Wie ist sie ausgerechnet auf Sie gekommen?«

»Ein gemeinsamer Freund hatte mich empfohlen. Jedenfalls war ich zunächst nicht so interessiert, denn ich hatte ein sehr gutes Auskommen.«

»Wie hat es meine Mutter geschafft, Sie umzustimmen?«

»Sie hat mich so lange genervt, bis ich schließlich zugesagt habe.«

»Oh ja, das kann sie gut«, erwiderte Maddox lächelnd.

»Jedenfalls habe ich meinen Job bei der Versicherung hingeschmissen und bin zum FBI gegangen.«

»Ich wusste gar nicht, dass wir Kollegen sind.«

»Waren«, korrigierte Watson ihn. »Nach einiger Zeit habe ich mich selbstständig gemacht. Die Arbeit beim

Bureau war zwar interessant, aber das Gehalt … Jedenfalls bin ich nach fünf Jahren wieder ausgestiegen und habe mich zum Sachverständigen weitergebildet.«

»Arbeiten Sie nur in den USA?«

»Hin und wieder werden meine Dienste auch in Europa, Asien und dem Mittleren Osten benötigt.«

»Ist wahrscheinlich durchaus lukrativ«, vermutete der Agent.

»Das ist noch bescheiden ausgedrückt. Aber ich will hier nicht auf die Pauke hauen, das ist nicht mein Stil. Wie ist es mit Ihnen? Wie lange wollen Sie beim FBI bleiben?«

»Ich habe bisher keinen Grund, über einen Ausstieg nachzudenken.«

»Den werden Sie früher oder später noch bekommen. Spätestens, wenn Sie heiraten und Kinder haben wollen. Dann werden Sie wirklich Geld brauchen.«

Maddox überlegte, ob er Watson gegenüber offenbaren wollte, dass er homosexuell war, entschied sich aber dagegen. Schließlich war das heutzutage kein Hindernis mehr für eine Heirat und die Adoption von Kindern. Stattdessen zuckte er nur mit den Schultern.

»Wenn es Ihnen nichts ausmacht, werde ich jetzt ein Nickerchen machen«, sagte Watson. »Wecken Sie mich bitte, wenn wir angekommen sind.«

»Selbstverständlich«, versprach Maddox.

Einige Stunden später kamen sie in New Orleans an und parkten vor dem Polizeipräsidium, das Maddox bereits von seinem vorherigen Besuch her kannte. Er legte dem Sachverständigen, der die gesamte Fahrt über wie ein Bär geschnarcht hatte, die Hand auf die Schulter und rüttelte ihn sanft.

»Was ist denn los?«, fragte Watson verschlafen.

»Wir sind da.«

»Oh.«

Die beiden stiegen aus, betraten die Station und wandten sich gerade zu Detective Hausers Büro, als die Frau auch schon auf sie zukam.

»Agent Maddox, freut mich, Sie wiederzusehen«, sagte sie. »Wie darf ich Ihnen heute behilflich sein?«

»Hallo Detective. Mr. Watson hier ist Sachverständiger für Verkehrsunfälle. Ich habe ihn gebeten, das Unfallfahrzeug einmal ganz genau in Augenschein zu nehmen.«

»Hmm«, meinte Detective Hauser. »Das ist jetzt etwas blöd.«

»Warum?«

»Weil wir die Überreste des Wagens gestern zur Verschrottung freigegeben haben.«

Maddox machte erst ein ungläubiges und dann ein missmutiges Gesicht. »Das kann jetzt nicht Ihr Ernst sein.«

Die Mundwinkel der Detective gingen nach oben. »Nur ein Scherz.«

Erleichtert atmete der Agent aus. »Aber kein besonders guter.«

»Doch, eigentlich schon.«

»Sie haben gerade dafür gesorgt, dass mein Herz für einen Moment stehengeblieben ist.«

»Tut mir leid«, antwortete sie grinsend. »Die Trümmer sind selbstverständlich gut aufbewahrt. Wir gehen in den Keller.«

»Warum bewahren Sie die Teile nicht bei der Spurensicherung auf?«

»Platzmangel.«

»Aha.«

»Aber machen Sie sich keine Sorgen, ich habe persönlich dafür gesorgt, dass die Schmuckstücke korrekt verpackt und markiert sind. Kommen Sie.«

Gemeinsam gingen sie eine schmale und schmucklose Treppe ins Tiefgeschoss hinunter und betraten einen langen Gang, der in regelmäßigen Abständen von Stahltüren gesäumt war. An der Decke flirrten Leuchtstoffröhren. Am hinteren Ende des Gangs, an der letzten Tür, zog Hauser ihren Schlüsselbund aus der Tasche, wählte einen Schlüssel aus, schob ihn in das Schloss und zog die schwere Tür auf. Nach einem Druck auf den innen befindlichen Lichtschalter erwachten die auch hier angebrachten Leuchtstoffröhren flackernd zum Leben.

»Hübsch haben Sie es hier«, bekundete Watson ironisch.

»Es ist nicht das Hilton, aber es erfüllt seinen Zweck«, gab die Detective zurück. »Hier ist der Wagen, beziehungsweise das, was von ihm übrig ist.«

Sie deutete auf ein Regal zu ihrer Linken.

»Sieht mir eher wie ein Puzzle aus«, sagte der Sachverständige abschätzig.

»Genau das, was ein Mann Ihres Berufsstands am liebsten hat.«

»Sie sind ziemlich frech für eine Person Ihres Alters.«

»Und dabei laufe ich mich erst warm.«

»Ich denke, wir werden uns gut verstehen«, erklärte Watson mit dem Anflug eines Lächelns und wandte sich den fein säuberlich einsortierten und beschilderten Autoteilen zu.

»Wie lange werden Sie ungefähr brauchen?«, fragte Maddox.

»Bis ich fertig bin. Vielleicht eine Stunde, vielleicht zehn. Sorgen Sie bitte dafür, dass ich alles habe, was ich zum Arbeiten brauche.«

»Und was wäre das?«

»Zuckerfreien Kaffee und Kekse. Dazu diverses Werkzeug.«

»Was das Werkzeug angeht, das finden Sie dort«, antwortete Hauser und deutete auf einen kleinen Schrank. »Das restliche Material werde ich organisieren. Schokoladenkekse?«

»Das sind die besten. Mein Dank ist Ihnen gewiss. Und jetzt lassen Sie mich bitte allein.«

Maddox nickte und zog sich gemeinsam mit der Detective zurück.

»Interessanter Kerl, den Sie da mitgebracht haben«, sagte Hauser auf dem Rückweg zur Treppe.

»Laut meinen Kontakten versteht er sein Handwerk wie kein Zweiter.«

»Davon gehe ich aus. Leute, die sich verschroben geben, sind meistens überdurchschnittlich gut in dem, was sie tun.«

»Kommen Sie, wir holen lieber den Kaffee und die Kekse, damit er loslegen kann.«

»Folgen Sie mir.«

Seit nunmehr vier Stunden saß Maddox auf einer Couch, die im Pausenraum des Präsidiums aufgestellt worden war. Laut der Detective blickte das Möbelstück auf eine längere Dienstzeit als die meisten der hier arbeitenden Polizisten zurück, was man ihm auch ansah. An einigen Stellen zeigten sich Risse im Polster, die mehr schlecht als recht geflickt worden waren, und ganz allgemein machte die Sitzfederung nicht mehr den besten Eindruck. Der Agent hatte sich aber davon nicht beeindrucken lassen und es sich bequem gemacht, nachdem er im Pausenraum eine Zwei-Liter-Kanne Kaffee organisiert und vom nur zwei Querstraßen entfernten Supermarkt einen reichhaltigen Vorrat an Keksen gekauft und dem Sachverständigen gebracht hatte. Watson war bereits so in seine Untersuchungen vertieft gewesen, dass er nicht einmal ein kurzes »Danke« gemurmelt hatte. Vermutlich hatte er nicht einmal mitbekommen, dass jemand im Zimmer gewesen war.

Maddox nahm sein Handy zur Hand und schickte eine Kurznachricht an seine Partnerin, um sich nach ihrem Befinden zu erkundigen. Nur wenige Minuten später antwortete ihm Fulton, dass sie inzwischen das zweite Buch aus der Reihe fast fertig gelesen hatte und ihr langsam langweilig wurde, worauf Maddox ihr ein *Bleib tapfer ;)* schickte. Er steckte sein Telefon zurück in die Tasche und beschloss, bei Watson im Keller nachzusehen, ob dort alles in Ordnung war. Maddox klopfte drei Mal vernehmlich an die Stahltür und drückte die Klinke nach unten. In besagtem Kellerabteil herrschte beinahe Tageslicht, denn der Sachverständige hatte sich von irgendwoher ein Flutlicht besorgt, das in einer Ecke stand und ebenso hell wie heiß brannte. Entsprechend warm und stickig war die Luft, was Watson aber nicht zu stören schien. Er stand vornübergebeugt da und betrachtete etwas, was aus der Sicht des Agenten von Watsons massigem Leib verdeckt war.

Maddox räusperte sich lautstark.

»Keine Störung«, sagte der Sachverständige mit leiser Stimme, ohne aufzusehen.

»Ich wollte nur mal nachsehen, ob Sie etwas brauchen«, antwortete der Agent.

»Die Kekse gehen aus. Bringen Sie bitte neue.«

»Wie kommen Sie mit Ihren Untersuchungen voran?«

»Ich wäre schneller, wenn ich nicht ständig unterbrochen werden würde.«

»Mr. Watson, ich verstehe, dass Sie sich konzentrieren müssen, aber ich stehe ein wenig unter Druck, wie Sie sich sicher vorstellen können.«

»Wer unter Druck ist, sollte Luft ablassen.«

Maddox nickte. »Meinetwegen. Ich bringe Ihnen die Kekse.«

Zwanzig Minuten später kehrte der Agent mit einer großen Plastiktüte, in der sich diverse Keksmischungen stapelten, zurück.

Watson wühlte in der Tüte herum und zog schließlich eine Packung Butterkekse hervor, die mit Zartbitterschokolade überzogen waren. »Die mag ich besonders gern«, erklärte er und hielt eine Packung in die Höhe.

»Lassen Sie es sich schmecken. Benötigen Sie noch Kaffee?«

»Ich glaube, es ist noch etwas drin. Ist zwar etwas kühl, aber wie heißt es so schön? *Kalter Kaffee sorgt für Brustbehaarung.* Ich schätze übrigens, dass ich noch etwa eine Stunde brauchen werde. Werden Sie das überleben?«

»Habe ich eine Wahl?«, gab Maddox zurück. »Ich bin oben, falls Sie noch etwas benötigen.«

Der Sachverständige winkte kurz und widmete sich wieder seiner Arbeit.

Im Pausenraum wartete Detective Hauser auf den Agenten.

»Wie läuft es?«, fragte sie.

»Davon abgesehen, dass Watson so ist, wie er ist, ganz gut, schätze ich«, erwiderte Maddox.

»Soll ich ihn mir mal vorknöpfen?«, bot Hauser an.

»Das würde ich gerne annehmen, aber ich glaube, dass er sich dann in sein Schneckenhaus zurückzieht und bockig wird.«

»Mit solchen Leuten habe ich auch hin und wieder zu tun. Aber der Vorteil ist, dass sie schnelle und brauchbare Ergebnisse liefern. Haben Sie eigentlich ein Zimmer für die Nacht?«

»Drüben in Dallas, Texas. Sobald Watson fertig ist, fahren wir zurück.«

»Sie werden dort frühestens um Mitternacht ankommen«, merkte die Detective an. »Ich hätte noch Platz in meinem Bett, wenn Sie möchten.«

Der Agent lächelte aufgrund dieses unverhohlenen Angebots. »Homo«, sagte er nur.

»Stimmt, das hatte ich ganz vergessen«, antwortete Hauser. »Tut mir leid.«

»Kein Problem.«

»Aber trotzdem könnte ich Ihnen und dem liebenswerten Mr. Watson einen Schlafplatz zur Verfügung stellen.«

»Das ist lieb gemeint, aber ich schätze unseren Freund so ein, dass er lieber in seinem Hotel schlafen will. Trotzdem vielen Dank.«

Die Detective nickte. »Ich habe noch zu tun. Wenn Sie mich bitte entschuldigen würden ...«

»Wenn ich Ihnen irgendwie helfen kann, lassen Sie es mich bitte wissen.«

»Klar«, antwortete sie und verließ den Pausenraum.

Als Watson nach eineinhalb Stunden in den Aufenthaltsraum trat, blickte der Agent auf.

»Fertig?«, fragte Maddox.

»War ein ganzes Stück Arbeit, aber jetzt ist alles erledigt.«

»Irgendetwas Handfestes?«

»Wie Sie selbst gesehen haben, waren die Teile in einem ziemlich schlechten Zustand. Ich musste wirklich alle Tricks anwenden. Aber ich denke, ich weiß jetzt, wie der Unfall zustande gekommen ist.«

»Und?«, hakte der Agent nach, als Watson nicht weitersprach.

»Zuerst möchte ich Ihnen gern erzählen, wie ich darauf gekommen bin. Also, es ...«

Der Agent hob eine Hand. »Bitte entschuldigen Sie, dass ich Sie unterbreche, aber ich bin nicht so bewandert auf diesem Gebiet. Ich würde maximal die Hälfte von dem verstehen, was Sie sagen, und ich möchte Ihre wertvolle Zeit nicht vergeuden.«

Der Sachverständige grinste verstehend. »Gut, dann eben die Kurzfassung: Das Auto, oder was davon übrig ist, wurde mit einer Geschwindigkeit von etwa sechzig Kilometern pro Stunde bewegt, bevor es gegen die Schallschutzwand prallte. Ich konnte den Bordcomputer wieder zum Laufen bringen. Die Daten besagen, dass kurz vor dem Aufprall das Gaspedal voll durchgetreten wurde.«

»Detective Hauser hatte uns bei unserem ersten Besuch erklärt, dass auf der Straße keine Bremsspuren entdeckt werden konnten«, sagte Maddox. »Das deckt sich also. Wurde das Gaspedal von einem menschlichen Fuß betätigt?«

»Sie sind wirklich gut«, lobte Watson. »Laut dem Computer war der Druck auf das Pedal deutlich stärker, als dass er von einem Fuß hätte ausgeübt werden können. Ich tippe eher auf einen Backstein oder etwas ähnlich Schwerem.«

»Sie haben nicht zufällig so etwas zwischen den Teilen gefunden, nehme ich an?«

»Nein.«

»Was können Sie über die Schleifspuren am Heck sagen?«

»Die befinden sich auf einer Höhe, wie sie von einem Sportwagen stammen könnten.«

»Eine Idee, welche Marke es sein könnte?«

»Agent Maddox, es gibt so viele verschiedene Marken auf der Welt, dass es unmöglich wäre, sie anhand von Kratzern zu identifizieren. Dazu brauchen Sie schon noch mehr Hinweise.«

»Würde ein Farbabrieb helfen?«

»Das wäre ziemlich gut«, bestätigte Watson nickend. »Haben Sie so etwas?«

»Unser Labor in New York hat einen ganzen Sack voll.«

»Viele Sportwagenhersteller nutzen ihre eigenen Farbmischungen, wie zum Beispiel das Ferrari-Rot. In den meisten Fällen sind diese Mischungen patentiert, und die genaue Zusammenstellung wird besser gehütet als die Kombination zum Keuschheitsgürtel einer arabischen Prinzessin.«

»Netter Vergleich.«

»Aber zutreffend. In Fachkreisen gelten diese Mischungen jedenfalls als fälschungssicher. Wie auch immer, mit diesen Indizien sollten Sie dem Wagentyp auf die Schliche kommen können. Was Sie übrigens noch wissen sollten, ist folgendes: Laut des Bordcomputers des Unfallwagens hatte der Fahrer zum Zeitpunkt des Aufpralls die Hände nicht am Steuer.«

»*Wie bitte?*«

»Der Wagen war führerlos.«

»Wie sind Sie eigentlich an diese Daten herangekommen?«

»Betriebsgeheimnis«, antwortete Watson lächelnd.

Maddox zuckte mit den Schultern. »Dann fasse ich mal zusammen: Der Wagen beschleunigt stark, der Fahrer hat die Füße nicht auf dem Pedal und die Hände nicht am Lenkrad, das Auto prallt mit sechzig Kilometern pro Stunde frontal gegen eine Wand, und es gibt Rammspuren am Heck.«

»Können Sie daraus etwas machen?«

»Darauf können Sie wetten«, antwortete Maddox.

»Meine Arbeit hier ist jedenfalls getan. Ich würde jetzt gerne zurück nach Dallas fahren. Ich habe morgen einen Vortrag zu halten, bei dem ich ausgeruht sein möchte.«

»Selbstverständlich. Ich benötige nur noch wenige Minuten, dann fahren wir los, okay?«

»Einverstanden.«

»Wollen Sie sich in der Zwischenzeit etwas säubern?«

Watson hob die Hände vor die Augen und betrachtete seine Gliedmaßen. Seinem Gesichtsausdruck nach zu urteilen, bemerkte er erst jetzt, dass sie mit Schmutz überzogen waren. »Ist wohl eine gute Idee«, stellte er fest.

Der Agent wandte sich ab und ging vor das Gebäude, wo er sein Handy zückte und die Nummer seiner Partnerin wählte. Das Freizeichen ertönte fünf Mal, bevor eine Verbindung hergestellt wurde.

»Carl, was gibt's?«, fragte Fulton verschlafen.

»Hast du geschlafen?«

»Nur ein bisschen die Augen ausgeruht.«

»Es gibt Neuigkeiten.«

»Erzähl.«

»Ich glaube, dass Jenkins nicht selbst gefahren ist, als der Unfall passierte.«

»Wie kommst du darauf?«

»Der Unfall geschah in der Nacht, richtig?«

»Richtig«, bestätigte sie.

»Da war sicher nicht viel los. Was wäre, wenn unser Täter die beiden Opfer unter Drogen gesetzt, sie hingefahren und dann auf die Vordersitze gepackt hat? Dann hat er den Wagen beschleunigt und ihn frontal gegen die Wand prallen lassen. Das würde sowohl den Winkel erklären als auch Aufschluss darüber geben, warum keine Bremsspuren zu finden sind.«

»Das klingt für mich durchaus plausibel. Aber wie ist unser Täter dann abgehauen?«

»Zu Fuß. Hauser hat vorhin gesagt, dass ganz in der Nähe ein Notausgang ist, dessen Tür nicht abgeschlossen ist.«

»Schon jemanden darauf angesetzt, dort nach Schuhabdrücken zu suchen?«

»Hauser meinte, das hätte sie schon überprüft, aber auf dem nackten Beton war nichts zu finden.«

»Schade, das hätte uns bestimmt helfen können, ein Körperprofil von unserem Mann zu bekommen.«

»Ich habe dir noch nicht von den Kratzspuren an der Stoßstange erzählt.«

»Was ist mit denen?«

»Laut dem Sachverständigen stammen sie von einem tief liegenden Sportwagen. Gemeinsam mit dem Farbabrieb hätten wir eine eindeutige Spur.«

»Ich rufe sofort in New York an und trete den Laborratten in den Hintern«, bot Fulton an.

»Da ist doch schon Nacht.«

»Irgendwen werde ich schon erreichen.«

»Gut. Ich werde Watson jetzt nach Dallas zurückbringen und mich dann auch aufs Ohr hauen. Morgen Nachmittag bin ich wieder da, dann besprechen wir alles weitere.«

»Dann gute Fahrt ... und Danke!«

»Wofür?«

»Dass du mich auf dem Laufenden hältst.«

»Wir sind schließlich Partner. Bis morgen dann.«

Der Agent legte auf und ging zurück ins Gebäude, wo der Sachverständige bereits auf ihn wartete.

»Wir können los«, erklärte Maddox.

Während der Agent und der Sachverständige zurück nach Dallas fuhren, blieb Fulton nicht untätig. Wie mit Maddox abgesprochen, wählte sie die Telefonnummer des kriminologischen Labors in New York, mit dem Ergebnis, dass sie direkt an einen Anrufbeantworter geleitet wurde. Die blecherne Stimme teilte ihr mit, dass sie außerhalb der Dienstzeiten anrief und es zu einem späteren Zeitpunkt erneut versuchen sollte. Diese Geduld hatte sie nicht, denn jetzt, wo ihr Partner eine neue Spur entdeckt hatte, war in ihr wieder der Kampfgeist erwacht. Umso mehr verfluchte sie ihre eigene Unachtsamkeit, die überhaupt erst dafür gesorgt hatte, dass sie nicht unterwegs sein konnte. In ihrem persönlichen Handy-Telefonbuch fand sie die private Nummer des Leiters des New Yorker Labors und wählte sie.

»Wilson«, meldete sich eine kratzige Stimme.

»Max, ich bin es, Nici.«

»Wie geht es dir?«

»Danke, ging schon mal besser. Und selbst?«

»Ich sitze gerade mit meiner Familie bei einem späten Abendessen. Meine Schwiegermutter ist spontan zu Besuch gekommen.«

»Oh, tut mir leid, dass ich dich störe. Soll ich später noch mal anrufen?«

»Nein, ich halte es sowieso gerade nicht mit ihr aus. Und außerdem, wenn du zu so später Uhrzeit anrufst, ist es etwas Dringendes. Also, was kann ich für dich tun?«

»Es geht um den Farbabrieb, den mein Partner und ich abgegeben haben«, erklärte die Agentin. »Weißt du, ob es schon Ergebnisse gibt?«

»Soweit ich weiß, dauert die Analyse noch an.«

»Hör mal, ich will dich und dein Team nicht unter Druck setzen, aber könntest du den Vorgang irgendwie beschleunigen?«

»Diese Frage höre ich öfter«, antwortete Wilson mit einer Spur von Ungeduld in der Stimme. »Nici, gerade du als Ermittlerin solltest verstehen, dass gewisse Dinge nicht sofort passieren. Manches braucht einfach seine Zeit.«

»Tut mir leid. Es ist nur, dass es wirklich eilig ist und derjenige, den wir suchen, jederzeit wieder zuschlagen kann.«

Wilson atmete langsam aus. »Weißt du was? Ich verspreche dir, dass ich mich gleich morgen früh direkt darum kümmern werde. Normalerweise befasse ich mich nicht mehr mit dem Tagesgeschäft, aber für dich werde ich eine Ausnahme machen.«

»Danke«, sagte Fulton. »Ich weiß sehr zu schätzen, dass du das tust.«

»Vergiss es nur nicht, wenn ich dich mal um einen Gefallen bitte.«

»Werde ich nicht«, versprach die Agentin. »Klingelst du morgen bei mir durch, oder soll ich dich anrufen?«

»Ich melde mich, sobald ich etwas für dich habe, okay?«

»Danke dir.«

»Gern geschehen. Ich muss jetzt wieder rein, sonst wird Agatha ungeduldig.«

»Alles klar. Bis morgen.«

Fulton beendete das Gespräch und legte ihr Telefon zur Seite. Ihr Fuß hatte wieder stärker zu schmerzen begonnen, darum beschloss sie, sich einen neuen Eisbeutel zu holen. Als sie aufstand und ihr Gewicht auf den verletzten Fuß verlagerte, schoss ein frischer Schmerzensstrahl ihr Bein hinauf. Die Zähne zusammenbeißend, humpelte sie durch das Wohnzimmer und stützte sich an den umstehenden Möbeln so gut wie möglich ab.

»Was machst du da?«, fragte Mathilda empört, als sie von der Veranda hereinkam.

Ihr Ton war so scharf, als hätte sie ein Kind bei einer Unartigkeit erwischt.

»Ich ...«, begann die Agentin.

»Du setzt dich jetzt sofort wieder hin«, befahl die ältere Frau. »Und dann sagst du mir, was du brauchst.«

Ohne ein Widerwort tat Fulton, was ihr aufgetragen worden war, und ließ sich schwerfällig zurück auf die Couch fallen.

»Also, was wolltest du tun?«

»Ich wollte mir einen neuen Eisbeutel holen. Mein Knöchel tut wieder weh.«

»Ich hole ihn dir, und beim nächsten Mal rufst du nach mir oder Harold, wenn du etwas brauchst.«

»Das ist wirklich nicht nötig, ich möchte euch keine Umstände machen. Ihr habt sicher anderes zu erledigen, als Babysitter zu spielen.«

»Nici«, sagte Mathilda in geduldigem Tonfall. »Noch mal im Klartext: Du bist unser Gast, und du hast dich auf unserem Grundstück verletzt. Schon allein deswegen kümmern wir uns um dich. Und, was noch viel wichtiger ist: du gehörst zur Familie. Du weißt doch, dass man sich umeinander kümmert, wenn man zu einer Familie gehört.«

»Tut mir leid«, sagte Fulton kleinlaut.

»Ich hole dir jetzt Eis. Du rührst dich nicht von der Stelle.«

Die Agentin beobachtete, wie Mathilda im Durchgang verschwand und nach wenigen Minuten zurückkehrte.

In ihrer Hand trug sie einen so großen Eisbeutel, dass man damit das halbe Bein eindecken konnte.

»Das sollte erst einmal reichen«, beurteilte Mathilda und drapierte den Beutel auf dem Knöchel. »Noch etwas? Hast du Durst? Hunger?«

»Nein, danke«, erklärte Fulton und lehnte sich zurück.

»Okay. Ich werde jetzt Abendessen für uns alle machen. Du kannst dich ja dann bedienen, falls du doch Appetit bekommst.«

»Danke.«

»Nichts zu danken.«

Obwohl Fulton wusste, dass ihr Partner erwachsen war und auf sich selbst aufpassen konnte, war sie doch erleichtert, als er am darauffolgenden Tag ins Haus trat. Seine Eltern waren gerade auf der Ranch beschäftigt, darum ging er direkt zu der Agentin und umarmte sie.

»Was macht die Kunst?«, fragte er.

»Wenn du damit meine Tanzfähigkeiten meinst, die sind etwas verkümmert«, antwortete sie grinsend.

»Waren Mom und Dad brav und haben sich gut benommen?«

»Na ja, abgesehen von der Party, die sie veranstaltet haben, kaum dass du aus dem Haus warst, waren sie artig.«

»Schön, dass du deinen Humor bewahrt hast.«

»Irgendwie muss ich ja durchkommen.«

Maddox wusste, dass sich hinter der zur Schau getragenen fröhlichen Fassade etwas anderes, Ernsthaftes, verbarg. Er wollte sie gerade darauf ansprechen, aber Fulton änderte bereits das Thema.

»Ich habe gestern Abend noch einen meiner Kontakte angerufen und ihn gebeten, die Analyse des Farbabriebs zu priorisieren.«

»Hat er gesagt, wann er mit Ergebnissen rechnet?«

»Nachdem er mir den Kopf gewaschen hat, meinte er, dass er so schnell wie möglich liefern wird.«

»Er war nicht so gut darauf zu sprechen, dass du ihm Druck gemacht hast?«, kombinierte Maddox.

»Ganz und gar nicht«, stimmte Fulton zu.

»Wenn wir den Täter hinter Schloss und Riegel gebracht haben, laden wir ihn ins beste Restaurant der Stadt ein.«

»Ich wage zu bezweifeln, dass er sich damit zufriedengeben wird, aber einen Versuch ist es wert.«

In diesem Moment begann Fultons Handy, in regelmäßigen Abständen zu vibrieren und über den Tisch zu wandern, auf dem die Agentin das Telefon hinterlassen hatte. Fulton beugte sich vor und versuchte, an den Apparat zu gelangen, aber Maddox kam ihr zuvor. Zum Dank nickte sie und drückte dann die *Annehmen*-Taste.

»Nici, hier ist Max«, meldete sich der Leiter des kriminologischen Labors.

»Hey«, sagte die Agentin.

»Meine Leute haben die Analyse abgeschlossen.«

»Wow, das ging schnell, vielen Dank. Mein Partner ist gerade bei mir. Wenn es dir nichts ausmacht, stelle ich auf Lautsprecher.«

»Fühl dich frei. Wir haben festgestellt, dass die Farbe eine ganz besondere Mischung ist. Sie wird ausschließlich in Frankreich hergestellt und von dort in die Welt verfrachtet.«

»Okay. Weißt du, für welchen Hersteller?«

»Du wolltest nur wissen, um welche Farbe es sich handelt.«

»Max ...«

»Schon gut, war nur ein Witz. Ich habe nachgeschaut, und der einzige Hersteller weltweit, der diese Farbe nutzt, ist Aston Martin.«

»Du hast nicht zufällig auch das Modell?«

»Da ich gründlich vorgehe, habe ich herausgefunden, dass die Farbe erst kürzlich entwickelt wurde, und zwar für das Modell *Valhalla*.«

»Der ist doch noch gar nicht auf dem Markt«, schaltete sich Maddox ein.

»Sie kennen sich aus?«

»Ist eines meiner Hobbys«, erklärte der Agent.

»Sie haben jedenfalls recht. Offiziell ist dieses Fahrzeug noch nicht frei erhältlich, aber wenn man Geld hat, dann ist das kein Hindernis. Soweit ich weiß, wurden mindestens zehn Prototypen gebaut. Davon ist sicher der eine oder andere in Privatbesitz gelangt.«

»Offensichtlich«, pflichtete Maddox ihm bei.

»Max«, übernahm Fulton wieder das Gespräch. »Kannst du mir die Daten rüberschicken?«

»Den Bericht muss ich noch in den Computer einspeisen. Dann schicke ich ihn dir per Mail.«

»Du ahnst gar nicht, wie dankbar ich dir bin.«

»Vergiss es nur nicht.«

»Mr. Wilson?«, fragte Maddox.

»Nennen Sie mich Max.«

»Max, als Zeichen unserer Dankbarkeit möchten wir Sie in das beste Restaurant von New York einladen. Die Einladung gilt natürlich auch für Ihre Frau.«

»Laden Sie stattdessen lieber mein Team ein. Die haben die meiste Arbeit erledigt.«

»Einverstanden. Wir kommen auf Sie zu wegen eines Termins.«

»Ich danke dir nochmals«, bekräftigte die Agentin. »Bis bald.«

Als sie aufgelegt hatte, wandte sie sich an ihren Partner.

»Was denkst du?«

»Ich denke, dass wir gerade einen ordentlichen Schritt nach vorne gemacht haben. Ich kenne einige Bilder des *Valhalla*, und so tief, wie der Wagen liegt, deckt sich das meines Erachtens mit Watsons Aussage über die Höhe der Kratzer, und wenn es tatsächlich nur wenige Autos dieses Modells gibt, schränkt das den Täterkreis drastisch ein.«

»Könnte es sich vielleicht um jemanden handeln, der Testfahrer ist?«

»Ich habe noch nichts davon gehört, dass Aston Martin seine Tests in den USA durchführt. Normalerweise machen die so etwas auf dem eigenen Gelände oder bleiben zumindest in Europa. Auszuschließen ist es natürlich nicht, und wir sollten auf jeden Fall auch in diese Richtung weiter ermitteln. Wir machen es so: Sobald der schriftliche Bericht vorliegt, geben wir eine landesweite Fahndung aus. Da es ein so seltener Wagen ist, sollten wir schnell Ergebnisse erhalten.«

»Und dann haben wir den Scheißkerl.«

Maddox nickte.

In den folgenden Stunden prüfte Fulton ihr E-Mail-Postfach beinahe minütlich, in der Hoffnung, dass der

Bericht eintraf. Schließlich erschien eine neue Mail, deren Versender der Laborleiter war. Die Agentin öffnete den verschlüsselten Anhang und lud ihn auf ihr Handy herunter. Dort hatte sie ein Entschlüsselungsprogramm installiert, welches den Inhalt innerhalb von Sekunden in lesbare Daten umwandelte. Dann öffnete sie die FBI-Datenbank und gab, nachdem sie sich identifiziert hatte, alle Informationen, die sie erhalten hatte, ein. Zuletzt drückte sie auf den Knopf *Ausführen* und beobachtete den daraufhin erscheinenden Ladebalken, der stetig fortschritt und schließlich das Ende des Uploads verkündete.

»Jetzt wollen wir doch mal sehen«, murmelte sie und beobachtete ihren Bildschirm.

»Ja!«, sagte sie kurz darauf und stieß triumphierend eine Faust in die Luft.

»*Was?*«

»Hier. Direkt ein Treffer«, erklärte sie und zeigte auf das Display. »Vor vier Monaten wurde ein Aston Martin *Valhalla* in New York zugelassen. Der Mann, dem der Wagen gehört, heißt Ethan Zane, fünfundzwanzig Jahre alt, Unternehmensberater. Wohnhaft in Trenton, New Jersey.«

»Denkst du, dass das unser Mann ist?«

»Klingt jedenfalls vielversprechend«, sagte sie.

»Lass uns prüfen, ob wir Anhaltspunkte finden, wo er sich zu den jeweiligen Tatzeitpunkten aufgehalten hat.«

»Einen Moment.«

Fulton gab einige Befehle in das System ein und betrachtete den Bildschirm, der sich nach und nach mit

Informationen füllte. Als keine weiteren Einträge mehr hinzukamen, betrachtete sie die Ergebnisse eingehend.

»Er war definitiv in New York und New Orleans«, sagte sie. »Jedenfalls gibt es Hotelrechnungen auf seinen Namen.«

»Was ist mit Boston?«, fragte Maddox.

»Steht nichts drin.«

»Was nichts heißen mag. Von New Jersey sind es mit dem Auto nur etwa fünf Stunden. Er könnte hin- und zurückgefahren sein, ohne sich in einem Hotel einzuquartieren. Weißt du was? Ich fahre hin und schaue ihn mir an.«

»Ich komme mit«, entschied Fulton.

»Nici, du kannst kaum laufen«, gab Maddox zu bedenken und zeigte auf den ausgestreckten Knöchel.

»Ich will dabei sein, wenn der Mistkerl hochgenommen wird.«

»Das kann ich nicht zulassen.«

»Ich lasse dich ganz bestimmt nicht allein in die Nähe dieses Kerls.«

»Ich nehme einige Cops zur Verstärkung mit. Nici, du bist mir in diesem Zustand keine Hilfe. Wie soll ich mich auf diesen Zane konzentrieren, wenn ich gleichzeitig auf dich aufpassen muss?«

»Carl ...«

»Sei mir nicht böse, aber das werde ich nicht tun.«

Fulton blickte ihren Partner mit einer Mischung aus Wut und Verzweiflung an, sagte aber nichts.

»Dann ist es entschieden«, beschied er. »Ich fahre hin und schaue ihn mir an. Wenn sich der Verdacht erhärtet, verhafte ich ihn und lasse dich einfliegen. Okay?«

»Na gut«, gab sie schließlich klein bei.

»Mir wird schon nichts passieren.«

»Das haben meine Eltern auch gesagt und sie sind nie zurückgekehrt.«

Darauf wusste Maddox keine Antwort. Stattdessen setzte er sich neben sie und legte einen Arm um sie. Fulton nahm die Geste dankbar an und vergrub ihren Kopf an seiner Brust.

Obwohl der Agent gerade erst auf der Farm angekommen war, hatte er noch für denselben Abend einen Flug gebucht. Als er nun um fast Mitternacht vor der Tür des Hauses – oder besser gesagt des Anwesens – in Trenton stand, ging er mit dem örtlichen Einsatzleiter, einem hochgewachsenen Mann namens David Murphy, seinen Plan durch. Es hatte nur ein Telefongespräch mit dem Polizeichef der Stadt benötigt, um ihm zehn Uniformierte zu beschaffen.

»Wir lassen es erst einmal ruhig angehen«, schloss Maddox seine Erläuterungen ab. »Schließlich wollen wir nicht, dass er ausflippt und handgreiflich wird, oder sogar mit einer Waffe um sich schießt.«

Der Teamleiter nickte zur Bestätigung und ging zu seinen Leuten, um sie entsprechend zu instruieren. Maddox, der trotz der fortgeschrittenen Stunde keinerlei Müdigkeit verspürte, atmete tief durch und legte die wenigen Meter bis zur Haustür in strammem, aber nicht überstürztem Schritt zurück. Er drückte die neben der Haustür angebrachte Klingel in die Fassung und wartete darauf, dass sich die Tür öffnen würde. Bei der vorherigen Observation des Hauses hatte er gesehen, dass in einem Zimmer noch Licht angeschaltet war, was ihm verraten hatte, dass Zane noch wach war. Während er wartete, beobachtete er, wie an mehreren

Stellen des Gebäudes Lichter angingen. Schließlich wurde die Haustür ein Stück weit nach innen aufgezogen, und ein Mann im Bademantel erschien.

»Mr. Zane?«, erkundigte sich Maddox.

»Der bin ich, und wer sind Sie?«

»Mein Name ist Special Agent Maddox, FBI«, stellte er sich vor. »Ich möchte mit Ihnen reden.«

»Jetzt? Wissen Sie, wie viel Uhr es ist? Ich wollte gerade zu Bett gehen.«

»Tut mir leid, aber leider lässt es sich nicht aufschieben. Bitte lassen Sie mich herein.«

Der junge, gut gebaute Mann kaute kurz auf der Innenseite der Wange und zog dann schließlich die Tür ganz auf.

»Hier entlang bitte«, sagte er.

Der Agent betrat das Haus und fand sich in einem spartanisch eingerichteten Flur wieder. Die Wände waren praktisch nackt. Möbel waren ebenfalls keine zu sehen.

»Ich bin erst kürzlich eingezogen«, sagte der Eigentümer, als er Maddox´ überraschten Blick bemerkte.

Die Tonlage des Mannes ließ Maddox darauf schließen, dass Zane diesen Spruch schon oft gesagt hatte.

»Kein Problem«, beschied er. »Wo können wir reden?«

»Wie gesagt, ich wohne erst seit Kurzem hier. Bisher hatte ich noch keine Zeit, mich um das Mobiliar zu kümmern. Wenn es für Sie in Ordnung ist, unterhalten wir uns hier im Flur.«

»Natürlich«, bestätigte der Agent. »Ich komme am besten direkt zur Sache. Mister Zane, das FBI hat Grund zur Annahme, dass Sie in gewisse ... Unregelmäßigkeiten verstrickt sind.«

»Wenn es um diese Frau geht, mit der ich kürzlich ausgegangen bin, so möchte ich Ihnen versichern, dass sie mir geschworen hat, volljährig zu sein«, erklärte Zane.

»Von irgendeiner Frau weiß ich nichts«, gab Maddox zurück. »Vielmehr bin ich hier, um Sie wegen Mordverdachts zu verhaften.«

Der Agent beobachtete, wie alle Farbe aus Zanes Gesicht wich. Plötzlich wirkte der Mann nicht mehr wie ein erfolgreicher Unternehmensberater, sondern wie jemand, der die vergangenen Jahre im Keller verbracht und die Sonne nur auf Bildern gesehen hatte.

»Wie bitte?«, brachte der junge Mann schließlich hervor.

»Sie stehen unter Verdacht, mehrfach gemordet zu haben.«

»Wie ... Wie kommen Sie denn bitte darauf?«

»Das werde ich Ihnen gerne erklären, aber vorher möchte ich Sie in Gewahrsam nehmen. Entweder, Sie kommen freiwillig mit, oder ich bin befugt, drastischer vorzugehen. Sie haben fünf Minuten, um sich anzuziehen. Einer meiner Kollegen wird Sie dabei unterstützen.«

»Ich brauche keine ...«, hob Zane an, verstummte dann aber. »Sie wollen verhindern, dass ich flüchte, richtig?«

»Exakt.«

»Ich versichere Ihnen, dass ich nicht vorhabe, wegzulaufen, auch wenn ich nicht verstehen kann, wie Sie zu dem Schluss kommen, dass ich etwas mit irgendeinem Mord zu tun haben könnte.«

»Wie ich bereits sagte, werde ich es Ihnen gerne erläutern, aber erst, wenn wir in einem Umfeld sind, das von mir kontrolliert wird.«

»Na gut«, erklärte Zane schließlich. »Habe ich einen Anruf frei?«

»Selbstverständlich. Wen wollen Sie anrufen?«

»Meinen Anwalt natürlich.«

»Wie Sie wünschen. Sie haben fünf Minuten.«

Während Zane von vier Polizisten abgeführt wurde, machten sich Murphy und die restlichen Team-Mitglieder auf die Suche nach dem Aston Martin. Schon bald wurden sie in der Garage fündig, die größer war als so manches Haus.

»Lassen Sie bitte den Wagen abtransportieren«, verlangte Maddox. »Und sorgen Sie dafür, dass er nicht beschädigt wird. Es handelt sich um ein wichtiges Beweisstück.«

»Alles klar«, antwortete Murphy. »Wollen Sie dabei sein?«

»Nein, ich habe eine Verabredung mit Mr. Zane.«

»Sie können sich auf mich verlassen.«

»Weiß ich«, gab Maddox zurück und klopfte dem Einsatzleiter auf die Schulter, bevor er sich umwandte und die Garage verließ.

Der Polizeichef von Trenton, New Jersey, war im Vorfeld der Verhaftung sehr kooperativ gewesen und hatte versprochen, alles für die Ankunft des FBI-Agenten vorzubereiten. Entsprechend war das Verhörzimmer sauber und durchaus annehmlich gestaltet worden. In diesem Fall bedeutete dies, dass der Verhaftete Ethan Zane nicht mit Handschellen gefesselt wurde, außerdem hatte jemand zwei Gläser und eine Karaffe mit frischem Wasser auf den am Boden festgeschraubten Tisch bereitgestellt. Maddox führte Zane zu einem der beiden ebenfalls angeschraubten Stühle und gebot ihm, Platz zu nehmen. Er selbst setzte sich auf der gegenüberliegenden Seite des Tisches hin. Der Agent warf einen kurzen Blick in den über die gesamte Längswand reichenden Spiegel und nickte kurz. Im dahinter befindlichen Beobachtungsraum drückte ein Techniker zwei Knöpfe und startete die Video- und Audio-Aufzeichnung.

»Mr. Zane, Sie wissen bereits, warum Sie hier sind, richtig?«, begann Maddox das Gespräch.

»Ja«, antwortete der Mann.

»Ich werde dennoch für das Protokoll den Grund Ihrer Verhaftung nennen. Mr. Ethan Zane, das FBI hat Grund zu der Annahme, dass Sie für die Ermordung mehrerer Personen verantwortlich sind. Wir werden uns nun darüber unterhalten.«

»Wo ist mein Anwalt?«

»Erklären Sie es mir.«

»Am Telefon sagte er mir, dass er sich umgehend auf den Weg machen würde. Er sollte schon längst hier sein.«

»Vielleicht ist er im Verkehr aufgehalten worden«, überlegte Maddox.

Er hegte keine Intention, seinem Gegenüber zu verraten, dass er die Polizisten im Empfangsbereich instruiert hatte, den Anwalt aufzuhalten.

»Ich kenne meine Rechte. Ich muss Ihnen gar nichts sagen.«

»Das ist richtig«, erwiderte der Agent. »Allerdings würden Sie sich selbst einen Gefallen tun, wenn Sie jetzt mit mir sprechen. Dies könnte sich positiv auf den weiteren Verlauf auswirken. Wenn Sie von Ihrem Recht zu schweigen Gebrauch machen, habe ich das Recht, Sie in Beugehaft zu nehmen, solange ich es für nötig erachte. Bis Ihr Anwalt Sie herausgeholt hat, kann viel Zeit vergehen. Sie wissen ja, wie langsam die Mühlen der Justiz zuweilen mahlen.«

Zane legte den Kopf schief und schien zu überlegen, während Maddox ihn mit vor der Brust verschränkten Armen abwartend beobachtete.

»Nun gut«, sagte er schließlich. »Ich denke, ich kann auch ohne meinen Anwalt mit Ihnen sprechen. Ich habe schließlich nichts zu verbergen.«

»Schön«, antwortete der Agent. »Fangen wir damit an, dass Sie mir erzählen, was Sie in der zweiten Juni-Woche dieses Jahres gemacht haben.«

»Ich war auf Geschäftsreise.«

»Wo?«

»In New York City.«

»Können Sie dies belegen?«

»Selbstverständlich. Wenn ich meine Kunden besuche, übernachte ich immer in einem Hotel, selbst, wenn es nicht so weit von meinem Zuhause entfernt ist.«

»Und Ihr Kunde kann dafür bürgen, dass Sie bei ihm waren?«

»Ja, ich kann Ihnen gerne die Telefonnummer meines Ansprechpartners geben.«

»Später. Kommen wir dazu, was Sie nach Feierabend gemacht haben. Ich nehme nicht an, dass Sie rund um die Uhr arbeiten?«

»Agent Maddox, in meinem Beruf hat man nie Feierabend.«

»Aber Sie nehmen sich doch sicher zwischendurch mal etwas Zeit, um zu essen und zu schlafen, oder nicht?«

»Natürlich, so wie jeder Mensch.«

»Wo waren Sie also am Abend des dreizehnten Junis?«

»Ich habe mit meinem Ansprechpartner zusammen gegessen und bin danach ins Hotel gegangen.«

»Allein?«

»Ja.«

»Haben Sie das Hotel noch einmal an diesem Abend verlassen?«

»Nein.«

»Ihnen ist sicher bekannt, dass wir Zugriff auf die Sicherheitskameras des Hotels haben. Was würde ich sehen, wenn ich mir die Aufnahmen anschaue?«

»Sie würden sehen, dass ich hineingegangen, mich dann in mein Zimmer begeben und es bis zum nächsten Morgen nicht wieder verlassen habe. Sie können es gern nachprüfen.«

»Ich glaube Ihnen auch so«, sagte Maddox, obwohl er selbstverständlich vorhatte, die Aufzeichnungen anzusehen. »Wo waren Sie, als Sie in New York fertig waren?«

»Ich bin nach Hause gefahren und habe von dort aus gearbeitet. Heutzutage kann man vieles digital erledigen und man muss nicht mehr viel herumreisen.«

»Aber hin und wieder verreisen Sie dennoch.«

»Ja«, bestätigte Zane. »Ich pflege gerne den direkten Kontakt zu meinen Auftraggebern. Das gibt eine persönliche Note und macht den Eindruck, dass man sich gerne um die Belange der Kunden kümmert.«

»Waren Sie kürzlich in Boston?«

»Nein. Ich habe dort zwar Kunden, aber in jüngster Zeit war es nicht nötig, vor Ort zu sein.«

»Kennen Sie New Orleans?«

»Eine schöne Stadt.«

»Schon mal dort gewesen?«

»Mehrfach.«

»Vor einigen Tagen?«

»Ja.«

»Sind Sie mit dem Flugzeug hingeflogen?«

»Das wollte ich zuerst, aber dann entschied ich mich, mit meinem Auto hinzufahren.«

»Sie meinen Ihren Aston Martin *Valhalla*?«

»Ja. Vor wenigen Monaten hat mich einer meiner Kontakte aus Übersee angesprochen und mich gefragt, ob ich Interesse hätte. Da ich ein Autoliebhaber bin, habe ich sofort zugeschlagen. Ein tolles Auto!«

»Erzählen Sie mir mehr.«

»Kennen Sie sich denn mit Sportwagen aus?«

»Ein wenig. Ich interessiere mich vor allem für neue Technologien, die in Straßenautos verwendet werden.«

»Sie würden Ihre helle Freude an diesem Wagen haben«, sagte Zane mit einem Leuchten in den Augen. »Er verfügt über einen Vierliter-V-Acht mit Twin-Turbo-Aufladung und hundertachtzig-Grad-Kurbelwelle, der siebenhundertfünfzig PS hat. Aber das Interessanteste ist, dass er auch zwei Elektromotoren besitzt, die fünfzehn Kilometer Reichweite besitzen und das Auto auf eine Geschwindigkeit von hundertdreißig Kilometern pro Stunde bringen. Zusammen mit dem Verbrennungsmotor schafft der Wagen eine Höchstgeschwindigkeit von über dreihundert Kilometern pro Stunde und kommt von Null auf Hundert in nur zweieinhalb Sekunden.«

»Das ist eine starke Leistung«, sagte der Agent anerkennend. »Was hat Sie der Wagen gekostet?«

»Eine ordentliche Stange Geld, das kann ich Ihnen sagen. Aber das war es wert.«

»Haben Sie den Wagen in New Orleans so richtig ausgefahren?«

»Wo es möglich war. Allerdings gibt es dort einige Geschwindigkeitsbegrenzungen, an die ich mich natürlich halte.«

»Hatten Sie einen Unfall?«

»Nein, ich bin ein auf Sicherheit bedachter Fahrer. Ich passe immer auf, dass ich niemanden gefährde.«

»Mr. Zane, leider werden wir Ihren Wagen konfiszieren müssen.«

»Warum?«, fragte Zane erschrocken.

»Dies gehört zu unseren Untersuchungen. Sie bekommen ihn selbstverständlich wieder.«

»Ich hoffe, dass Ihre Leute ihn nicht beschädigen werden.«

»Wir werden uns bemühen. Etwas anderes: Haben Sie eine Frau oder Freundin?«

»Ich denke, das wissen Sie selbst. Sie sind schließlich beim FBI.«

»Für das Protokoll«, sagte Maddox und zeigte auf das über dem Tisch hängende Mikrofon.

»Nein, ich bin nicht liiert. Mein Beruf lässt das nicht zu.«

»Sie sagten, dass Sie ein gesetzestreuer Fahrer sind. Wie reagieren Sie, wenn jemand in Ihren Augen etwas Unrechtes tut?«

»Wie meinen Sie das?«

»Ein Beispiel: Wenn Sie mitbekommen, dass ein Mann seine Frau oder seine Kinder misshandelt, was tun Sie dann?«

»Ich rufe die Polizei.«

»Und wenn die nicht reagiert oder in Ihren Augen etwas Falsches tut?«

»Dann tue ich, was jeder rechtschaffene Bürger macht. Ich versuche selbst, zu helfen.«

»Würden Sie den Mann verprügeln?«

»Nein, ich würde das Gespräch suchen. Ich bin ein friedliebender Mensch.«

»Fluchen Sie manchmal?«

»Ja, so wie jeder andere Mensch auch.«

»Geraten Sie manchmal in Wut?«

»Ja.«

»Bei welchen Anlässen?«

»Worauf wollen Sie hinaus?«

»Beantworten Sie bitte meine Frage.«

»Wenn etwas nicht so funktioniert, wie ich es geplant habe, kann es schon mal vorkommen, dass ich die Beherrschung verliere.«

»Und was tun Sie dann?«

»Ich ziehe mich zurück in einen leeren Raum, atme mehrfach ein und aus und beruhige mich auf diese Weise. Dann verraucht mein Zorn schnell und ich kann wieder analytisch an die Sache herangehen.«

»Haben Sie als Kind Tiere gequält?«

»Was soll denn das für eine Frage sein?«, fragte Zane empört.

»Ja oder Nein?«

»Nein, selbstverständlich nicht!«

»Mr. Zane, würden Sie, wenn Sie Unrecht erleben, soweit gehen, jemandem physisch wehzutun?«

»Wie ich schon sagte, würde ich nicht.«

»Ist es schon einmal vorgekommen, dass Sie handgreiflich wurden?«

»Bis jetzt nicht.«

»Eine Frage noch: Obwohl Sie hier in einer Räumlichkeit sind, die nicht darauf ausgelegt ist, ein wohliges Gefühl zu vermitteln, und obwohl ich Sie mit Fragen löchere, bleiben Sie ruhig. Warum?«

»Weil ich gelernt habe, dass es das Beste ist, mit Behören zu kooperieren. Außerdem habe ich nichts zu befürchten.«

»Weil Sie genug Geld haben, um sich freizukaufen?«

»Weil ich nichts mit dem zu tun habe, was Sie mir anlasten. Sie können mir glauben, dass ich noch niemals in meinem ganzen Leben irgendjemanden verletzt habe. Daher kann ich nichts mit Ihren Morden zu tun haben.«

»Das werden wir noch sehen.«

»Natürlich müssen Sie alles überprüfen, das verstehe ich«, erklärte Zane. »Werde ich hierbleiben müssen?«

»Ihr Anwalt wird sicher dafür sorgen, dass es nicht so weit kommt, daher werde ich gar nicht erst versuchen, Sie hier festzuhalten. Ich möchte aber, dass Sie in nächster Zeit nicht verreisen, sondern in Ihrem Haus bleiben.«

»Stehe ich unter Hausarrest?«

»Bis die Untersuchungen abgeschlossen sind«, bejahte Maddox. »Lässt sich das mit Ihrem Beruf vereinbaren?«

»Ich werde das schon hinkriegen«, meinte Zane nickend.

»Gut. Sie sind sicher damit einverstanden, wenn zwei Beamte bei Ihnen im Haus sein werden.«

»Wenn es nicht anders möglich ist …«

»Vielen Dank für Ihre Kooperation. Wenn ich weitere Fragen haben sollte, rufe ich Sie an.«

»Gerne. Darf ich jetzt gehen?«

»Bitte«, antwortete Maddox.

Der Unternehmensberater stand auf und ging zu der stählernen Zimmertür, die vom Beobachtungsraum aus mit einem Summen geöffnet wurde. Bevor Zane den Raum verließ, drehte er sich noch einmal zum Agenten um.

»Agent Maddox?«

»Mr. Zane?«

»Ich hoffe, Sie finden den Kerl, den Sie suchen.«

Maddox antwortete nicht, sondern betrachtete den anderen Mann stumm. Dieser erkannte, dass alles gesagt war, und schob die Tür auf.

»Wie war es?«, fragte Fulton ihren Kollegen.

»Ich glaube, das war ein Fehlschlag«, antwortete er.

Maddox saß in einem kleinen Park unweit des Reviers, wo er Zane verhört hatte, und telefonierte mit seiner Partnerin.

»Wie kommst du darauf?«

»Weil Zane ziemlich normal war. Er war weder ungehalten noch verschlossen. Im Gegenteil, er war ziemlich mitteilungsfreudig. Die Art, wie er gesprochen und sich verhalten hat, vermittelt mir den Eindruck, dass er es nicht war. Natürlich werde ich seine Angaben überprüfen, aber ich glaube nicht, dass er unser Mann ist.«

»Übrigens hat die Fahndung weitere Treffer ausgespuckt. Ich schicke dir die Daten nach unserem Telefonat.«

»Okay, ich sehe sie mir an. Wie geht es deinem Fuß?«

»Schon deutlich besser«, erklärte sie. »Ich denke, ich kann sehr bald wieder mit dir auf die Pirsch gehen.«

»Das ist gut. Ich lege jetzt auf. Bis bald.«

»Ciao.«

Der Agent beendete das Gespräch und blieb noch einige Minuten sitzen, während er darauf wartete, dass Fulton ihm die versprochenen Ergebnisse schickte. Als diese auf seinem Handy ankamen, studierte er die Dokumente. Es gab mehrere Personen, auf die das Profil passte, aber ein Name stach ihm besonders ins Auge. Er konnte es sich nicht erklären, aber der Name *Michael Tremor* rührte etwas in ihm. Vielleicht, weil das englische Wort *Tremor* so viel wie *Zittern* oder *Beben* hieß. Er rief sich die Details des Dossiers auf und las die Unterlagen aufmerksam durch. Tremor war fünfzig Jahre alt, war von Beruf Finanzinvestor und momentan in Nashville, Tennessee gemeldet. Maddox rief die Webseite einer bekannten Fluggesellschaft auf und prüfte, wann der nächste Flug gehen würde. Zu seinem Bedauern erst morgen. Da er keine andere Wahl hatte, buchte er einen Platz für sich und gab die Zahlungsdaten seiner FBI-Kreditkarte ein. Obwohl die Karte in New Orleans nicht funktioniert hatte, erfüllte sie nun wieder treu ihren Zweck. Mit einem Schulterzucken schob er den Ausfall auf die Mietwagenfirma und buchte direkt noch einen Leihwagen am Flughafen von Nashville.

Den Rest des Tages verbrachte der Agent damit, die Daten, die er über Ethan Zane gefunden hatte, einer eingehenden Prüfung zu unterziehen. Wie Zane versprochen hatte, hatte er vor seiner Entlassung sämtliche seiner Kontaktpersonen in New York und New Orleans bekannt gegeben, dazu noch umfangreiche Informationen zu seinen Kunden in Boston. Maddox rief einen nach dem anderen an und befragte sie zu seinem Verdächtigen. Außerdem telefonierte er mit den jeweiligen Hotels, die ihm allesamt bestätigten, dass Ethan Zane tatsächlich persönlich dort gewesen war. Bei seiner Recherche fand er sogar ein psychologisches Gutachten, das zwar bereits einige Jahre alt war, aber belegte, dass Zane ein friedlicher, wenn nicht sogar konfliktscheuer Mensch war, der noch nie auffällig geworden war. Sein polizeiliches Führungszeugnis war so sauber, dass ein paranoiderer Mensch als Maddox den Eindruck gewinnen könnte, es hier mit einer künstlichen Person zu tun zu haben. All dies bestärkte den Agenten darin, dass er seine Zeit mit dem falschen Menschen verschwendet hatte. Als er endlich fertig war, war es schon später Abend, darum beschloss er, an einer Imbissbude zu halten und sich etwas mitzunehmen, um es im Hotel zu vertilgen und dann früh schlafen zu gehen. Schließlich würde er spätestens um vier Uhr morgens aufstehen müssen, um seinen Flug rechtzeitig zu erreichen.

Nashville, die Hauptstadt des südlich gelegenen Bundesstaates Tennessee, hatte in den sechziger Jahren des zwanzigsten Jahrhunderts eine Einwanderungswelle erlebt, die bis heute anhielt. Inzwischen lebten hier fast siebenhunderttausend Menschen diversester Ethnien und brachten ihre ganz eigenen Kulturen mit. Schon immer war Nashville, das nach einem General des amerikanischen Unabhängigkeitskriegs benannt worden war, durch seine Lage am Cumberland Fluss und später als Eisenbahnknotenpunkt ein strategisch wichtiger Punkt in der Erschließung des Landes gewesen. Noch heute lebt Nashville von seinem Ruhm als Epizentrum der Country-Musik, dessen vermutlich bekanntestem Vertreter, Johnny Cash, ein eigenes Museum gewidmet wurde.

Das Flugzeug war mit zweistündiger Verspätung gestartet, und obwohl es während des Fluges Rückenwind gehabt hatte, kam es über eine Stunde später als geplant am Terminal des Internationalen Flughafens zum Stehen. Maddox gehörte zu den Ersten, die aussteigen durften, da er im Flugzeug recht weit vorne gesessen hatte. Anhand der guten Beschilderung fand er sich schnell zurecht und entdeckte bereits nach wenigen Minuten den Mietwagenschalter. Um etwaigen erneuten Problemen mit seiner dienstlichen Kreditkarte zu entgehen, hatte er seine private Karte mitgenommen. Allerdings war dies nicht nötig, denn das System akzeptierte seine vom FBI zur Verfügung gestellte Kreditkarte anstandslos.

»Möchten Sie ein Auto mit Automatik oder manueller Schaltung?«, fragte die Mitarbeiterin der Autovermietung.

»Automatik bitte«, erwiderte Maddox.

Er wusste zwar, wie man eine Handgangschaltung bediente, aber er empfand das Fahren mit Automatikschaltung als angenehmer. Er schickte noch eine Kurznachricht an Fulton, um sie zu informieren, wo er sich aufhielt, und ging dann zum riesigen Stellplatz. Auch hier war eine tadellose Beschilderung vorhanden, dennoch tat er sich schwer, seinen Mietwagen zu finden.

»Entschuldigen Sie«, fragte er einen der herumlaufenden Flughafenmitarbeiter. »Ich bin auf der Suche nach den Mietwagenplätzen.«

»Da vorne links, dann noch fünfzig Meter. Sie können es nicht verfehlen«, antwortete der Mann und eilte weiter.

Maddox ging den angewiesenen Weg und fand schon bald eine ganze Batterie an Wagen, die dicht an dicht standen. Er betrachtete den ihm übergebenen Schlüssel und sah sich dann die Autokennzeichen an. Schließlich drückte er versuchsweise auf den Entriegelungsknopf seines Schlüssels und bemerkte die aufblitzenden Blinker an einem Wagen, der drei Reihen weiter stand. Zufrieden ging er dorthin, setzte sich ans Steuer, stellte die Automatikschaltung auf *R* für *Rückwärts* und setzte zurück. Dann legte er den Hebel auf *D* für *Drive*, also *Fahren* und fuhr an.

Schon bald befand er sich auf der Hauptstraße, die ihn quer durch Nashville führen würde, bevor er die Stadt verlassen und übers Land zu Tremors Wohnsitz gelangen würde. Auf dem Weg kam er an dem Centennial Park vorbei, in dessen Mittelpunkt sich eine originalgetreue Replik des Parthenon von Athen befand.

Dieses Gebäude unterschied sich von seinem griechischen Vorbild allerdings darin, dass es sich nicht um eine Ruine, sondern um ein voll ausgebautes und funktionsfähiges Kunstmuseum handelte. Gern hätte Maddox hier angehalten und die im Inneren befindlichen Kunstwerke betrachtet, aber seine Arbeit hatte Vorrang. In Gedanken machte er sich eine Notiz, in seinem nächsten Urlaub einen Abstecher hierher zu machen.

Die Interstate Vierzig, auf der er sich befand, führte ihn schon bald hinaus aus Nashville und hinein nach Kingston Springs, einem kleinen, südwestlich gelegenen Vorort der Großstadt. Sein Ziel befand sich am Ende der sogenannten Friedhofsstraße, was dem Agenten ein merkwürdiges Gefühl gab, nicht nur wegen des Namens, sondern auch wegen der hohen Bepflanzung zu beiden Seiten, die Maddox unwillkürlich das Gefühl gab, auf der Einbahnstraße in den Tod zu sein. Die Straße wurde immer schmaler, und schließlich glich sie eher einem Trampelpfad. Am Ende des schmalen Asphaltbandes hielt er den Wagen an, stieg aus und betrachtete das noch etwa zweihundert Meter entfernt stehende Haus. Das Gebäude bestand aus grauem Stein und schien mindestens dreihundert Quadratmeter zu messen. Maddox erschien dies übertrieben, denn nach allem, was er hatte herausfinden können, lebte Michael Tremor allein. Zur Linken des Agenten befand sich ein großer Teich, auf dem träge einige Enten im vom leichten Wind gekräuselten Wasser schaukelten. Die Luft war schwül, und der Agent spürte, wie ihm der Schweiß ausbrach. Er setzte sich wieder in seinen Wagen und fuhr langsam die restlichen Meter bis zum Haupteingang des Anwesens. Als er ausstieg, sah er

eine hochgewachsene, muskulöse Person in der Tür
stehen, die ihn anscheinend beobachtete. Der Mann
war in eine Stoffhose und ein weißes Hemd gekleidet
und trug weder Schuhe noch Socken. Die Haare waren
kurz geschnitten und zur Seite gekämmt. Das Gesicht
wurde von einem schmalen Bart eingerahmt, der spitz
zulief und dem Mann das Aussehen eines modernen
Philosophen verlieh.

»Haben Sie sich verfahren?«, fragte der Mann.

»Das kommt darauf an«, erwiderte Maddox. »Wenn
Sie Mr. Michael Tremor sind, bin ich hier richtig.«

»Ich kenne Sie aber nicht.«

»Mein Name ist Carl Maddox, ich arbeite für das FBI.
Darf ich hereinkommen und mit Ihnen sprechen?«

»Ich bin momentan ziemlich beschäftigt.«

»Geld schläft nicht«, sagte der Agent und hoffte, Tremor damit zu überraschen, indem er zeigte, dass ihm
der Beruf des Mannes bekannt war.

»Und Geld benötigt immer Aufmerksamkeit«, antwortete Tremor unbeeindruckt.

»Hören Sie, es ist wirklich wichtig, dass ich mit Ihnen
spreche.«

Der Mann in der Eingangstür warf einen Blick auf
seine teure Armbanduhr und nickte dann. »Zehn Minuten. Aber nur Sie.«

»Ich bin allein.«

»Und was ist mit dem Polizisten, der sich auf der Zu-
fahrtsstraße zu verstecken versucht?«

Maddox war darüber erstaunt, dass Tremor von dem
Uniformierten wusste, schaffte es aber, seine Überra-

schung zu verbergen. »Er ist hier, um auf mich aufzupassen«, erklärte er wahrheitsgemäß. »Er wird uns nicht behelligen.«

»Sie sollten ihn warnen. Hier gibt es Alligatoren, die nach allem schnappen, was sie sehen.«

»In Nashville?«

»Wenn Sie wüssten, was sich hier alles herumtreibt, würden Sie nachts nicht mehr ruhig schlafen können.«

Der Agent bezweifelte zwar, dass Tremor die Wahrheit sagte, behielt aber seine Meinung für sich. »Er wird vorsichtig sein.«

»Dann kommen Sie mal herein, Mr. Maddox.«

Im Eingangsbereich war es so kühl, dass es den Agenten unwillkürlich fröstelte. Er warf einen kurzen Blick zur Decke und bemerkte eine beinahe unsichtbare Klimaanlage, die geräuschlos ihren Dienst verrichtete. Direkt daneben befand sich eine ebenso fast nicht sichtbare Kamera, die zweifellos jede seiner Bewegungen aufzeichnete.

Tremor folgte seinem Blick. »Ich mag Hitze nicht besonders.«

»Warum haben Sie sich dann ausgerechnet Tennessee als Wohnsitz ausgesucht?«

»Ich arbeite gerne in Ruhe, und hier draußen bekomme ich nicht oft Besuch.«

»Wollen wir uns in Ihrem Wohnzimmer unterhalten?«

»Sie können mir Ihre Fragen ebenso gut hier stellen«, sagte der Hausbesitzer. »Umso schneller sind wir fertig und ich kann mich wieder meiner Arbeit widmen.«

In Gedanken notierte sich Maddox das Wort *Unsympath*.

»Also, was bringt das FBI dazu, mich aufzusuchen?«, fragte Tremor.

»Momentan ermittele ich in einem Mordfall und benötige einige Informationen.«

»Und wie kommen Sie gerade auf mich?«

»Haben Sie in jüngster Zeit ... sagen wir ... Ausflüge unternommen?«

»Hin und wieder.«

»Waren Sie dabei in New York?«

»Möglich.«

»Und Boston?«

»Kann schon sein.«

»Wie ist es mit New Orleans? Haben Sie sich dort kürzlich aufgehalten?«

»Mr. Maddox«, unterbrach ihn Tremor. »Was soll das hier werden?«

»Wir führen ein Gespräch.«

»Tanzen Sie bitte nicht um den heißen Brei herum. Kommen Sie zum Punkt.«

»In Ihrem Besitz befindet sich ein Aston Martin *Valhalla*. Durch meine Recherchen weiß ich, dass ein Wagen dieses Typs benutzt wurde, um einen Mord durchzuführen. Da nicht viele Wagen dieser Art in Privatbesitz sind, gehören Sie automatisch zum Kreis der Verdächtigen.«

»Ist das so?«

»Ja. Möchten Sie auf meine Fragen antworten, oder wollen wir uns lieber auf dem Revier weiter miteinander unterhalten?«

»Meine Antwort auf Ihre Fragen lautet: Nein. Ich arbeite von zu Hause aus und habe daher keine Reisen nötig.«

»Aber Sie machen doch sicher mal Urlaub, wie jeder andere Mensch auch. Und Sie sind doch garantiert daran interessiert, unterschiedliche Facetten der USA kennenzulernen.«

»Warum sollte ich?«

»Ich glaube, wir kommen so nicht weiter. Ich möchte Sie bitten, mir auf das Polizeipräsidium von Nashville zu folgen.«

Tremor versteifte sich ein wenig. »Mr. Maddox, ist das wirklich nötig?«

»Ich fürchte, dass es das ist.«

»Na gut. Lassen Sie mich eben meine Papiere holen.«

»Ich möchte Sie begleiten.«

»Wie Sie wünschen.«

»Nach Ihnen«, erklärte der Agent.

Der stämmige Mann wandte sich um und tat einen Schritt. Plötzlich und ohne Vorwarnung drehte er sich erneut herum. Noch in der Drehung hob er die zur Faust geballte rechte Hand und traf Maddox mit voller Wucht an der Schläfe. Der Agent war bereits bewusstlos, noch bevor er auf den Boden prallte.

Als Maddox wieder zu sich kam, befand er sich in vollkommener Dunkelheit. Seine letzte Erinnerung war, dass ihn etwas Schweres am Kopf getroffen hatte. Was dann passiert war, und vor allem wie zur Hölle er hierhergekommen war, entzog sich seiner Kenntnis. Er wollte sich mit der Hand ins Gesicht fassen, musste aber feststellen, dass er seine Gliedmaßen nicht bewegen konnte. Stattdessen spürte er an seinen Handgelenken etwas Raues.

Ein Strick, teilte ihm der zumindest ein wenig klar denkende Teil seines Gehirns mit.

Er versuchte noch einmal, seine Hände zu bewegen, das Seil war jedoch so eng gezogen, dass er sich kaum rühren konnte.

Okay, ganz ruhig, dachte er und schüttelte mehrfach den Kopf, bis seine geistige Klarheit langsam zurückkehrte. In der Zwischenzeit schienen sich seine Augen an die Dunkelheit zu gewöhnen, und hie und da konnte er jetzt schemenhafte Formen ausmachen. Aus offensichtlichen Gründen konnte er nicht an seine Hosentaschen gelangen, um sein Telefon herauszuziehen. Er bewegte seinen Körper behutsam hin und her, in der Hoffnung, sein Handy herausschütteln zu können. Aber selbst nach mehrmaligen Versuchen tat sich nichts, was auch kein Wunder war, denn, wie Maddox später herausfand, hatte Tremor ihm das Telefon abgenommen, bevor er ihn gefesselt hatte. Der Agent, dessen Beine ausgestreckt waren, schob seine Glieder unter sich und versuchte, aufzustehen. Dies gelang ihm zwar, aber nun befand er sich in gebückter Haltung, seine Hände über sich, was auf Dauer nicht gerade förderlich für seine Muskulatur war. Zumindest aber hatte er einen Fortschritt erzielt. Mit weit geöffneten Augen, um in dem Zwielicht so viel wie möglich erkennen zu können, schaute er umher und erblickte schließlich eine Art Bündel, das für ihn aussah wie ein achtlos hingeworfener Stapel aus Lappen oder Kleidungsstücken. Jedenfalls nichts, was ihm in der aktuellen Situation weiterhelfen könnte.

Als er seinen Blick nach oben und zu seinen Händen richtete, erkannte er, dass er an ein metallenes Regal gefesselt war. Weit oben, außerhalb seiner Reichweite, konnte er die schemenhaften Umrisse einiger Behälter ausmachen. Ihm kam die Idee, dass sich vielleicht etwas darin befand, was er gebrauchen konnte. Mehrfach trat er gegen das Regal, aber egal, wie kräftig seine Tritte auch waren, das Regal bewegte sich nicht. Der Agent war ein guter Tänzer, und er machte regelmäßig Yoga, daher war er sehr gelenkig. Diese Fähigkeit machte er sich nun zunutze. Zuallererst stieg er mit seinem rechten Fuß auf seine linke Ferse und drückte. Schließlich schaffte er es, sich den Schuh abzustreifen. Diese Prozedur wiederholte er mit der anderen Seite, bis er es geschafft hatte, auch den anderen Schuh loszuwerden. Der Boden unter seinen Füßen war kalt und hart, aber glatt. Der Strick, mit dem seine Hände gefesselt waren, war zwar nicht zerreißbar, schien aber locker genug zu sein, dass er in sich selbst verdreht werden konnte. In gebückter Haltung stehend, drehte sich Maddox auf den Rücken und stellte erst den einen, dann den anderen Fuß auf das unterste Regalbrett. Das metallene Gestell knarrte zwar protestierend, hielt aber stand. Anscheinend hatte Tremor das Regal mit Schrauben fest in der Wand verankert.

Schlecht für ihn, gut für mich, dachte Maddox.

Sorgfältig balancierend, gelang es ihm, zwei weitere Regalbretter zu erklimmen, bis er schließlich dort ankam, wo die Flaschen waren. Inzwischen befand sich Maddox in einer fast horizontalen Haltung, und würden in diesem Augenblick entweder der Strick oder das Regal beschließen, ihren Widerstand aufzugeben, würde er mit dem Rücken voraus auf den nackten Betonboden krachen, was unweigerlich mindestens einen Knochen-, wenn nicht sogar einen Genickbruch zur Folge haben würde. Doch der Agent blendete diese

Gefahr aus und konzentrierte sich weiter auf seine Aufgabe. Mit den bestrumpften Füßen stieß er gegen die Flaschen, die daraufhin polternd herabfielen. Die meisten Behälter waren aus Plastik, aber die eine oder andere Flasche bestand aus Glas und zerbarst beim Aufprall in tausend Scherben. Maddox stieg der Geruch von Öl und Chemikalien in die Nase. Langsam kletterte er wieder herab und hoffte, dabei nicht auf eine Scherbe zu treten. Als seine Füße wieder auf dem Boden standen, musste er erst einmal einige Minuten pausieren. Er war zwar trainiert, aber solche Tätigkeiten standen normalerweise nicht auf seinem Programm. Als sich sein Herzschlag wieder beruhigt hatte, versuchte er, eine der größeren Scherben in die Hand zu nehmen, um seine Fesseln damit durchzuschneiden. Allerdings war das geborstene Glas so glitschig, dass es ihm immer wieder aus den Fingern rutschte.

Na gut, dachte er und nahm den Hügel aus Lappen in Angriff. Mit dem Fuß erreichte er den Stapel, und nach einigen Versuchen schaffte er es, mit den Zehen einen alten Lumpen zu ergreifen. Er tauchte das Stoffstück in die Lache ein, die sich aufgrund der zerbrochenen Glasflaschen gebildet hatte. Dann vollführte er eine Leistung, bei der selbst die geübtesten Verrenkungskünstler Beifall gespendet hätten. Er kletterte das Regal erneut hoch und drehte den Fuß, in dem sich der getränkte Lappen befand, so, dass er seine gefesselten Hände erreichen konnte. Maddox umklammerte den Lappen und rieb seine Finger sowie seine Handgelenke kräftig ein, stets darauf bedacht, den Lumpen nicht fallen zu lassen. Als er zufrieden war, versuchte er, seine linke Hand zu bewegen. Zu seiner großen Freude bewegte sich die Hand tatsächlich etwas mehr als zuvor. Davon bestärkt, drehte er sie hin und her und zog gleichzeitig so kräftig wie möglich daran, darauf hoffend, dass sowohl das Seil als auch die Befestigung diesem Druck standhalten würden. Die Prozedur dauerte gefühlt eine Ewigkeit, aber schließlich gelang es ihm, seine linke Hand hindurchzuzwängen und freizubekommen. Der Agent gönnte sich nur eine kurze Verschnaufpause, um dann die Fesseln von seiner rechten Hand zu lösen und sich gleichzeitig an dem Seil festzuhalten, damit er nicht einfach herabfiel.

Als er es schließlich geschafft hatte, ließ er sich kontrolliert zu Boden fallen. Der sich ausbreitende Gestank von Schmierfett und Öl in der Luft raubte ihm fast den Atem, und wäre sein Magen gefüllt gewesen, hätte er den Inhalt spätestens jetzt freigegeben. In seiner Tasche befand sich ein Taschentuch aus Stoff, das er nun hervorzog und sich vor das Gesicht hielt.

Nach einigen Minuten stand er auf und streckte sich, um seine schwer in Mitleidenschaft gezogene Rückenmuskulatur zu entspannen. Dann streifte er sich die Schuhe wieder über und tastete sich mit ausgestreckten Händen voran. Schließlich fand er an der Wand etwas, das sich wie ein Schalter anfühlte, und drückte ihn kurzentschlossen. Mit einem leisen Surren begann sich die Seitenwand, nach oben hin aufzurollen. Erst jetzt erkannte der Agent, dass es Nacht war. Der Mond stand voll am Himmel und beleuchtete die unheimliche Szenerie. Das Zirpen von Grillen drang an sein Ohr und erfüllte ihn für einen Moment mit einem Gefühl des Friedens. Dennoch blieb Maddox wachsam, als er nach draußen ging, schließlich konnte Tremor auf der Lauer liegen und jederzeit erneut zuschlagen. Er warf einen Blick nach hinten und stellte fest, dass er in einer Art Geräteschuppen gefangen gehalten worden war. Das Haupthaus, das sich vor ihm erhob, lag dunkel da. Vorsichtig schlich er darauf zu und hielt nach seinem Wagen Ausschau, entdeckte ihn aber nirgendwo. Außer ihm schien niemand hier zu sein. Maddox spürte einen Anflug von Ärger in sich aufsteigen, weil der Polizist, der für seine Sicherheit hatte sorgen sollen, nirgendwo zu sehen war. Direkt im Anschluss folgte ein Gefühl der Schuld, denn ihm wurde klar, dass dem Beamten etwas passiert sein musste. Für einige Sekunden wägte er ab, ob er das Haus stürmen und Tremor stellen, oder ob er sich lieber zurückziehen und Verstärkung anfordern sollte. Da er sich weder in der körperlichen Verfassung für eine Auseinandersetzung fühlte, noch seine Waffe bei sich trug – Tremor musste sie ihm ebenfalls abgenommen haben –, entschied er sich für zweiteres. In geduckter Haltung und jede Deckung ausnutzend, folgte er dem Zufahrtsweg vom Anwesen weg. Seine Vermutung, dass dem Beamten etwas zugestoßen war, bewahrheitete sich, als er am Rand des Teiches einen blutigen Beinstumpf entdeckte. Nur unweit davon entfernt fand er einen weiteren Teil des Polizisten. Die gesamte linke Flanke schien zu fehlen, und als Maddox einen näheren Blick auf den armen Mann warf, erkannte er Bissspuren, die auf ein großes Raubtier hinwiesen. Tremors Aussage, dass sich hier in der Gegend Alligatoren aufhielten, fiel ihm jetzt wieder ein, und dieses Mal schenkte er der Information deutlich

mehr Glauben. Langsam und in der Absicht, keine Geräusche von sich zu geben, ging er weiter die Zufahrts-
straße entlang. Schließlich gelangte er an ein Haus, das
er bereits bei seiner Ankunft gesehen hatte. Aus den
Fenstern drang warmes Licht. Maddox ging zur Tür
und klopfte mehrfach laut und vernehmlich. Von innen ertönten schwere Schritte, und mit einem Knarzen
öffnete sich die hölzerne Tür einen Spalt weit.

»Was wollen Sie?«, fauchte ihn ein rau aussehender,
bärtiger, von tiefen Falten durchzogener Mann an.

»Entschuldigen Sie«, sagte Maddox. »Ich wurde über-
fallen und benötige Hilfe.«

»Rufen Sie doch die Polizei an.«

»Sie werden lachen, aber *ich bin* von der Polizei.«

Der Mann beäugte ihn kritisch. »Wissen Sie was? Sie
sehen nicht so aus, als würden Sie mir gefährlich werden können. Kommen Sie rein. Aber versuchen Sie keinen Blödsinn, ich bin bewaffnet und werde nicht zögern, Sie zu erschießen.«

»Ich bin friedlich«, antwortete der Agent müde und
betrat das Haus.

»Hallo Carl«, sagte Frank Lauders am Telefon.

Er saß gerade in seinem Büro in New York und hatte
Maddox sofort angerufen, als er von der Sache in
Nashville gehört hatte.

»Hey Frank«, grüßte Maddox seinen Vorgesetzten.

»Wie geht es Ihnen?«

»Wie man es nimmt«, antwortete der Agent matt.

»Ich komme am besten gleich zur Sache. SIND SIE
NOCH ZU RETTEN?«

Aufgrund des unvermittelten Wutausbruchs seines Abteilungsleiters zuckte Maddox zusammen und hielt reflexartig das Telefon einige Zentimeter von seinem Ohr weg.

»Frank, ich …«, begann er, wurde aber von Lauders direkt unterbrochen.

»Sie verhaften einen Unschuldigen, halten seinen Anwalt auf und unterziehen ihn einem Verhör. Sie können von Glück sagen, dass ich sowohl Zane als auch seinen Anwalt davon überzeugen konnte, keine weiteren Schritte gegen Sie einzuleiten! Zu allem Überfluss machen Sie fröhlich weiter und lassen sich wie ein Schuljunge überrumpeln! Sie bringen einen einzigen Polizisten zur Verstärkung mit, und dann lassen Sie es zu, dass dieser aufgrund Ihres dämlichen Verhaltens ermordet wird! Was zum Teufel ist in Sie gefahren?«

»Frank …«

»Hören Sie auf mit diesem *Frank*! Falls es Ihnen noch nicht aufgefallen ist, ich bin stocksauer! Ich werde in wenigen Minuten einer Mutter und ihrem kleinen Sohn erklären müssen, dass ihr Ehemann und Vater nie mehr nach Hause kommen wird. Sie können sich vielleicht vorstellen, dass mir das nicht gerade Freude bereitet. Außerdem sitzt mir die Presse im Nacken und stellt Fragen, die mich dastehen lassen, als hätte ich nur Idioten in meiner Truppe. Und wissen Sie, was das Schlimmste ist? Anstatt sich um Ihre Partnerin zu kümmern und ein anderes Team um Unterstützung zu bitten, ziehen Sie einfach allein los und tun so, als läge die Rettung der Welt in Ihren Händen.«

Nach einer langen Pause fragte Maddox: »Sind Sie fertig?«

»Noch lange nicht. Aber ich muss jetzt erst einmal atmen, um meinen Blutdruck wieder unter Kontrolle zu bekommen. Ich habe keine Lust, wegen Ihnen und Ihrer Dummheit einen Herzanfall zu erleiden.«

»Dann hören Sie mir währenddessen bitte zu. Es tut mir leid. Ich habe falsch gehandelt. Ich habe gedacht, dass ich die Sache im Griff habe. Ich habe mich dazu verleiten lassen, vorschnell zu handeln. Sie haben recht mit allem, was Sie sagen. Wir müssen jetzt aber weitermachen und uns auf Michael Tremor konzentrieren. Er muss unser Täter sein. Warum sonst hätte er mich niederschlagen, einen Polizisten töten und sich aus dem Staub machen sollen? Und ich würde gern den Anruf bei der Familie des Polizisten übernehmen. Er heißt ... hieß Jack Collins.«

»Wie Sie wollen«, erklärte Lauders.

»Und dann werden Nici und ich gemeinsam Tremors Spur aufnehmen.«

»Das werden Sie nicht.«

»Wie bitte?«

»Ich nehme Ihnen den Fall weg. Ein anderes Team ist bereits instruiert und wird sich darum kümmern.«

»Wer?«

»Jackson und Wilkins.«

»Sie machen Witze.«

»Wenn ich einen Witz machen wollte, würde ich Sie fragen, was ein Rabbi, ein Priester und eine Hure gemeinsam haben«, entgegnete Lauders frostig. »Es ist mein voller Ernst. Sie und Fulton halten sich zurück. Machen Sie Urlaub, renovieren Sie Ihre Wohnung, heiraten Sie, was weiß ich. Aber Sie sind für den Fall *Vigilant* nicht mehr zuständig.«

»Das können Sie nicht tun!«, echauffierte sich Maddox.

»Ich habe es gerade getan.«

»Frank ...«

»Carl«, sagte Lauders mit einem Mal deutlich ruhiger. »Sie gehören zu meinen besten Leuten, und ich will nicht, dass Sie oder Nici von den Wölfen zerfleischt werden. Halten Sie sich für einige Wochen aus der Schusslinie. Sobald das Gröbste vorbei ist, setzen wir uns zusammen und besprechen die weitere Vorgehensweise. Das ist eine Anweisung. Wenn Sie sich nicht daran halten, werde ich Sie suspendieren müssen. Verstanden?«

»Verstanden«, antwortete der Agent.

»So eine Scheiße!«, rief Fulton unwirsch und presste sich das Telefon ans Ohr. »Was hast du dir nur dabei gedacht?«

»Fang du jetzt nicht auch noch an.«

»Du hättest sterben können, verdammt!«

»Ich habe es überlebt.«

»Wie auch immer du das geschafft hast. Dieser Tremor hätte dich mit links um die Ecke bringen und verschwinden lassen können, und niemand hätte dich jemals gefunden.«

»Aber er hat es nicht getan.«

»Eine Idee, warum er dich am Leben gelassen hat?«

»Vielleicht, weil selbst ein Psychopath wie er davor zurückschreckt, einen FBI-Agenten zu töten?«

»Das kann ich nicht glauben. Er hat ja auch einen Polizisten gekillt.«

»Was noch unbewiesen ist. Es könnte auch einfach ein Unfall gewesen sein.«

»Nimmst du diesen Wichser jetzt etwa in Schutz?«

»Nein. Ich stelle nur die Fakten richtig.«

»Lass den Scheiß, du Chorknabe. Was machen wir jetzt?«

»Genau das, was Frank gesagt hat«, erklärte Maddox. »Wir verkriechen uns und kommen erst wieder heraus, wenn die Meute weitergezogen ist.«

»Bis dahin ist Tremor aber über alle Berge.«

»Wir haben ihn einmal aufgespürt, wir kriegen ihn noch mal, und dann kann er nicht mehr entkommen.«

»Was bringt dich auf diesen Gedanken?«

»Weil du dann wieder gesund bist und mir beistehst.«

Obwohl Fulton nicht danach zumute war, verzogen sich ihre Mundwinkel zu einem Lächeln. »Wenn ich weiterhin deine Hand halten soll, habe ich eine Bedingung.«

»Die da lautet?«

»Mach so einen Bullshit nie wieder.«

»Du hast mein Wort.«

»Und jetzt komm her. Mathilda und Harold machen sich große Sorgen um dich.«

»Mein Flug geht in drei Stunden. Ich werde also heute Abend bei euch sein.«

Als Maddox seinen Wagen vor dem Haupthaus der Ranch parkte und ausstieg, standen seine Eltern und Fulton bereits an der Haustür. Fulton lehnte sich auf ihre Krücke und beobachtete ihn, während Mathilda auf ihren Sohn zulief und ihn lange in den Arm nahm.

»Du siehst aus, als wärst du von einem Traktor überrollt worden«, begrüßte ihn Harold und legte ebenfalls einen Arm um ihn. »Bist du in Ordnung?«

»Ich bin okay«, antwortete der Agent.

Als er seine Partnerin sah, stieg er den Treppenabsatz hinauf und machte Anstalten, sie zu umarmen. Fulton streckte ihre freie Hand aus und hielt Maddox auf Abstand.

»Du hast mir eine Heidenangst eingejagt«, sagte sie tadelnd. »Eigentlich sollte ich dir den Hintern versohlen.«

»Mir geht es gut«, wiederholte Maddox mit einem Gesichtsausdruck, der eine Mischung aus Scham und Wut war. Wut auf sich selbst, dass er sich so dermaßen falsch benommen und seiner Familie solche Angst eingejagt hatte. »Du brauchst mich aber nicht über das Knie zu legen, das hat Frank bereits getan.«

»Aus gutem Grund. Carl, wie konntest du nur? Du kennst die Vorschriften besser als sonst irgendjemand. Du hättest getötet werden können!«

»Jetzt gönn ihm eine Pause«, ermahnte Mathilda die Agentin. »Er hat genug gelitten. Wir wollen froh sein, dass ihm nichts Schlimmeres passiert ist. Lasst uns ins Haus gehen.«

Zu viert gingen sie hinein und ins Wohnzimmer, wo Mathilda bereits ein reichhaltiges Abendessen zubereitet hatte, das aus gebratenen Würstchen, Spiegelei und unterschiedlichen Brotsorten bestand. Außerdem standen Käse und eine angeschnittene Salami auf dem Tisch.

Maddox lief das Wasser im Mund zusammen. »Jetzt merke ich erst, wie groß mein Hunger ist«, erklärte er und setzte sich an seinen Stammplatz.

Harold, Mathilda und Fulton nahmen ebenfalls Platz, und schon bald waren sie ins Essen vertieft.

»Frank hat mich angerufen und mich darüber informiert, dass wir von dem Fall abgezogen sind«, sagte Fulton zwischen zwei Bissen. »Wie soll es jetzt weitergehen?«

»Fürs Erste«, erklärte Maddox, »hat er mir versprochen, dass wir uns in einigen Tagen besprechen werden, sobald sich die Sache etwas beruhigt hat. So lange sind Jackson und Wilkins mit dem Fall betraut.«

»Denkst du, dass sie Tremor aufspüren und die Lorbeeren einheimsen werden?«

»Nie im Leben«, sagte der Agent. »Die beiden sind gut, aber ihnen fehlt dieses bestimmte Etwas, um den Fall zum Abschluss zu bringen.«

»Du klingst ziemlich überheblich«, mischte sich Mathilda ein.

»Mom, ich bin vieles, aber nicht überheblich. Ich habe mit den beiden schon mehrfach zusammengearbeitet. Sie sind Analytiker, die sich auf harte Logik berufen. Was sie aber nicht können, ist, wie ein Psychopath zu denken. Sie verstehen sich darauf, klar denkende Leute zu erwischen.«

»Und was werdet ihr so lange tun?«, wollte Harold wissen.

»Das, was Frank gesagt hat«, stellte Maddox fest. »Wir halten uns bedeckt und warten, dass Frank uns kontaktiert.«

»Ihr könnt hier so lange bleiben, wie ihr wollt.«

»Danke.«

»Ich werde jetzt zu Bett gehen«, erklärte Mathilda. »Der Trubel um dich hat mich ziemlich mitgenommen. Ich wasche nur noch eben ab, dann gehe ich schlafen.«

»Ich übernehme den Abwasch«, bot der Agent an. »Ruh dich aus. Du auch, Dad.«

Mathilda und Harold tupften ihre Münder ab und stiegen dann Hand in Hand die Treppe zu ihrem gemeinsamen Schlafzimmer hinauf.

»Gute Nacht«, rief Harold von oben.

»Schlaft gut«, antwortete Maddox.

Als es oben still war, wandte er sich an Fulton. »Wie ist es mit dir? Gehst du auch schlafen?«

»Ich bleibe hier und leiste dir Gesellschaft.«

»Danke, aber du musst das nicht tun. Ich verspreche auch, dass ich keinen Unsinn anstellen werde.«

»Davon möchte ich mich lieber selbst überzeugen.«

Statt zu antworten, betrachtete Maddox sie für mehrere Augenblicke und überlegte, ob er ihren Gemütszustand noch einmal zur Sprache bringen sollte, entschied sich aber dagegen. Sie würde mit ihm sprechen, wenn sie so weit war. Der Agent stand auf, räumte das Geschirr zusammen und brachte es dann in die Küche, wo er den Wasserhahn an der Spüle aufdrehte und anfing, das benutzte Geschirr zu spülen.

Am nächsten Tag – Fulton saß auf der Couch und sah gerade eine Nachrichtensendung – rief sie den Namen ihres Partners laut und vernehmlich. Maddox, der vor wenigen Minuten eine heiße Dusche genossen und sich gerade angezogen hatte, kam zu ihr gelaufen.

»Was ist los?«, fragte er.

»Schau mal«, erwiderte sie und zeigte auf den TV-Bildschirm.

Dort fand gerade ein Interview statt. Der Moderator der Sendung unterhielt sich mit keinem Geringeren als mit Marten White, der für die Tageszeitung *Boston*

Daily tätig war und vor einigen Wochen mit Fulton und Maddox in Kontakt getreten war.

»Ich habe einfach Eins und Eins zusammengezählt«, sagte White gerade. »In mehreren Städten ereignen sich Todesfälle an kürzlich freigesprochenen Leuten und ihren Anwälten, und überall ist das FBI involviert. Außerdem, und das sage ich nur widerwillig, wurde ich von Agent Maddox, der kürzlich in Nashville einen Verdächtigen hat laufen lassen, und seiner Partnerin Agent Fulton um Hilfe bei den Ermittlungen gebeten. Meine Auffassung ist, dass die Toten zusammenhängen und jemand dahintersteckt, der das Recht in seine eigenen Hände nimmt. Ich nenne ihn den V*igilanten*.«

»So ein verlogenes Arschloch!«, rief Fulton und verzog ihr Gesicht zu einer Miene aus Abscheu. »Ich würde am liebsten sofort hinfahren und ihn an die Wand nageln.«

»Beruhige dich«, forderte Maddox sie auf. »Wer hört schon einem schmierigen Typen wie ihm zu?«

»Mehr, als uns lieb sein kann. Diese Sendung wird landesweit ausgestrahlt. Wahrscheinlich laufen gerade schon die Nachrichtenabteilungen bei allen anderen Sendern auf Hochtouren, um die Story aufzugreifen und auszuschlachten. Das war mein Fehler.«

»Früher oder später wäre sowieso irgendjemand darauf gekommen«, beschwichtigte sie ihr Partner. »Schade allerdings, dass es ausgerechnet White sein musste.«

»Ich gehe erst mal kotzen, und dann überlege ich mir, welchen Job im privaten Sektor ich demnächst machen kann. Frank wird uns nach dieser Nummer garantiert feuern.«

»Ich habe gehört, dass bei Walmart gerade Kassierer gesucht werden.«

»Du hattest auch schon mal bessere Witze parat.«

»Tut mir leid, ich versuche nur, dich aufzumuntern.«

»Lass mich in Ruhe.«

Maddox hob die Hände als Geste der Kapitulation und verließ das Zimmer. Fulton lehnte sich zurück und schloss die Augen. Sie spürte Kopfschmerzen in sich aufsteigen und war froh, für einen Moment allein zu sein.

»Nici«, flüsterte Kate.

»Ich bin hier«, antwortete Fulton ebenso leise und drückte ihrer Tante die Hand. »Gibt es etwas, was ich für dich tun kann?«

»Du hast schon so viel für mich getan. Viel mehr, als ich jemals zurückgeben könnte.«

»Was redest du da? Du hast dich um mich gekümmert, als niemand sonst für mich da war. Du hast mir aufgeholfen, als ich am Boden lag. Kate, du hast mein Leben gerettet.«

»Ich habe immer versucht, für dich da zu sein und dir zu geben, was du brauchst. Ich …«

»Kate«, unterbrach Nici sie sanft. »Du hast alles getan, damit ich mich wohl fühle. Du hast mich bei dir aufgenommen. Du hast mich immer dazu ermuntert, das zu tun, was mich glücklich macht. Ich stehe für immer in deiner Schuld.«

»Meine liebe Nici«, sagte Kate mit brechender Stimme. »Ich weiß, dass ich nicht deine Mutter bin, aber du warst immer wie eine Tochter für mich.«

»Und du warst ... bist für mich das, was einer Mutter
am Nächsten kommt. Ich liebe dich, Kate.«

»Ich liebe dich auch, Nici. Bitte verzeih mir.«

»Was sollte ich dir denn verzeihen?«

»Dass ich dich nun allein lassen muss. Ich hoffe, ich
konnte dir helfen, auf das Leben vorbereitet zu sein.«

»Das hast du«, erwiderte Fulton. »Ein weiser Mann
sagte einst, man solle nicht traurig sein, wenn ein geliebter Mensch von einem geht, sondern man solle sich
daran erinnern, welche guten Zeiten man zusammen
hatte. Ich werde deine Erinnerung hochhalten und immer voller Liebe an dich denken.«

»Und ich werde immer bei dir sein.«

Kate Fulton, die drei Jahre gegen den Krebs gekämpft
und die Schlacht schließlich verloren hatte, schloss die
Augen, tat noch zwei Atemzüge, und lag dann still da.
Nicole Fulton, Agentin des FBI, spürte, wie sich Tränen
in ihren Augen bildeten. Zu anderen Anlässen hätte sie
sie fortgeblinzelt, aber jetzt ließ sie ihrer Trauer freien
Lauf. Sie saß noch lange bei ihrer Tante, bis sie schließlich von einem Pfleger sanft nach draußen geführt
wurde.

Fulton öffnete die Augen, als sie ein Klirren, gefolgt
von einem Fluch, vernahm.

»So ein verdammter Mist«, sagte Maddox.

Sein rechter Zeigefinger steckte in seinem Mund.

»Was ist passiert?«, fragte sie.

»Ich wollte gerade einen Krug mit Wasser füllen und
dir bringen. Leider war der Griff etwas gesplittert und
ich habe mir in den Finger geschnitten. Habe ich dich
geweckt?«

»Nein, ich habe nur etwas gedöst«, erklärte sie.

»Ich bin gleich wieder da. Hier müssen doch irgendwo Pflaster sein ...«

In den kommenden drei Minuten rumorte Maddox in der Küche herum und fand schließlich eine ungeöffnete Packung Pflasterstreifen. Er riss die Pappschachtel auf und nahm einen Streifen heraus, den er auf die Anrichte legte. Dann hielt er seinen verletzten Finger unter einen Strahl lauwarmen Wassers, trocknete ihn sorgfältig ab und verband ihn dann. Als er sich schließlich neben Fulton setzte, kicherte sie.

»Was ist?«, wollte er wissen.

»Es ist nur ...«, setzte sie an und gluckste erneut, während sie seinen Finger begutachtete. »Ein großer, erwachsener Mann, der ein Donald-Duck-Pflaster trägt.«

»Freut mich, dass ich dich amüsiere«, erwiderte er gespielt entrüstet.

»Ich bin froh, dass du hier bist«, sagte Fulton wieder ernst.

»Wir kommen durch die Sache durch. Du wirst sehen, schon bald kommt Frank angekrochen und fleht uns auf Knien an, dass wir den Fall wieder übernehmen. Und bis dahin bist du auch wieder voll hergestellt.«

»Du und dein Optimismus. Das wird noch irgendwann dein Untergang sein.«

»Möglich. Aber dann war es wenigstens ein geiler Ritt.«

Die Agentin schüttelte lächelnd den Kopf und lehnte sich an die Schulter ihres Partners.

Nach wenigen Minuten machte Maddox Anstalten, aufzustehen. »Ich möchte dich nur ungern abschütteln, aber ich habe meinem Dad versprochen, ihm auf der Farm zu helfen.«

»Zwei Minuten noch?«

»Okay. Dad wird das schon verkraften.«

Fast eine Woche später war Fultons Knöchel abgeschwollen, und sie konnte ihren Fuß wieder stärker belasten. Zuerst ging sie nur wenige Meter, aber mit fortschreitender Zeit schaffte sie immer längere Strecken. Die Krücke hatte sie bereits zur Seite gelegt, behielt sie aber noch in der Nähe. Natürlich passten die Maddox´ auf sie auf und sorgten dafür, dass sie nicht zu schwer *schuftete*. Die Agentin genoss die Zeit auf der Ranch. Sie fütterte morgens die Hühner, fegte regelmäßig den Hof und machte sich im Haushalt so nützlich wie möglich. Fulton wusste zwar, wie man kochte, aber Mathilda ließ es sich nicht nehmen, ihr abgewandelte Rezepte und gänzlich neue Kreationen zu zeigen. Die beiden verbrachten gute Stunden miteinander, aber dennoch sehnte sich Fulton danach, wieder *im Feld* zu sein und zu ermitteln.

Dieser Wunsch wurde ihr erfüllt, als ein silbergrauer Mercedes vor dem Farmhaus zum Stehen kam, aus dem kein Geringerer als ihr Vorgesetzter Frank Lauders stieg. Er trug einen grauen Anzug, der wie angegossen saß.

Fulton, die gerade damit beschäftigt gewesen war, die Veranda vom Staub zu befreien, unterbrach ihre Arbeit und schaute Lauders überrascht an.

»Was machen Sie denn hier?«, fragte sie.

»Ich freue mich auch, Sie zu sehen«, antwortete ihr Vorgesetzter. »Wie geht es Ihnen?«

»Schon deutlich besser, danke.«

»Gut zu hören. Können Sie wieder ganz normal laufen?«

»So gut wie«, erklärte sie und ging demonstrativ die breite Veranda auf und ab.

»Schön, schön. Wo ist Carl?«

»Der macht eine Zaunbegehung mit seinem Vater. Kommen Sie bitte herein, Sie holen sich noch einen Sonnenbrand.«

Lauders schloss das Auto ab und folgte dann der Aufforderung. Drinnen wurde er ins Wohnzimmer geleitet.

»Möchten Sie etwas trinken?«, fragte sie ihn.

»Haben Sie ein kühles Blondes?«

»Kommt sofort.«

Fulton ging in die Küche und kam kurz darauf mit zwei bereits geöffneten und stark gekühlten Flaschen zurück, von denen sie eine ihrem Vorgesetzten reichte. Während sie sich auf die Couch setzte, nahm er auf einem der Sessel Platz.

»Wie ist die Lage in New York?«, fragte sie.

Lauders nahm einen tiefen Schluck und lehnte sich dann zurück. »Die Presse ist momentan mit sich selbst beschäftigt und denkt sich immer wieder neue Dinge aus. Glücklicherweise werde ich in Ruhe gelassen, weil sich dieser Marten White im Licht der Scheinwerfer sonnt. Soll er seine fünf Minuten Ruhm haben.«

»Und was ist mit Tremor? Kommen Jackson und Wilkins voran?«

»Genau deswegen bin ich hier. Am liebsten würde ich das aber besprechen, wenn Carl zurück ist.«

»Das kann noch einige Stunden dauern«, erklärte sie. »Das Gelände ist groß.«

»Vielleicht hätte ich vorher einen Termin vereinbaren sollen. Mir war nicht klar, dass Sie beide so beschäftigt sind.«

»Haben Sie es denn eilig?«

»Mein Rückflug geht in drei Stunden.«

»Dann erzählen Sie mir alles, und ich werde Carl nachher vollumfänglich instruieren.«

»Meinetwegen«, erklärte sich Lauders einverstanden und nahm einen weiteren Schluck aus seiner Flasche. »Also ...«

»Er ist *wo*?«, fragte Maddox und legte die Betonung auf das letzte Wort.

Am späten Abend, nachdem Lauders bereits wieder abgereist war, hatte Fulton ihrem Partner in aller Ausführlichkeit erklärt, was ihr Vorgesetzter ihr berichtet hatte.

»Australien«, wiederholte sie. »Zumindest nach dem letzten Kenntnisstand.«

»Was macht er denn ausgerechnet dort?«

»Vermutlich denkt er, dass er sich so seiner Verhaftung widersetzen kann.«

»Okay, Australien ist groß«, gab Maddox zu. »Aber er sollte doch wissen, dass die dortigen Behörden mit uns kooperieren werden.«

»Dafür muss man ihn aber erst einmal finden. Wie du schon sagst *Down Under* ist groß, und es ist sehr ursprünglich. Da gibt es viele Orte, wo man sich verstecken kann.«

»Woher stammt die Information, dass sich Tremor nach Australien abgesetzt hat?«

»Du wirst es kaum glauben, aber Jackson und Wilkins waren so schlau, seinen Computer peinlichst genau zu durchforsten. Bei der Prüfung der zuletzt besuchten Webseiten gelangten sie auf die Buchungsmaske von Quantas. Natürlich ist Tremor nicht unter seinem richtigen Namen verreist, aber eine Prüfung der Videoaufnahmen am Flughafen Nashville hat ihn ganz deutlich gezeigt. Danach war es nicht mehr schwer, herauszufinden, wohin er gereist ist.«

»Haben sie noch etwas anderes in Tremors Haus gefunden?«

»Eine riesige Sammlung Comics.«

»Comics?«

»Ja«, bestätigte Fulton. »Sie sind sich noch nicht ganz sicher, aber es scheint so, als hätte der Mistkerl alle Ausgaben vom *Punisher* in seiner Sammlung gehabt. Es fehlen allerdings drei Comics.«

»Wenn ich mich richtig erinnere, ist dieser *Punisher* jemand, der Recht und Gesetz in seine eigenen Hände nimmt, oder?«, überlegte Maddox.

»Passt perfekt«, pflichtete Fulton ihm bei. »Jedenfalls hat Frank darum gebeten, dass wir nach Australien reisen und Tremor dort ausfindig machen. Er weiß, dass Jackson und Wilkins nicht dazu fähig sind, so eine Nummer durchzuziehen.«

»Wann geht es los?«

»Morgen Abend geht ein Flug von Dallas nach San Francisco. Von dort fliegen wir nach Melbourne und dann nach Perth. Laut der australischen Behörden wurde Tremor dort das letzte Mal gesehen.«

»Bist du denn bereit für so eine lange Reise?«

»Selbst, wenn ich noch auf Krücken laufen würde, würde mich Nichts und Niemand davon abbringen können. Selbst du würdest es nicht schaffen, mir das auszureden.«

»Ich werde mich hüten, es zu versuchen«, erklärte Maddox. »Lass uns unsere Sachen packen und meine Eltern informieren.«

Harold und Mathilda ließen es sich natürlich nicht nehmen, die beiden Agenten zum Internationalen Flughafen Dallas/Fort Worth zu begleiten. Während Mathilda und Fulton den Mietwagen fuhren, den Maddox bei seiner Ankunft genommen hatte, hatten Carl und sein Vater beschlossen, im Jeep hinterherzufahren, den sie kürzlich tatsächlich flottgekriegt hatten.

Am Eingang zum Sicherheitsbereich des Flughafens verabschiedeten sich die vier ausgiebig voneinander und wünschten sich gegenseitig alles Gute. Die beiden Agenten gelangten schnell durch die Sicherheitsschleuse und begaben sich dann zu einem der zahlreichen Restaurants, um sich vor der mehr als sechsundzwanzigstündigen Reise zu stärken. Sie gingen zwar davon aus, dass es an Bord der jeweiligen Flugzeuge Essen geben würde, aber schon vor der vorangegangenen Pandemie hatten sich die Fluggesellschaften darauf beschränkt, nur das Allernötigste anzubieten.

KAPITEL 5

Die im äußersten Südwesten Australiens gelegene Großstadt Perth wurde bereits im Jahr 1829 von Großbritannien mit dem Ziel gegründet, das zur damaligen Zeit rivalisierende Frankreich davon abzuhalten, die Region zu besiedeln. Allerdings handelte es sich damals nur um ein kleines Fort, die tatsächliche Stadtgründung erfolgte erst rund siebenundzwanzig Jahre später. Während der Industrialisierung erlangte Perth einen hohen geostrategischen Wert, da in der Region viele Rohstoffvorkommen entdeckt worden waren. Noch heute dient Perth als wichtiger Stützpunkt der Bergbau- und Öl-Industrie, und trotz ihrer isolierten Lage – bis zur nächsten Großstadt Adelaide sind es immerhin über 2100 Kilometer – gilt die südaustralische Millionenstadt als sehr lebenswert.

Fulton und Maddox verließen das Flugzeug über die angeschlossene Gangway und machten einige Dehnübungen, bevor sie weiter in das Ankunftsterminal hineingingen. Sie reisten mit leichtem Gepäck, entsprechend mussten sie auf keine Koffer warten und konnten direkt weiter in Richtung des Ausgangs gehen, wo sich die Einreiseschalter befanden. Obwohl sie sich beeilt hatten, waren einige andere Passagiere bereits vor ihnen dort angekommen und bildeten eine lange Warteschlange. Maddox, der ein Stück größer als die meisten anderen Menschen war, warf einen Blick nach vorne und stellte fest, dass nur zwei Schalter geöffnet waren. Die dort befindlichen Grenzbeamten schienen von der Menschenmenge vollkommen unbeeindruckt zu sein und studierten jeden Pass in einer Ausführlichkeit, die man sonst nur an den Tag legte, wenn man einen Diamanten auf seinen Reinheitsgrad untersuchte.

»Das ist ja wieder gut organisiert«, kommentierte Fulton ironisch.

»Als ich noch ein kleiner Junge war, haben meine Eltern mit mir immer Spiele gespielt, wenn wir irgendwo anstehen mussten«, erklärte Maddox.

»Was denn zum Beispiel?«

»*Ich sehe was, was du nicht siehst.* Hast du Lust?«

»Na gut«, erklärte sich Fulton einverstanden. »Ich fange an. Ich sehe was, was du nicht siehst, und das ist lang und bewegungslos.«

Maddox schaute sich suchend um und inspizierte die aus opakem Plastik gebauten Begrenzungen und die Häuschen der Grenzbeamten, fand aber nichts.

»Keine Ahnung«, gab er sich schließlich geschlagen.

»Die Warteschlange«, antwortete seine Partnerin trocken.

»Du hast nicht wirklich Lust auf dieses Spiel, oder?«

»Ist das so offensichtlich?«

»Schon gut. Dann warten wir einfach, bis wir dran sind«, erklärte Maddox.

In diesem Moment bemerkte er, wie ein Uniformierter in ihrer beider Richtung starrte. Der Agent erwiderte den Blick und wartete. Schließlich kam Bewegung in den anderen Mann. Er tauchte unter einer seitlich angebrachten Absperrung hindurch und kam direkt auf Fulton und Maddox zu.

»Carl Maddox? Nicole Fulton?«, fragte er mit australischem Akzent.

»Ja«, antworteten beide gleichzeitig.

»Mein Name ist Officer Brown. Man hat mich angewiesen, Sie in Empfang zu nehmen.«

»Wer hat Sie angewiesen?«, wollte Fulton wissen.

»Mein Vorgesetzter. Soweit ich informiert bin, kommt die Weisung vom AFP.«

Damit meinte er die *Australian Federal Police*, das Gegenstück zum amerikanischen FBI.

»Gehen Sie bitte voran«, forderte Maddox den Uniformierten auf.

Zu dritt liefen sie an den Wartenden vorbei, tauchten wie Brown zuvor unter der Absperrung hindurch und wurden dann durch das Terminal zur Haupteingangstür geleitet. Dort warteten zwei in Anzug gekleidete Männer mittleren Alters auf sie.

»Agents Maddox und Fulton«, begrüßte sie einer der Männer. »Mein Name ist Bill Harper, ich arbeite für die AFP. Freut mich, Sie kennenzulernen. Hatten Sie einen guten Flug?«

»Ja, danke«, erklärte Maddox.

»Schön zu hören. Das hier ist mein Kollege Pete Collins.«

»Hallo«, sagte der andere australische Agent knapp.

»Kommen Sie bitte mit«, ergriff Harper wieder das Wort. »Sie wollen sich bestimmt frisch machen. Wir haben uns die Freiheit genommen, ein Hotel für Sie auszusuchen.«

»Vielen Dank, das ist sehr zuvorkommend«, sagte Fulton freundlich. »Ich denke, eine ausgedehnte Dusche und etwas Schlaf werden uns guttun.«

»Das sehe ich ganz genauso«, stimmte Maddox mit ein.

»Ich empfehle Ihnen aber, nicht zu lang zu schlafen, damit Sie der Jetlag nicht zu hart erwischt«, sagte Collins.

»Wir werden das schon hinkriegen«, beschwichtigte der FBI-Agent ihn. »Wir wollen schließlich im Vollbesitz unserer Kräfte sein, wenn wir uns auf die Suche nach Tremor machen.«

»Da Sie gerade auf ihn zu sprechen kommen«, übernahm Harper wieder das Gespräch, »wir haben unsere Kollegen im Outback informiert, dass sie nach Ihrem Verdächtigen Ausschau halten sollen. Sollte sich irgendetwas ergeben, werden wir umgehend informiert.«

»Vielen Dank. Was ist mit Perth?«

»Zum aktuellen Zeitpunkt gehen wir nicht davon aus, dass sich Michael Tremor noch hier befindet, aber wir behalten die Stadt natürlich ebenfalls im Auge.«

»Und Sie glauben, dass Sie ihn bei über zwei Millionen Menschen entdecken werden?«, fragte Fulton.

»Wir haben unsere Möglichkeiten«, erklärte Collins knapp.

»Und die wären?«

»Agent Fulton, ob Sie es glauben oder nicht, aber wir in Australien sind nicht in der Vergangenheit steckengeblieben. Wenn ich Ihnen sage, dass wir die Stadt beobachten, dann ist das auch so.«

»Ich meine ...«, setzte die Agentin an, wurde aber durch eine Handbewegung von Maddox unterbrochen.

»Wir sind müde«, erklärte er. »Wenn Sie uns bitte zu unserem Hotel bringen würden. Wir können alles später in Ruhe diskutieren. Ist doch so, oder Nici?«

Fulton nickte stumm.

Die australischen Agenten führten ihre amerikanischen Amtskollegen ins Parkhaus zu einem silbernen Toyota. Harper nahm den Schlüssel aus der Hosentasche, öffnete damit das Wagenschloss und hielt den beiden Agenten die Türen auf. Im Anschluss setzte er sich auf den Fahrersitz, während Collins auf dem Beifahrersitz Platz nahm. Harper fädelte den Wagen in den fließenden Verkehr ein und sie fuhren einige Minuten südöstlich, bis sie an einem recht unscheinbaren, aber ziemlich ausgedehnt wirkenden Gebäudekomplex vorbeikamen. Die Agentin warf einen Blick auf die weiß getünchte Fassade und las den Namen *Crown*.

»Ist das unser Hotel?«, fragte sie.

»Nein«, erwiderte Harper lachend. »Es sei denn, Sie möchten in einem Casino schlafen.«

»Vielleicht ein anderes Mal«, sagte sie und winkte ab.

Schließlich lenkte der australische Agent den Wagen auf die Staatsstraße Fünf, um den Swan River zu überqueren, der aus nordöstlicher Richtung floss und sich durch Perth hindurchschlängelte, bevor er in den Indischen Ozean mündete. Obwohl Fulton und Maddox in New York lebten und schon einige Großstädte gesehen hatten, kamen sie nicht umhin, die Innenstadt von Perth zu bewundern. Harper fuhr bewusst über den Riverside Drive, der sich zwischen den Hochhäusern auf der einen und dem Flussufer auf der anderen Seite befand und eine wunderschöne Aussicht bot.

»Hier ist es wirklich traumhaft«, sagte Fulton.

»Danke«, antwortete Harper. »Die Stadtverwaltung hat sich sehr darum bemüht, die Stadt sauber, sicher und lebenswert zu machen.«

»Das ist ihr definitiv gelungen«, ergänzte Maddox.

Wenige Minuten später kamen sie an ihrem Hotel an. Die Fassade war architektonisch gewagt und bot einige Schnörkel und Säulen.

Vermutlich, um von der hässlichen Fassadenfarbe abzulenken, dachte die Agentin.

Harper parkte den Wagen vor dem Haupteingang und warf einen Blick auf seine Uhr. »Jetzt ist es vierzehn Uhr. Ich schlage vor, wir treffen uns um achtzehn Uhr in der Lobby und besprechen die Details. Wir haben einige Fragen zu Ihrem Fall. Ist das für Sie in Ordnung?«

»Ja«, antwortete Maddox.

Die beiden FBI-Agenten stiegen aus und betraten das Foyer des Hotels, wo sie sich am Schalter anmeldeten und dann in ihre jeweiligen Zimmer gingen.

Punkt achtzehn Uhr stand Maddox in frischer Kleidung in der Lobby und wartete auf seine Kollegin. Als sie von draußen hereinkam, hatte sie die beiden Kollegen von der AFP im Schlepptau.

»Hey Carl«, sagte sie. »Schau mal, wen ich gefunden habe.«

»Agents«, grüßte Maddox.

»Haben Sie sich frisch machen können?«, erkundigte sich Harper. »Ist alles zu Ihrer Zufriedenheit?«

»Danke, alles in Ordnung, Mr. Harper.«

»Nennen Sie mich bitte Bill. Mister Harper ist mein Vater.«

»Gern. Nennen Sie mich Carl.«

»Und mich können Sie Nicole nennen«, fügte Fulton hinzu.

Die vier Agenten gingen in die hoteleigene Cafeteria und bestellten sich ihre jeweiligen Getränke, bevor sie sich an einen Tisch in der Ecke setzten.

»Also, Sie sagten vorhin, dass Sie Fragen haben. Was möchten Sie wissen?«, fragte Maddox.

»Bisher ist uns nur bekannt, dass wir nach einem Mann namens Michael Tremor suchen sollen. Natürlich wissen wir auch, wie er aussieht, aber was er getan hat, wurde uns nicht mitgeteilt. Vielleicht können Sie uns erleuchten.«

»Nici, willst du?«

»Michael Tremor hat mindestens sechs Menschen auf dem Gewissen«, erklärte sie. »Er hat es allem Anschein nach auf Leute abgesehen, die einer Straftat bezichtigt, aber vor Gericht freigesprochen wurden. Auch deren Anwälte stehen auf der Abschussliste. Als Carl ihn in Nashville stellen wollte, konnte sich Tremor der Verhaftung entziehen und ist nach Perth geflohen. Hier verliert sich dann die Spur.«

»Und Sie sind hier, um ihn zu finden und zur Rechenschaft zu ziehen«, stellte Harper fest.

»Mit Ihrer Hilfe.«

»Und was werden Sie tun, wenn Sie ihn in Gewahrsam genommen haben?«, fragte Collins.

»Gerechtigkeit walten lassen, was denn sonst?«

»Und wie sieht diese Gerechtigkeit für Sie aus?«

»Worauf wollen Sie hinaus?«, wollte Fulton wissen.

»Es gibt unterschiedliche Auffassungen von Gerechtigkeit«, erklärte der Australier. »Welche präferieren Sie?«

»Sagen Sie es mir«, forderte die Agentin ihn heraus.

»Ich spreche ganz offen. Ich habe in der Vergangenheit bereits hin und wieder mit Amerikanern zusammengearbeitet, und sie alle waren durch die Bank von der Sorte *Erst schießen, dann reden.*«

»Und alle Australier, mit denen ich bisher das Vergnügen hatte, waren Nachfahren von verurteilten Straftätern und ungehobelte Typen ohne Anstand, die auf Kängurus reiten«, gab Fulton zurück.

Collins betrachtete Fulton für eine Sekunde mit ernstem Blick und begann dann, zu grinsen. »Touché«, sagte er. »Was ich Ihnen über meine amerikanischen Bekanntschaften sagte, entspricht aber der Wahrheit. Benutzen Sie Ihre Schusswaffe gern?«

»Ich bin FBI-Agent. Ich schieße nur, wenn es unbedingt nötig ist und so ein Schwein wie Tremor will ich lieber lebenslang hinter Gittern, als tot sehen.«

»Dann sind wir ja schon zwei.«

»Zu dritt«, merkte Maddox an.

»Machen Sie vier daraus«, erklärte Harper.

»Also, wie wollen wir ihn erwischen?«, lenkte Maddox das Gespräch wieder auf das eigentliche Thema.

»Wie ich schon sagte, beobachten wir die Stadt und das Outback. Auf allen Flughäfen des Landes ist Tremor zur Fahndung ausgeschrieben. An den Zug- und Busbahnhöfen sieht es nicht anders aus. Wenn er irgendwo auftaucht, lautet der Auftrag, ihn festzusetzen.«

»Hoffen wir, dass er bis dahin nicht noch jemanden ermordet hat«, mischte sich Fulton ein. »Ich habe nämlich keine Lust, mit Ihrer Behörde darüber zu streiten, wer ihn einkassieren darf.«

»Ich denke, da werden wir eine Einigung finden«, erwiderte Collins. »Wir haben uns im Übrigen die Freiheit genommen, nachzuprüfen, ob Michael Tremor Freunde oder Bekannte in Australien hat. Ergebnis: Keine Freunde, keine Bekannten, keine Person, die ihn kennt. In den umliegenden Hotels hat auch niemand auf seinen Namen eingecheckt. Eine Befragung der dortigen Mitarbeiter, ob ihn jemand gesehen hat, hat ebenfalls nichts ergeben. Das Einzige, was wir sicher wissen, ist, dass er am Flughafen von Perth einen Mietwagen genommen hat.«

»Auf seinen eigenen Namen?«

»Nein, so dumm war er nicht«, verneinte der Australier. »Aber einer der Mitarbeiter hat ausgesagt, dass jemand, auf den die Beschreibung passt, im fraglichen Zeitpunkt einen Wagen gebucht und bar bezahlt hat. Er konnte sich deswegen so gut erinnern, weil es hier sehr unüblich ist, Bargeld zu benutzen.«

»Könnte er nicht irgendwo in einer privaten Unterkunft untergekommen sein?«

»So etwas gibt es hier nicht«, erklärte Collins. »Australier sind gegenüber Ausländern prinzipiell misstrauisch.«

»Er wird irgendwann tanken müssen«, meinte Maddox. »Haben Sie sein Bild veröffentlicht?«

»Wir haben die regionalen und überregionalen Sender instruiert, öffentlich auf Tremor hinzuweisen, sowohl im Fernsehen als auch im Internet.«

»Gut.«

»Ich denke, dass wir heute nichts mehr ausrichten werden«, schaltete sich Harper wieder ein. »Wir sollten uns fürs Erste darauf beschränken, miteinander in Verbindung zu bleiben. Sobald wir etwas erfahren, geben wir es sofort an Sie weiter.«

»Ist vielleicht das Beste«, lenkte Fulton ein. »Obwohl ich es hasse, untätig zu sein.«

»Glauben Sie uns, wenn ich sage, dass wir das auch nicht mögen.«

»Ich schlage vor, dass wir uns morgen früh wieder hier treffen.«

»Einverstanden«, antwortete der Australier, trank seine Tasse leer und stand dann auf.

Collins tat es ihm gleich, und als sie sich verabschiedet und gegangen waren, blieben Fulton und Maddox allein am Tisch zurück.

»Was hältst du von den beiden?«, wollte sie wissen.

»Ich denke, dass sie wissen, was sie tun«, erklärte der Agent. »Sie haben bisher alles getan, was in ihrer Macht steht.«

»Ich bin ganz deiner Meinung. Trotzdem habe ich das Gefühl, dass wir irgendetwas übersehen haben.«

»Vielleicht fällt es dir ein, wenn du ausreichend geschlafen hast. Mit diesem Jetlag ist wirklich nicht zu spaßen.«

»Und genau darum gehe ich jetzt lieber auf mein Zimmer. Mein Knöchel schmerzt, und ich möchte ihn nicht überstrapazieren.«

»Bevor du gehst, möchte ich dich noch etwas fragen.«

»Was denn?«

»Was beschäftigt dich gerade?«

»Carl, ich ...«

»Nici«, unterbrach er seine Partnerin. »Du weichst mir jetzt schon seit Wochen aus. Normalerweise würde ich es als eine deiner Launen abtun, aber das dauert jetzt schon wirklich lange. Ich will und muss wissen, was dich beschäftigt. Wenn wir Tremor stellen wollen, brauche ich dich mit klarem Kopf. Du musst voll da sein.«

Fulton sah ihrem Partner in die Augen und wollte ihn bereits erneut abweisen, aber etwas in seinem Blick sagte ihr, dass er sich nicht länger abspeisen lassen würde. Sie meinte, sogar etwas Flehendes in seinen Augen zu erkennen. Sie atmete daher tief ein und ließ die Luft dann langsam wieder entweichen.

»Okay, ich erzähle es dir. Ist aber eine lange Geschichte.«

»Ich habe Zeit«, beschied er.

»In den vergangenen Wochen habe ich viel über meine Jugend nachgedacht.«

»Deine Eltern?«

Fulton nickte. »Auch«, bestätigte sie. »Aber auch die Zeit nach ihrem Tod. Wie mich meine Tante Kate bei sich aufnahm, wie ich mein Leben bis zur Akademie verbracht habe, und vor allem Kates Tod.«

»Weißt du, warum du wieder verstärkt an das alles gedacht hast?«

»Keine Ahnung«, sagte sie wahrheitsgemäß. »Es fing an, kurz nachdem wir diesen Fall übernommen haben, und seitdem habe ich immer wieder Flashbacks.«

»Hast du schon einmal darüber nachgedacht, mit einem Therapeuten darüber zu sprechen?«

»Ich bin nicht verrückt, wenn du das meinst.«

»Nein, das meine ich nicht«, gab Maddox zurück. »Aber ich sehe und spüre, dass du nicht voll bei der Sache bist.«

Der Agent lehnte sich zurück und schien seine Gedanken zu sammeln. Dann stand er auf, setzte sich neben sie und ergriff ihre Hand.

»Nici, du weißt – oder zumindest hoffe ich es –, dass du Freunde hast. Ich bin für dich da. Meine Eltern haben immer ein offenes Ohr für dich. Du bist ein toller Mensch und eine wahnsinnig gute Agentin, und absolut nichts wird daran jemals etwas ändern. Du, Nicole Francine Fulton, bist wertvoll, und ich fühle mich geehrt, mit dir zu arbeiten und mit dir befreundet zu sein. Hör mal, wenn du dich lieber für eine Zeit zurückziehen möchtest, ist das in Ordnung für mich. Mit der Hilfe von Harper und Collins kann ich Tremor verfolgen und zur Strecke bringen. Und ich werde dabei äußerst vorsichtig sein.«

»So vorsichtig, wie du in Nashville warst?«, fragte sie ironisch.

»Das war ein Fehler, und ich bereue ihn. Ich dachte, ich könnte dich schützen, indem ich allein weitermache. Aber ich habe feststellen müssen, dass ich ohne dich vollkommen aufgeschmissen bin.«

»Ich werde keine Pause einlegen. Wir werden diesen Scheißkerl gemeinsam schnappen und der Gerechtigkeit zuführen. Keine Widerrede. Wenn wir ihn haben, verspreche ich dir, dass ich mir eine Therapeutin suchen werde. Okay?«

Maddox dachte für einen Moment darüber nach und nickte dann. »Okay. Wir schnappen ihn, und dann machen wir beide Urlaub. Ohne dich will ich nicht weitermachen. Du bist für mich zu wichtig, als dass ich auf dich verzichten möchte.«

Fulton sah auf eine Stelle auf dem Boden vor sich und spürte, wie sich in ihrem Inneren ein Gefühl von Wärme ausbreitete. Zum ersten Mal seit langer Zeit fühlte sie sich wirklich geborgen. Hier, in einem fremden Land, wo sie sonst niemanden kannte, stellte sie fest, dass alles, was sie brauchte, ihr Partner und Freund war. Sie drückte seine Hand fest und wollte sie am liebsten nie mehr loslassen. Erst, als sich ihrem Mund ein Gähnen entwand, ließ sie seine Hand langsam los.

»Lass uns schlafen gehen«, sagte sie. »Wir werden all unsere Kraft brauchen.«

»Klar«, erwiderte der Agent. »Wir sehen uns morgen früh. Schlaf gut.«

»Du auch«, sagte sie und verließ den Tisch.

Seit Tagen fuhr Michael Tremor nun schon durch das australische Hinterland. Nachdem ihn dieser FBI-Agent aus seinem Zuhause vertrieben hatte, hatte er für einige Tage in den Vereinigten Staaten versucht, seine Spuren zu verwischen. Da er wusste, dass das FBI in seiner Suche nach ihm nicht nachlassen würde, hatte er den Plan gefasst, nach Südost-Asien zu gehen und dort unterzutauchen. Er hatte bereits vor einiger Zeit eine zweite Identität aufgebaut, die er nun nutzte, um das Land zu verlassen. Er war nach Perth gereist, um dort seine weiteren Schritte zu planen. Allerdings hatte er bei seiner Ankunft in Australien feststellen müssen, dass er dort bereits öffentlich gesucht wurde. Und obwohl er sich einen Bart hatte wachsen lassen und zusätzlich seine Haare gefärbt hatte, zweifelte er nicht daran, dass man ihn erkennen würde, wenn man nur genau genug hinsah. Schließlich hatte er beschlossen, einen Wagen zu nehmen und weit in das australische Outback zu fahren, um dort für einige Zeit zu bleiben und abzuwarten, bis die Behörden nachlässiger wurden und ihn *vergaßen*. Er hatte sich ein Prepaid-Handy besorgt, um keinen Vertrag abschließen zu müssen, den Mietwagen in bar bezahlt und sich dann auf den Weg gemacht. Das einzige Problem bei seinem neuen Mobiltelefon war, dass es über keinen Internetzugang verfügte, und ein Navigationssystem war am Mietwagenschalter nicht vorhanden gewesen. Bei jedem Elektronikgeschäft, wo er es versucht hatte, war er abgewiesen worden, da ausnahmslos kein Bargeld akzeptiert worden war. Schlussendlich hatte er sich einige Landkarten besorgt, um sich einigermaßen zurechtfinden zu können. Zu guter Letzt hatte er auf dem Weg eine ältere Hütte entdeckt. Er hatte die Tür geknackt und eine Pistole sowie ein Jagdgewehr gefunden, die er kurzerhand eingesteckt hatte. Ein regelmäßiges Klingeln riss ihn aus seinen Gedanken. Tremor warf einen Blick auf die Tankanzeige und fluchte leise. Fast leer.

Na gut, dachte er, *dann finde ich mal eine Tankstelle.*
Nach einiger Zeit entdeckte er schließlich, was er suchte. In der endlosen Weite des australischen Hinterlands, umringt von nichts als Steppe, stand ein einsames Gebäude mit zwei Zapfsäulen und einer Säule, auf der die aktuellen Benzinpreise angezeigt wurden. Tremor steuerte den Wagen an eine der Zapfstationen,

stieg aus und nahm den Tankrüssel zur Hand. Er schob ihn in die dafür vorgesehene Öffnung seines Autos und ließ den Tank volllaufen. Als sich die Automatik abschaltete, hängte er den Tankrüssel wieder in die Fassung und ging nach drinnen, um zu bezahlen und sich noch etwas Wegzehrung zu besorgen. Obwohl draußen die Sonne hell schien, herrschte innen ein seltsames Zwielicht. Er ging zwischen die Regale und nahm sich einige Dosen mit Obst sowie etwas Erbsensuppe, ging dann zum Getränkebereich und packte drei Flaschen Wasser in den Korb, den er im Eingangsbereich mitgenommen hatte. Damit beladen, trat er vor den Kassenschalter und legte die Waren auf den Tresen.

»Haben Sie getankt?«, fragte die junge Kassiererin, während sie die Dosen und die Getränke einscannte.

»Ja«, antwortete er knapp.

»Welche Säule?«

Tremor schaute kurz aus dem Fenster, wo ausschließlich sein Wagen stand. »Ziemlich offensichtlich, oder?«

Die junge Frau verzog keine Miene und drückte einige Knöpfe, bevor sie den Endbetrag vom Display ablas. Tremor zog seinen Geldbeutel hervor und legte die passenden Geldscheine auf den Tisch. Als die Kassiererin das Bündel sah, schaute sie auf und betrachtete den Kunden das erste Mal, seit dieser ihren Laden betreten hatte.

»Haben Sie auch eine Karte?«, fragte sie.

»Nein.«

»Wir akzeptieren normalerweise kein Bargeld«, erklärte sie und zeigte auf ein kleines Schild neben der Kasse.

»Ich habe meine Kreditkarte zu Hause vergessen. Tut mir leid. Bis ich aber dort bin, die Karte geholt habe und wieder hier bin, würde es lange dauern. Haben Sie ein Herz.«

Tremor legte ein freundliches Lächeln auf.

»Na gut«, erklärte die junge Frau. »Ausnahmsweise.«

»Sie sind ein Schatz.«

»Warten Sie, habe ich Sie nicht schon einmal irgendwo gesehen?«, fragte sie.

»Kann ich mir nicht vorstellen. Ich bin neu hier in der Gegend.«

»Aber irgendwie kommen Sie mir bekannt vor. Ich weiß nur nicht ...«

Sie verstummte, als ihr Blick auf ein kleines Bild fiel, welches auf der Rückseite des Schalters platziert war. Darunter stand:

Haben Sie diesen Mann gesehen? Kontaktieren Sie bitte umgehend die Polizei. Sachdienliche Hinweise werden belohnt.

Tremor konnte von dort, wo er stand, zwar nicht hinter den Tresen sehen, aber ihm war sofort klar, dass dort ein Steckbrief von ihm hing. Er lächelte weiterhin und packte seine Einkäufe in den Korb.

»Auf Wiedersehen«, sagte er und verließ hastig das Gebäude.

Während er das Auto aufschloss, schaute er hinüber und bemerkte, dass die Frau ihn beobachtete. In ihrer Hand hielt sie ein Telefon. Er zog die Tür auf, legte seine Einkäufe auf den Beifahrersitz und griff dann in einen kleinen Rucksack. Danach ging er wieder zurück.

»Haben Sie etwas vergessen?«, fragte die Kassiererin angespannt.

»Ich habe nur eine Frage: Was würden Sie tun, wenn Ihnen jemand gegenüberstünde, der polizeilich gesucht wird?«

»Ich verstehe nicht ...«, sagte sie mit nicht zu überhörender Nervosität in der Stimme.

»Danke, das ist alles, was ich wissen muss.«

Ohne zu zögern, zog er seine Pistole hervor, zielte an die Decke und traf die Sicherheitskamera. Sie riss aus ihrer Verankerung und fiel scheppernd zu Boden. Dann richtete er seine Waffe auf die junge Frau und schoss ihr zwei Mal in die Brust. Sie fiel nach hinten um und war sofort tot. Er steckte seine Waffe wieder ein und verließ eilig die Tankstelle.

Schaust du gerade fern?, stand in der Kurznachricht, die Fulton vor wenigen Sekunden an Maddox geschickt hatte.

Welcher Sender?, fragte er.

Kanal Vier.

Maddox, der sich gerade eine ausgiebige Dusche gegönnt hatte, schaltete den Fernseher ein und drückte auf die Fernbedienung, bis er den richtigen Sender gefunden hatte.

»Die Tankstellenmitarbeiterin, eine junge Frau namens Sarah Wilco, wurde allem Anschein nach aus nächster Nähe mit zwei Kugeln erschossen. Die Gründe sind noch unklar, jedoch wird vermutet, dass sie einen flüchtigen Straftäter festhalten wollte«, sagte der Nachrichtensprecher, ein grau melierter Mann Mitte fünfzig, gerade.

Per Einblendung war eine Tankstelle zu sehen, die anscheinend mitten im Nirgendwo errichtet worden war und vor der sich zahlreiche Polizisten tummelten.

Das ist er!, tippte Maddox und schickte die Nachricht an seine Kollegin.

In fünf Minuten in der Lobby. Die Aussies wissen Bescheid, schrieb sie zurück.

Keine drei Minuten später saßen die beiden Agenten an *ihrem* Tisch in der Cafeteria, als die beiden Kollegen vom AFP zu ihnen stießen.

»Wurde auch Zeit«, sagte Harper, als er sich gesetzt hatte.

»Das können Sie laut sagen«, erwiderte Fulton. »Auch, wenn es nicht gerade angenehm ist.«

»Bevor Sie fragen«, mischte sich Collins ein. »Wir haben bereits mit unserer Justiz vereinbart, dass Tremor Ihnen gehört. Sie haben unsere volle Unterstützung.«

»Danke«, antwortete Maddox. »Konnten Sie schon etwas über den Mord an dieser Miss Wilco herausfinden?«

»Nicht viel«, gab Harper zu. »Bisher wissen wir nur, dass es definitiv Tremor war. Das verraten uns die Sicherheitskameras. Es gibt zwar keine Audio-Aufnahmen, aber durch das, was wir gesehen haben, wissen wir, dass er getankt hat, bezahlen wollte und sie ihn anscheinend erkannt hat. Die Polizei hat kurz vor ihrem Ableben einen Telefonanruf von ihr erhalten.«

»Wo und wann ist das passiert?«

»Vor fünf Stunden, in einer kleinen Stadt namens Kintore. Ist eigentlich keine Stadt, sondern nur ein Fliegendreck auf der Landkarte.«

»Wie weit ist das von hier entfernt?«

»Zweitausend Kilometer. Mit dem Auto rund dreißig Stunden.«

»Zu weit«, befand Maddox. »Bis wir dort sind, ist Tremor schon über alle Berge. Vor allem mit vollem Tank.«

»Eine Sperrung sämtlicher Straßen ist bereits veranlasst«, sagte Harper. »Außerdem sind alle Polizeieinheiten im Umkreis von fünfhundert Kilometern in Alarmbereitschaft. Wir haben außerdem ein ausgedehntes Netz an Drohnen zur Luftüberwachung. Wir werden natürlich auch dorthin reisen, aber nicht mit dem Auto. Für solche Entfernungen hat die AFP Flugzeuge in Bereitschaft.«

»Worauf warten wir dann noch?«, fragte Fulton ungeduldig.

Bill Harper hatte nicht untertrieben. Da Australien ebenso groß wie ursprünglich war, hatte die australische Bundespolizei bereits vor geraumer Zeit an jedem Flughafen eine gewisse Anzahl an Flugzeugen in Bereitschaft gestellt, die regelmäßig gewartet und instandgehalten wurden und innerhalb kürzester Zeit einsatzbereit waren. Für die beiden Agenten aus den USA stand in einem vom öffentlichen Flugverkehr abgegrenzten Bereich eine zweistrahlige Maschine vom Typ Learjet Einunddreißig mit bereits laufenden Triebwerken bereit. Sobald Harper, Collins, Maddox und Fulton eingestiegen waren und sich angeschnallt hatten, rollte die Maschine los und war schon bald in der Luft und auf Kurs nach Kintore.

»Das sieht wirklich trostlos aus«, sagte Maddox, während er aus dem Fenster blickte und die weite, karge Landschaft unter sich vorüberziehen sah.

»Lassen Sie sich nicht täuschen«, erwiderte Harper. »Von hier oben sieht es aus wie eine mit Exkrementen verstopfte Sandgrube, aber wenn Sie dort unten sind, und über sich nur die Sterne sehen, während Sie den zahlreichen Geräuschen der nachtaktiven Tiere lauschen, werden Sie anders denken. Australien ist bekannt für seine Tier- und Pflanzenwelt, und im Norden haben wir sogar Dschungel. Sie wären erstaunt, welch unterschiedliche Biome in *Down Under* zu finden sind.«

»Der Vorteil eines so großen Landes. In den Staaten wechselt sich auch Wüste mit Urwald ab. Schon mal in den USA gewesen?«

»Nur kurz«, sagte Harper. »Ich habe entfernte Verwandte in Sacramento.«

»Wann werden wir ankommen?«, fragte Fulton.

»In drei bis vier Stunden.«

»Gibt es in Kintore einen Flughafen?«

»Nein. Brauchen wir aber auch nicht. Für einen Jet unserer Größe reicht eine ebene Fläche aus. Und davon finden Sie hier mehr als genug.«

Zufriedengestellt mit dieser Antwort, lehnte sich die Agentin zurück und sah aus dem Fenster, während sich Harper und Maddox darüber ausließen, welche Gemeinsamkeiten und Unterschiede die Vereinigten Staaten von Amerika und Australien hatten.

Wie es im australischen Outback üblich war, war die Landebahn nicht viel mehr als ein etwa vierhundert Meter langer und zehn bis zwanzig Meter breiter Streifen festgestampfter Erde, der entweder von lokalen Einwohnern oder extra dafür bereitgestellten Personen regelmäßig auf seine Tauglichkeit überprüft wurde. Der Pilot des Learjets verstand offenbar sein Handwerk, denn trotz des unebenen Bodens schaffte er es, das Flugzeug so sanft aufzusetzen, dass man fast nicht bemerkte, schon zurück auf der Erde zu sein. Als die Agenten ausstiegen, wartete bereits ein Geländewagen in den Farben der australischen Ranger auf sie.

»Terry, wie geht es dir?«, begrüßte Harper den Fahrer.

»Wie immer«, gab der Ranger, ein älterer Mann mit grauem Vollbart, einsilbig zurück.

»Das hier sind Agent Maddox und Agent Fulton aus den USA. Sie sind unsere Gäste, also behandele sie dementsprechend. Agents, das ist Terry Walton, der örtliche leitende Ranger.«

»Hallo«, begrüßten sie ihn.

Der Ranger grüßte zurück, ohne aber seine Hand anzubieten. Er drehte den Zündschlüssel und startete den Motor, und direkt, nachdem sich die vier Agenten ins Auto gesetzt hatten, fuhr er bereits los. An der Tankstelle, wo sich Stunden zuvor der Mord an der jungen Angestellten ereignet hatte, war die Polizei noch immer zugange, um Spuren zu sichern und inzwischen eingetroffene Schaulustige fernzuhalten.

Menschen sind überall gleich, dachte Fulton und warf den Zivilisten, die sich jenseits der Absperrung versammelt hatten und ihre Handys in die Höhe hielten, einen abschätzigen Blick zu.

Terry geleitete die vier Agenten in das Innere des Gebäudes. Die Leiche war bereits abtransportiert worden, aber die Spuren der Tat waren unangetastet geblieben. Auf dem Tresen und der dahinterliegenden Wand fanden sich dunkelrote Flecken, die aufgrund der vorherrschenden dreiunddreißig Grad Celsius noch immer feucht waren.

»In den Nachrichten hieß es, das Opfer sei aus nächster Nähe erschossen worden. Stimmt das?«, fragte er.

»Ja«, antwortete der Ranger. »Zwei Mal in die Brust, um genau zu sein, aus einer Entfernung von weniger als zwei Metern.«

»Bill«, wandte sich Maddox nun an den australischen Agenten. »War auf den Videoaufnahmen zu sehen, welchen Wagen Tremor fuhr?«

»Es war ein Geländewagen vom Typ Jeep Wrangler.«

»Nicht der Wagen, den er in Perth gemietet hat«, stellte Fulton fest. »Also ist er zwischendurch umgestiegen. Schlauer Bursche. Gibt es ein Kennzeichen?«

»Relativ krümelig, da die Qualität der Aufnahmen nicht besonders gut ist. Aber wir konnten das Kennzeichen herauslesen und den Eigentümer ermitteln. Laut der Datenbank wurde der Wagen vor vier Tagen als gestohlen gemeldet.«

»Wie sieht es mit den Drohnen aus, von denen Sie vorhin gesprochen haben?«, fragte Maddox. »Wie engmaschig ist das Netz?«

»Ziemlich«, sagte Terry. »Wir müssten den Killer bald finden.«

Wie aufs Stichwort erwachte das Funkgerät des Rangers knisternd zum Leben.

»Hier Ranger Walton«, sagte Terry.

»Terry, Elisa hier«, antwortete eine weibliche, blechern klingende Stimme. »Eine unserer Drohnen hat gerade ein Bild des Fluchtfahrzeugs gesendet. Die Koordinaten sind Eins-Fünf-Drei-Neun. Das Fahrzeug ist seit einigen Minuten unbewegt.«

»Eins-Fünf-Drei-Neun«, wiederholte der Ranger. »Danke, Elisa. Over and out.«

Er steckte das Funkgerät zurück in die dafür vorgesehene Gürteltasche und wandte sich den Neuankömmlingen zu. »Meine Dame, meine Herren, wir haben ihn!«

»Wissen Sie, wie man zu diesen Koordinaten hinkommt?«, wollte Maddox wissen.

»Natürlich«, antwortete Terry in genervtem Tonfall. »Ich arbeite hier seit zwanzig Jahren. Ich könnte Sie genauso gut fragen, ob Sie wissen, wo sich bei Ihnen zu Hause die Dusche befindet.«

»Ich wollte Sie nicht kränken«, beschwichtigte ihn der Agent. »Entschuldigen Sie. Wir kennen uns hier nicht aus.«

»Schon gut«, sagte der Ranger. »Etwa fünfzig Kilometer nördlich von hier befindet sich eine alte Farm, die schon seit Jahren verlassen ist. Anscheinend hat sich der Typ dort versteckt.«

»Nicht gerade weit von hier«, wandte Fulton ein. »Vielleicht hat er Schwierigkeiten mit seinem Auto.«

»Ist wohl nicht auszuschließen«, fügte Maddox hinzu. »Terry, haben Sie eine Karte der Region?«

Der Ranger schnippte mit dem Finger, woraufhin einer der anderen anwesenden Polizisten nach draußen lief und wenig später mit einer zusammengerollten Landkarte zurückkam, die er auf dem Tresen ausbreitete.

»Wir sind hier«, erklärte Terry und zeigte auf einen Punkt im Zentrum der Karte. »Die Farm befindet sich hier.«

Der Ranger zog mit dem Finger eine Linie nach Nordosten und verharrte dann dort.

»Sieht für mich so aus, als gäbe es nach allen Seiten hin freie Sicht«, meinte der FBI-Agent. »Wir müssen ihn einkreisen, um zu verhindern, dass er entkommt, dabei aber äußerst vorsichtig vorgehen. Mir scheint, dass es dort keine nennenswerte Deckung gibt.«

»Da haben Sie recht«, erklärte Terry.

»Wie viele Leute haben Sie zur Verfügung?«

»Zwanzig. Sie können innerhalb von dreißig Minuten hier sein.«

»Gut. Stellen Sie bitte sicher, dass die Farm unter ständiger Beobachtung steht. Haben Sie schwere Waffen in Ihrem Arsenal?«

»Genug, um den Kerl in Schach zu halten.«

»Wir brauchen alles, was wir kriegen können. Wir werden in ständiger Funkverbindung stehen und von allen Seiten zusammen vorrücken. Sobald alle in Position sind, schlagen wir gleichzeitig zu.«

»Das hört sich akzeptabel an«, erklärte der Ranger.

Die hinzugestoßenen Polizei-Einheiten, sowie die Agenten, verteilten sich in einem etwa einen Kilometer messenden Ring um das alte Farmgebäude und rückten langsam, aber stetig vor. Da es, wie Maddox treffend erkannt hatte, so gut wie keine Deckungsmöglichkeiten gab, hatte er die Leute des Rangers instruiert, sich kriechend fortzubewegen, was zwar erheblich länger dauerte, dafür aber das Risiko minimierte, entdeckt und unter Beschuss genommen zu werden.

Nach einiger Zeit waren die Einheiten, die sich in zehn Gruppen zu je zwei Mann aufgeteilt hatten, bis auf fast fünfzig Meter an die Farm herangekommen. Inzwischen war es bereits dämmrig geworden, was die Sicht deutlich einschränkte. Im Licht der untergehenden Sonne zeichnete sich die Silhouette des Farmhauses scharf ab.

»Alpha Eins an Alpha General«, sagte Maddox leise in das Funkgerät, das ihm zur Verfügung gestellt worden war. »Alle in Position?«

Nacheinander bestätigten alle Gruppen, dass sie sich dort befanden, wo sie sein sollten. Als Letztes meldete sich Fulton zu Wort, die gemeinsam mit Terry eine eigene Einheit gebildet und von der Nordseite herangerückt war.

»Wir sind da«, sagte sie.

»Zugriff!«, befahl Maddox.

Er erhob sich in die Hocke und rannte in geduckter Haltung auf das Haus zu. Im Augenwinkel sah er die Schatten zweier anderer Gruppen, die es ihm gleichtaten. Er und sein Begleiter hatten es schon fast bis zur Hauswand geschafft, als direkt vor Maddox ein Schwarm Vögel aufstob. Der Agent bremste ab, was ihm beinahe zum Verhängnis geworden wäre, denn nur zwei Sekunden später krachte ein Schuss, gefolgt von einem Schmerzensschrei. Maddox warf sich zu Boden und sah sich um, bis er den ihn begleitenden Ranger sah, der blutend im Gras lag.

»Wie schwer sind Sie getroffen?«, fragte er.

»Es hat meinen Arm erwischt«, erwiderte der Polizist zwischen zusammengebissenen Zähnen. »Es wird schon gehen.«

Der Agent nickte und suchte die Fenster des Gebäudes ab. Als er den Schemen einer Bewegung hinter dem mittigen Fenster sah, zögerte er nicht, zielte sorgfältig über Kimme und Korn seiner Pistole und gab drei Schüsse ab.

»Sperrfeuer geben!«, befahl Maddox den umliegenden Einheiten und nutzte die Gelegenheit, die letzten zehn Meter bis zur Hauswand zu sprinten. Die Waffe schräg nach unten haltend, schlich er an der Wand entlang, allerdings nicht zum in der Mitte befindlichen Fenster, sondern zu dem zu seiner Rechten. Sein Plan war simpel: Er wollte durch die Öffnung einsteigen und Tremor überrumpeln, während draußen die anderen Gruppen dafür sorgten, dass der Killer keine Möglichkeit hatte, zurückzuschießen. Zu seinem Glück war das Fenster nicht verriegelt, und er konnte es mit einer Hand aufschieben. Er hoffte nur, dass das schabende Geräusch des Holzes von dem Schusslärm übertönt wurde. Maddox hievte sich durch die Öffnung, rollte sich ab und landete auf den Füßen. Er nahm sich einen Moment, um seine Augen an das im Haus herrschende Zwielicht zu gewöhnen, bevor er vorsichtig voranschlich. Seine Nerven waren zum Zerreißen gespannt, während er sich, einen Fuß vor den anderen setzend, vorantastete. Von draußen drang noch immer der Lärm von stetigen Schüssen herein. Der Agent betrat den Raum, wo sich das mittlere Fenster befand, und suchte mit den Augen die Schatten ab. Doch es war niemand zu sehen. In diesem Moment wurde die auf der anderen Seite des Gebäudes befindliche Haustür von außen eingetreten, und Fulton und Terry stürmten hinein. Im gleichen Augenblick krachte ein weiterer Schuss, dieses Mal innerhalb des Farmhauses. Maddox wurde nach hinten an die Wand geschleudert und sackte wie eine Puppe zusammen.

»Carl!«, brüllte Fulton und drückte mehrfach den Abzug ihrer Pistole durch, gefolgt von einem Poltern und dem Geräusch, das erscholl, wenn etwas Schweres zu Boden fiel.

Benommen bemerkte Maddox, wie seine Partnerin neben ihm in die Knie ging und ihm die schusssichere Weste abnahm.

»Hmmmm«, machte der Agent und spürte erst jetzt den Schmerz an seiner Seite.

Unwillkürlich fasste er an die schmerzende Stelle und bemerkte, dass es sich dort nass anfühlte. Er hielt sich die Hand vor Augen und erkannte, dass seine Haut glänzte ... Blut.

»Halt still«, flüsterte Fulton und machte sich daran, ihm das bereits durchtränkte Hemd zu öffnen, um die Wunde genauer betrachten zu können. Währenddessen hielt Terry eine Taschenlampe auf die verletzte Stelle gerichtet.

»Fuck«, sagte die Agentin. »Die Kugel ist knapp unter der Weste eingedrungen und steckt noch drin. Wir brauchen hier dringend einen Sanitäter!«

»Halten Sie das mal«, sagte der Ranger ruhig und drückte Fulton die Lampe in die Hand.

Dann griff er in seine Hosentasche und zog ein Taschenmesser sowie sein Sturmfeuerzeug hervor. Er hielt das Messer für einige Sekunden über die Flamme und bewegte die Klinge dabei hin und her.

»Das wird jetzt etwas wehtun«, sagte er. »Machen Sie sich bitte nützlich und sagen Sie den Leuten, sie sollen mit dem verfluchten Geballer aufhören!«

Ohne eine Antwort abzuwarten, schob er das Messer in das kreisrunde Loch in Maddox´ Flanke. Der Agent schrie auf und machte Anstalten, sich wegzurollen.

»Halten Sie ihn fest!«, ermahnte Terry die Agentin mit fester Stimme.

Fulton tat wie befohlen und drückte ihren Partner mit aller Macht zu Boden. Der Ranger wühlte weiterhin mit seinem Messer in der Schusswunde herum. Schließlich zog er die Klinge hinaus und brachte aus seiner Hosentasche eine kleine Zange zum Vorschein. Diese schob er ebenfalls in die Wunde, verharrte für einen Augenblick und zog sie dann wieder heraus. Das Licht der Taschenlampe reflektierte auf einem metallischen Gegenstand.

»Habe ich dich, du Miststück«, sagte Terry zufrieden.

Der Agent rührte sich nicht mehr. Aufgrund der starken Schmerzen war er bewusstlos geworden. Terry nahm dies schweigend zur Kenntnis und machte sich daran, die Schusswunde so gut wie möglich zu verbinden.

»Er muss in ein Krankenhaus«, sagte er zu Fulton, die die Feststellung umgehend an die anderen Polizisten weitergab.

Maddox schlug die Augen auf, schloss sie aber umgehend wieder. Grelles Licht bohrte sich schmerzhaft in seine Augen wie tausend Nadeln. Er versuchte es erneut, langsamer dieses Mal. Das Licht blendete ihn zwar noch immer und trieb ihm Tränen in die Augen, aber schließlich schaffte er es, die Augenlider für mehrere Sekunden offen zu halten.

»Hey«, sagte Fulton sanft und drückte seine Hand.

»Hallo«, antwortete er matt. »Wo bin ich?«

»Im Krankenhaus in Perth. Du wurdest angeschossen.«

»Wie geht es dir?«

»Ich bin unverletzt«, versicherte sie ihm.

»Was ist mit Tremor?«

»Wir haben ihn erwischt. Zwei Kugeln in Brust und Bauch.«

»Lebt er noch?«

»Ja, er atmet.«

»Gut. Ich hätte es nicht gern gesehen, wenn er gestorben wäre.«

»Am liebsten hätte ich ihn mit einer Schlinge um den Hals aufgeknüpft und dann Piñata mit ihm gespielt«, antwortete Fulton. »Aber Terry hat mich davon abgehalten. Er war es übrigens, der dir das Leben gerettet hat.«

»Guter Mann. Sobald ich wieder laufen kann, werde ich ihm danken. Bist du wirklich in Ordnung?«

»Abgesehen davon, dass ich eine Scheißangst hatte, dass du stirbst, geht es mir gut, wirklich.«

Maddox nickte schwach. »Hattest du schon Gelegenheit, Frank von unserem Erfolg zu berichten?«

»Nein«, gab sie zu. »Ich war zu sehr damit beschäftigt, mich um dich zu sorgen.«

»Ich komme schon wieder auf die Beine. Hast du dein Handy dabei?«

»Ja.«

»Lass uns ihn anrufen.«

»Bist du dir sicher? Willst du dich nicht vorher noch etwas erholen?«

»Dieser Augenblick ist so gut wie jeder andere. Außerdem denke ich, dass es mir helfen wird, wenn ich sein Lobeslied höre.«

Fulton lächelte, zog ihr Telefon hervor und wählte die Nummer ihres Vorgesetzten in den USA. Dann stellte sie ihr Telefon auf Lautsprecher.

»Lauders«, meldete sich die bekannte Stimme.

»Frank, Nici hier. Tut mir leid, wenn ich Sie wecke.«

»Ich habe noch nicht geschlafen. Wie geht es Ihnen in Australien? Was gibt es Neues?«

»Gute Nachrichten. Wir haben Tremor erwischt.«

»Das ist wirklich eine sehr gute Neuigkeit.«

»Sie klingen nicht gerade begeistert«, erwiderte Fulton. »Sind Sie sicher, dass ich Sie nicht geweckt habe?«

»Ich bin hellwach. Ich verrate Ihnen aber gern, warum ich nicht so erfreut reagiere, wie Sie es sich vielleicht wünschen. Ich hätte es Ihnen schon früher gesagt, aber Sie haben ja nicht auf meine Anrufe reagiert.«

»Tut mir leid, es war ein bisschen hektisch hier. Was ist denn los?«

»Während Sie Tremor nachgestellt haben, wurde hier ein weiterer Mord verübt.«

»Wie bitte?«, fragte die Agentin fassungslos.

»Wiederholen Sie das«, schaltete sich Maddox ein.

»Ein Mann, der wegen mehrfachen Kindesmissbrauchs angeklagt war, wurde vor drei Tagen auf freien Fuß gesetzt. Am nächsten Morgen wurden er und sein Anwalt tot aufgefunden. Geschändet und mit Brandmalen übersät, so wie die misshandelten Kinder.«

»Mein Gott«, brachte Fulton hervor. »Das heißt ...«

»Tremor ist schuldig, gar keine Frage. Aber anscheinend ist er nicht die einzige Figur in diesem Spiel.«

»Ich bringe Ihnen den Namen und den Täter«, versprach die Agentin mit fester Stimme. »Ich knöpfe mir Tremor umgehend vor.«

»Tun Sie das. Nutzen Sie jedes Mittel, das Ihnen zur Verfügung steht.«

»Ist das ein Freifahrtschein?«

»Jedes Mittel«, wiederholte Lauders.

»Wird gemacht. Ich melde mich.«

Fulton beendete das Gespräch und stand auf.

»Wo gehst du hin?«, fragte Maddox.

»Ich werde mich mal mit unserem Freund unterhalten.«

»Nici ...«

»Versuch nicht, mich aufzuhalten«, schnitt sie ihm das Wort ab. »Ich habe die Schnauze voll.«

»Lassen Sie uns allein«, befahl Fulton dem Pflegepersonal, das gerade damit beschäftigt war, sich um Michael Tremor zu kümmern. »Sie auch«, sagte sie zu den beiden Uniformierten, die sich ebenfalls im Krankenzimmer befanden.

»Unser Befehl lautet, ihn nicht aus den Augen zu lassen«, widersprach einer der Polizisten.

»Jetzt sofort!«

Anscheinend bemerkten die beiden Wachmänner die mühsam unterdrückte Wut der Agentin, denn sie verließen ohne weiteren Einspruch ihren Posten und schlossen die Tür hinter sich.

»Und nun zu uns«, sagte Fulton zu dem im Bett liegenden und mit zahlreichen Schläuchen verbundenen Mann, der sie so viele Wochen auf Trab gehalten hatte.

»Wer sind Sie?«, fragte Tremor schwach.

»Mein Name lautet Nicole Fulton, und ich bin diejenige, die Sie zur Hölle schicken wird, wenn Sie mir nicht sagen, was ich wissen will.«

»Ich will einen Anwalt sprechen.«

»Und ich will, dass es kostenlose Pizza für alle gibt. Wie gefällt Ihnen eigentlich das *Guter-Cop-Böser-Cop-Spiel?*«

»Nicht so sehr.«

»Mir auch nicht«, erklärte Fulton. »Also, Mr. Tremor. Wir sind jetzt ganz unter uns. Tun Sie einfach so, als wäre ich ein guter Freund von Ihnen, und erzählen Sie mir alles von Anfang an.«

»Ich wurde geboren im Jahr ...«

»Überspringen Sie den unwichtigen Teil, Sie Klugscheißer. Mir ist es scheißegal, wo und wann Sie geboren wurden, welch schlimme Kindheit Sie hatten, ob Sie kleine Tiere gequält haben und ob Ihr Vater sie regelmäßig verprügelt hat, während Ihre Mutter stockbesoffen zugesehen und ihn angefeuert hat. Ich will wissen, warum Sie die Morde begangen haben.«

»Von welchen Morden sprechen Sie bitte?«

»Stellen Sie sich nicht dumm. Ich weiß, dass Sie hochintelligent sind. Sie brauchen keine Bescheidenheit an den Tag zu legen.«

»Sie versuchen, mir zu schmeicheln«, stellte Tremor fest. »Das wird aber nicht funktionieren. Dagegen bin ich schon immer immun gewesen.«

»Wie Sie wollen«, antwortete die Agentin. »Dann eben auf die harte Tour. Mag ich auch viel lieber. Bringt nämlich bessere Ergebnisse in kürzerer Zeit.«

Sie machte einen schnellen Schritt an das Kopfende von Tremors Bett, riss ihm das Kissen unter dem Kopf weg, hob es hoch und drückte es ihm mit voller Kraft ins Gesicht. Obwohl der Mann abgebrüht war, war er von dieser Tat überrascht und schaffte es nicht mehr

rechtzeitig, seine Arme zur Abwehr der Attacke hoch-
zuheben. Fulton lehnte sich mit aller Macht auf das
Kopfkissen und hielt diese Position für einige Sekunden, bis sie schließlich abließ und das Kissen wieder
hochhob. Tremor japste nach Sauerstoff, doch bevor er
seine Lungen ausreichend füllen konnte, wiederholte
die Agentin ihre Tätigkeit. Der Mann versuchte, sich zu
wehren und schaffte es tatsächlich, ihre Handgelenke
zu umfassen. Fulton, die eigentlich schwächer war als
er, hatte aber den Vorteil der Hebelwirkung und
konnte dem Gegendruck dadurch standhalten. Nach
fast einer Minute hob sie das Kissen wieder hoch und
hielt es knapp außer Reichweite von Tremor.

»Sie sind wahnsinnig!«, rief er so laut, wie er konnte,
was aufgrund des Sauerstoffmangels nicht gerade sehr
laut war.

»Macht Spaß, oder?«, fragte sie rhetorisch. »Wollen
Sie jetzt mit mir reden?«

»Ich ... ich ...«

»Okay, wie Sie wollen.«

Fulton betrachtete für einen Moment die Schläuche,
die über Kanülen in den linken Unterarm des auf dem
Bett liegenden Mannes führten.

»Ich frage mich, was passiert, wenn ich hier dran
ziehe ...«, überlegte sie laut.

Fulton griff an eine der Kanülen und riss die rund
fünf Zentimeter lange Nadel mit voller Kraft heraus.
Tremor schrie vor Schmerz und bäumte sich auf. Fulton schaute sich seine Qual für einige Sekunden an, bevor sie ihrem Drang nachgab und ihre Faust mit voller
Wucht im Gesicht des Mannes platzierte. Tremor fiel
schwer zurück auf die Matratze und atmete abgehackt.

»Wir können dieses Spiel noch ewig so weitermachen«, sagte sie und betrachtete ihre Hand. »Ich habe Zeit. Wie ist es bei Ihnen?«

»Wollen Sie, dass ich die Morde gestehe?«

»Ich weiß, dass Sie die Morde verübt haben. Was ich will, sind drei Dinge: Warum haben Sie gemordet? Wenn Sie mir das erklärt haben, will ich, dass Sie mir sagen, wen Sie beauftragt haben, für Sie zu morden, als Sie sich wie ein feiger Hund nach Australien abgesetzt haben. Und danach möchte ich, dass Sie meinen Partner um Entschuldigung bitten, ihn zwei Mal fast umgebracht zu haben.«

»Tun Sie mir dann nicht mehr weh?«

»Kommt ganz darauf an, ob ich zufrieden bin mit dem, was Sie sagen. Wenn es mir nicht gefällt, werden Sie erfahren, wie es sich anfühlt, zu ertrinken. *Waterboarding* ist Ihnen ein Begriff, oder? Sie haben davon sicher in den Nachrichten gehört.«

»O...kay«, sagte Tremor zwischen zwei Luftzügen.

Fulton zog sich einen Stuhl heran und setzte sich darauf, die Beine übereinandergeschlagen und die Hände im Schoß.

Tremor benötigte einige Minuten, bevor er dazu fähig war, ruhig zu atmen.

Schließlich wandte er sich ihr zu. »Ms. Fulton, kennen Sie das, wenn etwas falsch läuft und Sie der Meinung sind, dass es geändert werden muss?«

»Das ist mir durchaus bekannt.«

»Diese Männer, die ich getötet habe, hatten es verdient. Sie waren Straftäter, die nur aufgrund der Unfähigkeit der Justiz auf freien Fuß gekommen sind.«

»Und die Anwälte?«

»Bastarde, die für Geld lügen und sich dafür auch noch rühmen. Auch sie mussten bestraft werden.«

»Und warum, denken Sie, war es ausgerechnet Ihre Aufgabe, für Recht und Ordnung zu sorgen?«

»Weil ich es kann.«

»Und dabei kam Ihnen nie in den Sinn, dass es andere Wege gibt, diese Menschen zur Rechenschaft zu ziehen?«

»Nur so können andere davon abgeschreckt werden, etwas ähnliches überhaupt zu denken.«

»Sie sind also der Meinung, dass Ihre Art der Abschreckung funktioniert? Denken Sie wirklich, dass genau in diesem Moment irgendwo irgendein Vater sein Kind schlagen will und innehält, weil er an Sie und Ihre Taten denkt?«

»Nicht an mich persönlich. Ich bin nur ein kleines Licht. Aber die Konsequenzen ihrer Taten werden ihnen vor Augen sein.«

»Sie sind ja wirklich selbstlos … und verrückt obendrein«, fand Fulton. »Ich glaube Ihnen nicht, dass Sie sich nicht um Ruhm scheren. Sie wollen ein Ritter in strahlender Rüstung sein und die Welt retten, und nur Sie allein wollen wissen, welches der richtige Weg dafür ist.«

»Unser Justizsystem ist krank, und ich bringe die Heilung.«

»Sie sind also eine Art Messias?«

»Wenn Sie es so sehen möchten.«

»Das sind ja tolle Worte. Haben Sie sich die selbst ausgedacht, oder haben Sie die in einem beschissenen Glückskeks gelesen?«

»Sie machen sich über mich lustig.«

»Das würde mir nie in den Sinn kommen«, ätzte Fulton. »Wen haben Sie beauftragt, für Sie zu morden, während Sie sich wie eine Ratte versteckt haben?«

»Niemanden. Die Menschen wachen auf. Ich bin nur der Erste, aber viele weitere werden nachfolgen.«

»Und gemeinsam werden Sie alle die Welt retten, ist schon klar. Also, wer?«

Tremor schwieg.

»WER?«, brüllte Fulton ihn an.

Als Tremor noch immer nicht antwortete, ergriff die Agentin einen neben das Bett gelehnten metallenen Gehstock, wog ihn kurz in der Hand, holte aus und ließ ihn kraftvoll auf die Brust des Mannes niedergehen. Augenblicklich wurde Tremor die Luft aus den Lungen gedrückt, und man hörte das leichte Knacken brechender Rippen.

»WER?«, brüllte sie noch mal und schlug erneut zu. »Sagen Sie es mir, bevor ich Ihnen alle Knochen breche!«

»Warten ... Sie ...«, bat Tremor und hob schwach eine Hand.

Fulton hielt inne, den Stock über ihrem Kopf erhoben.

Der Mann versuchte, einzuatmen und verzog dabei vor Schmerzen das Gesicht.

Die Agentin beugte sich vor, bis ihr Mund neben seinem Ohr war, und sprach nun ganz leise: »Wenn Sie mir den Namen nicht sagen, werden Sie für den Rest Ihres Lebens eingebuchtet werden. Sie werden in einer dunklen Zelle verrotten. Hin und wieder werden Sie Besuch bekommen von Leuten, die es nicht gerne sehen, wenn jemand Kinder schändet und Frauen schlägt.«

»Ich habe nicht …«

»Niemand wird Ihnen glauben. Niemand wird Ihnen zuhören. Sie werden sich wünschen, tot zu sein, aber den Gefallen wird man Ihnen nicht tun.«

Sie richtete sich wieder auf. »Haben Sie Angst, Michael Tremor?«

»Ja«, gab er zu.

»Das sollten Sie auch. Also, ich will einen Namen.«

»Er … heißt …«

»Ich warte.«

»Frank.«

»Nachname.«

»Lauders.«

Fultons Augen weiteten sich. Unwillkürlich machte sie einen Schritt zurück und griff nach dem Infusionsständer, der unter dem plötzlichen Gewicht nachgab und zusammen mit der Agentin zu Boden fiel. Dass dabei einige Schläuche aus ihrer Verankerung gerissen wurden, bemerkte sie gar nicht.

»Nein …«, flüsterte sie. »Nein, nein, nein …«

Sie saß auf dem Boden und starrte ins Leere. Sie konnte nicht glauben, was sie gerade gehört hatte. Frank Lauders, ihr Vorgesetzter und langjähriger Mentor? Der Mann, der immer ein offenes Ohr für sie gehabt hatte? Der Mann, der vor vielen Jahren seine Familie verloren, aber trotz allem weitergemacht hatte? Es konnte einfach nicht wahr sein.

»Sie lügen«, sagte sie leise.

Tremor antwortete nicht.

Fulton spürte … Schmerz … Trauer … Wut … ein Wirbelsturm verschiedenster Gedanken und Gefühle toste in ihrem Kopf. Es konnte, *durfte*, einfach nicht sein!

Irgendwo im Hintergrund hörte sie das protestierende Piepen, welches aus dem kleinen Gerät drang, das die Lebensfunktionen des Patienten überwachte. Die Tür zum Krankenzimmer wurde aufgestoßen, und vier in weiße Kittel gekleidete Männer und Frauen stürmten hinein, drängten sich um Tremor und versuchten, den Tropf wieder funktionsfähig zu machen. Niemand beachtete die auf dem kalten Fußboden sitzende Frau, die ins Leere starrte. Nach einer gefühlten Ewigkeit stand sie auf und wankte aus dem Zimmer. Auf dem mit billigem Linoleum ausgelegten Krankenhausflur blieb sie stehen, lehnte sich gegen die Wand, beugte sich schließlich vornüber und erbrach sich auf den glänzend polierten Boden.

Schwerfällig schob sie die Tür auf und betrat das Krankenzimmer, in dem ihr Partner untergebracht war.

»Das ging aber schnell«, sagte er leicht amüsiert. »Hat er gesungen?«

Als sich ihre Blicke trafen, wurde seine Miene augenblicklich ernst. »Was ist passiert?«

Fulton stand an der noch immer geöffneten Tür und sah aus, als wäre ihr gerade der Tod persönlich begegnet. Maddox erkannte, dass sie Tränen in den Augen hatte.

»Komm her«, sagte er sanft und streckte die Arme aus.

Die Agentin tat einige Schritte, setzte sich aufs Bett und ließ sich von ihrem Partner in den Arm nehmen. Erst jetzt gestattete sie es sich, dass sich die Gefühle, die sie bis zu diesem Moment im Zaum gehalten hatte, Bahn brachen. Sie weinte bitterlich und schluchzte herzzerreißend. Maddox sagte nichts, sondern wiegte seine Partnerin nur sanft, wie es eine Mutter mit ihrem Kind tat, das sich das Knie aufgeschlagen hatte.

»Halt mich einfach fest«, flüsterte sie.

Einige Zeit später, als sie sich wieder halbwegs beruhigt hatte, erzählte sie ihrem Partner alles, was sie von Michael Tremor erfahren hatte. Maddox hörte aufmerksam zu und schwieg, bis sie geendet hatte.

»Wir müssen ihn melden«, sagte er schließlich.

»Carl, ich kann es einfach nicht glauben. Frank ... Wie kann das sein?«

»Manche Erlebnisse sind so einschneidend, dass sie einen Menschen verändern können«, überlegte er laut. »Frank hat bei einem Unfall seine gesamte Familie verloren. Derjenige, der dafür verantwortlich war, wurde zwar verurteilt, aber seine Strafe wurde aufgrund mildernder Umstände zur Bewährung ausgesetzt, wie du weißt. Vielleicht war es das, was Frank dazu bewogen hat, zu tun, was er getan hat.«

»Ich muss mit ihm persönlich sprechen. Nur so kann ich wissen, ob Tremor die Wahrheit gesagt hat.«

»Willst du hinfliegen?«

»Ja.«

»Schaffst du das wirklich allein?«

»Ich habe keine andere Wahl.«

»Wenn du allein zu ihm gehst und ihn zur Rede stellst, besteht die Gefahr, dass er flieht, oder noch schlimmer, dass er dir etwas antut. Außerdem dauert es zu lange, in die Staaten zu fliegen. Wir dürfen keine Zeit verlieren. Ich habe eine andere Idee.«

»Lauders«, sagte ihr Vorgesetzter, während er mit der einen Hand das Telefon und mit der anderen seine Kaffeetasse hielt. Er war vor einer Stunde aufgestanden und bereitete sich gerade auf seinen Arbeitstag vor.

»Frank, ich bin es, Nici.«

»Hallo. Wie gehen die Dinge voran?«

»So weit so gut«, antwortete sie ausweichend. »Wie geht es Ihnen eigentlich?«

»Was genau meinen Sie?«

»Sie sind viel am Arbeiten, Sie scheinen nicht viel Schlaf zu benötigen, und wenn ich mich recht entsinne, haben Sie seit über drei Jahren keinen Urlaub mehr gemacht. Ich mache mir Sorgen um Sie.«

»Das ist sehr nett, aber wirklich nicht nötig.«

»Frank, sind Sie sicher, dass Sie mir nicht etwas erzählen wollen?«

»Was sollte das sein?«

»Nun, vielleicht etwas aus Ihrem Privatleben. Wir kennen uns schon so lange, aber eigentlich weiß ich gar nicht, wer Sie wirklich sind.«

»Nun mal langsam«, sagte Lauders. »Ich verstehe, dass Sie aufgewühlt sind, weil Sie Tremor geschnappt haben, und ich verstehe, dass es Sie bedrückt, dass es in den Staaten erneut einen Mord gegeben hat. Aber dass Sie mich anrufen, um mit mir zu plaudern, ist doch etwas seltsam, finden Sie nicht?«

»Doch«, gab sie zu. »Wenn Sie mir schon nicht erzählen wollen, wie Sie sich fühlen, wie wäre es dann, wenn Sie mir stattdessen erzählen, was Sie mit Michael Tremor zu tun haben?«

Lauders schwieg.

»Frank, Sie selbst haben mir gestattet, alle Hebel in Bewegung zu setzen, um aus Tremor den Namen des zweiten Mörders herauszuholen. Wissen Sie, was er gesagt hat, als ich ihn soweit hatte?«

»Was denn?«

»Er sagte *Frank Lauders*. Soweit ich mich erinnere, tragen Sie diesen Namen. Also, Frank, was hat es damit auf sich?«

»Ich weiß wirklich nicht, worüber Sie reden.«

»Ich denke, dass Sie ganz genau wissen, worum es geht.«

»Wollen Sie mir etwa unterstellen, dass ich irgendetwas mit Tremor zu tun haben könnte?«

»Momentan interessiert mich nur, warum er ausgerechnet Ihren Namen genannt hat.«

»Um Verwirrung zu stiften, natürlich. Das sollte Ihnen als erfahrener Ermittlerin doch eigentlich vollkommen klar sein«, erklärte ihr Vorgesetzter. »Er will von sich ablenken und uns gegeneinander aufhetzen. Währenddessen schmiedet er einen Plan, wie er aus der Sache herauskommt. Gleichzeitig deckt er seinen wirklichen Partner.«

»Das klingt natürlich plausibel«, gab Fulton zu.

»Sehen Sie«, sagte Lauders in selbstgefälligem Tonfall. »Wenn Sie mich nun bitte entschuldigen würden, ich möchte jetzt zur Arbeit gehen. Ich werde unsere Unterredung vertraulich behandeln. Wir wollen doch nicht, dass es zu Ihrem Schaden gereicht, dass Sie mich verdächtigt haben.«

»Frank, da ist noch eine Sache. Was denken Sie, warum sein Partner gemordet hat, während sich Tremor auf der Flucht befand?«

»Ich kann nur Vermutungen anstellen. Entweder fühlt er sich in Sicherheit, weil Sie beide in Australien sind, oder er kann nicht anders, weil er psychisch krank ist.«

»Weil er jemanden verloren hat, der ihm nahestand, und der dafür Verantwortliche ist ungeschoren davongekommen?«

»Gut möglich.«

»Erklären Sie mir bitte noch eine Sache: Woher kennt Tremor Ihren Namen? Ich kann mich nicht erinnern, dass Ihr Name in der breiten Öffentlichkeit bekannt ist. Er müsste schon genaue Recherchen angestellt haben, um darauf zu kommen, dass Sie mein Vorgesetzter sind. Er ist natürlich clever, aber bis vor einer Stunde kannte er nicht einmal meinen Namen. Selbst der Weltmeister im Kreuzworträtsellösen würde nicht darauf kommen.«

»Ich habe jetzt wirklich keine Zeit mehr.«

»Dann nehmen Sie sich die Zeit.«

»Sie lassen nicht locker, oder?«

»Sie kennen mich doch.«

»Was wollen Sie von mir hören?«

»Die Wahrheit, Frank. Ich will wissen, warum Sie sich mit Tremor eingelassen haben.«

»Sie fantasieren.«

»Was wohl Ihre Frau darüber denken würde, wenn sie wüsste, dass Sie lügen?«

»Lassen Sie Angela aus dem Spiel«, sagte Lauders mit einem Anflug von Zorn in der Stimme.

»Und Ihr Sohn erst ... Sein Dad, der aufrechte und gesetzestreue Mann ...«

»Okay, es ist wahr!«, ereiferte sich ihr Vorgesetzter nun. »Michael und ich kennen uns seit einigen Jahren. Als meine Familie starb, war ich verzweifelt. Der Mann, der für ihren Tod verantwortlich war, wurde aufgrund mildernder Umstände zu einer Bewährungsstrafe verurteilt. Mildernde Umstände, können Sie sich das vorstellen? Eines Abends war ich gerade dabei, mich in einer Bar volllaufen zu lassen, als ich Tremor traf. Ich war sofort von ihm beeindruckt. Er hatte eine Aura, die man nur selten findet. Er ist ein rechtschaffener Mensch, der Ungerechtigkeit nicht leiden kann. Er wollte immer, dass die Menschen nett zueinander sind.«

»Und er war bereit, dafür über Leichen zu gehen. Aber was ist mit Ihnen, Frank? Warum haben Sie ihn gedeckt? Warum haben Sie selbst gemordet? Was ist passiert?«

»Mit dem Tod meiner Familie erkannte ich, dass unsere Justiz so löchrig und ausgehöhlt ist wie ein Schweizer Käse. Straftäter werden mit Milde behandelt, während die Opfer keine Gnade zu erwarten haben. Richter sind käuflich, und Anwälte tun für Geld alles, um Tatsachen zu verdrehen und zu ihren Gunsten auszulegen. Das ist falsch, vollkommen falsch. Also tat ich mich mit Michael zusammen.«

»Warum haben Sie sich nicht von ihm losgesagt, als er anfing, Menschen zu ermorden?«

»Ich gebe zu, er kann manchmal sehr drastisch vorgehen, aber irgendwie hatte ich immer das Gefühl, dass es richtig ist, was er tut ... jemand, der zur Tat schreitet, anstatt nur zu reden. Wissen Sie, es ist leicht, nur zu lamentieren, aber tatsächlich den Mut zu haben, etwas zu tun, ist etwas völlig anderes.«

»Wie viele Menschen sind gestorben, bevor Sie uns mit den Ermittlungen beauftragt haben?«

»Zehn.«

»Wie viele davon haben Sie auf dem Gewissen?«

»Vier«, flüsterte er.

»Mein Gott«, entfuhr es Fulton. »Wissen Sie was, Frank? Sie sind ein mieses Arschloch! Sie hätten die ganze Nummer beenden können, ohne weitere Menschen in Mitleidenschaft zu ziehen. Sie haben zugelassen, dass Menschen ermordet werden. Sie haben selbst getötet. Warum haben Sie nicht aufgehört?«

»Ich ... also ...«

»Stammeln Sie nicht herum, Mann! Warum?«

»Ich konnte es einfach nicht. Es gab immer wieder einen Täter, der straflos davongekommen wäre. Da konnte ich doch nicht einfach tatenlos zusehen. All die Verzweiflung, all das Leid, das diese miesen Schweine verursacht haben ... Jemand musste doch etwas tun.«

»Warum haben Sie Carl und mich für den Fall ausgesucht? Sie haben uns bewusst gefährdet! Carl wäre zwei Mal fast draufgegangen!«

»Nici, ich kenne Sie. Wir sind uns ähnlich in der Sicht auf die Welt. Sie und ich, wir können nicht tatenlos dabei zusehen, wenn jemandem Ungerechtigkeit widerfährt.«

»Sie wollten mich auf Ihre Seite ziehen?«

»Ich hatte gehofft, dass Sie erkennen, wie selbstlos Michael in Wirklichkeit ist. Dass Sie Ihre Augen öffnen und erkennen, dass es richtig ist, was er tut. Dann hätte ich Ihnen alles erzählt.«

»Und Carl wäre ein Bauernopfer gewesen?«

»Manchmal muss man jemanden zurücklassen, wenn man erfolgreich sein will.«

»Sie sind ein noch mieseres Dreckschwein, als ich dachte. Sie, Frank Lauders, sind weniger wert als der Dreck unter meinem Fingernagel. Ich habe Sie verehrt! Ich habe zu Ihnen aufgesehen. Sie waren mein Fels in der Brandung.«

»Es tut mir leid.«

»Dafür ist es zu spät, Sie Drecksack! Übrigens sollten Sie mal aus dem Fenster sehen.«

»Was werde ich dort vorfinden?«

»Meine Freunde von der Spezialeinheit, die gleich Ihr Haus stürmen werden. Tun Sie mir bitte einen Gefallen?«

»Welchen?«

»Wehren Sie sich, damit die Jungs Gewalt anwenden dürfen. Sie, Mr. Lauders, sind im Arsch!«

Damit beendete Fulton das Gespräch, streckte den Rücken durch, atmete tief ein und aus und ging dann zum Fenster, um nach draußen auf den krankenhauseigenen Park zu sehen.

Maddox saß auf seinem Bett und musterte seine Partnerin.

»Gut gemacht«, sagte er anerkennend.

»Ich will nach Hause.«

»Ich auch. Wenn du willst, kannst du schon einmal vorausfliegen.«

»Und dich hier bei den Koalas allein lassen? Nein, Mr. Maddox, das kommt überhaupt nicht infrage. Ich warte auf Sie.«

»Das könnte aber länger dauern.«

»Ich werde dich nicht aus den Augen lassen. Selbst beim Pinkeln werde ich dir über die Schulter schauen.«

Maddox merkte, dass es keinen Sinn hatte, seiner Partnerin weiter zu widersprechen und lehnte sich daher zurück.

EPILOG

Zwei Wochen später waren sowohl Maddox als auch Tremor transportbereit. Die beiden australischen Agenten, Bill Harper und Pete Collins, hatten zwar erfahren, dass Fulton den Täter körperlich misshandelt hatte, hatten dies aber als *notwendige Beugemaßnahmen* betrachtet. Wie vereinbart, unterstützten sie die Amerikaner, indem sie sowohl Tremors Bewachung als auch den Flug zurück in die USA organisierten. Obwohl es ihnen angeboten wurde, verzichteten Fulton und Maddox auf die erste Klasse und saßen stattdessen neben Tremor, der mit Hand- und Fußfesseln gesichert und zusätzlich von allen Seiten von australischen Sicherheitsmitarbeitern umgeben war. Sollte er versuchen, sich irgendwie fehl zu verhalten, würden ihm diese Leute, deren Statur sie wie Profiboxer aussehen ließ, die Lichter ausknipsen. Tremor war darüber vollumfänglich instruiert worden und verhielt sich daher ruhig. Zurück auf amerikanischem Boden wurden sie von einem Team aus Spezialisten der Polizei erwartet, die den Delinquenten mit sich nahmen.

»Das war es dann wohl erst mal«, meinte Maddox, während er Tremor und den Sicherheitskräften hinterhersah.

»Scheint so«, pflichtete Fulton ihm bei. »Denkst du, dass wir noch einmal aussagen müssen?«

»Wahrscheinlich. Ich glaube nicht, dass es dem Staatsanwalt reicht, uns über Videokonferenz befragt zu haben. Vor allem werden wir bestimmt noch einmal wegen Frank aussagen müssen.«

»Das kann ja heiter werden«, meinte Fulton sarkastisch.

»Wir sollten uns bereithalten und uns genau überlegen, was wir sagen.«

»Ich kann immer noch nicht glauben, was Frank getan hat. Ich meine, er hat viel durchgemacht, aber dass er zu so etwas in der Lage ist ...«

Maddox betrachtete seine Kollegin nachdenklich. »Wie wäre es, wenn wir uns eine Auszeit nehmen? Lass uns wieder zu meinen Eltern fahren. Uns einige Tage ausruhen, bevor der Sturm über uns hereinbricht.«

»Ich weiß nicht so recht«, antwortete Fulton. »Wir haben ihnen schon so lange auf der Tasche gelegen. Ich will ihnen nicht zur Last fallen.«

»Nici, du kennst meine Eltern. Sie sind immer für uns da, und für dich ganz besonders.«

»Ich möchte am liebsten für mich sein.«

»Aber wenn du in deiner Wohnung bist, bist du allein mit deinen Gedanken. Das kann ich nicht verantworten.«

»Und was ist mit Spot?«

»Deine Katze wird sich auf der Ranch sicher wohl fühlen. Denk mal daran, was sie dort alles entdecken könnte. Und meine Mom hat schon immer einen Mäusefänger gewollt.«

»Na gut«, entschied Fulton.

Mathilda brachte ein Tablett mit einer Karaffe Rotwein und einem Teller mit zahlreichen Sandwiches ins Wohnzimmer und stellte es vor der Agentin ab, die es sich, wie inzwischen üblich, auf der Couch bequem gemacht hatte. Die Katze, die bis dahin neben ihrer Herrin gemütlich geschlafen hatte, hob den Kopf und schnüffelte. Fulton war, nachdem sie sich mit dem Vorschlag ihres Partners einverstanden erklärt hatte, nur einen Tag zu Hause gewesen und hatte ihre Sachen gepackt. Sie hatte sich zwar überlegt, ihre Nachbarin erneut zu bitten, sich für die Zeit ihrer Abwesenheit um Spot zu kümmern, aber als die Katze in Fultons Tasche gesessen und sie aus großen, flehenden Augen angesehen hatte, hatte die Agentin nicht anders gekonnt, als sie mitzunehmen.

»Du bekommst natürlich auch etwas, meine Liebe«, sagte Mathilda und streichelte sanft den Kopf des Tieres.

Sie holte ein Stück saftigen Schinkens hervor, legte es auf einen zweiten Teller und schnitt es in mundgerechte Stücke. Die Katze stand auf und streckte sich ausgiebig, bevor sie auf den Boden hopste, um ihr Mahl in Empfang zu nehmen.

»Die beiden Männer sind heute Abend unterwegs«, sagte Mathilda zu Fulton. »Wir haben also viel Zeit für uns.«

»Du musst dich nicht mit mir beschäftigen«, erklärte die Agentin. »Ich bin sicher, dass du viel zu tun hast.«

»Jetzt hör schon auf«, erwiderte die ältere Frau, winkte ab und setzte sich Fulton gegenüber in den Sessel. »Wie fühlst du dich?«

»Ein bisschen erschöpft«, antwortete Fulton ausweichend. »War ein langer und harter Fall.«

»Das meine ich nicht. Wie FÜHLST du dich?«

Die Agentin schwieg für eine Minute, in der nur das leise Schmatzen der Katze zu hören war.

Schließlich blickte sie Mathilda direkt in die Augen. »Müde. Ausgelaugt. Leer.«

»Warum?«

»Weil ich ...«, fing Fulton an, stoppte aber erneut.

Mathilda stand auf, setzte sich neben die Agentin und umfasste ihre Hände. »Ich glaube, du hast sehr viel mitgemacht. Dinge, die man nicht erleben sollte. Du kannst mir alles sagen. Ich werde dich nicht verurteilen.«

»Also gut«, antwortete Fulton. »Carl ... Weil ich so dumm war, mir den Knöchel zu verstauchen, ist er allein losgezogen und wurde prompt von Tremor überrumpelt. Und als wir in Australien waren, wurde er angeschossen, weil ich nicht schnell genug war. Ich habe ihn im Stich gelassen. Er wäre zwei Mal fast gestorben! Ich bin eine schlechte Partnerin.«

Die ältere Frau sagte nichts, sondern wartete, dass Fulton weitersprach.

»Er ist mir so wichtig. Ich hätte darauf bestehen sollen, dass er hierbleibt und wartet, bis ich wieder einsatzbereit bin.«

»Er hat getan, was er für richtig gehalten hat«, wandte Mathilda ein. »Er ist ein erwachsener Mann.«

»Aber er ist auch mein Partner. Ich hätte ihn nicht gehen lassen sollen. Ich hätte bei ihm bleiben müssen.«

»Du kannst nicht alles unter Kontrolle haben.«

»Das sollte ich aber!«, brach es aus Fulton heraus. »Ich habe in meinem Leben schon so viele Menschen verloren, die mir nahestanden. Meine Eltern, meine Tante … Ich konnte sie nicht schützen. Wenn auch noch Carl umgekommen wäre … Ich hätte mir das nie verzeihen können.«

»Nici«, sagte Mathilda sanft. »Deine Einstellung, jeden schützen zu wollen, der dir etwas bedeutet, ehrt dich, aber genauso belastet sie dich. Du setzt dich unter einen Druck, der dich zerquetscht. Ich weiß, wie du dich fühlst.«

»Woher willst du das wissen?«

»Auch ich habe in meinem Leben viele geliebte Menschen verloren. Als meine Partnerin damals starb, war ich am Boden zerstört. Ich hatte ihr und mir geschworen, sie immer zu beschützen. Doch ich habe versagt. Als mein Vater damals ins Heim musste, wollte ich mich immer um ihn kümmern, doch genau in dem Augenblick, als er aus dem Fenster fiel, war ich nicht da. Ich war gerade auf der Suche nach einem Glas Wasser, als er stürzte. Auch da habe ich versagt. Als meine Mutter seinen Tod nicht mehr ertrug und sich mit einer Überdosis Schmerzmitteln das Leben nahm, war ich nicht da, um es zu verhindern. Ich wäre deswegen beinahe zerbrochen. Doch weißt du, was mich gerettet hat?«

»Was denn?«

»Der Glaube.«

Fulton lachte freudlos. »Du willst mir jetzt erzählen, dass dir die Religion geholfen hat?«

»Nein, natürlich nicht«, sagte Mathilda. »Nach allem, was ich in meinem Leben gesehen habe, glaube ich nicht an einen allmächtigen und gütigen Gott. Nein, es war der Glaube daran, dass alles seine Richtigkeit hat, auch, wenn es schwer war und noch immer ist, das zu akzeptieren. Wir sind unseres eigenen Glückes Schmied. Du kannst nicht alles steuern, und das brauchst du auch nicht. Das Leben spielt, wie es will, und wir können nur begrenzt steuern, wohin die Reise geht. Wäre Carl gestorben, wäre es für uns alle ein harter Schlag gewesen. Aber der Einzige, der dafür verantwortlich gewesen wäre, wäre Tremor gewesen. Nicht du. Was Frank Lauders angeht ...«

»Ich ...«

»Ich bin noch nicht fertig«, unterbrach die ältere Frau sie. »Er hat seinen Weg gewählt. Dass er seine Familie verloren hat, ist schrecklich. Dass derjenige, der dafür verantwortlich war, nicht zur Rechenschaft gezogen wurde, ist mehr als bedauerlich. Aber er selbst hatte es in der Hand, zu entscheiden, was er mit seinem Leben anfangen will. Er ist ein erwachsener Mensch und für seine Handlungen selbst verantwortlich. Ihr habt ihm vertraut, weil er tief drinnen ein guter Mensch ist. Er war immer gut zu euch und hat auf euch aufgepasst. Dass er so entgleist ist, ist nicht deine Schuld. Nici, du bist eine herausragend gute Ermittlerin, und du bist ein toller Mensch. Du hast dein Leben gemeistert. Du bist nicht gescheitert, obwohl dir so viele Steine in den Weg gefallen sind. Du bist eine meiner besten Freunde. Du bist mir, Harold und Carl sehr wichtig. Wir sind deine Familie.«

Fulton spürte, wie ihr Tränen in die Augen stiegen. Mathilda bemerkte es ebenfalls und legte einen Arm um die Schultern der Agentin. Fulton lehnte sich an die ältere Frau und ließ den Tränen erneut freien Lauf, so wie schon zuvor bei Carl. So blieben sie sitzen, bis die Maddox-Männer nach Hause kamen. Diese bemerkten sofort, was los war, setzten sich dazu und nahmen Fulton ebenfalls in den Arm.

In diesem Moment spürte Nicole Fulton das erste Mal etwas, das sie seit dem Tod ihrer Tante nicht mehr gespürt und gedacht hatte, es bereits vergessen zu haben. Sie spürte, dass sie geliebt wurde, und zwar vorbehaltlos. Auf ewig.

Einige Tage später klingelte Maddox´ Handy, während er wieder einmal an dem Motorrad seines Vaters herumschraubte.

»Agent Maddox, hier spricht Steven Whatney«, meldete sich eine wohlmodulierte Stimme.

»Herr Bürgermeister«, antwortete der Agent überrascht. »Was kann ich für Sie tun?«

»Im Namen der Stadt New York möchte ich Ihnen und Agent Fulton meinen Dank aussprechen.«

»Wofür?«

»Dass Sie den Mörder Michael Tremor ausfindig gemacht haben, und dass Sie es geschafft haben, Frank Lauders zu entlarven.«

»Dass er geschnappt wurde, ist ausschließlich Agent Fulton zuzuschreiben. Wäre sie nicht gewesen, hätten wir es vermutlich niemals erfahren.«

»Ich möchte Sie und Ihre Partnerin gern einladen. Es wird eine öffentliche Ehrung für Ihre Verdienste geben.«

»Wo und wann?«

»In drei Tagen in New York City. Ich hoffe, Sie sind abkömmlich.«

»Wir werden es selbstverständlich gern einrichten, Herr Bürgermeister. Vielen Dank.«

»Danken Sie nicht mir. Danken Sie sich selbst. Sie haben hervorragende Arbeit geleistet.«

»Ich werde Agent Fulton über Ihre Einladung in Kenntnis setzen.«

»Sehr gut. Wir sehen uns dann.«

Whatney legte auf.

Maddox wischte sich mit der Hand über die Stirn, was ihm zwei parallel verlaufende Streifen aus Öl bescherte. Dann verließ er die Scheune und hielt nach seiner Partnerin Ausschau. Schließlich fand er sie am oberen Ende einer Leiter, die an die Hauswand gelehnt war.

»Was treibst du denn da oben?«, rief er.

»Die Hütte braucht mal einen neuen Anstrich«, antwortete Fulton. »Ich habe Mathilda angeboten, das zu übernehmen.«

»Rate mal, mit wem ich gerade telefoniert habe.«

»Mit dem Weihnachtsmann?«

»Fast. Mit Steven Whatney.«

»Dem New Yorker Bürgermeister? Was wollte der denn?«

»Uns danken für unseren Ermittlungserfolg.«

»Und was noch?«

»Er hat uns eingeladen zu einem Empfang in drei Tagen, und du weißt ja, was eine Einladung bei Whatney bedeutet.«

»Anwesenheitspflicht«, erwiderte Fulton. »Ständiges Lächeln und keine Widerworte anbringen. Da freue ich mich ja sehr.«

»Freu dich doch lieber, dass unsere Arbeit wertgeschätzt wird. Du bist manchmal wirklich schlimm.«

»Du hast ja recht«, lenkte die Agentin ein. »Ich hoffe, dass es wenigstens etwas Ordentliches zu essen gibt.«

»Du kennst doch unseren Bürgermeister.«

»Genau deswegen.«

Fulton spielte damit auf die beinahe legendäre Knauserigkeit des Bürgermeisters an.

»Wir werden schon etwas zu Futtern finden, und wenn wir zu einem Straßenverkauf gehen müssen«, erwiderte Maddox.

»Ich habe kein Kleid, das für so einen Anlass geeignet wäre.«

»Dann fährst du am besten jetzt gleich mit Mom in die Stadt und nimm deine FBI-Kreditkarte mit. Schließlich ist es eine dienstliche Tätigkeit.«

Fulton grinste. »Ich mache das hier noch schnell fertig.«

»Ich sage Mom derweil Bescheid.«

Die Agentin machte eine winkende Geste und widmete sich wieder ihrer Aufgabe.

Es war ein sonniger Tag, perfekt dafür, um inmitten des Central Parks eine Bühne aufzubauen. Hunderte Menschen hatten sich bereits eingefunden, um der Ehrung der beiden FBI-Agenten beizuwohnen. Unter tosendem Applaus trat Bürgermeister Steven Whatney auf das hölzerne Podest und begab sich zum in der Mitte der Bühne aufgestellten Mikrofon.

»Meine Damen und Herren«, begann er, wurde aber von erneut aufbrandendem Jubel unterbrochen.

Man konnte ihm ansehen, wie sehr er sich in der wohlwollenden Aufmerksamkeit sonnte. Selbstverständlich hatten die Organisatoren dafür gesorgt, dass keine *störenden* Elemente, sprich Kritiker, anwesend waren.

»Meine Damen und Herren, liebe Mitbürger«, setzte er erneut an. »Es ist mir eine große Freude, Sie alle heute hier begrüßen zu dürfen. Der Anlass, zu dem wir uns hier eingefunden haben, ist ein äußerst erfreulicher. Wir wollen heute zwei unserer Mitmenschen ehren, die ihr Leben unserer Sicherheit gewidmet haben. Erst kürzlich haben sie ein destruktives Element zur Strecke gebracht, welches es sich zum Ziel gesetzt hatte, unsere Gemeinschaft zu zerstören. Wir verdanken ihnen unsere Sicherheit und unsere Art zu leben. Ich präsentiere Ihnen: FBI-Agent Nicole Fulton und FBI-Agent Carl Maddox!«

Whatney klatschte derart Beifall, dass zu befürchten war, er würde sich seine Hände blutig schlagen. Die Zuschauer taten es ihm gleich, eingepeitscht von professionellen Jublern, die über eine Agentur gebucht worden waren.

Die beiden Agenten betraten die Bühne Seite an Seite und gingen festen Schrittes auf Whatney zu. Maddox trug einen schwarzen, gut geschnittenen Anzug, während Fulton sich für einen hellgrauen Hosenanzug entschieden hatte. Der Bürgermeister lächelte so breit, dass man glauben konnte, ihm würde bald der obere Teil des Kopfes herunterfallen und schüttelte erst Fulton und dann Maddox die Hände. Danach wandte er sich erneut der Menge zu.

»Diese beiden Menschen, denen wir so viel zu verdanken haben, werden heute zu Ehrenbürgern von New York City ernannt. Herzlichen Glückwunsch!«

Ein Lakai brachte zwei aus Blattgold gefertigte Medaillen an roten Bändern und überreichte sie dem Bürgermeister, der sie wiederum den beiden Agenten um den Hals legte.

»Nun überlasse ich unseren Gästen das Wort«, tönte Whatney und trat einen Schritt zurück.

Fulton und Maddox verständigten sich mit Blicken, und schließlich trat der Agent ans Mikrofon.

»Herr Bürgermeister, liebe Mitbürger, wir danken Ihnen herzlich für diese Ehre. Wir freuen uns, ein Teil dieser Gesellschaft zu sein und unseren Beitrag zu ihrer Erhaltung zu leisten. Wir versichern Ihnen, dass wir auch in Zukunft unser Bestes geben werden, um Sie zu beschützen. Gott schütze Amerika.«

Die versammelte Menge brach in einen erneuten Jubelsturm aus, während Maddox und Fulton sich noch einmal zusammenstellten, um der Tagespresse gute Fotos zu liefern. In diesem Moment klingelte Fultons Handy. Zuerst ignorierte sie es, aber als der Anrufer nicht aufgab, wandte sie sich ab und drückte auf den Annahme-Knopf.

»Nici, gut, dass ich dich erreiche«, sagte Stella Marquez am anderen Ende der Leitung. »Bist du gerade abkömmlich?«

»Jederzeit«, antwortete sie.

»Das ist gut. Wir treffen uns in zwanzig Minuten im Büro. Bring Carl mit.«

»Verstanden«, sagte Fulton und legte auf. Dann wandte sie sich an ihren Partner. »Carl, Stella hat sich gerade gemeldet. Wir sollen sie in der Zentrale treffen.«

»Hat sie gesagt, worum es geht?«

»Nein.«

»Dann mal los. Wir sollten sie nicht warten lassen.«

Er ging zum Bürgermeister, der gerade eine Ansprache hielt, und flüsterte ihm etwas ins Ohr. Whatney schien nicht gerade erfreut darüber zu sein, dass seine Hauptdarsteller die Feier vorzeitig verlassen mussten, aber er entschied, sich darüber nicht zu echauffieren. Stattdessen nahm er die Wendung der Ereignisse zum Anlass, seine Rede abzuändern.

»Liebe Mitbürger, bedauerlicherweise zwingen die Umstände unsere neuen Ehrenbürger dazu, uns vorzeitig zu verlassen. Sie wissen ja, das Verbrechen schläft nie. Agents, ich wünsche Ihnen viel Erfolg!«

Unter großem Applaus verließen Maddox und Fulton die Bühne und gelangten auf Schleichwegen zur U-Bahnstation, von der aus sie bis zu ihrem Büro im *Jacob K. Javits Federal Building* am Federal Plaza gelangten. Sie nahmen den Aufzug bis zu ihrem Stockwerk und betraten dann das abgetrennte Büro der frisch ernannten Leiterin des hiesigen FBI-Büros.

»Habe ich euch bei der *Whatney-sonnt-sich-im-Erfolg-anderer*-Party gestört?«, fragte Marquez.

»Yap«, antwortete Fulton nickend. »Es war sowieso langweilig. Was hast du für uns?«

Marquez öffnete eine schmale Aktenmappe und schob sie zu den Agenten hinüber.

»Irgendwo da draußen treibt sich ein Typ herum, der es anscheinend geil findet, seine Opfer auszuweiden und ihnen die Leber zu entnehmen. Zwei Opfer hat er bereits auf dem Gewissen.«

»Wo?«

»Las Vegas, Nevada.«

»Gibt es schon ein Täterprofil?«

»Nein.«

»Klingt genau nach unserer Kragenweite«, kommentierte Maddox.

»Darum habe ich euch auch für den Fall ausgewählt. Oder habt ihr irgendwelche Bedenken?«

»Nein«, antwortete Fulton. »Wir legen sofort los.«

Die Agentin machte auf dem Absatz kehrt und wollte das Büro bereits verlassen, als ihre neue Vorgesetzte sie zurückrief.

»Hey, ich weiß, dass euch die Sache mit Frank nachhängt. Ich gebe zu, dass auch ich nicht damit gerechnet hätte, dass er so eine Kehrtwendung hinlegt. Ich habe ihm vertraut, so wie ihr ihm vertraut habt. Was wir alle daraus lernen können: Vertraut niemandem.«

»Auch dir nicht?«, fragte Fulton keck.

»Ich wiederhole mich ungern«, erklärte Marquez. »In jedem Fall werde ich mein Bestes geben, um euch zu unterstützen und euch aus jedwedem Störfeuer rauszuhalten. Aber ich möchte von euch auch, dass ihr mir helft. Ich bin zwar eine spitzenmäßige Agentin und die schönste Frau weit und breit, aber dieser Job ist neu für mich. Können wir uns darauf einigen?«

»Selbstverständlich«, antworteten Maddox und Fulton unisono. »Wo fangen wir an?«

»Die Daten der Opfer befinden sich schon in eurem E-Mail-Postfach. Fangt damit an und wühlt euch dann durch, bis ihr diesen Bastard erwischt habt.«

»Alles klar, Chefin!«

Die beiden FBI-Agenten verließen das Zimmer und machten sich an ihre Ermittlungen.

ENDE

DANKSAGUNG

Man sagt, dass das Schreiben eines Romans eine einsame Angelegenheit sei. Bis aber ein Manuskript als fertiges Buch im Laden steht, benötigt es der Mitwirkung vieler Personen.

Mein Dank gilt ganz besonders:

Alisha Bionda und *Uschi Zietsch* von der Agentur Ashera für ihre seit Jahren unerreichte Unterstützung!

Alexandra Völker und *Carina Krug* vom dp Verlag für das in mich gesetzte Vertrauen und die immer professionelle wie freundschaftliche Zusammenarbeit!

Astrid Pfister, als Lektorin unverzichtbar, um meine Schreibfehler zu korrigieren und mir inhaltlich auf die Sprünge zu helfen, wenn ich etwas versemmelt habe!

Sandra Bongartz-Lehrmann, die mir stets offenes sowie konstruktives Feedback gibt!

Mark Freier, herausragender Cover-Artist und Autor, der mir bei meinen ersten Schritten in die Schriftstellerwelt immer hilfreich zur Seite stand!

Selbstverständlich hatten noch viele weitere Personen ihren Anteil daran, diesen Roman Wirklichkeit werden zu lassen. Da die Aufzählung allerdings den Rahmen sprengen würde, sage ich nur: Vielen Dank euch allen, ihr seid großartig!

Mehr Infos über mich gibt es auf meiner Webseite https://www.david-seinsche.de/ und auf Facebook unter https://www.facebook.com/DavidSeinscheSchriftsteller/